숭실대학교 한국문예연구소 학술총서 30

朝鮮時代

通信使文學 研究

정영문

지식과교양

서문

 한국과 일본은 바다를 경계로 한 인접 국가이다. 이러한 인접성으로 인해 고대국가가 성립되기 이전부터 교류가 있었고, 이때의 교류는 개인적인 필요에 의해 이루어지는 경우가 많았다. 그러나 국가가 성립된 이후에는 자발적인 교류보다 국가차원의 교류가 주를 이루었다. 양국의 교류사를 기록하고 있는 대표적인 문헌으로 『해행총재』를 제시할 수 있다. 필자가 한일양국의 교류에 본격적으로 관심을 갖게 된 것은 『해행총재』를 텍스트로 인식하면서부터이다.

 통신사가 기록한 사행록의 대부분을 수록하고 있는 『해행총재』에는 일본이라는 나라를 '가깝고도 먼 나라'로 인식하게 된 이유가 제시되어 있다. 한국과 일본이 오랜 세월 교류하였음에도 근대 이전의 기록 중에서 일본에 대해 기록은 많지 않다. 현전하는 기록의 대부분도 통신사로 일본을 사행하면서 체험한 바를 기록한 사행록이었다. 그러므로 일본과 일본인에 대한 인식의 변모과정을 살펴보기 위해서는 『해행총재』를 살펴볼 수밖에 없었다.

　이 책은 8장으로 구성되어 있다. 2장에서는 통신사의 사행노정과 그 노정이 지니는 성격, 조선시대 통신사행의 시기별 4분류와 각각의 성격을 살펴보았다. 1기 통신사행은 건국직후에서 임진왜란 직전까지의 사행으로 송희경의 『일본행록』과 김성일의 『해사록』이 대표적인 기록이다. 2기 통신사행은 1592(선조 25)년부터 1635(인조 13)년까지의 사행으로 강홍중의 『동사록』이 대표적인 기록이다. 3기 통신사행은 1636(인조 14)년부터 1681(숙종 7)년까지의 사행으로 김세렴의 『해사록』과 남용익의 『부상록』이 대표적인 기록이다. 4기 통신사행은 1682(숙종 8)년부터 1811(순조 11)년까지의 사행으로 이 시기에는 많은 사행록이 기록되었다. 이들 사행록을 대표할만한 기록으로 신유한의 『해유록』과 조엄의 『해사일기』를 제시할 수 있다. 3장에서 6장까지는 4기로 구분한 통신사행의 성격과 특징을 송희경의 『일본행록』, 김성일의 『해사록』, 회답겸쇄환사의 사행록, 김세렴의 『해사록』, 남용익의 『부상록』, 신유한의 『해유록』, 조엄의 『해사일기』를 텍스트로 삼아 살펴보았다.

사행록은 여행하면서 실제로 보고 듣고 체험한 것을 서술한 것으로 기록문학인 동시에 보고문학이다. 체험을 바탕으로 한 사실적인 기록이기 때문에 비록 한시형식으로 기록했다고 할지라도 문학적 상상력을 기대하기는 쉽지 않다. 그렇지만 제한된 정보를 바탕으로 일본을 선험적으로 인식한 것이 아니라 체험을 바탕으로 일본과 일본인을 기록하였기 때문에 대상을 보다 객관적으로 이해할 수 있게 도와준다. 현재를 살아가는 우리도 사행록을 읽음으로써 조선지식인들의 일본관과 일본의 풍속, 생활상 등을 이해할 수 있으며, 이를 바탕으로 한다면 현재의 한·일 관계도 올바르게 이해할 수 있을 것이다.

『해행총재』를 통해 일본을 이해하도록 도와주신 조규익 교수님의 은덕은 영원히 잊지 못할 것입니다. 이 책을 출판하도록 허락해주신 지식과교양의 윤석원 사장님과 꼼꼼하게 편집해준 윤예미 선생님, 교정을 도와준 서수금 선생님께 감사드립니다.
키워주신 부모님과 사랑하는 아내에게 이 책을 바칩니다.

2011년 10월, 정영문

차례

I. 서 론

조선시대 통신사 문학 연구

1. 문제의 제기

　인간을 일러 '사회적 동물'이라고 한다. 이는 인간이 개별적으로 존재하기보다 수많은 他者들과 관계를 맺으면서 살아간다는 의미이다. 자신의 가치와 의미도 타자와의 관계 속에서 확인한다. 개인의 삶도 이러할진대 개인들이 모여서 형성한 국가의 경우에 타국과의 관계는 더욱 중요할 것이다. 개인과 개인이 '갈등'과 '타협'을 통하여 발전되어 나가듯이 국가 간에도 '갈등'과 '타협'이 이루어지며, 이를 통하여 발전된 관계로 나간다. 또한 이러한 '관계맺음' 속에서 국가도 자신의 존재가치를 확인하고 위치를 결정하였다. 이때 국가의 가치와 위치는 구성원들의 운명도 결정하기 마련이다. 전 세계가 하나의 공동운명체로 묶여 있는 현재뿐만 아니라 과거에도 이러한 '관계맺음'은 있었고, 인접국가의 성향에 따라 많은 영향을 받았다. 조선의 '관계맺음'은 중국과 여진, 일본과 유구 등을 중심으로 이루어졌다.

　조선의 지식인들이 외부세계를 인식하는 방법은 使行을 통해서였다. 사행은 '使臣行次'의 준말로 다른 나라와의 관계에서 외교적인 사안을 해결하기 위하여 파견되는 신하의 여정을 일컫는다.[1] 사행에 참여한 지식인들은 넓은 세계를 경험하고, 그곳의 지식인과 교류하면서 자신의 존재가치를 발견하고, 인식을 확대할 수 있었다. 이 과정에서 문명에 대한 자부심을 선양할 수 있었고, 발달된 문화와 문명을 수용할 수도 있었다.

이러한 경험을 단순히 향유할 뿐만 아니라 귀국 후에는 기록하여 다른 사람들에게 전하기도 하였다. 이때의 기록은 외교에 관한 실무적인 기록인 '謄錄'의 형태이거나 개별적인 감정과 체험을 기록한 '使行錄'의 형태로 이루어졌다. 이중에서 국내·외 사행의 개별적인 체험을 운문과 산문의 문학형식으로 형상화한 작품을 통칭하여 '사행문학[2]'이라 한다. 사행이 진행될 때마다 사신과 수행원들은 자신들의 경험을 기록으로 남겼을 것으로 생각되지만 현재 기록으로 전하는 것은 많지 않다. '중국'과 '일본'을 제외한 북방의 여진족과 남방의 유구에도 사행을 갔을 것이지만, 이러한 사행을 배경으로 한 '사행록'은 현재까지 발견되지 않고 있다.

학계에서는 일반적으로 일본을 사행한 통신사와 수행원들이 사행중 체험한 견문과 감상을 운문과 산문의 형식으로 기록한 문학작품을 '通信使文學'이라고 한다. 그러나 임진왜란 이전에 일본을 사행한 사신은 '通信使, 通信官, 回禮使, 回禮官, 報聘使, 護送使, 修信使' 등으로 불리었으며, 임진왜란 이후에도 '探賊使, 回答兼刷還使, 通信使' 등의 명칭으로 사행을 하였다. 이처럼 다양한 명칭으로 사행을 다녀왔기 때문에 '통신사'만으로 사행의 명칭을 한정지을 수는 없다. 다양한 명칭으로 일본을 사행하였다는 점에서 '對日使行文學'이라는 용어를 선택하고자 한다.

---

1. 이채연, 조선전기 대일 사행문학에 나타난 일본인식, 『한국문학논총』제 18집, 한국문학회, 1996, 3쪽. "사행이란 국가의 외교업무를 수행하기 위해 다른 나라에 파견되었다가 돌아오는 관원의 공식적인 업무수행"이라고 정의하였다.
2. 본 연구에서는 문학적인 의미를 강조하는 경우에는 사행문학, 기록물 자체를 의미할 때는 사행록이라 하였다.

　대일사행은 대중국사행과는 달리 정기적인 사행이 아니라 당면한 외교적 문제를 해결하기 위해 파견되는 비정기적인 사행이었다. 사행이 적은 만큼 사행록도 현재까지 37편[3] 정도가 전하고 있다. 그 중에서 21편이 『해행총재』에 수록되어 있다.[4]

　본 연구에서는 『해행총재』소재 작품만을 대상으로 조선시대 대일사행문학의 통시적 변화를 고찰하여 대일인식의 변화와 문학형상화의 양상을 살펴보고자 한다. 『해행총재』 소재 작품으로 연구범위를 한정지어 놓고 통시적 변화상을 규명한다는 점에 있어서 한계가 있는 것이 사실이다. 그러나 대일사행을 연구함에 있어서 가장 기본이 되는 서적이 『해행총재』이기 때문에 이를 연구대상으로 삼았다.

---

3. 현재까지 37편의 사행록(이원식의 『조선통신사』에 기록된 작품수를 기준으로)이 전하고 있다. 이를 시기별로 살펴보면 임진왜란 이전의 사행록이 4편, 임진왜란 이후의 사행록이 33편이다.

4. 『海行摠載』에는 임진왜란 이전의 使行錄이 3편, 임진왜란 이후부터 개항이전까지의 使行錄이 18편 수록되어 있다.

2. 연구사 개관

　삼국시대에서부터 조선시대에 이르기까지 지식인들의 해외 체험은 使行을 매개로 한 것이 대부분이었다. 이 사행이 조선조 말까지 지속되었다는 점에서 사행기록은 공적보고서이든 개인의 창작물이든 지속적으로 지어졌을 것이다. 이들 사행기록은 분량이 방대하고 복합적인 성격을 지니고 있어 국문학, 사학, 지리학, 의상학, 국악 등 다방면에서 연구가 진행되고 있다.

　본 장에서는 '대일사행록'의 문학적인 연구 성과를 알아보고, 이를 분석하여 현재까지의 연구경향을 살펴보고자 한다. 이러한 연구가 가능한 것은 사행록이 고유한 문학성을 지닌 기록이고, 문학방면으로 연구 성과를 축적하고 있으면서도 일정한 연구 경향을 보이기 때문이다.

　대일사행록의 의미와 가치를 처음 언급한 이는 金台俊이다. 그는 신유한의 『海遊錄』을 중국기행문의 백미인 박지원의 『熱河日記』와 쌍벽을 이루는 기행문으로 자리매김[5]하였다. 이러한 평가가 근대 학문을 시작하는 초기단계에 나왔지만, 이것이 문학방면의 연구경향으로 이어지지는 못하였다.

---

5. 金台俊, 『朝鮮漢文學史』, 朝鮮語文學會, 1931.

　　1974년 민족문화추진회에서 『해행총재』를 국역[6]하면서, 대일사행록에 대한 접근성을 높여주었는데, 이들 자료가 지닌 문학적 가치와 의미를 설명하기 시작한 것은 1980년대 이후이다. 1980년대는 한국 한문학의 연구가 서구 개념의 '순 문학'뿐 아니라 碑誌, 고문론, 유산기, 유산록 등 산문 일반에 초점이 옮겨지는 시기[7]이기도 하다. 80년대에 소재영·김태준의 『여행과 체험의 문학』(일본편)이 출판[8]되었다. 이 단행본은 포로·표류자·통신사·수신사 등 다양한 신분의 조선지식인들이 기록한 사행록을 해제하고, 기존에 발표된 일본관련 연구를 모아 정리한 것이다.

　　1980년대 대일사행에 관한 연구는 주로 18세기 통신사행에 집중되었다. 그 연구 성과를 정리하면 다음과 같다. 첫째, 80년대에는 申維翰과 趙曮의 사유방식, 문학세계, 영향관계 등에 관심이 높았다. 최박광은 申維翰과 新井白石·雨森芳洲의 필담창화를 중심으로 林鳳岡學派, 木下順菴學派, 荻生徂徠學派, 伊藤仁齋學派, 鳥山芝軒學派, 僧侶 등 일본의 한시 그룹들을 정리하고 이들과 신유한의 영향관계를 제시하고 있다.[9] 김의환은 조엄을 실학적 자세를 지닌 일본통의

---

6. 1914년 조선고서간행회에서 간행한 『朝鮮群書大系』(續續篇) 3~6집에 실려 있는 『해행총재』를 1974년 민족문화추진회에서 국역하여 출판하였다.

7. 김현미, 연행록 문학 방면 연구 성과와 향후 과제, 대동한문학회 제96차 춘계학술대회 발표집, 2011년 4월 30일, 26~27쪽.

8. 소재영·김태준 공편, 『旅行과 體驗의 文學 : 일본편』, 민족문화문고간행회, 1985.

9. 최박광, 한일간 한문학 교류에 대하여, 청천 신유한을 중심으로, 『한국한문학연구』 5집, 한국한문학연구회, 1981.
　　최박광, 靑泉 申維翰と 日本, 『논문집』제 6집, 建國大學校 附設敎育硏究所, 1982.
　　최박광, 18세기 한일간의 한문학교류 - 청천 신유한과 신정백석, 『전통문화연구』1집, 명지대 한국전통문화연구소, 1983.
　　최박광, 18세기 일본한시단 - 신유한문집에서, 『일본학』2집, 東國大學校 日本學硏究所, 1982.

학자요 관료로 보았다.[10] 이혜순은 신유한이 일본의 지식인 특히, 雨森芳洲와 교류하면서 그들을 교화하겠다는 신념을 상실했지만, 일본의 내면을 자세히 살피지 못하고 표면적으로만 인식하였다[11]는 한계도 지적하고 있다. 반면에 소재영은 신유한의 『海遊錄』을 분석하여, 18세기 한일관계에 있어서 문화사적으로 대표할만한 작품[12]이라고 높이 평가하였다. 김태준은 『江關筆談』과 신유한의 『海遊錄』에 그려진 辛卯使節과 新井白石·雨森芳洲의 교류를 근거로 조선이 문화적 자국주의의 허상을 깨닫고 세계인식과 중화주의 위기를 감지하고 있음[13]을 밝히고 있다.

둘째, 80년대에는 제술관의 신분, 통신사의 노정, 대마도와 조선의 관계, 문화의 영향관계, 통신사의 모국어 체험 등에 대한 연구가 진행되었다. 임성철은 문사의 선발에서 통신사의 노정까지를 규명[14]하였고, Ronald P. Toby는 외국을 경험하지 못하는 江戶의 사람들이 조선통신사를 그림으로 그리고, 가장 행렬을 하면서 국제정세를 파악하고, 국제질서 속에서 민족의식을 형성해 나갔다[15]고 하였다. 송

10. 김의환, 조엄이 본 18세기 후반기의 일본사회와 조일관계 -그의 『해사일기』를 중심으로, 玄岩申國柱博士 華甲紀念 『韓國學論叢』, 玄岩申國柱博士華甲紀念論叢刊行委員會 編, 東國大學校出版部, 1985.
11. 이혜순, 신유한의 『海遊錄』 연구, 『논문집』18집, 숭실대학교, 1988.
12. 소재영, 『海遊錄』에 비친 한일관계 - 신유한의 『海遊錄』연구, 『숭실어문』4집, 숭실대학교 국어국문학회, 1987.
13. 김태준, 임진란 이후의 한일교류, 『문예진흥』96집, 한국문화예술진흥원, 1984.
    김태준, 18세기 한일문화교류의 양상 - '江關筆談'을 중심으로 -, 『논문집』18집, 숭실대학교, 1988.
    김태준, 동아시아 문학의 자국주의와 중화주의의 위기 - 18세기 한일문학교류의 한 양상, 『일본학』6집, 동국대일본학연구소, 1987.
14. 임성철, 朝鮮通信使の路程記研究, 『外大論叢』제 5집, 부산외국어대학교, 1987.
15. Ronald P. Toby, 조선통신사와 근세 일본의 서민문화 -회화, 민화, 제례재연-, 『東洋學』18집, 단국대학교 동양학 연구소, 1988.

민은 倭亂被虜人들이 모국어 능력과 모국을 잊어가고 있는 실상을 밝히고, 諺文을 통해서 모국어를 체험하고, 주변문제에 대한 인식을 새롭게 하였다[16]고 보았다.

이렇게 볼 때, 80년대에는 18세기를 대표하는 申維翰, 趙曮 등의 인물과 『江關筆談』 등의 기록을 중심으로 일본인식과 문화교류의 양상을 밝히는 한편, 사행노정, 재일 조선인의 모국어 체험, 제술관의 신분, 조선과 대마도의 상관관계 등에도 관심이 있었음을 알 수 있다.

통신사 문학의 형성배경과 일본 사행의 총체적 관심은 90년대에 들어서면서 시작되었다. 이 시기의 연구 성과를 정리하면 다음과 같다. 첫째, 90년대에는 일본에 남아있는 자료들을 소개하면서 양국 문사들의 문화교류를 분석한 연구가 나왔다.[17] 둘째, 18세기 통신사행에 대한 연구가 90년대에도 지속되고 있었다. 이혜순은 통신사와 일본 문사 간에 이루어진 교류를 중심으로 통신사의 일본관과 인식의 변화를 살펴보았다.[18] 이동찬은 통신사가 우월의식을 지니고 있었지만, 일본을 사행하면서 편협한 일본관에서 벗어나려 하였다고 보았다. 이러한 태도에서 利用厚生적 관심이 나타났다[19]고 보았다. 또한 이성후는 辛卯通信使를 배경으로 新井白石의 개혁을 제시하고, 『江關筆談』과 『東槎日記』를 분석[20]하였다. 최박광은 신유한과 月心性湛의 교류를 살펴보고, 和韓唱酬集(1721)에 반영된 三綱行實圖를 통해 통신사와 일본 문학과의 영향관계를 규명[21]하고자 하였다. 또한 趙曮의 『海槎日記』와 金仁謙의 『日東壯遊歌』를 중심으로 장르 선택

---

16. 송민, 조선통신사의 모국어체험, 『語文學論叢』6집, 국민대학교 어문학연구소, 1987.
17. 이원식, 『朝鮮通信使』, 민음사, 1991.

의 차이를 밝히면서, 닫힌 구조의 여행체험담을 가사 형식으로 표현하여 다양한 享有層을 확보할 수 있었다[22]고 보았다.

셋째, 90년대에는 17세기 통신사 문학, 통신사 문학의 형성배경, 통신사행한 대표적인 문인학자의 일본관 비교, 조선 지식인의 폐쇄적 일본관의 형성과 원인, 일본 민중의 입장에서 바라보는 통신사 등을 살펴본 연구가 나왔다. 이종일은 중화의 대상변화와 사대부들의 폐쇄적 사회의식과의 관계를 중심으로 일본관을 살펴보았다. 조선전기에는 여진이나 일본에 비해 華의 위치에 있어서 개방성이 유지되었지만, 17세기에는 조선중심의 중화사상이 확립되어 일본과 청의 문화를 오랑캐문화로 증명하는 시기라고 하였다. 이로 인해서 서구문

---

18. 이혜순, 18세기 후반 조선통신사의 일본인식 -조엄의 해사일기와 창수록을 중심으로,『동방고전문학연구』, 학산조종업박사화갑기념논총, 1990.

이혜순, 朝鮮朝 後期 使行譯官의 문화적 역할과 문학세계,『古典文學研究』5집, 韓國古典文學會, 1990.

이혜순, 18세기 한일문사의 교류양상; 己亥 使行詩 韓日文士의 唱酬集을 중심으로,『대동문화연구』26집, 성균관대학교대동문화연구원, 1991.

이혜순, 18세기 한일문사(韓日文士)의 금강산(金剛山)-부사산(富士山)의 우열논쟁과 그 의미,『韓國漢文學研究』14집, 한국한문학연구회, 1991.

이혜순, 室鳩巢의 賦三韓事蹟詩 小考; 18세기 일문사의 한국사인식,『관악어문연구』18집, 서울대학교국어국문학과, 1993.

이혜순, 18세기 한일문사의 창화시 연구-신묘사행시 대판성오십운 창화시를 중심으로,『한국한시연구』2, 한국한시학회, 1994.

이혜순, 17세기 통신사행집단의 문학과 의식세계-남용익의 〈장유〉를 중심으로,『韓國漢文學研究』17집, 한국한문학회, 1994.

19. 이동찬, 18세기 대일 사행체험의 문화적 충경약상 -〈해사일기〉와 〈일동장유가〉를 중심으로,『한국문학논총』제 15집, 한국문학회, 1994.

20. 이성후, 신묘통신사 연구,『논문집』제16집, 금오공과대학교, 1995.

21. 최박광, 韓·日間의 文學交流：申維翰과 月心性湛의 경우,『人文科學』제29집, 成均館大學校 人文科學研究所, 1999.

22. 이동찬, 계미 통신사행 기록의 장르선택 - 〈해사일기〉와 〈일동장유가〉를 중심으로,『한국문학논총』제 18집, 한국문학회, 1996.

화와의 접촉에서도 개방적이지 못하게 되었다고 보았다.[23] 小林幸夫
는 일본 민중의 시각에서 통신사를 이해하였는데, 통신사행에서도
외교상의 견해차와 갈등이 존재한다고 하였다.[24] 한태문은 趙絅이
實利外交的 측면에서 일본에 접근하지만, 華夷觀에 입각하여 일본
을 교화와 복속의 대상으로 간주하였다고 보았다. 그러나 그와 교류
했던 林羅山은 조선에 대하여 師承的 맥락에서 崇慕之情을 드러내
고 있다[25]고 하였다. 김성진은 통신사들의 기행시문을 분석하여 조
선과 일본의 문인들은 시문을 통한 대결의식이 있었으며, 통신사들
은 施惠意識을 지니고 있었다고 하였다. 그리고 일본에서 문학이 부
진한 것은 한문학에 대한 집권세력의 무관심, 문사들의 저열한 사회
적 지위, 일본의 독특한 문장 독법과 음운체계에서 기인한다고 보았
다.[26] 이진오는 불교를 중심으로 양국교류의 성격을 파악하고자 하
였다.[27]

넷째, 90년대에는 조선전기의 대일사행에 관한 연구도 있었다. 小
幡倫裕는 16세기 김성일의 華夷觀을 퇴계의 華夷觀과 관련지어 고
찰하고 있다.[28] 이채연은 임진왜란 이전에 일본을 사행한 송희경, 신

---

23. 이종일, 조선후기 폐쇄적 일본관의 형성과정과 그 원인, 『論文集』26집, 대구교육대
학, 1990.

24. 小林幸夫, 조선통신사와 민중, 『日本學年報』제3집, 일본문화연구회, 1991.

25. 한태문, 『동사록』所載 書簡에 반영된 韓日 文士의 교류양상 연구, 『韓國文學論叢』제
23집, 韓國文學會, 1998.

26. 김성진, 朝鮮後期 通信使의 日本文學 認識, 『韓國文學論叢』제18집, 한국문학회,
1996.
김성진, 朝鮮後期 通信使의 紀行詩文에 나타난 日本觀研究, 『陶南學報』제15집, 도
남학회, 1996.

27. 이진오, 조선시대 대일교류와 불교, 『韓國文學論叢』제22집, 韓國文學會, 1998.

28. 小幡倫裕, 鶴峰 金誠一의 日本使行에 대한 思想的 考察, 『한일관계사연구』10집, 한
일관계사학회, 1999.

숙주, 김성일의 대일인식태도를 제시하였다. 그는 사신들이 일본보다 정치적·문화적 우월감을 가지고 있어서 일본을 객관적으로 이해하는 데 실패하였고, 深層的 探索보다는 卽物的이고 皮相的인 判斷에 머물렀다고 보았다.[29] 다섯째, 통신사 수행원으로 참여한 역관과 서얼에 관한 연구가 있다. 한태문은 壬戌使行에 참여한 두 역관이 기록한 『東槎錄』과 『東槎日錄』을 비교하여 '曲盡한 人情의 表出', '文化優越感의 現實的 限界認識', '士大夫와의 葛藤 表出'을 委巷文學的 특징으로 제시[30]하였다. 김경숙은 통신사행이 서얼들에게는 희망이었으며, 제술관과 서기의 선발 기준이 17세기와 18세기에 달라졌지만 과거에 급제한 뒤에야 사행에 참여할 수 있었다고 하였다.[31] 이들 연구는 사행에서 중요한 역할을 담당했던 譯官과 제술관, 서기 등의 역할과 위상을 확인하고, 委巷詩人의 문학사적 의미를 제시하고 있다는 점에서 의미를 지닌다. 여섯째, 90년대에 들어와 海神祭와 日光山 致祭를 연구의 대상으로 삼았다. 한태문은 통신사행의 출발지인 영가대의 위치와 해신제의 제의절차, 해신제문의 구성과 내용에 대해 제시하였다.[32] 최종일은 1636년(仁祖 14), 1643년(仁祖 21), 1682년(肅宗 8)의 日光山 遊覽과 致祭가 일본국정의 탐색을 관동이북 지역까지 확대한 점, 日光山 致祭를 통해 엄숙하고 절제된 유교적 제

---

29. 이채연, 조선전기 대일 사행문학에 나타난 일본인식, 『韓國文學論叢』제18집, 한국문학회, 1996.
30. 한태문, 委巷文人의 壬戌使行記 研究, 『國語國文學』제30집, 부산대학교 국어국문학과, 1993.
31. 김경숙, 『18세기 전반 서얼문학연구 : 이세원, 신유한, 강백, 김도수를 중심으로』, 이화여자대학교 박사학위논문, 1999.
32. 한태문, 朝鮮後期 對日 使行文學의 實證的 研究 : 釜山 永嘉臺 海神祭와 祭文을 중심으로, 『東洋漢文學研究』11집, 東洋漢文學會, 1997.

례를 보여준 점, 대일 외교관계를 안정화시켜 청과의 관계에 전념할 수 있는 계기를 마련한 점에서 의미를 찾을 수 있다고 하였다.[33] 일곱째, 대일사행 문학을 정리한 학위논문과 단행본이 발표되었다. 한태문은 연구범위를 임진왜란 이후의 통신사행으로 확대하면서, '통신사 사행문학'이 지니는 의미를 규명하려고 하였다.[34] 이 연구는 공시적인 연구에 집중되어 있던 그동안의 연구 경향에서 탈피하여 사행문학의 시대적 변모와 문학사적 의미를 규명하였다는 점에서 의미를 찾을 수 있다. 이혜순은 그동안 발표한 연구 성과물을 종합한 단행본[35]을 발표하면서 통신사의 인식과 시대적 변모를 구체적으로 제시하였다.

90년대에 이루어진 이러한 연구를 통해서 18세기에 머물러 있던 연구가 조선시대 전반으로 확대되고 있으며, 연구주제도 위항시인과 해신제 등으로 확대되고 있음을 알 수 있다.

2000년대에 들어와서는 대일사행문학에 대한 관심이 다양한 모습으로 나타났다. 이 시기의 연구 경향은 다음과 같다. 첫째, 壬辰倭亂시기에 포로로 잡혀간 조선 피로인의 쇄환과정을 밝힌 연구가 발표되었다.[36] 둘째, 일본인이 바라본 신유한의 한계를 밝힌 논문이 있다. Obata, Michihiro는 일본인이 조선의 문화를 동경한 것은 조선문화를 중국문화와 동일시하는 인식에서 비롯되었으며, 일본인이 조선을 思慕하기보다는 조선의 배경에 있는 중화를 보았다고 하였다.

---

33. 최종일, 『朝鮮通信使의 日光山致祭 研究』, 강원대학교 사학과 석사학위논문, 1998.
34. 한태문, 『朝鮮後期 通信使 使行文學研究』, 부산대학교 박사학위논문, 1995.
35. 이혜순, 『朝鮮通信使의 文學』, 이화여자대학교 출판부, 1996.
36. 민덕기, 임진왜란에 납치된 조선인의 귀환과 잔류로의 길, 『한일관계사연구』제 20집, 한일관계사학회, 2004.

그런데 신유한은 이것을 이해하지 못하였기 때문에 문화적 우월감을 지니게 되었다[37]고 주장하였다. 셋째, 새로운 사행자료를 발굴하여 소개하고 있다. 임장혁은 1655년(孝宗 6) 사행한 조형의 『扶桑日記』를 개괄적으로 소개[38]하였고, 김성진은 朝鮮王朝實錄과 여러 문집에 나타난 '日本國王使'의 朝鮮名勝遊覽과 조선전기 통신사의 '不傳行錄'을 조사하여 羅興儒의 『中順堂集』, 朴惇之의 『朴判事日本行錄』, 일본인 正祐의 『朝鮮行錄』이 있었음을 밝히고 있다.[39] 넷째, 국내사행의 路程, 日光山致祭, 通過儀禮에 관심을 보였다. 轟博志는 통신사의 파견목적과 통신사행의 형식을 살펴보고, 통신사의 국내 사행로를 개관하고 있다.[40] 정희선은 1636년(仁祖 14), 1643년(仁祖 21), 1655년(孝宗 6) 통신사행의 특징으로 '日光山訪問'을 제시하였다. 그는 日光山에서 행한 致祭를 중심으로 통신사의 역할과 변화상을 제시하고, 한·일간 문화관광의 측면에서 교류의 의미를 살펴보고 있다.[41] 한태문은 사행원의 눈에 비친 일본의 通過儀禮를 冠禮, 婚禮, 喪禮, 祭禮로 나누어 살펴보면서, 그들의 관찰이 부정적이고 세밀하지 못한 것은 임진왜란으로 인한 적개심, 유가적 禮思想과 문화우월의식, 짧은 노정으로 인한 불완전한 견문, 일본 문화에 대한 이해부족, 앞

---

37. Obata, Michihiro, 申維翰 『海遊錄』에 나타난 조일양국의 상호인식의 차이, 『논문집』제16집, 평택대학교, 2002.
   Obata, Michihiro, 신유한의 『해유록海遊錄』에 나타난 일본관과 그 한계, 『韓日關係史研究』제19집, 한일관계사학회, 2003.
38. 임장혁, 『조형의 부상일기 연구』, 집문당, 2000.
39. 김성진, 조선전기 통신사의 부전행록에 대하여, 『문창어문논집』, 문창어문학회, 2000.
40. 轟博志, 『海行總載』에 나타난 日本 通信使의 國內 使行路 :漢陽-東萊間, 『문화역사지리』제 16권 제 1호 통권22호, 한국문화역사지리학회, 2004.
41. 정희선, 조선통신사 닛코(日光) 유람의 문화관광학적 고찰, 『문화관광연구』, 한국문화관광학회, 2002.

선 사행기록의 모방과 답습에 기인했다[42]고 보았다. 다섯째, 17세기와 18세기의 대일사행을 비교문학적 측면에서 연구한 논문이 나왔다. 한승희는 1716년 己亥通信使의 파견과 의식개정에 대하여 德川吉宗의 정치적 이상이 막부초기의 형태로 돌아갔다는 선행연구를 반대하고, 일본국내에서 譜代門閥層의 권력 강화를 위한 목적과 德川吉宗의 강한 장군 권력을 위한 정치사상이 반영되었다[43]고 보았다. 김선희는 林羅山과 통신사가 교류함에 인식차가 있었다고 하였다. 이러한 차이는 일본을 교화하고자 하는 통신사와는 달리 林羅山은 일본을 중화로, 조선을 朝貢國으로 인식하였기 때문[44]이라고 보았다. Obata, Michihiro는 雨森芳洲가 대마도인의 시각에서 조선을 인식하였고, 新井白石은 江戶를 배경으로 조선이 일본에 종속되어 있다는 생각을 지니고 있다고 보았다. 그러므로 조선에 대한 멸시감과 문화적 열등감이 동시에 나타났다고 하였다.[45] 여섯째, 일본에서 통신사행을 수용하는 양상에 대한 연구가 있었다. 박찬기는 계미통신사행에서 발생한 최천종 살해사건을 소재로 『唐人殺し』류가 창작되었음을 밝히면서, 실록체 소설 『珍說難波夢』, 『朝鮮人難波の夢』이 생성되는 과정과 영향관계를 검토하였다.[46] 통신사행이 일

---

42. 한태문, 『海行摠載』소재 使行錄에 반영된 일본의 通過儀禮와 사행원의 인식, 『韓國文學論叢』26집, 韓國文學會, 2000.
43. 한승희, 기해통신사의 의식개정에 대한 새로운 검토, 『韓日關係史硏究』제16집, 한일관계사학회, 2002.
44. 김선희, 17세기 초기-중기 林羅山의 타자상, 『한일관계사연구』제16집, 한일관계사학회, 2002.
45. Obata, Michihiro, 근세 일본인의 조선인식의 한 측면, 『논문집』, 평택대학교, 2002.
46. 박찬기, 甲申年 朝鮮通信使와 實錄體小說 『朝鮮人難波の夢』, 『일본어문학』제8집, 한국일본어문학회, 2000.

본의 새로운 문화형성에 영향을 주었고, 그것이 현재까지 전해지고 있음을 밝힌 것이다. 일곱째, 대일 교섭의 분류에 관한 연구가 있었다. 김문식은 대일교섭의 추이를 '교섭재개기(1598~1636)', '정상적 교섭기(1636~1764)', '쇠퇴기(1674~1868)'로 구분하면서, 일본에서 학술문화가 발전할 수 있는 가능성을 焚書坑儒 이전의 古經이 일본에 남아있을 가능성, 일본학자의 문장과 어린 인재의 총명함, 출판문화의 발달 가능성에서 찾았다.[47]

이상에서 살펴본 바와 같이 우리나라에서는 대일사행문학에 대한 관심이 80년대 중엽이후 왕성하게 일어났음을 알 수 있다. 그 이후 현재까지 비록 기간은 짧았지만, 많은 연구 결과물이 축적되었다. 그러나 이들 연구의 대부분은 개별 작가나 작품론에 집중되었고, 시기별로도 임진왜란 이후의 대일사행에 집중되어 있어서 임진왜란 이전의 대일사행과 개항이후의 대일사행을 상대적으로 소홀히 한 면이 없지 않았다.

본 연구에서는 『해행총재』소재 사행록 작품군을 중심으로 '對日使行文學'의 통시적 변화를 고찰하여 사행에 참여한 기록자의 일본 인식과 문학적 형상화의 양상을 살펴보고자 한다.[48]

---

47. 김문식, 조선후기 通信使行員의 對日認識, 『大東文化研究』제41권, 성균관대학교 대동문화연구원, 2002.

48. 1876년 병자수호조약의 체결이후 1882년까지 대일사행이 이루어졌다. 이 시기에 파견된 사절단은 '修信使'라 하였다. 사행의 대상도 '幕府'가 아니라, 明治維新 이후 수립된 '일본정부'였다. 이처럼 개항이후에도 사행의 명칭과 대상이 달라졌을 뿐, 대일 사행록은 지속적으로 기록되었다. 그러나 전통적인 교린체제와는 성격을 달리하고 있기 때문에 본 연구에서는 다루지 않았다.

3. 연구범위 및 방법

조선에서 볼 때 일본은 중국만큼이나 중요한 외교 교섭국이었다. 비록 '바다'에 의한 제약이 있었지만, 지리적인 인접성으로 인해 중요성은 변하지 않았다. 이런 까닭에 일본으로의 사신파견은 삼국시대 이전부터 지속되어온 행사였다. 비록 과거와 외교형식이 달라졌지만 지금 이 순간에도 대일교류는 진행되고 있다. 우리와 일본은 오랜 세월동안 많은 사신을 파견하였지만 현재까지 대일사행의 체험을 기록한 '使行錄'은 많지 않다. 현재 대일사행에 관한 기록을 정리해 놓은 대표적인 저서가 『해행총재』이며, 여기에 수록되지 않은 사행록은 각지에 흩어져 있어서 찾아보기도 쉽지 않은 실정이다. 그러므로 본 연구에서는 『해행총재』에 수록된 작품[49]을 중심으로 '對日使行文學'의 통시적 변화를 살펴보고자 한다.

II장에서는 '朝鮮時代 對日使行 外交의 展開와 性格'을 정리하였다. 먼저 조선시대의 대일외교는 사행을 중심으로 이루어졌다. 사행은 목적지까지의 여행을 전제로 하기 때문에 노정이 중요하게 다루어졌다. 이러한 노정은 임진왜란을 전후로 하여 달라졌는데, 이는 임란

---

49. 본 연구에 인용된 작품들은 민족문화추진회에서 1977년 발행한 『국역 해행총재』와 민족문화추진회(인터넷)의 고전국역총서에 실린 『해행총재』의 내용을 인용하였다.

이전의 사행로가 일본에 이용되어 왜적의 침략로로 이용되었기 때문이다. 임란이후에는 사행로로 우회로를 이용하였고, 이 길을 따라 전별연과 의전행사가 행해졌다. 조선을 떠나서 일본에 도착한 사신은 정해진 해로와 육로를 따라 사행을 하였으며, 이 노정은 기상문제 등의 특별한 사정이 없는 경우 일정하게 진행되었다. 사행이 도착하여 머무는 숙소를 중심으로 조선의 지식인과 일본문사 사이에 한시수창이 행해졌고, 조선에서 찾아온 사행을 맞이하는 연회를 중심으로 조선의 詩·書·畵 등 다양한 문화가 일본으로 전파되었다. 이러한 교류는 일본의 문화를 발전시키는 원동력이 되기도 하였다.

조선의 대일사행에 대한 시기구분은 학자들마다 주장하는 바가 조금씩 다르다. 본 연구에서는 이들의 시대구분을 참조하여, 조선건국 이후부터 개항이전까지의 시기를 4기로 구분[50]하였다. 개항이후 수신사의 파견을 포함하였을 경우 5기로 구분할 수 있다.

III장은 '교린체제의 담당층 변화와 시각의 다양화'라 하였고, 제1기에 해당하는 1392년(太祖 1)~1598년(宣祖 31)까지의 사행기록을 살펴보았다. 조선건국 이전부터 왜구문제 해결은 정치·외교적으로 중요한 관심사였다. 이 문제를 해결하기 위해서 일본의 막부뿐만 아니라 지방 세력까지도 외교교섭의 대상으로 인식하고 있었다. 이러한 이원적 외교를 진행하던 조선이 일본의 지방 세력보다 정치·경제·군사 등 모든 면에서 우위를 점하게 되면서부터 당시 최대 관심사였던 왜구 문제는 通交者 문제로 전환되었다.

---

50. 제1기는 교린체제의 담당층이 변화하고 시각이 다양화하는 시기이며, 제2기는 교린체제를 모색하고 전쟁으로 인해 끌려간 조선인을 쇄환하려는 외교를 시행한 시기이며, 제3기는 문화교류를 재개하면서 대일인식이 변화하는 시기이며, 제4기는 문화교류가 다양해지고, 기록자의 대일인식이 심화되는 시기이다.

조선은 건국이후 임진왜란 이전까지 일본 각지에 69차례 사신을 파견[51]하였는데, 이 시기의 사행록으로 鄭夢周의 『奉使時作』, 宋希璟의 『日本行錄』(1420), 申叔舟의 『海東諸國記』(1471), 金誠一의 『海槎錄』(1590) 등이 있다. 제1기의 특징을 잘 드러내는 작품으로 宋希璟(1376~1446)의 『日本行錄』, 金誠一(1538~1594)의 『海槎錄』를 제시할 수 있다.

송희경은 대마도정벌 직후에 일본을 사행한 '新進士大夫'로 일본사행의 체험을 일기와 한시로 기록하였다. 반면에 김성일은 임진왜란 직전에 일본을 사행한 '성리학자'로 자신의 사행체험과 주장을 한시와 편지글로 기록하였다. 이 기록들은 임진왜란 이전을 배경으로 대일사행에서의 다양한 체험을 구체적으로 밝힌 것으로, 한시와 편지 등을 표현수단으로 문학적 의미를 부여한 것이다. 이들 일기, 한시, 서간문 형식과 申叔舟의 『海東諸國記』에서 발견되는 '見聞錄' 형식이 후대 대일사행록을 서술함에 있어서 典範으로서 기능하였다. 그러므로 이들 사행록을 중심으로 구성과 서술상의 특징을 살펴보는 동시에 기록에 나타난 일본인식을 규명해 보고자 한다.

IV장은 '교린체제의 모색과 피로인쇄환의 외교적 대응양상'이라 하였고, 제2기에 해당하는 1598년(宣祖 31)~1635년(仁祖 13)까지의 사행기록을 살펴보았다. 임진왜란이 끝난 직후인 1608년(宣祖 41) 8월 '探賊使'가 파견되었지만, 양국이 국교를 수립한 것은 '回答兼刷還使'를 통해서였다. 이들은 임진왜란 중에 끌려간 조선인을 刷還하고, 일본에서 보내온 국서에 회답한다는 목적을 지니고 파견되었다.

回答兼刷還使는 일본 사행에 대한 견문을 조선에 '報告'하려는 의

---

51. 강주진, 해행총재 해제, 앞의 책, 7~10쪽.

도를 지니고 있었고, 이러한 목적에서 매일의 경과를 일기중심으로 기록하였다. 뿐만 아니라 기사체를 원용한 '견문록'을 기록하여 '使行錄'에 구체성, 사실성, 객관성을 지니도록 하였다. 이 시기의 사행록으로 慶暹(1562~1620)의 『海槎錄』(1607), 吳允謙(1559~1636)의 『東槎上日錄』(1617), 李景稷(1577~1640)의 『扶桑錄』(1617), 姜弘重(1577~?)의 『東槎錄』(1624) 등이 있다.

이 기간 동안 사행이 3차례 진행되었지만, '刷還'이라는 동일한 목적을 지니고 17년이라는 비교적 짧은 기간 동안 과도체제로 시행되었기 때문에 뚜렷한 시대적 변모를 발견하기 어렵다. 이런 까닭에 이들을 통합하여 사행록 구성과 서술상의 특징, 기록에 나타난 일본인식을 살펴보고자 한다.

V장은 '문화교류의 재개와 대일인식의 변화'라 하였고, 제3기에 해당하는 1636년(仁祖 14)~1681년(肅宗 7)까지의 사행기록을 살펴보았다. 回答兼刷還使를 파견하여 일본을 탐색한 조선은 일본과 우호적인 관계를 회복하기 위하여 1636년(仁祖 14) '通信使'를 파견하였다. 임진왜란 이후 단절된 '통신사행'의 재개는 양국의 외교관계가 어느 정도 회복되었음을 의미한다.

이 시기의 사행록으로 任絖의 『丙子日本日記』(1636), 金世濂의 『海槎錄』과 『槎上錄』(1636), 黃㦿의 『東槎錄』(1636), 趙絅의 『東槎錄』(1643), 申濡의 『海槎錄』(1643), 기록자 미상의 『癸未東槎日記』(1643), 龍翼의 『扶桑錄』(1655) 등이 있다. 제3기의 특징을 잘 드러내는 기록으로는 金世濂의 『海槎錄』과 『槎上錄』, 南龍翼의 『扶桑錄』을 제시할 수 있다.[52]

金世濂(1593~1646)은 1636년(仁祖 14)의 혼란한 시대에 통신사로 일본을 사행하였다. 그는 자신의 소명의식과 체험을 일기체로 『海槎錄』

에 기록하는 동시에 한시체로는 『槎上錄』을 기록하였다.

그가 사행하던 시기는 明·淸 교체기로 당시 조선의 국내·외 정세는 불안정하였다. 일본에서도 幕府將軍이 정국을 완전히 장악하지 못하여 불안정한 상태에 있었다. 급변하는 시대를 배경으로 사행이 이루어졌기 때문에 사행에서는 무엇보다도 소명의식이 중시되었다. 동시에 일본에서는 통신사파견을 계기로 幕府장군의 권위를 인정받기 위해 '日光山'행사를 시작하였다.

이 해에는 국서를 전달한 이후 德川家康의 묘소가 있는 日光山을 유람하였지만, 1643년(仁祖 21)과 1655년(孝宗 6)에는 日光山에서 致祭를 행하였다. 혼란기를 지나 조선과 일본의 정세가 안정되면서 日光山 致祭는 폐지되었다.

南龍翼(1628~1692)은 국제질서의 안정을 배경으로 가족에 대한 관심사를 일기에 기록하는 한편, 일본을 사행하면서 지은 한시를 일기 뒤에 첨부한 『扶桑錄』을 남겼다. 그리고 임진왜란 이후 지속적으로 기록되었던 '見聞錄'을 체계화하였다. 이러한 使行錄 구성과 서술상의 특징, 기록에 나타난 일본인식을 살펴보고자 한다.

VI장은 '문화교류의 다양화와 대일인식의 심화'라 하였고, 제4기에 해당하는 1682년(肅宗 8)~1811년(純祖 11)까지의 사행기록을 살펴보았다. 통신사행은 關白의 습직을 축하하는 의례적 행사로 진행되었고, 양국의 우호를 돈독히 하는 임무를 지니고 있었다. 조선과 일본

---

52. 김지남과 홍우재는 『東槎日錄』과 『東槎錄』을 기록하였지만, 신유한이 위항문인인 이들을 대표할 수 있다는 점에서 신유한의 『해유록』만 논하기로 하였다. 임수간은 新井白石과 나눈 대화를 『江關筆談』에 기록하여 당시 일본과 세계에 대한 정보를 제공해 주고 있지만, 그가 기록한 『東槎日記』에는 사행의 견문이 부분적으로만 기록되어 있고, 일부분은 종사관의 일기로 대체하고 있다는 점에서 논하지 않기로 하였다.

의 정치적 안정을 바탕으로 사행이 이루어졌기 때문에 외교적 갈등보다는 문화교류의 측면이 강조되었다. 사행에 참여한 다양한 계층의 인물들이 귀국한 후에 자신의 체험을 기록으로 남기면서 일본과의 문화교류가 활발하다는 사실을 확인하게 된다. 기록자가 삼사에서 벗어나 역관, 서얼, 군관 등 위항문인으로 확대된 이 시기의 사행록으로 金指南의 『東槎日錄』(1682), 洪禹載의 『東槎錄』(1682), 任守幹의 『東槎日記』(1711), 申維翰의 『海遊錄』(1719), 曹命采의 『奉使日本時聞見錄』(1748), 趙曮의 『海槎日記』(1763), 柳相弼의 『東槎錄』(1811) 등이 있다. 제4기의 특징을 잘 드러내는 기록으로 申維翰의 『海遊錄』과 趙曮의 『海槎日記』를 제시할 수 있다.

申維翰(1681~1752)은 서얼의 신분으로 다양한 인물들과 어울려 시문을 창작하면서 위항문인으로서 자리하였다. 그는 제술관으로 일본을 사행하였으며, 이때 기록한 『海遊錄』은 일기체와 한시체를 결합한 형식이다.

趙曮(1719~1777)은 동래부사와 경상감사를 역임하면서 일본을 정확하게 이해하고 있는 외교전문가였다. 그는 실사구시를 바탕으로 일본을 관찰하였고, 그들의 발전된 문물을 조선에 도입하려는 시도를 하였다. 조엄은 자신의 체험을 『海槎日記』에 기록하면서 다양한 자료를 근거자료로 활용하였다는 점에서 대일사행문학을 집대성하였다고 할 수 있다. 그는 사행록을 기록함에 있어서 일기체와 한시체를 분리하였고, '見聞錄'은 기록하지 않았다. 이들 사행록의 구성과 서술상의 특징, 기록에 나타난 일본인식을 살펴보고자 한다.

VII장에서는 지금까지 논의에 근거하여 대일사행록의 역사적인 전개 양상을 고찰하여 통시적 변화를 살펴보고, 사행문학사적 의의를 밝혀보고자 한다.

Ⅱ. 조선시대 대일사행 외교의 전개와 성격

1. 사행의 노정과 성격

2. 사행의 시기별 유형과 성격

조선시대 통신사 문학 연구

1. 사행의 노정과 성격

　조선시대의 외교는 사행을 중심으로 이루어졌다. 사행은 외교적 목적을 달성하기 위하여 외국에 파견하는 사신행차로 통신사는 조선에서 일본으로 이어지는 사행노정을 따라 이동하였다. 조선건국 이후 개항이전까지 대일사행의 '노정'은 ① 倭京(壬辰倭亂 以前) ② 江戸(1603년 이후의 德川幕府) ③ 日光山(1636년~1655년) ④ 對馬島(1811년) 네 차례 변화를 겪었다. 이 변화는 일본의 정치적 변화와 밀접하게 관련되어 있으며, 조선과 일본의 정치적 관계를 반영한 것이기도 하다.

　중국 사행에서는 연행사가 편리한 노정을 모색하거나 요구[53]하였지만, 대일사행에서는 그러지 못하고 정해진 경로를 따라 이동하였다. 예외적으로 기상의 변화가 심한 경우에만 노정이 변경되었다.

---

53. 김태준, 연행노정, 그 세계로 향한 길, 『연행노정, 그 고난과 깨달음의 길』, 박이정, 2004, 51쪽.

1) 임진왜란 이전의 노정

조선은 건국이후 왜구문제를 해결하기 위하여 많은 노력을 기울였고, 그 일환으로 대마도정벌이 있었다. 대마도정벌 이후 조선에서는 일본에 사신을 파견하여 우호적인 관계를 회복하고자 하였다. 회례사로 파견된 송희경은 1420년(세종 2) 1월 15일 선린관계 유지를 바라는 세종의 친서와 일본에서 요청한 대장경을 지니고 한양을 출발하였다.

한양을 출발하여 부산에 이르기까지의 국내여정은 利川→安平驛→可興驛→忠州→聞慶館→幽谷驛→商山(尙州의 별호)→德通驛→善山館→星州→淸道館→密陽館→金谷驛→薺浦→金海館→金海府→溫井→梁山(東平館)→釜山浦로 이어졌다. 이 길은 임진왜란 시기에 일본의 침략로로 이용되었기 때문에, 임진왜란 이후에는 노정이 변경되었다.

이 노정을 따라 사행하는 통신사는 연도에서 그를 맞이하는 각지역의 지방관과 지인을 만나 담소를 나누기도 하고, 지방관이 베푼 연회에 참석하기도 하였다. 송희경은 동래에서 길을 안내하기 위해 기다리고 있는 일본인 승려 亮倪를 만나 동행하면서 한시를 수창하였다. 아직 영가대가 건립되지 않았기 때문에 2월 15일 부산포에서 배를 타고 초량을 거쳐 대마도에 도착하였다. 대마도는 정벌이후 경상도에 부속되었고, 이곳에서 송희경은 "朝鮮日本一家春"[54]이라고 하여 조선과 일본의 밀접한 관계를 확인하였다. 대마도를 떠나 壹岐島를 지나는 길에 崔云嗣(?~1402)의 사당을 발견하고 찾아가기도 하였

---

54. 宋希璟, 『日本行錄』, 앞의 책, Ⅷ-44쪽. 〈淸明阻風與倪下坐灣石示倪〉의 結句.

는데, 당시에도 대마도와 일기도는 조선과 일본을 이어주는 중요한 섬이었다.

일기도를 떠난 송희경은 朴加大에 도착하였다. 당시 이곳은 밤마다 도둑이 사람을 죽이지만 잡는 자가 없는 위험한 지역으로 당시의 막부권력이 미치지 못하고 있었다. 이로 인해서 송희경은 '칼을 차고 들어오는 일본인'[55]에 대한 두려움을 드러내기도 하였다. 朴加大 북쪽에는 여·몽 연합군의 일본 정벌 시기에 전몰한 고려인의 유적이 남아 있는 松亭이 있다. 九州探題가 왜경에 보고하는 동안 이곳에 머물러 있다가 赤間關을 거쳐 사행하였다.

赤間關에서 兵庫까지의 사행 경로는 해로를 이용하였다. 그런데 15세기에는 막부가 지방을 장악하지 못한 상황이었기 때문에 길목마다 해적들이 있었고, 이들에 대한 두려움을 지니고 있었다. 해로는 無隱頭美島→西關(黑石西關)→唐加島→多可沙只→小尾途津→肥厚州→都毛梁→無路→阿彌陀寺→牛澹→一場를 지나 兵庫로 이어진다. 兵庫는 王所[京都]와 2일 거리로 왕에게 보고하는 동안에 잠시 머물러 쉬는 곳이다. 사행은 이곳을 출발하여 王所에 도착한 이후 외교적 사명을 수행하고, 동일한 경로를 따라 회정하였다.

2) 임진왜란 이후의 노정

임진왜란으로 단절된 조선과 일본의 외교관계는 1607년(宣祖 40) 회답겸쇄환사의 파견으로 회복되었고, 1636년(仁祖 14) 이후 사행이 본격화되었다.

---

55. 宋希璟, 『日本行錄』, 앞의 책, VIII-58쪽. 〈作門〉의 詩序.

(1) 국내노정

소실 전 관왕묘 외경

통신사는 출발 날짜가 정해지면, 대궐에 들어가 하직 인사를 드리고 남대문을 지나 사행을 시작하였다. 성문을 나와 한강 가에 이르면 전송하는 사람들이 도로를 메우고 있었다. 이들과 작별한 뒤에 관왕묘에서 옷을 갈아 입고 부산을 향해 출발하는데 이 길은 관도와는 다른 길이다. 당시 한양과 부산을 잇는 육로 중에서 관도로 이용되는 길은 '嶺南大路'였다.

영남대로는 漢陽→龍仁→忠州→聞慶→大邱→淸道→密陽→梁山→東萊府로 이어지는 길로 '南路'라고도 하며 한양에서 충청도의 동북부 지방을 거쳐 경상도의 동래까지 뻗은 길이다.[56] 이 도로를 따라서 많은 도시가 위치하여 영남대로는 행정적으로 중요한 의미를 지닐 뿐만 아니라 군사적·경제적인 목적으로도 활용되는 가장 빠른 길이다. 그러나 사행은 외교적 목적으로 진행하는 행사이기 때문에 관도와는 노정을 달리하였다. 이러한 노선의 변경에는 임진왜란으로 인해 발생하던 민심이반 현상을 해소하려는 정치적인 의도가 반영되었다.[57] 사신을 위로하는 전별연도 이 사행로를 따라 이루어졌다.

사행을 떠나는 노정에 일정한 규칙이 있으니 갈 때는 좌도를 경유

---

56. 최영준, 『영남대로』, 고려대학교 민족문화연구소, 1990, 132쪽.

57. 정영문, 국내 '통신사 길'에 나타난 지방공연문화의 양상과 의미고찰, 『열상고전연구』30집, 열상고전연구회, 2009, 74~5쪽.

하고, 올 때는 우도를 경유[58]한다는 것이다. 左道는 良才→板橋→龍仁→陽智→竹山→無極→崇善→忠州→安保→聞慶→幽谷→龍宮→醴泉→豊山→安東→日直(一直)→義城→靑路→義興→新寧→永川→毛良→慶州→仇於→蔚山→龍堂→東萊로 이어지는 길이다. 한양에서 유곡까지의 구간은 영남대로와 일치하지만, 경상도에 이르면 안동, 경주 등으로 우회한다. 우도는 유곡에서 직진하여 洛東鎭을 건너, 대구까지 읍을 지나지 않고 직행하는 영남대로와는 달리 聞慶에서 咸昌→尙州→梧里院→善山→仁同→松林寺→大丘→梧桐院→淸道→楡川→密陽→無屹→梁山을 거쳐서 東萊로 가는 길이다.

통신사가 사행 노정을 오고 가는 데 있어서 가는 길과 돌아오는 길을 달리하였다. 이는 사행을 접대하는 지역의 부담을 줄여주기 위해서이다. 사행은 국가적인 행사이기 때문에 사신이 한양에서 부산까지 오가는 동안에 이들을 위로하는 전별연이 빈번하였고, 이로 인한 부담이 적지 않았다. 전별연을 위해 동원된 기녀들의 숫자만 백여 명에 달할 지경이었다. 여기에 사신일행에게 제공하는 지공의 부담도 적지 않아서 영남의 71고을이 부담을 분담하였지만, 그 폐단 또한 적지 않았다.[59] 결국 이러한 부담이 한 요인이 되어 대일사행은 1811년을 마지막으로 막을 내리게 된다.

---

58. 『증정교린지』, 제5권 '路文式'.
59. 趙曮, 『海槎日記』, 앞의 책, VII-45쪽. 연회가 처음에는 忠州, 安東, 慶州, 釜山 네 곳에서 이루어지다가 사신의 민폐를 줄이기 위하여 1655년(효종 6) 통신사행 때부터 忠州, 安東, 慶州에서는 열지 않았으며, 이를 정식으로 금지하기 시작한 것은 1719년(숙종 45) 통신사행 때부터이다.(『증정교린지』제5권.)

(2) 일본에서의 해로노정

복원한 영가대의 모습

일본에서의 사행노정은 막부에서 결정하였고, 이 노정은 일본 정치의 변화와 연관되어 있다. 통신사는 6척의 배에 나누어 타고[60], 대마도 선단의 호송을 받으면서 부산 永嘉臺[61]를 출항한다. 부산 영가대는 1623년 이후 일본으로 파견되는 사신들이 거쳐 가는 장소이며, 항해의 안전을 기원하는 '海神祭'가 진행되는 장소이다. 이런 까닭에 영가대는 대일사행에 있어서 사행의 '출발점'이자 '귀환점'[62]이며, 동시에 '제단'이기도 하였다.

신유한은 제술관의 신분으로 이곳에서 '해신제'를 관장[63]하였는데,

---

60. 『증정 교린지』, 제5권. 제 1척은 정사 일행이 타며, 국서를 받든다. 제 2척은 부사일행, 제 3척은 종사관 일행이 탄다. 복선 3척에는 복물을 나누어 실으며 당하역관이 각각 2원씩 타고, 일행의 원역이 나누어 승선한다.

61. 德川幕府가 들어선 일본과 국교가 회복되자 1614년 경상도 관찰사 권반이 해안방위를 위해 釜山浦에 대형 전함이 정박할 수 있는 선착장을 만들었다. 공사 중 퍼올린 토사가 쌓여 긴 언덕이 되자 언덕 끝 바다 쪽에 정면 4칸 측면 2칸의 정자를 세웠다. 이 정자가 永嘉臺로, 1623년 德川家光의 사신이 釜山浦에 온 이후 일본으로 파견되는 사신들이 거쳐 가는 장소가 되었다.

62. 申維翰, 『海遊錄』, 앞의 책, II-27쪽.

63. 申維翰, 『海遊錄』, 앞의 책, I-376쪽. "영가대(永嘉臺)에서 해신(海神)에게 기도하니, 전례에 따른 것이다. 대(臺)는 부산성 서쪽 큰 바다 위에 있었다. 높은 언덕이 10여 길인데 웅장한 각(閣)이 공중에 솟아 있었다. 누선(樓船)을 내려다보니, 절모(節旄)·고각(鼓角)·자리(茵)·장막 등 무릇 사신행차에 따른 기구와 복장의 성대한 것이 총총히 그 밑에 빙 둘러 서 있는 모습이 울연(蔚然)하여 마치 무성한 숲과 같았다." "禱海神于永嘉臺申舊例也臺在釜山城西大海上高丘十餘仞傑搆聳翠俯瞰樓船節旄鼓角茵帳凡使行器服之盛簇簇環其下蔚然若豐林碩草"

축문과 제사를 제술관이 담당하는 것은 관례였다. '해신제'를 지낸
뒤에 '영가대' 아래에서 배를 타고 출발하여 대마도를 거쳐 大坂까지
해로를 따라 이동하였다.

佐須奈浦에 입항한 이후 豊浦, 西泊浦, 琴浦라는 대마도 북부지역
의 항만이 왕복항로에 이용되어 대마도 府中으로 들어간다. 대마도
는 땅이 좁고 식량이 부족하여 경제적으로 조선에 의존하는 생활을
영위하였다. 이런 경제적 이유에 대마도를 정벌한 이후 태종이 대마
도를 경상도에 편입시킨 정치적 요인이 작용하여 조선에서는 대마도
주를 '藩臣'으로 인식하고, 대마도를 '屬州'로 인식하고 있었다. 통신
사는 날씨가 좋을 때까지 대마도에서 머물다가 대마도주의 안내를
받으며 江戶로 향하였다. 대마도를 출발한 사행이 처음 정박하는 곳
은 壹岐島 風本浦이다.[64] 이곳을 지나가던 신유한은 이곳이 가마를
엎어놓은 것 같은 형상이라고 하면서, 일본인들이 이곳을 개간하여
배고픔을 잊었다고 소개하고 있다.

일기도와 인접한 藍島는 통신사가 왕환하면서 스쳐 지나간 적이
없는 중요한 지역[65]으로, 사행이 이곳으로 오는 동안 3大海[66]를 건넌
다고 하였다. 비록 이곳이 거리로는 짧지만 조엄은 "兩海보다 배나
어렵고 험하므로 사신의 행차가 더욱 경계하고 두려워하는 곳"[67]이
라고 하였다. 이곳에 이르러 바다를 건너오면서 파손된 배를 정비하
고 일본 내륙으로의 사행을 준비한다. 조엄은 바다를 건너오는 경험

---

64. 『증정교린지』, 제 5권 水陸路程, 201~204쪽.
65. 한태문, 通信使의 海路路程에 반영된 한일문화교류, 『韓民族語文學』 제 45집, 韓民
　　族語文學會, 2004, 426쪽.
66. 釜山에서 佐須浦를 건너가는 480리, 對馬島에서 壹岐島까지 480리, 壹岐島에서 藍
　　島까지 350리를 일러 3大海라 한다.
67. 趙曮, 『海槎日記』, 앞의 책, Ⅶ-100쪽.

을 통하여 선박건조의 문제점을 지적하였다. 이런 지적은 "후일을 징계할 수 없기 때문"에 한다고 하였다. 지리적으로 藍島는 博多津과 50리 거리에 있었다.

博多津은 옛날 '西都'가 있던 지역으로 임진왜란 이전부터 역사적으로 중요한 지역이었다. 여기에서 김세렴은 시를 지어 박제상의 遺魂을 위로하였고, 조엄은 "朴堤上, 鄭夢周, 신숙주 세분이 오랑캐 지방에서 常道를 잡아 臣節을 굳게 지켜 衆望을 받았으니 일본인들이 조선 사람에게 禮待를 하게 되었다"[68]는 심회를 드러내었다. 이곳을 지나 도착한 赤間關에서부터는 육지에 둘러싸인 內海 水路를 따라 이동한다.

赤間關은 해륙교통의 요충지이며, 승경으로 일본에 소문난 지역이었다. 이곳에는 安德天皇神堂이 있어서 이를 한시 수창의 소재로 삼으면서 양국 문사들 사이에 교류가 일어나기도 하였다. 內海를 따라 사행하는 동안에 비바람을 만나지 않으면 정해진 포구에 기항하였는데, 上關, 韜浦, 牛窓, 室津 등이 대표적인 도시로 하루씩 정박하여 접대를 받았다.

上關은 수로의 요충지로 "포구 속에 배를 간직하고 포구의 언덕 위에 군사를 매복한다면 아무리 만 척의 배가 온다 하여도 형세가 뚫고 나가지 못하게 되었으니 하늘이 만든 關防"[69]이라고 말할 정도였다. 신유한 일행도 이곳에서 정박하였는데, 신유한은 '竈關'이라고 하면서 赤間만은 못하다고 평가하였다.

사행은 上關을 출발하여 鎌刈를 지나 韜浦에 이른다. 이곳에서 김

---

68. 趙曮, 『海槎日記』, 앞의 책, Ⅶ-112쪽.
69. 趙曮, 『海槎日記』, 앞의 책, Ⅶ-131쪽.

세렴은 일본의 戰船과 배의 제도를 보고 조선의 전선보다 못하다는 평가를 내리고 있다. 이러한 평가와 함께 대응책을 제시하고 있는데, 이는 임진왜란의 경험이 내면에 강하게 자리하고 있었기 때문이다. 신유한이 사행하던 18세기 초에 이르면 전쟁의 상흔이 사라졌기 때문인지 鎌끼에서 儒官 味木虎를 만나 교류하였다는 내용을 기록하고 있다. 그는 味木虎에 대해 말이 자못 들을 만하였고, 詩도 또한 平順하여 의사를 제대로 표현하였다는 긍정적인 평가를 내리고 있다. 일본 문사의 문학적 소양이 신장하고 있음을 확인하는 한편 도시의 번화함에 놀라움을 드러내고 있다.

縹緲層欄錦繡	아득한 층층 난간에는 비단이요
輝煌列肆珠球	빛나는 가게에는 보화로다.
居人自道鮫府	사는 이는 스스로 鮫人의 나라라고 하지만
過客渾疑蜃樓[70]	지나가는 나그네는 신기루인가 의심하네.

牛窓까지의 거리가 백리에 불과하므로 이곳을 지나치려는 通信使에게는 대마도주가 "沿路에 館을 설치하여 접대하는 것은 다 關白의 명입니다. 지방관이 소비한 것은 이미 還償할 수 없게 되었는데 지금 이곳을 그냥 지나쳐 가려 하면, 이것은 護行하는 藩臣으로 하여금 국법에 죄를 짓게 하는 것"[71]이라는 말로 정박하도록 청하기도 하였다. 신유한은 이곳 韜浦에서 비단과 보화가 가득한 도시를 보고 놀라움을 드러내고 있다. 이러한 감탄은 신기루가 아닌지 의심할

---

70. 申維翰, 『海遊錄』, 앞의 책, I-467쪽. 〈韜浦寫景六言絶句 八 2.〉
71. 申維翰, 『海遊錄』, 앞의 책, I-466쪽.

지경이다. 이런 번화함과 함께 울타리 옆에 자리한 무덤을 보고 이
국적인 일본의 풍속에 관심을 드러내기도 하였다. 조엄은 이곳에서
글씨를 구하는 자가 끊이지 않고 모여든다고 하였다. 그들은 寫字官
만 아니라 조금만 글씨를 쓸 줄 아는 이들이 있으면 글을 간청하여
받아간다고 하였다. 일본인의 문화교류에 대한 욕구를 재삼 인식하
고 있는 것이다. 이러한 변화를 확인하였음에도 그들의 문학적 경향
이나 동정을 살펴보려는 시도는 하지 않았다.

사행은 이곳에서 물이 좁고 옆에 막힌 데가 많은 해로를 따라 牛
窓을 지나 室津으로 갔다. 室津은 牛窓보다 문사간의 교류가 활발
하지는 않았지만, 신유한은 이곳의 자연에 대해서 자못 객의 회포를
상쾌하게 한다고 평가하고 있다. 이곳에서 兵庫를 지나 河口에 이르
렀다.

대마도 와니우하 한국전망대 조선역관순국비
— 조선역관이 탔던 선박

河口에서는 바다가 끝나고 물
이 얕으므로 배를 만 가운데에
두고 일본의 다락배에 옮겨 탔
다. 일본인이 가지고 온 배는
제작이 찬란하여 "樓船이 너무
사치하니 만약 關白이 타는 배
라면 사신이 감히 탈 수 없습니
다."[72]라고 할 정도였다.

배를 타고 도착한 大坂은 모든 배가 정박하는 곳이다. 여러 나라
에서 물건이 모이고, 酋長들이 모여 사치하고 화려한 지역이다. 문화
교류도 활발하여 신유한은 대판에 머무는 5일 동안은 글을 청하는

---

72. 申維翰,『海遊錄』, 앞의 책, I-475쪽.

일본인들이 많아서 쉴 겨를이 없었다고 하였다. 이곳을 떠나 수로를 따라 사행하던 사절단은 淀에 이르러 육로로 이동하였다. 조선에서 온 배 6척은 선장이[73] 지휘하여 이곳에 남아 사신이 돌아오기를 기다렸고, 다른 인원은 물이 얕은 관계로 平底船으로 갈아타고 이동하였다.

(3) 일본에서의 육로노정

京都에 도착한 이후 육로를 따라 사행하는데, 그 경로는 大津→森山→彦根→大垣→州股→名護屋→鳴海→岡崎→赤坂→吉田→荒井→濱松→見付→懸川→金谷→藤枝→江尻→吉原→三島→箱根嶺→小田原→藤澤→神奈川→品川→江戶로 이어지는 길이다.

사행이 京都에 도착하면 實相寺에서 公服으로 갈아입고 관소로 갔다. 삼사가 공복으로 갈아입는 이유는 皇都에 들어간다는 뜻을 표현[74]한 것이지만 신유한은 天皇의 궁이 使館의 서남쪽에 있지만 왜인이 숨기고 물어도 대답하지 않고, 궁궐을 바라보지도 못하게 하였다[75]고 기록하고 있다. 이런 까닭에 사행에 참여한 조선의 문사들 중에서도 일본 天皇의 정치적 의미를 정확히 파악하는 경우가 많지 않았다.

京都를 떠나 江戶로 가는 동안에 일정한 장소에서 숙박을 하였는데, 그 숙소를 중심으로 일본인과의 교류가 이루어졌다. 大津村의 동쪽을 關東이라고 하는데, 守山(森山), 佐和(彦根城)를 지나간다. 이

---

73. 『증정 교린지』, 제 5권.
74. 金指南, 『東槎日錄』, 앞의 책, VI-290쪽.
75. 申維翰, 『海遊錄』, 앞의 책, I-500쪽.

길은 關ヶ原 전투에서 승리한 德川家康이 將軍上京路로 사용하였는데, 여염집과 시전이 계속 이어져 있다고 기록하고 있다. 일본에서는 조선을 유일한 通交國으로 인정하고 있었기 때문에 이 길을 따라서 사행이 진행되도록 하였다고 한다. 이런 까닭에서인지 사행록에는 일본의 번화함에 대한 관찰기록이 지속적으로 나타나고 있다.

江戸에 도착하여 關白에게 국서를 전달한 뒤에 回程하였다. 예외적으로 1617년(光海 9)에는 伏見城에서 회정하였는데, 이 시기에 노정이 달라진 것은 관백이 伏見城으로 시찰을 나와 있었기 때문이다. 회정하는 길에 大佛寺 연회에 참석하는 일은 1614년 이후 관례적인 행사였지만, 1718년 豊臣秀吉의 願堂이라는 이유로 갈등을 빚은 이후 이곳에서의 연회는 취소되었다.

(4) 日光山 遊覽과 致祭

통신사가 파견된 1636년(仁祖 14), 德川幕府의 장군은 일본을 완전히 장악하지 못한 상태였다. 이에 대내외적으로 자신의 권위를 인정받기 위해서 통신사에게 日光山을 遊覽하도록 요청하였다. 日光山은 德川家康을 모신 묘소와 사찰이 있는 지역이기 때문에 이곳으로의 유람은 정치·외교적으로 매우 민감한 문제였다. 더구나 조선 조정의 명령을 받지 못한 사신들로서는 결정하기 어려운 일이었다. 그러나 '대마도주의 구원'과 '남방의 안전'을 목적으로 파견된 통신사라는 점이 정치적

일광산 동조궁 묘역과 조선의 물품

부담을 감수할 수 있게 하였다. 日光山行을 받아들인 일행은 江戸北門→越箇谷→糖壁(槽壁)→薪栗橋→小山→宇都宮(宇都宮奥)→大澤→今市(今浦市)→日光山으로 이동하였다. 이들의 이른바 '日光山遊覽'은 사행을 日光山으로 확대하는 계기가 되었다.

1636년 日光山行을 결정하고 유람하면서 일본 내륙의 자연과 화려한 사찰을 보았지만 三使는 '關白의 奢侈'한 일로 치부[76]하였다. 이는 당면한 문제를 해결하기 위한 불가피한 선택이었고, 조선조정과 일본막부 사이에 조율이 없었기 때문이다.

1643년(仁祖 21)과 1655년(孝宗 6)의 통신사는 江戸에서 국서를 전달하고 德川家康의 묘소가 있는 日光山에서 致祭를 행하였다.[77] 致祭는 유교식으로 진행되었고, 이는 조선의 유교제사 의식을 일본에 선보이는 역할을 하게 되었다.

1682년(肅宗 8)의 경우에는 통신사가 日光山치제에 사용할 焚香과 致奠을 준비하였지만, 對馬島에서 '관백이 아직도 省謁하지 않았으니, 다른 나라의 사신이

일광산치제에 사용한 악기

---

76. 1636년(仁祖 14) 통신사 金世濂은 日光山에 대하여 "이 산은 우리나라의 伽倻山과 모양이 비슷하나, 특별히 泉石이 좋은 것은 없었다. (중략) 관백은 財力을 다하여 사치를 극도로 하면서도 부끄러워할 줄 모르고, 심지어 유람을 청하면서 도리어 뽐내고자 하니, 어찌 그릇된 것이 아니겠는가."(金世濂, 『海槎錄』, 앞의 책, 110쪽. 大概此山彷彿我國伽倻山形而別無泉石勝國內第一名山如此其他可知倭俗崇信佛教古今同然而關白竭盡財力窮極奢侈曾不知愧至請遊觀反欲誇張豈不謬哉)라는 인식을 보였다.

77. 『通文館志』, 교린 하, 日光山致祭儀式. 1643년(인조 21)에는 처음으로 權現堂에 致奠하는 禮를 행하였고, 1655년(효종 6)에는 大猷院에 치전하는 예를 행하였다. 권현당에는 焚香만 하였다.

먼저 致奠할 수는 없다.'는 뜻을 알려와 행사준비는 연기되었고, 이후 행사는 폐지되었다.[78]

결국 日光山 遊覽과 致祭는 1636년, 1643년, 1655년 단 3차례 있었지만 이 행사는 통신사노정의 확대와 조선의 유교제사를 일본에 소개하는 계기가 되었고, 일본으로서는 막부의 정치적 안정화에 도움이 되었다.

---

78. 『通文館志』, 교린 하, 日光山致祭儀式.

2. 사행의 시기별 유형과 성격

　조선은 대륙과 해양의 특징을 갖추고 있으면서도 중국과 일본에 가로막혀 제한적인 외교관계를 맺을 수밖에 없었다. 외교를 맺은 국가가 제한적인 만큼 이들 국가와의 외교는 국가의 운명을 좌우할 만큼 중대한 일이었다. 이런 까닭에 조선으로서는 이들 국가와 항상 긴밀한 관계를 유지하기 위하여 노력하였고, 그 결과가 빈번한 사행으로 나타났다.

　문화적·경제적으로 선진국인 중국에 대해서는 매년 수차례의 사행이 준비되고 실행에 옮겨졌지만, 일본은 문화적·경제적 후진국이라는 인식과 자연 장애물인 '바다'로 가로막혀 있다는 지리적 요인 때문에 대일사행은 제한적으로 진행되었다.

　일본이 통일되기 이전에는 일본중앙정부의 영향력이 지방 세력에게까지 미치지 못했기 때문에 조선은 왜구문제, 피로인 쇄환, 경제적 교류 등의 문제를 해결하기 위해 다양한 지방호족들과 교류하였다. 그러나 조선의 영향력이 커가면서 왜구문제는 해결되고, 왜구는 통교자로 전환되었다. 일본이 내부적으로 통일되면서 양국의 외교관계는 막부단일체제로 전환을 모색하게 되었다.

　이러한 변화의 과정에서 발생한 임진왜란은 일본과의 외교에 있어서 중대한 전환점이 되었다. 임진왜란을 경험한 이후 조선에서는 일본이 '바다'라는 자연장애물에 의해 분리된 국가가 아니라, 인접한 국가라는 사실을 새삼 인식하게 되었다. 조선은 건국직후부터 사행을 파견하는 지역과 파견목적에 따라서 명칭을 달리하였고, 명칭에 따라 파견규모도 달리하였다. 시대가 변화하고 대일사행이 점차 증가하면서 사행체험을 구체적으로 기록하려는 시도도 많아졌다.

본 연구에서는 조선시대 대일사행문학에 대한 통시적 연구의 전단계로서 먼저 시기구분을 하고자 한다. 대일사행에 관심을 갖고 연구하기 시작한 이들은 국·내외의 사학자들이었고, 이들에 의해 대일사행의 시기구분도 이루어졌다.

① 일본학자인 三宅英利는 '통신사제도의 변화'를 기준으로 '국교재개기(1~3차)', '전기 안정기(4~7차)', '변혁기(1711)', '후기 안정기(9~11차)', '쇠퇴기(1811)'로 구분하였다.[79]

② 손승철은 '교린체제'를 기준으로 '조선전기(1392~1592)의 중화적 교린체제', '임란직후(1607~1635)의 중화적 교린체제의 부활', '조선후기(1636 ~1810)의 탈중화의 교린체제', '조선후기(1811)의 교린체제의 변질과 붕괴'로 구분[80]하였다.

③ 하우봉은 '사행의 명칭과 교류형태'를 기준으로 '교린관계 회복교섭기(1599~1635)', '교린체제의 확립·안정기(1636~1811)', '쇠퇴기(1811~1867)'로 구분[81]하였다.

④ 이원순은 '정치교류의 3단계적 위상, 통신사와 문위행의 구별'

---

79. 三宅英利, 손승철 옮김,『근세한일관계사연구』, 이론과 실천, 1991. 이 주장이 1986년 일본에서 제기되었으나 본 연구에서는 번역된 책을 참고하였다.
80. 손승철,『조선후기 대일정책의 성격연구』, 성균관대 사학과 박사학위논문, 1989.
81. 하우봉, 임진왜란 이후의 부산과 일본관계,『항도부산』9호, 부산직할시편찬위원회, 1992.

을 기준으로 '교린관계 회복교섭의 단계(1603~1635)', '통신사·참판사 문위행 이원교류의 단계(1636~1811)', '참판사 문위행 일원교류의 단계(1812~1867)'로 구분[82]하였다.

⑤ 김문식은 '대일교섭의 추이'를 '교섭재개기(1598~1636)', '정상적 교섭기(1636~1764)', '쇠퇴기(1674~1868)'로 구분[83]하였다.

이들의 시대구분을 살펴보면 기준과 시기는 각기 다르지만, 1636년의 통신사행을 기준점으로 보고 있음은 공통된다. 그 외에 三宅英利가 일본의 외교사적 입장에서 시대를 구분한 반면에 손승철, 하우봉, 이원순, 김문식 등 한국학자들은 임진왜란과 1811년 통신사행을 중요한 분기점으로 인식하고 있다. 이렇게 보면 사학계에서는 임진왜란, 1636년 통신사행, 1811년 통신사행을 분기점으로 보고 있음을 알 수 있다.

대일사행을 문학적으로 접근할 경우, 그 시기구분은 사학계의 인식과는 약간 다르다. 문학적 변모에 대한 기준과 시기구분을 살펴보면 다음과 같다.

① 한태문은 '외교체제의 성격'을 기준으로 '교린체제 모색기(1~3차, 1607~1624)', '교린체제 확립기(4~6차, 1636~1655)', '교린체제 안정기(7~11차, 1682~1764)', '교린체제 와해기(12차, 1811)'로 구분[84]하였다.

---

82. 이원순, 조선후기 한일교류의 위상, 『조선시대사논집』-안과 밖의 만남의 역사, 느티나무, 1992.

83. 김문식, 조선후기 通信使行員의 對日認識, 『大東文化研究』제41권, 성균관대학교 대동문화연구원, 2002.

84. 한태문, 『조선후기 통신사 사행문학연구』, 부산대학교 박사학위논문, 1995.

② 이혜순은 '사신의 시대적 변모'를 기준으로 '제1차~제3차 비문학적 인물의 참여', '제4차~제6차 사대부 문사의 기용', '제7차~제12차 위항문학의 부상'으로 구분[85]하였다.

학자들마다 대일사행을 구분하는 기준은 각기 다르지만, 대일사행을 구분하는 기준점은 어느 정도 일치하고 있다. 국문학계에서는 역사학계에서 제시한 임진왜란, 1636년 통신사행, 1811년 통신사행에 제7차(1682년) 통신사행을 또 하나의 기준점으로 제시하고 있다. 그렇지만 대마도에서 易地通信이 이루어지는 12차 통신사를 어느 시기에 포함시킬 것인가에 대해서는 통일되지 않았다. 본 연구에서는 '대일사행의 성격과 사행참여자의 인식'을 기준으로 대일사행의 통시적 변화를 살펴볼 것이기 때문에 1811년(순조 11) 통신사행은 구분하지 않기로 한다. 본 연구에서는 조선시대 대일사행문학을 ① 제1기 : 교린체제의 담당층 변화와 시각의 다양화, ② 제2기 : 교린체제의 모색과 피로인쇄환의 외교적 대응양상, ③ 제3기 : 문화교류의 재개와 대일인식의 변화, ④ 제4기 : 문화교류의 다양화와 대일인식의 심화로 구분하였다.

1) 제1기 : 교린체제의 담당층 변화와 시각의 다양화

조선을 건국한 신진사대부는 친명정책을 추진하였고, 1401년 3월에 명으로부터 詔命과 印信을 받았다. 이때부터 조선은 주변에 위

---

85. 이혜순, 『조선통신사의 문학』, 이화여자대학교출판부, 1995.

치한 국가나 세력에 대하여 '사대'외교와 '교린'외교[86]를 시행하였다. 1401년부터 명의 조공체제에 편입되었지만, 조선이 건국된 1392년(太祖 1)부터 실질적으로 외교를 진행하고 있었기 때문에 1598년(宣祖 31)까지의 대일사행을 분리하여 제1기 사행이라고 한다. 이 시기에 일본을 往還한 사행의 성격과 특징, 사행록의 형식과 내용상의 특징, 그리고 의미를 살펴보면 다음과 같다.

첫째, 15세기 대일외교의 관심사는 왜구문제 해결과 통교체제의 확립에 있었다. 이 시기의 대일외교는 신진사대부가 담당하고 있었다.

일본은 전통적으로 폐쇄적인 외교정책을 취하고 있었지만, 1403년 11월 足利義滿이 명에 조공을 바치면서 '日本國王之印'의 金印과 詔書를 받았다. 조공정책을 시행하여 명중심의 동아시아 국제질서 속에 편입[87]된 것이다. 1404년 7월 足利幕府에서 사신을 보내온 이후 조선에서도 '日本大將軍'을 '日本國王'으로 인정하고, 서계를 변경하여 국서를 보냈다. 이로써 동일한 국제질서 속에서 대등한 '교린'관계를 확립하였다.

그렇지만 조선정부는 막부와 '교린'하는 동시에 우월한 힘을 바탕으로 지방의 여러 大名, 영주, 상인 등과도 통교하는 '二元的 外交'정

---

86. '事大'는 '事大·字小'의 交隣之禮에서 유래한 말로 朝貢과 册封을 통하여 중국과 관계를 맺는 것이고(손승철, 『조선후기 대일정책의 성격연구』, 성균관대 사학과 박사학위논문, 1989, 13~15쪽.), '交隣'은 명의 책봉을 받은 대등한 위치의 국가들 간에 이루어지는 관계이다. 중국과 외교관계를 맺지 않은 주변 이민족이나 세력과는 '羈縻'정책을 통하여 관계를 맺었다. 이때 羈縻관계는 '羈縻不絶而已'이며, 말의 굴레와 소의 고삐라는 사전적 의미처럼 왕래를 통한 외교관계를 유지한다는 의미(손승철, 앞의 논문, 20쪽.)이다.

87. 손승철, 앞의 논문, 20~28쪽.

책을 시행하였다.[88] 이러한 정책을 시행한 것은 왜구문제를 보다 효율적으로 해결하고자 했기 때문이다. 이러한 정책을 시행하였기 때문에 1590년 일본을 사행한 김성일은 "두 나라가 한 집이 된 이후 조선에서 일본의 여러 殿에게도 수교하는 것을 허락하여 사신이 왕래한 지가 거의 2백 년이 되었다"[89]고 한 것이다. 15세기에 조선은 왜구를 억제하고, 왜구에게 잡혀간 사람들을 쇄환하기 위해서 교린정책과 무력정벌을 병행하였다. 대마도정벌 이듬해인 1420년(세종 2) 회례사로 일본을 사행한 송희경[90]은 대마도에 도착하여 정세를 관찰하고, 당시의 대마도 정세를 구체적으로 보고하였다.

> ① 조선이 21년에 이 섬에 정토를 행하고, 또 이 섬을 경상도에 부속시킨다는 문서가 전일에 이미 왔습니다. 이 섬은 바로 소이전(小二殿)의 조상 때부터 대대로 전해 오는 땅입니다. 이전(二殿)이 만약 이 말을 듣는다면 비록 백번 싸워 백번 죽을지라도 다투기를 그치지 않을 것입니다.[91]
>
> ② 전번에 이 섬의 패역(悖逆)한 사람이 상국을 침범함은, 첫째로

---

88. 손승철, 앞의 논문, 20~28쪽.

89. 金誠一,『海槎錄』, 앞의 책, Ⅰ-328쪽. 〈與對馬島主上副官書〉

90. 송희경이 일본으로 사행하던 시기는 李從茂의 대마도정벌(1419)이 있은 다음 해이다. 조선에서는 변방을 괴롭히는 왜구를 토벌하기 위하여 1419년(世宗 1) 봄에 조선에 와 있던 九州 왜인들은 돌려보내고 대마도 왜인은 구금한 뒤에 군대를 보내 대마도를 정벌하였다. 이때 九州에도 사신을 보내 안심시켰다.(『세종실록』, 1년 6월 6일 기묘조.) 일본에는 조선의 대마도정벌을 보고 朝·明 聯合軍이 일본을 공격할 것이라는 소문이 퍼져있었고, 이를 확인하기 위하여 室町幕府는 조선에 사신을 파견하여 국정을 정탐하였다.(송희경, 『일본행록』, 앞의 책, 26쪽. 〈老松堂日本行錄家藏〉) 조선에서는 막부를 안심시키기 위하여 '回禮使'를 파견한 것이다.

91. 宋希璟,『日本行錄』, 앞의 책, Ⅷ-50쪽. "朝鮮去年行兵於此島又屬慶尙道之文前日已來久矣此島乃小二殿祖上相傳之地二殿若聞則雖百戰百死爭之不已矣"

도도웅와(都都熊瓦)를 속이고, 둘째로 상천(上天)을 속이고, 또 전하(殿下)를 속였던 것입니다. 하늘이 드디어 이러한 사람을 싫어하였으니 어찌 오래 살 수 있겠습니까? 그 무리들은 이제 이미 다 멸망하였습니다. 거년에 정벌할 때에는 천토(天討)가 사리에 맞는 일이므로 우리는 한 개의 화살도 발사한 일이 없었습니다.[92]

①과 ②는 三昧多羅가 대마도정벌에 관하여 송희경에게 말한 부분이다. 조선은 건국직후부터 왜구문제에 많은 신경을 쓰고 있었고, 태종은 "대마도는 원래 경상도의 계림에 속한 조선의 영토이지만 해상의 왕래가 불편하여 백성들이 거주하지 않아서 왜노의 소굴이 되었다."고 인식하고 있었다.[93] 그런데 그들이 조선 해안을 계속적으로 약탈하자 1419년(세종 원년) 대마도를 정벌하고 경상도에 복속시켰다. 이때 三昧多羅는 경상도 복속을 거부하면서도 그 원인이 '전번에 이 섬의 패역한 사람이 상국을 침범'했다는 데 있음을 밝히고 있다. 이때의 '상국'은 조선에서 일본의 지방호족들과 통교할 때 '상국에 파견되는 使送船의 예'를 갖추도록 요구[94]하던 조선이었다. 그는 왜구를 '패역한 사람'이라고 보고, 상국에 대한 도리에 어긋나고 순리를 거스르는 일을 저질렀다고 하면서도, 왜구들의 약탈 행위를 '都都熊瓦, 上天, 殿下를 속인 일'이라고 하여 그들과의 관계를 부인하였다.

송희경은 신진사대부로 대마도정벌에 대한 세종의 친서와 대장경

---

92. 宋希璟, 『日本行錄』, 앞의 책, Ⅷ-52쪽. "此島悖逆之人侵犯上國一欺都都熊瓦二欺上天又欺殿下天乃厭之如此人安得久生乎其類今已盡滅矣去年行兵之時天討合宜故吾不放一箭"
93. 『세종실록』, 원년 7월 庚申.
94. 손승철, 앞의 논문, 41쪽.

을 지참하고 있었다. 이것을 일본의 막부장군에게 전달하여 양국의
유대관계를 회복하고자 하였다. 송희경의 사행이후에도 왜구문제를
해결하기 위한 노력은 지속되었다. 조선 초기에는 "저들이 성의를 가
지고 통신하니 우리도 성의로 예에 보답하는 것이 무엇이 해롭겠는
가."[95]라는 인식으로 대일외교에 임하였고, 1428(세종 11)년부터 통신
사파견이 정례화 되었다. 그러나 1443년(세종 25)이후 왜구의 침입이
줄어들면서 대일사행도 점차 감소하였다. 『조선왕조실록』에는 대일사
행이 점차 감소하게 된 이유가 우리나라 사람이 배 타는 것을 익히지
않았기[96] 때문이라고 하였다.

사행이 중지된 이후에는 대일외교가 일본에서 오는 통교자 문제
에 집중되었다. 양국의 무역이 증가하면서 일본인을 접대할 기회가
많아졌고, 이에 대한 기준을 정할 필요성이 생겼다. 이러한 이유에
서 1471년(成宗 2) 성종의 명을 받아 영의정 신숙주는 『해동제국기』
를 저술하였다. 신숙주는 책의 서문에서 일본과 수호통문하고, 풍속
이 다른 그들을 안무 접대하기 위해서는 반드시 그 실정을 알아야
만 한다고 하였다. 실정을 알아야 예절을 다할 수 있고, 예절을 다해
야 마음을 다할 수 있다[97]고 보았기 때문이다. 이러한 인식을 바탕
으로 일본, 九州 및 대마도, 일기도의 두 섬, 유구국의 국정을 서술하
고, 교빙왕래의 연혁과 사신접대의 절목 등을 기록하였다.

『해동제국기』가 기록되면서 사송왜인을 접대할 때 국왕의 사신, 여
러 추장의 사자, 구주절도사·대마도주 특송사자, 여러 추장의 사자·

---

95. 『세종실록』, 14년 5월 16일 癸酉.

96. 『세종실록』, 14년 3월 25일 甲申.

97. 申叔舟, 『海東諸國記』, 앞의 책, I-61쪽. "交隣聘問撫接殊俗必知其情然後可以盡其
禮盡其禮然後可以盡其心矣"

수직인 등 신분에 따라 접대하는 기준이 정해졌고, 이러한 기준은 임진왜란 이전의 대일외교에 활용되었다.

둘째, 16세기 대일외교의 관심사는 '일본정세의 파악'에 있었고, 성리학자[98]가 이를 담당하였다.

조선을 괴롭히던 왜구들이 통교자로 전환되던 1443년 이후 조선에서는 통신사 파견을 중지하였다. 해로가 험난하여 조난을 당한다는 현실적인 문제[99]도 원인이었지만, 시간이 지날수록 일본의 막부와 '교린'외교를 지속해야 할 의미가 감소하였기 때문이다. 1467년 일어난 '應仁의 난'이후 일본은 내전상태가 지속되면서 조선과 외교할 능력을 상실하였다. 이로 인해 통신사 파견이 중지된 지 147년이 지나는 동안 조선과 일본에서는 많은 변화가 일어났다. 조선에서는 신진사대부에서 성리학자로 정치세력이 교체되었고, 일본에서는 풍신수길이 상업자본으로 대표되는 화폐와 신식무기인 철포[100]를 기반으로 일본을 통일하였다. 풍신수길은 1586년(선조 19) 6월 7일 대마도주 宗義調와 그의 아들 宗義智를 만나 대마도의 영유권을 승인해 주면서 조선에 '國王入朝의 요청'을 전달하도록 하였다.[101] 이러한 명령을 받은 대마도주는 조선과 지속적으로 교류하고 있었기 때문에 풍신수길의 명령이 실현 불가능하다는 사실을 알고 있었다. 그렇지만 1587년(선조 20) 일본의 국왕이 교체되었다는 사실을 조선에 알리

---

98. 조선은 성리학을 기반으로 함에도 불구하고, 15세기와 16세기의 성리학자는 성격을 달리하였다.

99. 『세조실록』, 6년 4월 13일 戊午.

100. 이우성, 豊臣秀吉 政權과 學峯先生의 「海槎錄」, 『학봉의 학문과 구국활동』, 학봉선생기념사업회, 1993, 238~9쪽.

101. 이우성, 앞의 논문, 240쪽.

고 통신사 파견을 요청하였다. 당시 조선에서는 수직인인 橘康年을 통하여 일본에서 적자를 바꾸어 새로운 왕을 세웠다는 소식과 가까운 시일에 通仕하려고 한다는 소식을 접하고 있었다.[102] 그러나 대마도주가 통신사파견을 요청하였을 때, 수로가 아득하여 사신 보내는 것을 허락하지 않는다고 거절하였다.[103] 이러한 결정은 일본으로 사신을 파견한 지 백여 년이 지나 일본에 대한 정보가 정확하지 않은 상황에서 나왔다. 조선에서는 해금정책을 시행하여 특별한 경우가 아니면 바닷길을 이용하지 않았기 때문에 일본에 대한 정보수집이 쉽지 않았다. 이런 까닭에 조선에서는 풍신수길이 임금을 시해하고 새로운 왕이 되었다는 소식만 접하고 있었기 때문에 그를 '역적'[104]으로 인식하고 있었다. 이러한 성리학적 인식이 통신사 파견을 더욱 어렵게 하였다.

수로의 험난함을 이유로 통신사 파견을 거절하자 대마도주는 아들을 보내어 근래에는 해구가 탕평되어서 해로가 막히는 어려움이 없다[105]고 하면서 일본까지 안내할 것이라고 하였다. 이러한 반응에 거절할 명분을 잃은 조선에서는 정해년 2월 조선의 변방을 침략한 五途島主와 避難島主, 叛賊 沙乙蒲同과 賊魁 4~5명을 묶어 보내줄 것과, 이 사건으로 인해 포로가 된 백성을 쇄환해 줄 것을 요구하였다. 140여 년 만에 통신사 파견을 요청하는 일본의 의도를 파악할 필요가 있었던 조선에서는 정지되어 있던 양국의 외교관계를 복원하기 위해서 피로인 쇄환과 책임자 처벌을 명분으로 제시한 것

---

102. 『선조실록』, 20년 9월 7일 계사.
103. 『선조수정실록』, 20년 9월 1일 정해.
104. 『선조실록』, 21년 1월 3일 정해.
105. 『선조실록』, 22년 9월 계축.

이다.

대마도주가 명분을 수용할 것이라고 생각한 조선조정에서는 1589년(선조 22) 11월 18일 통신사로 상사 황윤길, 부사 김성일, 서장관 許筬을 임명하였다. 이들 삼사는 중국 사행을 다녀와서 외교실무에 경험이 있거나 통신사 파견에 적극적인 인물이었다. 통신삼사가 결정된 이듬해 2월 28일 피로인 김대기·공태원 등 116명과 沙乙蒲同 등이 도착하자 인정전에서 의식을 행하였다.[106]

통신사는 3월 6일 일본국왕사절과 함께 한양을 출발하였는데, 부사로 참여한 김성일은 일본을 사행하고 돌아와 『해사록』을 남겼다.

> 바다가 막혀 소식을 전할 수가 없었던 탓에 살았는지 죽었는지를 전혀 들어 알지 못했으므로 한번 접대를 시작한 뒤에는 비록 수백 년이라도 계속하여 폐지하지 않았으니, 이것은 세 분 족하가 일찍이 알고 있는 바입니다. 이번에 사신이 올 적에 우리 전하께서는 이웃 나라와 수교하는 우의를 생각하여 여러 전(殿)에게도 은전(恩典)을 내려 경극(京極) 세천(細川) 등 여섯 전에게 모두 예물이 있었습니다. 그런데 귀국에 도착하여 보니, 위에서 말한 여러 전(殿)들은 생존한 자가 한 사람도 없었습니다.[107]

김성일은 일본을 사행하면서 과거 조선과 교류했던 지방의 영주 중에서 생존한 자가 없다는 사실을 알았다. 이러한 일본 정치권의

---

106. 『선조실록』, 23년 2월 28일 경자.
107. 金誠一, 『海槎錄』, 앞의 책, Ⅰ-328쪽. 〈與對馬島主上副官書〉 "惟其滄海限隔 聲聞 莫接 其存其沒 俱莫聞知 故一番接待之後 則雖累百年 未嘗廢絶 此三足下之所曾知 也 今茲使臣之來也 我殿下念交隣之義 推恩數於諸殿 有若京極細川等六殿處 皆有 禮物矣 及到貴國 則右等諸殿 無一人存者"

변화는 통신사에게 중요한 정보였고, 김성일은 이러한 사실을 〈與對馬島主上副官書〉에 구체적으로 기록하였다. 일본에 대한 정보를 『해사록』에 기록한 김성일은 조선을 대표하는 성리학자로 '명분'과 '의리'에 바탕을 두고 일본과 외교를 진행하고자 하였다. 이러한 까닭에 편파적인 말과 부정한 행실을 발견하면 반드시 시정하려고 하였다. 이러한 태도로 인해 사행하는 동안에 대마도주는 물론 황윤길, 허성 등과 예의논쟁을 벌였다.

대마도주는 경제적으로 조선에 의지하고 있지만 조선의 예의에는 어두웠다. 이로 인해서 통신사와 대마도주 사이에 갈등이 상존하였고, 이러한 갈등은 통신사행이 막을 내리는 1811년까지 지속적으로 나타나고 있다. 그리고 대일외교에 임하는 통신삼사의 자세도 각기 달랐는데, 김성일은 성리학적인 태도로 일본과의 외교에 임한 반면에 황윤길과 허성은 실리적인 측면을 강조하고 있었다. 이러한 관점의 차이는 귀국하여 선조에게 일본의 실상을 보고하는 순간까지 지속되었다.

셋째, 신숙주의 『해동제국기』, 김성일의 『해사록』 등은 대일사행에 있어서 전범이 되었다.

임진왜란 이후 일본을 사행한 조선의 문사들이 일본인과 외교적인 행사를 진행함에 있어서 전례를 중시하였다. 이때 전례를 확인하는 방법으로 활용한 것이 전대의 사행록이다. 그러므로 대일사행에 있어서 사행록은 단순한 개인적인 체험의 기록이 아니라 후대의 사행을 준비하는 기록이었다. 일본을 사행하면서 과거의 기록과 현재의 상황을 비교하면서 그 차이를 기록하고 있는 것은 바로 이러한 이유에서이다.

신숙주의 『해동제국기』, 김성일의 『해사록』 등에 기록된 내용을 인용하면서 직면한 문제를 해결하려는 태도는 이들 사행록이 전범으로서 기능하고 있음을 보여준다. 남용익이 『문견별록』에서 "신무(神武)로부터 칭광(稱光)에 이르기까지는 이미 신숙주의 『해동기(海東記)』 가운데 기재되어 있습니다. 그러나 잘못되고 빠진 것이 꽤 있기에 다시 보탤 것은 보태고 줄일 것은 줄였다"[108]고 언급한 내용에서 이러한 사실을 구체적으로 확인할 수 있다. 그리고 조엄이 '사신 일행이 참고하여 열람할 자료' 중에 신숙주의 『해동제국기』와 김성일의 『해사록』이 기록되어 있다[109]는 사실은 임진왜란 이전에 기록된 사행록이 후대의 사행에 있어서 전범으로 기능하고 있음을 보여준다.

이들 사행록은 전례의 내용을 확인하는 수단으로서 기능할 뿐만 아니라 서술형식에 있어서도 후대에 영향을 주었다. 신숙주는 예전의 전적과 통신사행의 경험을 바탕으로 '견문록'형식으로 『해동제국기』를 기록하였다. 이러한 형식은 임진왜란 이후의 산문화경향과 결합하여 임진왜란 이후 '견문록'의 형성에 많은 영향을 주었다.

『일본행록』에 사용된 한시와 詩序로서의 일기, 『해사록』에 사용된 일기와 독립적인 서간문을 임진왜란 이후에 발견하기는 쉽지 않다. 현재까지 발굴된 대일사행록이 많지 않기 때문에 『일본행록』과 『해사록』에 사용된 형식이 변별성을 지닌다고 단정하기는 어렵지만, 임진왜란을 기점으로 서술형식에 변화가 일어났음은 확인할 수 있다. 임진왜란 이후의 대일사행록에서도 서간문을 지속적으로 기록하고

---

108. 南龍翼, 『聞見別錄』 倭皇代序, 앞의 책, VI.
109. 趙曮, 『海槎日記』, 앞의 책, VII-53쪽.

있지만, 개인적인 내용이 줄어들면서 서간문의 위치도 일기에서 분리하고 있다. 이러한 서술형식의 변화는 시대적 요구에 의한 것이며, 『일본행록』, 『해사록』 등에서 출발한다고 할 수 있다.

2) 제2기 : 교린체제의 모색과 피로인쇄환의 외교적 대응양상

임진왜란과 정유재란을 겪은 조선에서는 각 방면에 엄청난 피해를 입었고, 일본에 대한 적대감은 극에 달하여 '반드시 복수해야할 원수'로 인식하고 있었다. 이런 분위기에서도 양국의 정치적인 필요성에 의해 사행은 재개되었다. 사행이 재개된 1592년(宣祖 25)부터 통신사행이 시작되기 직전인 1635년(仁祖 13)까지의 대일사행을 제2기 사행이라고 한다. 이 시기에 일본을 往還한 사행의 성격과 특징, 사행록[110]의 형식과 내용상의 특징, 그리고 의미를 살펴보면 다음과 같다.

첫째, 대일외교의 관심사는 '교린체제의 모색'에 있었다.

德川家康이 江戶에 막부를 세우면서 조선과 일본의 외교는 새로운 전기를 맞이하게 되었다. 당시 조선에서는 일본의 재침에 대한 두려움을 지니고 있었고, 여진족이 성장하고 있어서 동아시아 국제질서의 변화를 예상하고 있었다. 여기에 민심을 안정시키기 위해서는 피로인을 쇄환해야 한다는 현실적인 문제까지 있었다. 일본에서는 전국을 통일한 德川幕府의 권위를 국제적으로 인정받고자 하였다. 이를 위해서 그동안 대마도주가 담당하던 조선과의 교섭을 막부로 이관하였고, 德川가문이 임진왜란과는 무관하다는 사실을 주장하였다.

양국에서 국교수립의 필요성은 인식하고 있었지만, 조선의 입장에서는 국교수립을 위한 명분을 확보해야만 했다. 전쟁의 상흔을 극복하지 못한 상태에서 대일외교를 진행할 수는 없었기 때문에 민심을 수습하고, 왕조에 대한 권위를 확인하기 위한 명분을 구하게 되었다. 이러한 까닭에 선조는 대마도주를 통해 德川家康의 書契와 임진왜란 때 도굴된 성종과 중종의 왕릉을 파헤친 범인의 인도를 요구하였다. 서계와 범인의 진위는 중요한 문제가 아니었기 때문에 대마도주가 범인을 인도했을 때, 위범이라는 사실을 알고 있으면서도 회답겸쇄환사를 파견하였다.[111] 당시의 상황인식은 ‘국가를 안정시키고 백성을 보호하는데 일률적으로 논의를 싸잡아 말할 수 없다.’[112]는 선조의 말에서 확인할 수 있다. 외교사절을 파견한다는 사실은 결정되었으나, 양국 사이에 ‘신의’가 이루어지지 않았다는 인식에서 ‘통신사’라는 명칭을 사용하지 않았다. 당시 대일사행의 목적이 국서에 대한 회답과 피로인의 刷還에 있다는 의미에서 ‘회답겸쇄환사’라고 하였다.

---

110. 이원식, 통신사기록을 통해 본 대일본인식, 『국사관논총』제76집, 국사편찬위원회, 1997 참조.

서기	조선 일본	간지	정사	부사	종사관	제술관	역관	사행록(저자·신분)
1607	宣祖 40 慶長 12	丁未	呂祐吉	慶暹	丁好寬	學官 楊方世	金孝舜·朴大根 韓德男	海槎錄(경섬·부사)
1617	光海君 9 元和 3	丁巳	吳允謙	朴梓	李景稷		樸大根·崔義吉 康遇聖·鄭純邦 韓德男	東槎上日錄 (오윤겸·정사) 東槎日記(박재·부사) 扶桑錄 (이경직·종사관)
1624	仁祖 2 寬永 元	甲子	鄭岦	姜弘重	辛啓榮		朴大根·李彦瑞 洪喜男·康遇聖	東槎錄(강홍중·부사)

111. 『선조실록』, 39년 8월 己未.
112. 『선조실록』, 39년, 10월 癸亥.

일반적으로 조선과 일본의 외교에 있어서 가장 중요한 것은 '국서'였다. 양국이 평화롭게 지내는 시기에도 외교 실무자 사이에는 국서로 인한 갈등이 빈번하게 발생하였다. 그러나 이 시기에는 국서의 내용보다 교린체제의 확립이 중요한 문제였다.

회답겸쇄환사인 경섬은 대마도에서 德川家康의 국서에 문제가 있음을 알았다.[113] 秀忠의 회답서에 '日本國王'이 아닌 '源秀忠印'이라는 印章이 사용된 것과 "拜復이나 이제 옛 국교를 다시 맺으려는데 폐방이 또한 어찌 소홀한 뜻이 있겠습니까?" 라는 구절이 잘못되어 있었던 것이다. 그러나 이런 잘못을 적극적으로 수정하려고 하지 않았다. 이렇게 행동한 이유는 조선에서 사신을 파견한 중요한 목적이 '쇄환'과 '교린관계의 확인'에 있다고 생각했기 때문일 것이다. 이로 인해 여우길, 경섬 등은 귀국 후에 탄핵을 받게 된다.[114] 2차 회답겸쇄환사 이후에는 일본의 회답서에 대한 삼사의 사전열람이 강화[115]되었다. 이렇게 보면 회답겸쇄환사는 교린관계를 모색하는 시기의 사행이라고 할 수 있다.

둘째, 대일외교의 관심사는 '피로인쇄환'에 있었다.

조선에서 회답겸쇄환사를 파견하면서 부여한 일차적인 임무는 왜란으로 일본에 잡혀간 피로인을 쇄환하는 것이었다. 물론 일본에 쇄환사를 파견한 것은 이 시기가 처음은 아니었다. 조선은 건국직후부터 대일외교의 첫 번째 목적을 '왜구문제 해결'에 두고 있었고, 이 문제는 피로인 쇄환과 결부되어 있었다.

---

113. 慶暹, 『海槎錄』, 앞의 책, II-258~9쪽.
114. 『선조실록』, 40년 6월 庚寅.
115. 李景稷, 『扶桑錄』, 앞의 책, III-83~4쪽.

그러나 임진왜란으로 일본에 끌려간 인원이 많았기 때문에 피로인 쇄환은 민정을 안정시키기 위하여 다급하게 처리해야할 문제였다. 이런 목적과는 달리 실제 사행으로 쇄환한 피로인의 수는 1차에 1418(1240)명[116], 2차 321명, 3차 146명[117]에 불과했다. 피로인 쇄환이 2차 사행이후 급격하게 줄어든 것은 쇄환이 효과적이지 못했다는 사실을 의미하며, 이는 조선이 대일사행을 통해 얻고자 했던 실익을 얻어내지는 못했음을 의미한다. 쇄환사가 맡은 바 임무를 완수하지 못한 이유는 '일본에 대한 정보부족'과 '성리학적 인식'에 있다.

대마도주와 幕府의 집정 등 외교실무자에게 '쇄환'은 양국수교를 위한 명분용이었다. 諭文을 지참한 삼사의 첫 교섭 대상자는 대마도주와 그의 가신 柳川氏였다. 일본에 대한 정확한 정보를 얻지 못한 상태에서 대마도주를 의지하였지만, 대마도주는 수교를 돕는 것이 목적이었기 때문에 능동적으로 행동하지 않았다. 이러한 이유로 2차 쇄환과 3차 쇄환이 진행되면서 대마도주는 "관백의 명령이 있기 전에 먼저 자의로 피로인을 쇄환하는 것은 혹 참소의 빌미가 되어 사기를 그르칠 수 있다고 하면서 완곡히 거절"[118]하기에 이르렀다. 관백을 만나 조선국왕의 국서를 전한 삼사는 執政에게 피로인 쇄환에 충실한 것이야말로 誠信을 보일 수 있는 것이라고 하면서 쇄환에 힘

---

116. 慶暹, 『海槎錄』, 앞의 책, II-325쪽. "되돌아오는 포로를 점검해 보았더니 남녀 합쳐 겨우 1천 4백 18명이었다."고 하였는데, 실록(『선조수정실록』, 40년 8월 1일 辛酉.)에서는 "일본으로부터 돌아오면서 포로가 되었던 남녀 1천 2백 40여 명을 쇄환하였다"고 하여 차이를 보이고 있다.
117. 1차 쇄환 : 慶暹, 『海槎錄』, 앞의 책, II-325쪽. 『선조수정실록』, 40년 8월 辛酉.
    2차 쇄환 : 『광해군일기』, 9년 10월 丁巳.
    3차 쇄환 : 『인조실록』, 3년 13월 辛酉.
118. 李景稷, 『扶桑錄』, 앞의 책, III-25쪽.

써 줄 것을 요청하지만 그들도 개입하지 않았다.[119]

그리고 왜란이 끝난 지 20년이 경과한 상태에서 쇄환이 시작되어 피로인의 사정, 귀국 후의 생활에 대한 불안감, 일본인들의 방해 등 현실적인 제약이 많았지만 회답겸쇄환사 이를 해결할 능력이 없었다. 여기에 柳川氏가 일본의 사정이 조선과 다름을 주장하였지만, 이를 이해하지 못한 인식의 한계도 중요한 요인이었다. 이러한 까닭에 면죄, 면천, 면역한다는 諭文을 작성하여 홍보수단으로 이용하거나, 역관들을 귀환자들이 사는 지역 부근까지 파견하여 쇄환을 돕거나, 별도의 쇄환선을 마련하여 사행과 함께 귀국하도록 조치[120]하는 일이 대부분이었다.

셋째, 사행록이 일기체와 견문록 중심으로 전환되었다.

회답겸쇄환사는 일본을 사행하면서 자신의 견문과 감상을 기록으로 남겼다. 이 시기의 사행록을 임진왜란 이전의 사행록과 비교해 볼 때, 기록 형식에 있어서 큰 차이를 발견할 수 있다. 임진왜란 이전에는 한시체 사행록도 기록하였지만, 회답겸쇄환사는 일본인에 대한 두려움과 적개심을 지니고 일본을 사행하였기 때문에 사행을 하는 동안에 한시를 지을 여유를 갖기 어려웠다. 그러므로 사행록에서 한시를 발견하기는 쉽지 않다. 여기에 일본을 사행하면서 견문한 내용을 기록하여 조정에 보고하기 위해서는 한시형식보다 일기형식이 효율적이었다.

사신들이 기록한 사행록은 후대의 사행에 참고가 될 뿐 아니라,

---

119. 李景稷, 『扶桑錄』, 앞의 책, III-90쪽.
120. 慶暹, 『海槎錄』, 앞의 책, II-322쪽

일본에 대한 정책을 수립하는 데 있어서도 기초적인 자료로 활용되었다. 그러므로 일기체의 단점을 보완하는 방법으로 견문록을 활용하였다. 이 시기의 견문록은 '왜국의 제도와 법령, 풍속을 뽑아서 다음에 대강 적는다.'라고 제목도 없이 견문을 기록하고 있지만, 일본의 지세, 천황과 관백, 양전, 양병, 행군하는 법, 병기, 배의 제도, 성쌓는 제도, 거리, 성씨, 형벌, 일본인의 기질, 혼인하는 예절, 의복제도, 상무, 장례 등 일본에 대한 다양한 사실을 기록하였다. 간략하게 기록할 수밖에 없었던 것은 독자적인 가치를 지닐 만큼 자세한 내용을 습득하지 못했기 때문이다.

3) 제3기 : 문화교류의 재개와 대일인식의 변화

조선에서는 청과 일전을 준비하면서, 일본과는 외교관계를 정상화하고자 하였다. 일본과 교린외교를 다시 시작한다는 의미에서 사신의 명칭을 회답겸쇄환사에서 通信使로 고치고, 1636년(인조 14) 일본으로 사신을 파견하였다. 이 시기에 파견된 통신사는 사행의 여정을 日光山으로 확대하였다. 1636년(인조 14)부터 日光山 여정이 막을 내리는 1655년(효종 6)까지의 대일사행을 제3기 사행이라 한다. 이 시기에 일본을 往還한 사행의 성격과 특징, 사행록[121)]의 형식과 내용상의 특징, 그리고 의미를 살펴보면 다음과 같다.

첫째, 문화교류가 새롭게 시작되었다.

조선은 1636년(仁祖 14) 이후 사행의 명칭을 '회답겸쇄환사'에서 '통신사'로 변경하였다. 이러한 명칭 변경은 진정으로 '誠信을 통했다'는 의미보다는 조선과 일본의 관계가 안정되면서 재정립되었음을 의미한다. 임진왜란으로 단절된 외교관계를 회답겸쇄환사가 회복시켜주었다면, 通信使는 외교관계를 본격화한다는 사실을 의미한다. 명칭이 변경된 이후 피로인 쇄환의 목적은 약화되고 문화사절단의 기능이 중시되었다.

통신사행을 하던 남용익은 74세의 피로인 崔加外를 만났다. 그는 일본으로 잡혀온 지 50년이 지났지만, 고향을 그리워하며 귀국하기를 원한다. 그러나 남용익은 그를 불쌍하게 여기면서도 양식을 주고 돌려보냈다. 이런 일이 발생한 것은 사실상 피로인쇄환이 끝났음을 의미한다.

반면에 1636년(仁祖 14) 협의 이후 사절단에 문화적 교류를 위한 수행원들이 참여하고 있다. 회답겸쇄환사가 하기 힘들었던 '문화교류'가 통신사의 파견으로 재개된 것이다. 일본인들은 통신사를 문화를 수용하는 통로로 여기고, 밤낮으로 찾아와 교류하였다.

글씨와 그림을 청하는 왜인이 밤낮으로 모여들어, 박지영·조정현·김명국이 괴로움을 견디지 못하였는데, 심지어 김명국은 울려고까

---

121. 이원식, 통신사기록을 통해 본 대일본인식, 『국사관논총』 제76집, 국사편찬위원회, 1997 참조.

西紀干支	朝鮮日本	정사	부사	종사관	제술관	서기	역관	사행록(저자·신분)
1636 丙子	仁祖 14 寬永 13	任絖	金世濂	黃屎	吏文學官 權伌	文弘積 文邲	洪喜男 姜渭賓 康遇聖 李長生	丙子日本日記(임광·정사) 海槎錄·槎上錄 (김세렴·부사) 東槎錄(황호·종사관)
1643 癸未	仁祖 21 寬永 20	尹順之	趙絅	申濡	讀祝官 朴安期		洪喜男 李長生	東槎錄(조경·부사) 海槎錄(신유·종사관) 癸未東槎日記
1655 乙未	孝宗 6 明曆 元	趙珩	兪瑒	南龍翼	讀祝官 李明彬	裵稶 金自輝 朴文源	洪喜男 金謹行 洪汝雨	扶桑日記(조형·정사) 扶桑錄(남용익·종사관)

지 했다.[122]

    종이는 우리나라의 화전인데, 왜인(倭人)들이 매우 귀하게 여긴다. 수백 폭을 이어 붙였는데, 게다가 반드시 친필(親筆)을 얻기를 청하였다. 내가 응접(應接)하느라고 괴로워서, 전영(全榮)을 시켜 쓰게 하였는데, 며칠이 걸려서 끝냈다.[123]

이 시기의 '文化交流'는 詩文唱和보다는 글씨와 그림을 중심으로 이루어졌다. 일본인들이 통신사에게 청탁한 글과 그림이 많아서 사자관과 화원들은 며칠동안 시달려야만 했다. 이러한 청탁이 반복되면서 조선의 문화를 접하게 된 일본인을 중심으로 일본의 문화는 변하기 시작하였다.

둘째, 임진왜란의 영향으로 국제질서가 변하기 시작하였다.

'명'중심으로 움직이던 동아시아의 국제질서가 임진왜란을 계기로 변하기 시작하였다. 명이 국력을 잃어가는 사이에 북방에 있던 여진족이 세력을 키워 후금을 건국하였다. 후금(청)에서는 명나라를 공격하기에 앞서 조선에 대해서 '사대'관계를 요구하였다. 당시의 일본에서는 '柳川一件'으로 조선에 보낸 국서가 개작되었다는 사실이 밝혀졌고, 書契의 형식을 변경하고자 하였다. 書契의 변경은 명을 중심으로 하는 동아시아 국제질서에서 벗어나 새로운 외교체제를 구축하려는 일본의 의도를 드러낸 것이라 할 수 있다. 북방과 남방의

---

122. 金世濂, 『海槎錄』, 앞의 책, IV-72쪽. "倭人求書畫者 日夜坌集 朴之英趙廷玹金明國 不勝其苦 金明國至欲出涕 倭人最重全榮書法"

123. 金世濂, 『海槎錄』, 앞의 책, IV-125쪽. "其紙則我國花牋也 倭人絶貴之 粘連數百幅 且請必得親筆 余以應接爲苦 令全榮書之 數日乃畢"

위협에 직면한 조선에서는 "두 나라의 화친을 굳히기 위함이요, 한편으로는 도주의 억울함을 씻기 위함"[124]이라는 이유로 일본에 통신사 파견을 결정하였고, 일본과의 외교관계를 재수립하고자 하였다. 이는 북방과 남방 양쪽의 위협에 직면한 仁祖가 할 수 있는 최선의 선택이었다. 통신사파견을 계기로 임진왜란 이전의 '國王', '中國年號'의 세계가 '大君', '日本年號'의 세계로 변경되었다. 이러한 세계변경은 새로운 외교질서의 성립을 의미한다.

셋째, 日光山으로 여정이 확대되었다.

일본의 정치는 막부장군과 천황이라는 이중구조를 지니고 있었다. 절대왕권에 의한 중앙집권국가가 아니라 천황 아래에 있는 장군이 정치·외교적 실권을 장악한 상태에서 국정을 운영해 나가는 체제인 것이다. 關白과 지방 세력이 천황의 신하라는 동등한 위치에 놓여있었기 때문에, 막부장군은 정권을 안정적으로 유지하기 위해서 통신사에게 日光山 유람을 요청하였다.

> 사자들이 나간 뒤에 의성은 그대로 남아 있어 감사를 드리고 하는 말이, "제가 나올 때에 대군께서 좌우의 사람들을 물리치고 저에게 말하기를, '오늘날의 일은 다만 내게 영광이 될 뿐만 아니라, 그대에게 큰 다행도 된다.'고 하였습니다.[125]

---

124. 金世濂, 『海槎錄』, 앞의 책, Ⅳ-31쪽.
125. 任絖, 『丙子日本日記』, 앞의 책, Ⅲ-358쪽. "使者旣出 義成留謝曰 俺出來時 大君辟左右語我曰 今日之事 非但於我生光 爲汝大幸云"

1636년(仁祖 14) 통신사는 日光山 유람에 대해서 아무런 통고를 받지 못한 상태에서 江戶에 이르렀다. 그런데 일정에도 없는 日光山 유람을 대마도주를 통해 요청받은 통신사는 첨가여부를 심각하게 고민해야 했다. 처음에는 사행기일이 엄정하다는 이유로 거절하였으나, 대마도주를 구원한다는 사행의 목적을 이행하기 위해서 결국 이를 허락하였다. 허락을 받은 도주는 이 일이 '대군의 영광'이며, 도주에게는 다행한 일이라고 감사를 표현하고 있다. 이 행사는 강요에 의해 시작된 일이었지만 조선과 일본의 외교관계를 긍정적으로 전환시키는 역할을 하였다.

日光山유람을 결정하였지만 통신사는 "하늘은 반드시 더러운 것을 싫어하는데, 처사가 이와 같으니 어찌 오래 갈 수 있겠는가?"[126]라는 거부감과 "어리석어 무식함은 족히 나무랄 것도 없다"[127]는 비난을 드러내었다. 日光山 致祭에 대해 협의한 1643년(인조 21)년과 1655년(孝宗 6)에는 國王御筆, 詩文, 銅鏡 등을 기증하고 유교식 致祭를 행하였다. 이 일은 '일본에서의 조선식치제 시행'이라는 점과 '사행노정의 확대'라는 점에서 평가를 받고 있다.

4) 제4기 : 문화교류의 다양화와 대일인식의 심화

통신사의 여정이 日光山에서 다시 江戶로 변경되는 1682년(숙종 8)부터 통신사의 사행이 막을 내리는 1811년(순조 11)까지의 대일사행을 제4기 사행이라 한다. 이 시기에 일본을 往還한 사행의 성격과

---

126. 任絖, 『丙子日本日記』, 앞의 책, III-369쪽.
127. 黃㦿, 『東槎錄』, 앞의 책, IV-394쪽.

특징, 사행록[128]의 형식과 내용상의 특징을 살펴보면 다음과 같다.

첫째, 사행문학의 擔當層이 확대되었다.

4기에 들어와 使行錄을 기록하는 계층이 譯官, 庶孼 등 委巷文人
과 軍官 등으로 확대되었다. 1682년 통신사행에서는 譯官으로 참여

---

128. 이원식, 통신사기록을 통해 본 대일본인식, 『국사관논총』제76집, 국사편찬위원회,
1997 참조.

西紀 干支	朝鮮 日本	정사	부사	종사관	제술관	서기	역관	사행록(저자·신분)
1682 壬戌	肅宗 8 天和 2	尹趾完	李彦綱	朴慶後	成琬	朴梓 李聃齡	朴再興 卞承業 洪禹載	東槎日錄(김지남·역관) 東槎錄(홍우재·역관)
1711 辛卯	肅宗 37 正德 元	趙泰億	任守幹	李邦彦	李礥	洪舜衍 嚴漢重 南聖重	崔尙嵘 李碩麟 李松年 金始南	東槎日記(임수간·부사) 東槎錄(김현문)
1719 己亥	肅宗 45 亨保 4	洪致中	黃璿	李明彦	申維翰	張應斗 成夢良 姜栢	朴再昌 韓後瑗 金圖南	海槎日記(홍치중·정사) 海遊錄(신유한·제술관) 扶桑紀行(정후교) 扶桑錄(김흡)
1748 戊辰	英祖 24 寬延 元 (延亨 5)	洪啓禧	南泰耆	曺命采	朴敬行	李鳳煥 柳逅 李命啓	朴尙淳 玄德淵 洪聖龜	奉使日本時聞見錄 (조명채·종사관) 隨使日錄(홍경해) 日本日記
1764 甲申	英祖 40 明和 元 (宝曆 14)	趙曮	李仁培	金相翊	南玉	成大中 元重擧 金仁謙	崔鶴齡 李命尹 玄泰翌	海槎日記(조엄·정사) 癸未使行日記(오대령) 癸未隨槎錄 (성대중·서기) 日本錄槎上記 (성대중·서기) 和國志(원중거·서기) 乘槎錄(원중거·서기) 日東壯遊歌 (김인겸·서기)
1811 癸未	純祖 11 文化 8	金履喬	金勉求	폐지	李顯相	金善臣 李明五	玄義洵 玄斌 崔昔	辛未通信日錄 (김이교·정사) 東槎錄(유상필) 島遊錄(김선신)

한 金指南(『東槎日錄』)과 洪禹載(『동사록』)가 사행록을 기록하였는데, 이 시기에는 通信三使의 使行錄이 발견되지 않았다. 1719년 통신사 행에서는 제술관으로 참여한 신유한(『해유록』)이 사행록을 남겼고, 1763년 통신사행에는 서기로 참여한 성대중(『癸未隨槎錄』, 『日本錄槎上記』), 원중거(『和國志』, 『乘槎錄』), 김인겸(『日東壯遊歌』)이 사행록을 기록하였다. 이처럼 대일사행이 진행될수록 점차 다양한 계층의 사람들이 자신들의 기록을 남기기 시작하였다. 이는 통신사행에 참여한 이들이 조선의 좁은 울타리에서 벗어나 새로운 세계를 이해하려는 노력이 있었음을 의미한다. 동시에 使行日記가 공적인 기능을 다하고 사적인 일기로 변모되었음도 알려준다. 역관 등 委巷文人이 使行錄을 기록하면서 경직된 성리학적 세계관에서 벗어나 개방적인 세계관을 담아내게 되었다.

둘째, 문화와 한문학 등의 교류가 확대되었다.

국제질서의 안정을 바탕으로 조선과 일본 막부는 갈등의 관계가 아니라 협력의 관계에 있었다. 그러므로 조선과 일본의 외교적 교섭은 단순하였고, 통신사는 일본의 학자·문인·승려·의사·화가 등 다양한 계층의 인물들과의 교류하는 일이 주된 임무가 되었다. 이 시기에는 일본 지식인과 승려들에 한정되어 있던 한문학이 일본민중들에게 확산되었다. 일본의 이러한 변화를 조선의 지식인들도 알고 있었다. 신유한은 『해유록』서문에 "왜인들의 문자를 즐기는 취미가 근래에 더욱 왕성하여 부러워하며 떼 지어 따라다니며 시문을 청하노라 거리가 메이고 문이 막힌다."는 내용을 기록하여 일본이 빠르게 변화하고 있음을 알려준다. 이 기록은 일본인의 문화에 대한 관심이 예전보다도 높아져서 많은 사람들이 통신사에게 시문을 청하고 있다는 사실뿐만 아니라 조선의 지식인들도 일본의 변화를 체감함으로써 일본에 대한 인식을 보다 폭넓게 하였음을 알려준다. 신유한은 제술관으로 일본을 사행하면서 6000여 편의 글씨를 써서 뿌렸다고[129] 하였으니 얼마나 많은 일본인들이 조선의 문사들에게 시문을 구했는지 짐작할 수 있다.

신유한이 기록한 일본의 변화는 출판문화의 발전으로 서적이 증가하고, 막부의 지원으로 유학이 발전하였기 때문에 가능하였다. 그러나 신유한은 일본 시문학의 발전에 한계가 있다고 보았다. 신유한은 한시를 수창한 대부분의 일본 문인들에게 법도와 기운이 없다는 평가로 일관하고 있다. 이러한 평가는 김세렴을 놀라게 하였던 철학적 지성이 문학적 교양으로 이어지지 못했기 때문이다.[130]

통신사와 시문을 수창하고, 서화 등을 요청하는 일본인이 증가하면서 일본의 고위 관리들은 '안내하지 말 것', '관리들을 제외하고 조선인들과의 교류를 금지시킬 것' 등의 내용을 공포하기도 하였다. 이러한 방해에도 불구하고 통신사와 일본민중의 접촉을 막지 못하였고, 이러한 교류가 밑바탕이 되어 일본의 문학과 문화는 발전하였다.

셋째, 통신사는 일본을 사행하면서 다양한 관심사를 표현하였다.

신유한은 일본의 피상적인 모습을 관찰하고 기록하는 것에 머물지 않고, 일본의 다양한 풍속을 풍요로 표현하였다. 그가 지은 풍요는 〈賽神曲〉, 〈浪華女兒曲〉, 〈男娼詞〉 3편이다. 〈賽神曲〉은 백중날에

---

129. 김태준, 유교적 문명성과 문학적 교양 -申維翰의 일본일기《海遊錄》을 중심으로, 『여행과 체험의 문학(일본편)』(소재영·김태준 편), 민족문화문고간행회, 1985, 97쪽.
130. 김태준, 앞의 책, 98쪽.

대마도 남녀들의 말을 듣고 지은 시로 일본 민간의 풍습과 생활상을 소재로 하고 있다.

풍속에 대한 관심뿐만 아니라 조선과 일본의 자연에 대해서도 관심을 보였다. 이때의 자연은 以酊菴의 승려와 남용익 사이에서 벌어졌던 우월논쟁의 대상으로서가 아니라 현상적으로 존재하는 자연이다.

> 경치가 자못 볼 만한 것이 많았으니, 승경(勝景)으로 일본에 소문난 것은 당연하다. 그러나 나는 우리 두호정(豆湖亭)보다 못하다고 여긴다. 두호는 멀고 높은 봉래산(蓬萊山)이 뒤에 있는데, 굽이굽이 폭포가 쏟아져 독서당(讀書堂) 앞으로 합류하여 볼 만한 천석(泉石)이 많다.[131]

赤間關에 도착한 조엄은 그곳의 아름다움을 보았지만 豆湖亭보다 못하다고 말하였다. 일본에서 관찰한 대상을 조선의 경물과 비교하면서 조선의 아름다움을 부각시키고 있다. 두호정은 일찍이 조엄이 공부하던 장소로 경험을 통해 알고 있던 곳이다. 그곳의 자연을 일본의 승경과 대조하면서 내보이는 관심은 일본에서의 견문을 바탕으로 한 조선에 대한 사랑이다. 일본을 야만시하고 조선의 문화적 우월의식을 고양하는 것이 아니라 조선의 본모습을 사실적으로 드러내고 있다.

이러한 관심은 조선의 불합리한 현실에 대한 관심으로 이어졌다.

---

131. 趙曮, 『海槎日記』, 앞의 책, VII-126쪽. "景致殊多可觀　宜其以勝景著聞於日域也　雖然余以爲不若吾豆湖亭子也　豆湖則後有蓬萊山之縹緲　而曲曲飛瀑　合流於讀書堂前泉石多可觀矣"

일본을 경험함으로써 조선의 경제적·사회적 타락과 몰락에 대해 관심을 가질 수 있게 되었고, 이러한 현실인식에서 일본에서 문물을 도입하려는 시도가 나타났다.

> 당당한 한 나라의 형세로 여러 해를 두고 경영하여 왔는데, 얻기 쉬운 이 같은 皮·布도 오히려 대신 지급해 군색한 뜻을 보여야 함을 면치 못하겠다. 이는 실로 전후에 온 사람들이 돌아간 뒤에는 마치 관청 돼지 배앓이를 보듯 하여 뒤에 올 사람을 깨우쳐 주지 않고, 謄錄해 놓은 것 또한 상세하지 못하기 때문이다.[132]

조엄은 江戶에서 막부에 예물로 건넬 물품을 점검하였다. 이 과정에서 얻기 쉬운 皮·布의 물품에도 문제가 있음을 발견하였다. 禮物은 외교 대상국에 주는 물품으로 여러 해를 두고 준비한다. 그렇게 준비한 예물에 문제가 발생하였고, 이를 새로 준비해서 지급해야만 하는 실정이다. 조엄은 이러한 문제점을 사행록에 자세하게 기록하고 있는데, 이것은 사행록이 후대의 사행에 있어서 참고자료가 되기 때문이다. 그는 사행을 다녀온 사람들이 뒤에 올 사람들에게 정보를 전달해주지 않고, 반드시 기록해야 할 謄錄에 있어서도 상세하지 못함을 비판하고 있다. 대일외교를 오랫동안 담당해온 조엄은 이처럼 현실의 문제점을 기록하는 한편 이에 대한 개선책도 제시하였다. 이러한 노력이 문물의 도입으로 나타났다. 이전까지 많은 사행이 있었지만 조선의 현실을 자각하고 일본의 발전을 인식하여 선진문물을

---

132. 趙曮, 『海槎日記』, 앞의 책, Ⅶ-201쪽. "而以堂堂一國之富 積年經營而備來 此等皮布易得之物 猶未免代給 以示苟艱之意 實由於前後之人 歸後視如官猪腹痛 不爲提醒於後來者 謄錄亦不詳悉故耳"

도입하려는 시도는 처음으로 나타났다. 이러한 변화는 실사구시의 모습이 제시된 것이라고 할 수 있다.

넷째, 일본에 대한 관심을 세계로 확장하였다.

통신사는 일본을 사행하면서 변화하는 세계를 인식하였고, 통신사행에서의 견문을 바탕으로 중국이외의 세계에 관심을 가지기 시작하였다.

> 상관(上關)을 지나다가 뒤에 우연히 왜선(倭船)의 기(旗)의 빛깔이 좀 다른 것을 보고 물어보니, 바로 아난타(阿難陀)의 상객(商客)들이었다. 그 배가 매우 커서 長崎島를 통과하려면, 얕은 물에 좌초되어 들어올 수가 없으므로 왜선을 사서 들어온다고 하는데, 그 사람들은 키가 크고 얼굴이 희고 훤하며, 머리털이 앞으로는 이마를 덮고 뒤로는 옷깃까지 내려온다. (중략) 기교(技巧)가 남보다 뛰어나서, 배 양쪽에 맷돌을 시설해 두고 혹 위급한 일이 있을 경우 기관으로 물을 격동하면 비록 만 곡(斛)을 실은 무거운 배라도 날아가는 것처럼 빠르다.[133]

任守幹은 『東槎日記』에서 일본에서 만난 阿難陀의 상인들을 소개하고 있다. 이들의 생김새와 기교를 소개하면서 세계에 대한 인식을 드러내고 있다. 그가 관찰하는 서양의 배는 '무거운 배라도 날아

---

133. 任守幹,『東槎日記』, 앞의 책,〈海外記聞〉"海路過上關後 偶見倭船上旗色稍異 問之 則乃阿難陀商客也 其船甚大 過長崎島 則水濺膠 不能入來 雇倭船以來云 其人身長白哲 頭髮前被額而後及領 冠似氈笠 卷左右前三面 帖諸屋 衣無前襟 自領以下合紐者數十處 縛袴甚窄 脚伸而不能屈 其技巧絶人 船兩旁設石磨 或有急則以機激水 雖萬斛之舟 其行如飛"

가는 것처럼 빠르다.'는 실용적인 기술을 지니고 있다. 그러나 이런 기술을 도입하려는 자세는 보이지 않는다. 다만 그들의 집은 "서역의 가장 먼 곳에 있어 몇 만 리나 되는지 알 수 없"을 정도로 먼 곳이라는 관심만 나타날 뿐이다. 노정에서 발견한 서양인과 서양문물에 대한 관심을 더욱 구체화시켜 주는 이는 일본인이다. 통신사는 일본 지식인들과 만나 필담을 나누면서 山海經으로는 인식할 수 없는 넓은 세계의 모습을 알았다. 그러나 통신사행이 전문적인 외교관이 아니라 문사에 의해 이루어졌기 때문에 그들의 인식은 단편적이고 일회적이었다. 세계를 인식하더라도 이는 일부 계층에 한정되어 있었다.

III. 교린체제의 담당층 변화와 시각의 다양화

1. 『日本行錄』(宋希璟)과 객관적 시각

2. 『海槎錄』(金誠一)과 명분 중시

조선시대 통신사문학 연구

1.『日本行錄』(宋希璟)과 객관적 시각

1) 구성과 서술상의 특징

『일본행록』은 1420년(世宗 2) 回禮使로 일본에 건너간 송희경이 윤정월 15일부터 그해 10월까지 10개월 동안의 使行에서 견문한 내용을 한시로 읊고, 날짜별로 기록한 것이다.『해행총재』에 수록되어 전하고 있는 『일본행록』은 소세양의 '老松宋先生日本行錄序', 조평의 '日本行錄序', '老松堂日本行錄家藏'과 227편의 詩가 수록된 『일본행록』, 송순의 '老松堂日本行錄跋', 조홍립의 '老松先生日本行錄跋', 송환기의 '老松先生日本行錄跋', 김이계의 '老松先生日本行錄跋' 등으로 구성되어 있다.

송희경은 일본 사행의 體驗을 시로 기록하였는데, 七言絶句가 다른 시 형식보다 압도적으로 많다.[134] 이것은 당시의 詩的 경향을 보여준 것으로, 임진왜란 이후의 使行錄이 산문화경향으로 長型化된 시를 수록하고 있는 현상과는 상반되는 모습이다.『일본행록』의 詩

134.『日本行錄』에 수록된 詩는 五言絶句 15首, 五言律詩 35首, 七言絶句 157首, 七言律詩 18首, 기타 3首이다.

는 정서적인 표현뿐만 아니라 견문한 대상에 대한 보고적 기능을
겸하고 있다. 이는 단순한 私的기록이 아니라 公的인 기록이기 때
문이다.

> 신 희경(希璟)을 불러 하교하시기를, "타국으로부터 돌아왔으니
> 시를 짓지 않을 수 없다."하시고 신 공달(孔達)에게 하교하시기를,
> "타국에서 돌아왔으니 글로 쓰지 않을 수 없다." 하시었다. 경(璟)은
> 공경하여 상명을 받들고 출성하던 날로부터 복명한 때까지를, 천루
> (淺陋)함을 생각지 않고 모든 귀와 눈에 접한 것은 다 기록하여 시
> (詩)로 만들었다.[135]

世宗은 일본을 사행하고 돌아온 송희경에게 詩로 견문을 기록하
도록 命하고, 孔達에게는 散文으로 견문을 기록하도록 하였다. 이
처럼 王命을 받고 기록한 글이기 때문에 詩로 기록되었지만 '報告'를
목적으로 한다. 詩作함에 있어서도 '淺陋함을 생각지 않고, 귀와 눈
에 접한 것을 다 기록'한다는 기록태도를 보이고 있다. 이러한 태도
는 見聞을 取捨選擇하고 기록함에 있어서 '객관적 시각'[136]과 '정확성'
을 기하겠다는 의지의 표현이다. 이렇게 본다면 『일본행록』은 '報告
性', '客觀性', '正確性'을 지닌 기록이라고 할 수 있다.

이들 시의 앞부분에는 '詩序'가 붙어 있다. '詩序'는 시에서 묘사하
는 對象과 관련된 來歷과 역사적 사실, 사건의 경위 등을 설명하는

---

135. 宋希璟, 『日本行錄』, 앞의 책, Ⅷ-114쪽. "敎臣希璟曰歸自他國詩不可以不作敎臣孔
　　　達曰歸自他國書不可以不書璟敬承上命自出城至復命不揆淺陋凡有接於耳目者皆記而
　　　詩之云爾"
136. 본 연구에서 사용한 '객관적 시각'은 편견을 배제한 상태에서 일본을 보다 사실적
　　　으로 인식한다는 의미이다.

기능을 하며, 일기체 형식으로 기록하기도 하였다.[137] 일기체 형식이 현전하는 對日 使行錄 중에서 처음 사용되었지만, 이때의 일기에는 壬辰倭亂 이후의 日記體 使行錄에서 관습적으로 사용하는 날짜, 干支, 날씨, 내용, 이동거리를 기록한 것은 아니라 단순히 날짜와 使行路만 기록하고 있다.

『일본행록』에 '見聞錄'을 기록하지 않았다. 임진왜란 이후에는 일본에 대한 정확한 정보를 수집, 기록할 필요성에 의해서 使行錄에 '見聞錄'이 기록되고, 중요한 형식으로 다루어졌지만 이 시기에는 孔達이 산문으로 見聞을 기록하였기 때문에 자세한 내용을 기록하지 않았을 가능성이 있다.

송희경은 일본을 사행하면서 사물을 단순히 관찰하고 기록하는 것에 머무는 것이 아니라, 原因을 규명하여 나름대로 판단을 내리고 있다. 使行하는 地名을 표기할 때도 漢字借用表記法으로 記錄하였다. 이러한 표현방식은 임진왜란 이후에도 지속적으로 나타나고 있지만, 『일본행록』에 표기된 地名은 후대와 달라졌기 때문[138]에 당시의 역사와 지리뿐만 아니라 언어와 문학을 이해하는데 도움을 주고 있다.

---

137. 하우봉, 조선초기 대일사행원의 일본인식, 『국사관논총』제 14집, 국사편찬위원회, 1990, 89쪽.
138. 宋希璟, 『日本行錄』, 앞의 책, Ⅷ-47쪽. 주석에서 선여관(船餘串)을 『海東諸國記』(申叔舟)와 『扶桑錄』(南龍翼)을 근거로 후라고시(船越)이라고 하였다.

2) 기록에 나타난 인식세계

(1) 일본 왕환의 고통과 두려움

송희경은 路程을 중심으로 자신이 見聞한 조선과 일본의 山川, 風俗, 人物 등을 漢詩로 읊은 『일본행록』을 남겼다. 이때의 일본사행은 출발당시부터 중국사행과 마음가짐이 달랐다. 朝天使가 되어 한양을 떠날 때는 미래에 대한 기대감과 흥분으로 인한 自矜心을 노래하였지만, 일본사행에서는 앞날에 대한 기대감보다 험난한 바다와 日本에 대한 '두려움'을 먼저 생각해야만 했다.

1420년(세종 2) 1월 15일 송희경은 일본에서 요구한 大藏經과 선린관계를 원하는 세종의 친서를 지니고 한양을 출발하여, 釜山浦에서 배를 타고 對馬島를 거쳐 壹岐島를 지나가게 되었다. 이곳에서 崔云嗣(?~1402)의 사당을 발견하고 찾아간다.

東溟孤島小祠開	동쪽 바다 외로운 섬에 작은 사당이 열려
我到焚香奠一盃	나 여기 와서 분향하고 술을 올리네
寂寞忠心人不問	적막하여 충성심을 묻는 이 없고
驚濤含忿但往回[139]	파도만이 분노를 머금고 오고 가네

일본에서 의병을 일으켜 海寇를 잡아 邊境을 안정시킨 일이 있는데, 이 일에 보답하기 위하여 조선에서는 回禮使를 파견하였다. 이때 崔云嗣가 回禮使로 갔으나 사행 도중에 풍랑을 만나 일행 중 절

---

139. 宋希璟, 『日本行錄』, 앞의 책, Ⅷ-54쪽. 〈崔回禮使云嗣〉

반이 빠져 죽고, 가지고 가던 信物도 모두 잃어버리는 일이 일어났다.[140] 송희경은 사당에 분향하면서 이때의 일을 기억하고 현재 자신의 처지를 생각하였다. 최운사와 송희경은 '왜구정벌'이라는 공통적인 사안으로 회례사의 임무를 부여받고 이국 일본을 사행하였다. 비록 삶과 죽음은 다르지만, 이런 공통성으로 인해서 송희경은 최운사를 자신과 동일시하고 있는 것이다. 시에서 '忠心'과 '驚濤'는 대비되어 나타나고 있다. 일본을 사행하는 사신이 적기 때문에 그의 충성심을 알아주는 이도 적어 '寂寞'하지만, 파도의 험난함은 변함이 없다고 하였다.

使行에서 옛사람의 행적을 발견하여 기록하는 동시에, 현재 진행하는 使行의 험난함을 豫見하고 있다. 송희경은 바다의 험난함을 일기도 앞바다에서 경험하게 된다. 그가 숙소에 도착하지 못한 상태에 저녁이 찾아왔고 물길을 잃어버리고 표류하게 된다. 이때 송희경은 파도에 밀려다니는 배위에서 '저녁바다'가 주는 두려움을 경험하였고, 이를 표현하였다.

日暮煙昏失水程	날 저물고 연기 어두워 물길을 잃었는데
波生四面轉堪驚	사면에서 파도 일어나니 더욱더 놀랐네.
攀繩上下心如	끈을 잡고 오르락내리락, 마음 등걸 같더니
忽報東方天欲明[141]	홀연히 동쪽 하늘 밝아 온다고 하네

---

140. 『태종실록』, 2년 7월 11일 壬辰.
141. 宋希璟, 『日本行錄』, 앞의 책, Ⅷ-53~54쪽. 〈發對馬島〉

對馬島를 떠나 壹岐島를 향해 가면서 경험하는 '바다'는 두려움의 공간이었지만, 극복해야할 대상은 아니었다. 그들의 指向點은 대륙에 있었고, 생활 기반은 육지에 있었기 때문이다. 그러므로 부산에서 京都까지 해로를 따라 여행하는 對日使行은 회피하고자 하는 대상인 동시에 '宣恩報聖明'[142]하는 대상이었다.

'바다'에서 날이 저물어 물길을 알지 못하고, 사방에서는 파도가 몰아치는 절망적인 상황을 맞이하였다. 壹岐島 앞바다에서의 이런 상황은 의지할 곳을 찾지 못하고 배에 몸을 맡기게 하였다. 話者는 이런 절박한 심정을 '등걸'로 표현하여 혼란스러움을 드러내고 있는데, 점점 동쪽하늘이 밝아온다. 어둡고, 절망적인 '바다'에서 오는 '두려움'을 극복하고 밝은 날을 맞이하는 상황은 안도감을 준다. 그러나 이런 안도감은 오래가지 못한다.

송희경은 '바다'의 험난함을 경험할 뿐만 아니라 '海賊'으로 인한 '두려움'도 극복해야만 한다. 당시의 '足利幕府'는 일본 전역을 통일하지 못한 상태로, 권력이 지방에 미치지 못하고 있었다. 이런 이유로 使行路인 '바다'에는 海賊들이 많았고, 이들은 송희경을 위협하고 있었다.

> 종사가 방에 들어와 나에게 말하기를, "흉악한 무리가 서로 호응하는 소리가 있으니 더욱 두렵습니다." 하였다. 나는 과연 의심하여 잠자리에 옷을 벗지 않았으며 잠을 이루지도 못하였다. 밤중에 바람이 순하여 떠날 수 있었다. 이튿날 종사가 또 말하길, "어젯밤 산 위에서 나던 소리가 이제 또 다시 납니다."하였다. 자세히 들어보니 그것은 꿩 울음 소리였다.

---

142. 宋希璟, 『日本行錄』, 앞의 책, Ⅷ-34~5쪽. 〈自幽谷驛向商山〉

狂風未定暗前程	미친바람 멈추지 않아 앞길이 암담하이
三度掛帆舟却行	세 번 돛을 달았지만 배가 가지 못하네.
退泊海濱愁不寐	바닷가에 물러나와 수심에 잠 못 드니
孔君偏起不平情[143]	공군이 치우치게 불안한 정 일으키네.

바람은 航海를 위한 기본적인 조건이다. 그런데 바람이 심하여 전진하지 못하는 상황은 回禮使일행에게 '흉악한 무리가 서로 호응하는 소리가 있다'는 不安感을 느끼게 하였다. 이런 심정은 海賊에 대한 두려움에서 오며, 從事官은 밤에 들리는 꿩 울음소리에도 잠들지 못하였다. 일본을 사행하면서 느끼는 이런 不安感은 足利幕府와의 외교에 있어서 믿음을 갖지 못하게 하였고, 이는 조선이 일본의 여러 지방 세력들과 통교하는 원인이 되었다.

송희경은 일본을 사행하면서 불안한 심리상태에 놓여 있었고, 이러한 심리상태는 숙소로 찾아오는 왜인들에게조차 두려움을 느끼게 하였다. 이는 대마도 정벌로 인한 보복에 대한 걱정, 사행에서 마주치는 왜구들이 주는 불안감이 칼을 차고 들어오는 왜인들의 모습과 결합되어 나타났기 때문이다.

(2) 대마도 문제와 외교적 갈등

조선과 일본은 '대마도'를 사이에 두고 오랫동안 외교관계를 지속하였지만 麗末鮮初의 혼란을 배경으로 '대마도'왜구의 노략질이 심하였다. 이런 이유에서 "瘠地頑民無所用 메마른 땅 완악한 백성 쓸 데

---

143. 宋希璟, 『日本行錄』, 앞의 책, Ⅷ-68쪽. 〈發赤間關宿海濱〉 "從事入房告余曰有兇人相應之聲尤可畏也余果疑之臥不脫衣不成寐夜半風順得發翌日從事又告曰去夜山上聲今復有之審聽則乃雉鳴聲也"

가 없어 古來中國厭玆奴 예부터 중국이 이 오랑캐 싫어했네"[144]라는 對馬島에 대한 부정적 인식이 나타났다.[145] 이런 인식에서 對日使行을 위하여 對馬島에 도착한 송희경이 대마도인을 '盜賊'이라고 하였다.

子搖短棹逐波頭	아들은 짧은 노를 저어 물결 머리 쫓아가고
父執疎筌急放收	아비는 성긴 통발 놓았다가 거두네
中有炊嫗兼抱子	안에는 밥 짓는 할미 아이를 안았구나
捕魚行賊一扁舟[146]	물고기 잡으며 도둑질하는 한 작은 배여

배 안에서 생활하는 대마도인을 관찰하고, 그들의 생활상을 사실적으로 표현하고 있다. 이때 송희경은 '노젓는 아들', '통발거두는 아비', '밥 짓는 할미', '어린 아이' 등을 제시하여 평화로운 어촌의 모습을 표현하면서도, 이들은 물고기 잡으며 도둑질 하는 '倭寇'라고 하였다. 당시 對馬島는 조선과 중국 연안을 습격하고 약탈하는 倭寇의 본거지로 알려져 있었고, 이런 이유에서 그들을 '捕魚行賊'이라고 하였다. 이는 송희경의 개인적인 인식인 동시에 당시 조선인의 집단인식이었다. 대마도에 대한 부정적 인식은 사행을 하면서 더욱 강해졌다.

송희경은 對馬島에서 한 중국인을 만났다. 그는 강남 台州에 살다

---

144. 宋希璟, 『日本行錄』, 앞의 책, Ⅷ-50~51쪽. 〈卽事〉
145. 이런 인식에서 출발하여 "渠今慕義自求屬 제가 지금 의를 사모하여 스스로 붙기 원할 뿐 非是朝鮮强籍圖 조선이 圖籍 강요한 것 아니네"(宋希璟, 『日本行錄』, 앞의 책, Ⅷ-50~51쪽. 〈卽事〉)라는 이종무의 對馬島征伐에 대한 평가가 가능하였다.
146. 宋希璟, 『日本行錄』, 앞의 책, Ⅷ-45쪽. 〈漁舟〉

가 왜구에게 잡혀온 小旗라는 인물인데, 일본으로 끌려와서 중이 되었다고 한다.

被虜唐僧跪舟底　　　포로로 잡힌 중국 중이 배 바닥에 꿇어앉아
哀哀乞食訴艱辛　　　슬프게 밥을 빌며 괴로움을 알리네.
執筌老賊回頭語　　　통발 잡은 늙은 도적 머리 돌려 하는 말이
給米吾當賣此人[147]　쌀을 주면 이 사람을 팔겠다고 하네.

중국에서 살던 그가 일본으로 잡혀와 밥을 빌어먹고 살아간다는 현실은 견디기 힘든 고통이다. 이러한 이유로 송희경을 따라가고자 하였고, 물고기를 잡아 팔던 倭人도 쌀을 주면 그를 팔겠다는 제안을 하였다. 중국 피로인의 말을 들은 回禮使의 심정은 안타까웠을 것이다. 그러나 話者는 자신의 감정을 드러내지 않고, 객관적인 시각으로 이때의 일을 기록하고 있다.

이때 송희경은 中國被虜人과 대비되는 어부를 '執筌老賊 통발 잡는 늙은 도둑'이라고 하였지만, 그가 만나는 대부분의 대마도인은 '도적'이었다. 조선에서는 왜구를 억제하기 위하여 다양한 방법을 동원하였고, '對馬島征伐'도 그 일환으로 진행되었다. 송희경이 回禮使로 대일사행을 하게 된 것도 궁극적으로는 왜구문제를 해결하기 위해서이다.

그가 사행하는 조선 초기에는 倭寇에게 잡혀간 조선 피로인이 많았고, 그런 만큼 送還되지 못하고 일본에 남아있는 경우도 많았다. 이런 까닭에 피로인쇄환은 조선 건국이후 최대의 외교적 목적이었

---

147. 宋希璟, 『日本行錄』, 앞의 책, Ⅷ-46쪽. 〈唐人〉

고, 倭寇의 입장에서는 조선과 통교할 수 있는 중요한 수단이었다. 조선에서는 정벌이후 倭寇에 대한 유화책을 사용하여 조선과 통교할 수 있는 '交隣'외교를 시행하였다. 그 방법으로 조선에서는 경상도의 세액의 일부를 대마도의 경제원조에 사용하였고, 그들은 점차 조선과 일본의 외교적 중개자로 자리하였다.

對馬島를 출발한 송희경은 4월 21일 王部落(京都)에 도착하였다. 당시 일본은 조선과 같은 中央集權의 專制國이 아니라 地方分權國이었다. 당시 일본에서는 조선의 일본정벌에 대한 疑懼心을 지니고 있었기 때문에 "經과 禮物은 들여다 等持寺에 두고, 官人은 잠시 동안 深修庵에 나가 있으라."[148]는 말을 들었다.

十三年是盡忌年	십 삼년이 기 다하는 해라고 하여
舉國人人不嚼鮮	온 나라 사람들이 생선을 먹지 않네
賓館亦停魚肉饌	賓館에서도 어육 반찬 먹지 않으니
王心喜悅倪頻傳[149]	왕이 기뻐한다고 亮倪가 자주 전하네

대마도를 장악하고 있던 小貳殿이 대마도 정벌을 과장하여 조선과 막부의 외교를 이간하려 하였다. 이 결과 사행에 있어서 막부의 지원을 받지 못하였고, 어렵게 도착한 京都에서도 深修庵에 拘留당하게 되었다. 이런 상황에서도 회례사는 양국의 외교적 갈등을 해결하려고 시도하였다.

일본에서는 부모가 죽은 뒤 七七日에 齋를 올리고 해마다 기일이

---

148. 宋希璟, 『日本行錄』, 앞의 책, Ⅷ-79쪽. "俄而人 以王言來曰 經及禮物入置等持寺 官人姑出在深修菴"
149. 宋希璟, 『日本行錄』, 앞의 책, Ⅷ-83~84쪽.

되면 齋올리는 풍습이 있다. 송희경은 深修庵에 구류되어 있으면서 기일을 맞은 日本人이 魚物을 먹지 않는다는 풍습을 알고, 從事官 孔達과 仁輔를 불러 일본왕의 忌日에 魚物을 먹지 말고, 이를 외교에 활용하려는 의도를 밝혔다. 이러한 외교자세는 실리주의 외교의 전형을 보여준다.

回禮使 송희경은 新進士大夫 출신으로 외교에 있어서 실리를 추구하였고, 이러한 외교적 시도가 결실을 거두어 善隣外交 관계를 회복하였다.

聖主恩榮降紫宸　　　성주의 恩榮이 紫宸에서 내리니
桑王感悅願交隣　　　왜왕이 기뻐하여 교린을 원하네
來書若有嶋中事　　　가져온 서계 속에 대마도 일이 씌었다면
二殿應爲被罰人[150]　二殿은 응당 벌 받는 사람 되었으리

足利幕府에서 사신을 보내온 1404년 7월 이후 조선과 일본의 외교가 진행되었고, 이후 조선에서 보내는 국서에 '日本大將軍' 대신에 '日本國王' 호칭을 사용하였다. 막부장군을 일본을 대표하는 주체인 王으로 인식하고 외교를 진행하였다. 그러므로 송희경도 足利幕府의 장군을 '桑王'으로 인식하고 있는 것이다. 이러한 인식은 1407년 이후 지속되어 왔고, 16세기 말의 通信使 김성일에 이르러 반론이 제기되었지만, 이는 外交對象의 轉換을 위한 시도가 아니라 정권을 찬탈한 豊臣秀吉에 대한 비판을 강조하기 위해서였다.

---

150. 宋希璟, 『日本行錄』, 앞의 책, Ⅷ-90쪽.

(3) 일본사회에 대한 '숭유배불' 인식

송희경은 일본을 使行하면서 그들의 문물과 생활습관을 자세히 관찰하였고, 귀국이후에 이를 시로 표현하였다. 海路를 따라 사행하던 일행은 4월 16일 兵庫에 도착하였다.

處處神堂處處僧	곳곳마다 신당이고 곳곳마다 중이로세
人多遊手少畦丁	사람들은 노는 이 많고 농부는 적네
雖云耕鑿無餘事	농사 이외 다른 일 없다고 하니
每聽飢民乞食聲[151]	굶주린 백성 밥 비는 소리 매양 들리네

일본을 여행하면서 海路에서 '海賊'들을 보았고, 陸路에서는 굶주리는 사람과 길가에 孱弱하고 병든 사람이 모여 앉아서 밥을 빌고 있는 모습을 보았다. 송희경은 일본에 굶주린 백성이 많다는 사실을 발견하고는 實狀을 사실적으로 표현할 뿐만이 아니라 그 원인을 규명하려고 하였다. 이때 그가 제시한 원인은 일하는 농부가 적고, '神堂'과 '僧'처럼 노는 사람이 많다는 사실이다.

일본에 승려가 많다는 사실을 밥 비는 소리와 대비시키고, 이를 통해서 일본의 사회상을 비판하고 있다. 이러한 일본 사회의 모습은 불교의 폐단이 심하던 고려말기와 비슷하다. 그는 성리학을 받아들여 고려사회를 개혁하고, 조선을 건국한 新進士大夫의 구성원으로 사행하였기 때문에 일본 사회의 이런 문제점을 지적하고 있는 것이다. 이러한 비판적 시각은 天龍寺를 구경하면서 더해갔다.

---

151. 宋希璟, 『日本行錄』, 앞의 책, VIII-77쪽. 〈過利時老美夜店〉

千間梵宇彩金多	천 간 寺院에 채금이 많네
使者乘閑問此過	사자가 한가하여 이곳을 찾고 지나가네
樓外風煙非絶域	누 밖의 풍경은 절역 같지 않으며
門前洞壑異中華	문 앞의 골짜기는 중화와 다르구나
夏深講殿還無熱	여름이 깊건만 講堂은 덥지 않고
春盡禪軒別有花	봄은 다했는데 사원에는 꽃이 피어 다르구나
又聽鈴聲傳十里	또 들으니, 경쇠 소리 십리에 뻗으니
傾家崇佛慕梁家[152]	가산 기울여 부처 숭상하는 慕梁家일세

寶幢寺에서 일본왕의 書契를 본 뒤에 天龍寺로 가서 노닐며 감상을 기록한 시이다. 외교 문제를 해결하고 嵯峨山에 위치한 松月庵에 도착하여 天龍寺를 바라보니 일천 칸이나 되는 웅장한 사찰에 거의 2백 명이나 되는 승려가 있다. 그들은 紵絲長衫을 입거나 흰 모시베 장삼을 입고 생활하면서도 하는 일 없이 얻어먹기만 한다. 豪富한 倭人의 願堂으로 彩金을 많이 하여 화려함을 자랑하지만 굶주린 사람들을 보았던 그에게 이런 모습은 비판의 대상이다. 비록 절 앞의 경치가 '絶域'이나 '中華'와 다른 모습이고, 한여름에 꽃이 피어 화려함을 자랑하지만 그는 '慕梁家'라는 한마디의 말로 비판하고 있다. 굶주린 백성들과 대비되는 큰 규모의 절은 불교를 惑信하다 나라를 망하게 하고 굶어죽은 梁武帝를 생각하게 한다.

일본을 사행하면서 불교를 숭상하면서도 사회를 유지할 수 있게 하는 토대가 삼모작이 가능한 농사법에 있음을 발견하고는 그들이 나아갈 방향을 제시하고 있다.

---

152. 宋希璟, 『日本行錄』, 앞의 책, Ⅷ-88~89쪽. 〈至寶幢寺見書契後遊天龍寺〉

水村山郭火煙斜	수촌 산곽에 저녁연기 비꼈는데
無役人閑異事多	일이 없어 사람 한가한데 이상한 일이 많네
耕地一年三刈穀	경지에는 일년에 세 번 곡식을 베니
若知仁義亦堪誇[153]	인의만 안다면 자랑할 만하겠네

阿麻沙只에 유숙하면서 일본의 농사법을 보고 지은 시이다. 저녁연기 피어오르는 전형적인 어촌의 풍경이지만 이를 보고 의문을 제기한다. 일이 없어 한가한 사람들이 많은 일본의 산기슭에서 밥 짓는 저녁연기가 올라가기 때문이다. 그 비밀이 조선과 다른 농사법[154]에 있음을 발견한 송희경은 그들에게 '仁義'를 제시하였다. 불교의 폐단으로 유발되는 일본 사회의 모순을 비판하였지만, 그럼에도 사회유지가 가능한 일본의 농사법을 발견하고는 성리학적 가치관인 '仁義'를 제시하고 권유한 것이다. '仁義'를 안다면 자랑할 수 있다는 송희경의 인식은 폐단이 가득한 불교를 부정하고 일본으로 하여금 성리학을 수용하게 하려는 태도에서 출발하였다.

(4) '술'을 매개로 하는 일본인과의 교류

임진왜란을 계기로 조선의 性理學와 先進文物이 일본에 전파되었고, 德川幕府의 지원 하에 '忠義'를 중시하는 新儒學이 성립 발전하였다. 그러나 이 시기의 일본에서는 일부 승려들만이 학문을 배워 한시를 수창할 수 있었다.

---

153. 宋希璟, 『日本行錄』, 앞의 책, Ⅷ-96쪽. 〈宿阿麻沙只詠日本事〉
154. 일본의 농가에서는 가을에 보리와 밀을 심고, 이듬해 여름에는 벼를 심어 초가을에 벤다. 여기에 메밀을 심어 초겨울에 베어 들인다. 이렇게 삼모작이 가능한 일본의 농사법을 발견하고, 일본인들이 굶지 않는다는 사실을 확인하였다.

송희경은 조선의 정세를 살피기 위해 파견된 일본 사신 亮倪를 만났을 때 "論文不必舊知音 글 논함에 어찌 꼭 옛 지음이라야 하는가."[155]라는 태도를 보이며 한시를 酬唱하였다. 그와의 酬唱은 일본을 사행하는 동안 지속적으로 나타나고 있다. 그러나 亮倪는 외교를 담당하는 승려이기 때문에 수창이 가능했으나 사행도중에 詩文을 주고받은 인물은 극히 한정되었다. 그러므로 일본을 사행하면서 사람들과 만나고 교류한 수단은 詩文이 아니라 '술'이었다. 이때 '술'은 송희경과 日本人을 이어주는 매개일 뿐만 아니라 시의 주된 소재이기도 했다.

我愛藤監護	내 藤監護를 사랑하누나
秉心醇乎醇	마음가짐이 순후하고 순후하네
遇我旅瑣中	旅瑣 중의 나를 만났는데
一見如故人	한번 보고 옛 친구처럼 대해 주었네
中心與我同	속마음 나와 같아
結交無舊新	사귐을 맺으니 신구가 없었네
數月同杯酒	두어 달 술을 같이 마시니
日久彌慇懃	날이 갈수록 더욱 은근하였네
今朝忽分袂	오늘 아침 홀연히 서로 헤어지니
我心悲且辛	내 마음 슬프고 또 쓰리네
朝鮮與日本	조선과 일본은
自昔相交親	예부터 사귀어 친하였고
況今爲一家	더구나 지금은 한 집안이 되어서

---

155. 宋希璟, 『日本行錄』, 앞의 책, Ⅷ-43쪽. 〈觀察使李潑承上命 來釜山浦開宴 餞日本使僧及回禮使 次倪韻〉

星槎泛海門　　　星槎의 배 바닷에 떴네
去住一家內　　　가나 머물거나 한 집 안인데
別離何足珍[156]　　이별을 어찌 대단하게 여길까

　임무를 마치고 回程에 앞서서 監護 藤狩野殿과 작별하는 자리에서 아쉬움을 시로 읊었다. 송희경은 藤監護를 순박하고 정직한 인물로 보았고, 일본인이라고 무시하고 멸시하지도 않았다. 그에게 있어서 인물 판단의 중요한 기준은 '本性'이었다. 이런 이유로 유학의 文明性을 갖추지 못한 倭人과 교류할 수 있는 방법으로 '술'이 이용되었고, 그들이 성의를 보였을 때 '禮義'를 안다고 하였다.

　시의 전반부에는 이별에 대한 슬픔을 드러내고, 후반부에는 조선과 일본이 '한 집안'이라고 하였다. 당시 일본과 외교를 수행한 이들은 '名分'이나 '義理'보다 '實理'를 중시하였고, '문화적 우월성'보다는 '本性'을 중시하였다. 그러므로 일본인과의 이별을 슬퍼하고, 문화적 우월의식에 바탕을 둔 일본 경시적인 시각을 드러내지 않았다. 이러한 태도는 16세기 性理學者와 壬辰倭亂이후 일본에 대한 적대감이 표출되는 시기의 日本人觀과는 상반된다.

　일본을 사행하면서 일본인을 진정으로 알아 갈수록 '知音이 적다'는 송희경의 생각은 수정되었고, 이별의 슬픔을 말하고 있다. 조선과 일본은 에로부터 사귀었고, 자신이 回禮使로 일본을 방문하여 국서를 전달함으로써 '한 집안'이 되었다고 한다. 이런 이유로 이별에 대한 슬픔에 가슴 아파할 일이 아니라고 하였다.

---

156. 宋希璟, 『日本行錄』, 앞의 책, Ⅷ-94~95쪽. 〈別監護藤狩野殿〉

(5) 일본 풍속에 대한 객관적 시각

송희경은 일본을 사행하면서 見聞한 사회와 풍속에 대하여 객관적인 시각으로 기록하려고 하였다. 관찰한 것을 사실적으로 기록하는 동시에 나름대로의 원인을 제시하고 있다. 이러한 태도는 일본에 대한 깊은 관심의 결과이며, 성리학을 사상적 배경으로 하되 문화우월주의에 빠지지 않는 성품에서 나온다. 그는 일본의 性風俗을 보고서도 '일본의 기이한 일'이라고만 할 뿐 이에 대한 비난을 하지 않았다.

> ① 이 나라의 풍속은 여자가 남자보다 배나 많기 때문에 별점(別店)에서 음란한 풍속이 크게 유행하여, 노니는 여인이 태반은 사람을 보면 나와서 길을 막고 자고 가라고 청하는데, 옷을 잡아끌기까지 한다. 점내(店內)에 들어가 그 돈만 받으면, 비록 대낮이라도 원하는 대로 따른다. 대체로 그 고을과 마을들이 모두 강과 바다에 접하고 있어서 맑은 기운을 안고 있기 때문에 딸을 낳으면 자못 얼굴이 예쁘다.[157]
>
> ② 남자 나이가 20세 이하로서 절에서 학습하는 자는 승도가 그의 눈썹을 깎고 먹으로 눈썹을 그리며, 입술에 붉은 칠을 하고 낯에 분을 바르며 채색 옷을 덮어쓰게 하여, 여인의 모양을 만들어서 거느리고 있다. 왕이 또한 미소년을 궁중에 뽑아 들여 궁첩(宮妾)이 비록 많더라도 이 소년을 가장 사랑하므로 나라 사람들이 다 그것을 본받는다.[158]

---

157. 宋希璟,『日本行錄』, 앞의 책, Ⅷ-91쪽. 〈日本奇事〉"此國之俗女倍於男故其於別店淫風大行遊女迫半見人則遮路請宿以至牽衣入店受其錢則雖白晝亦從蓋其州州村村皆緣江海孕得淑氣故生女頗有姿色"

③

清江處處水爲鄕	맑은 강이 곳곳에서 水鄕을 이뤘는데
遊女爭姸滿道傍	遊女 단장하고 길가에 가득 하네
借問王宮誰第一	묻노니 왕궁에서 누가 제일인가
塗朱粉面少年郞[159]	연지 찍고 분 바른 소년이라네.

위의 내용은 일본의 성 풍속을 표현한 「日本奇事」의 詩序와 詩이다. ①의 詩序는 '遊女'를 소재로 하였고, ②의 詩序는 '男娼'을 소재로 하였다. ③은 이러한 일본의 성 풍속을 관찰하고 표현한 詩이다.

①에는 '別店'이라고 하는 遊女村에서 적극적으로 남성을 유혹하는 遊女의 모습이 제시된다. 조선에서는 생각하기 힘든 일이 일본에서 일어나고 있지만, 이러한 기록을 하면서도 話者는 성리학자로서 통탄하는 모습은 보이지 않는다. 이는 송희경이 성리학에 몰입하지 않은 인물이기 때문이다. 이러한 이유로 淺陋함을 생각지 않고 기록하려는 태도가 가능하였다.

그는 일본에서 遊女가 생긴 원인을 "여자가 남자보다 배나 많기 때문"이라고 하고, 그곳에서 관찰한 일본 유녀들이 "강과 바다에 접하고 있어서 맑은 기운을 안고 있기" 때문에 미인이라고 하였다. 단순히 일본의 풍속을 관찰하고 기록한 것이 아니라 그 원인을 나름대로 제시하고 있다.

②의 詩序는 일본의 男娼을 관찰하고 기록한 내용이다. 20살 미만

---

158. 宋希璟,『日本行錄』, 앞의 책, Ⅷ-91쪽. 〈日本奇事〉 "男子年二十歲以下學習於寺者僧徒髠眉墨畫塗朱粉面蒙被斑衣爲女形率居王亦擇入宮中宮妾雖多尤愛少年男子故國人皆效之"
159. 宋希璟,『日本行錄』, 앞의 책, Ⅷ-91쪽. 〈日本奇事〉

의 어린아이들이 여인의 모양으로 꾸미고 있으며, 절에서도 이런 일이 일어난다고 하였다. 이런 소년을 왕이 좋아하여 궁중에까지 끌어들이고, 사람들도 다 본받는다고 하여 男娼이 일본 사회의 風潮라고 하였다. 일본 사회의 분위기를 보고하면서 그 아이들은 '절에서 학습하는 자'라 하여 일본의 절이 조선과는 달리 世俗과 밀접하게 결부되어 있음을 말하고 있다. 일본의 이런 사회상이 신유한의 『해유록』에서도 기록되고 있다.

③은 詩序에서 밝힌 遊女와 男娼에 관하여 읊은 詩이다. 遊女들이 단장한 곳은 '水鄕'이며, 男娼이 있는 곳은 '王宮'이다. 三面이 바다이면서도 적극적으로 활용하지 못하는 조선과는 달리 일본은 '바다'에 의존하여 생활하고 있다. 이 시기에도 '水鄕'을 중심으로 경제가 움직이고 있음을 말해준다. 그리고 轉結句에서 自問自答의 형식을 빌려 "王宮에서 여자 모양으로 꾸민 '男娼'이 가장 사랑받는다."는 사실을 밝히고 있다.

脩篁處處似名園	기다란 대 곳곳마다 名園 같은데
甲斐堂深設酒筵	甲斐의 집 깊은 곳에 술자리 열었네
迎主勸觴最奇事	군주 맞아 술 권함은 가장 기이한 일일세
扶桑風俗子孫傳[160]	일본의 풍속 자손에게 전한다네

이 시는 甲斐의 집에서 열린 연회를 배경으로 하였다. 그런데 군주를 맞아 술 권하는 풍습이 '가장 기이한 일'이라고 하였다. 일본

---

160. 宋希璟, 『日本行錄』, 앞의 책, Ⅷ-87~88쪽. 〈甲斐殿迎王于其第饋餉訖送酒於余作詩以謝〉

에는 왕이 신하의 집을 방문하면 신하의 아내가 접대하고, 왕이 취하여 浴室에 들어가면 主婦가 따라 들어가서 왕을 씻어 준다는 풍속이 있다. 見聞한 일본의 풍속을 있는 그대로 기록할 뿐만 아니라, "神堂直僧 仇問珠의 아내를 데리고 가서 妃로 삼고 아들을 낳은 일"[161]까지 있다는 魏天의 말을 인용하고 있다. 조선에서는 생각하기 힘든 일을 일본에서는 풍속으로 자손에게 전한다고 하였다. 송희경은 조선과는 異質的인 문화와 풍속을 소개하면서도 단순히 '기이한 일'이라고 하였고, 일본에서는 이러한 풍속이 전승하는 일임을 밝혀 조선과 다른 일본의 문화를 인정하고 있다.

---

161. 宋希璟, 『日本行錄』, 앞의 책, Ⅷ-87~88쪽. 〈甲斐殿迎王于其第饋餉訖送酒於余作詩以謝〉

2. 『海槎錄』(金誠一)과 명분 중시의 주관적 시각

1) 구성과 서술상의 특징

鶴峰 김성일은 1590년(宣祖 23) 4월 통신부사로 일본을 사행한 뒤
에 자신의 견문과 감상을 기록한 『해사록』을 남겼다. 이 使行錄에
는 漢詩와 書簡이 사건별로 정리되어 있고, 行狀이 첨부되어 있다.
日記도 있었을 것[162]으로 생각되지만 임진왜란 때 분실되어 현재 전
하지 않는다. 이때 詩·書·雜著의 일부도 분실된 것으로 보인다.[163]
『해행총재』에 수록되어 현재 전하는 『해사록』은 5권으로 구성되어
있다.

1권에는 101首의 詩가 수록되어 있는데, 일본승려 玄蘇와 副官 平
義智에게 차운하여 贈答한 시가 10首 있어서 그들과의 문화적·문학

---

162. 金誠一이 사행을 하면서 日記를 썼다는 사실은 "왜인이 보낸 예단(禮單)을 기록
하는 도중에 '조선국 사신이 내조(來朝)하였다.'는 문구를 발견하였다. 이때의 일
을 내가 처음에는 미처 살피지 못하였다가 일기를 쓰다가 깨닫게 되었다."(金誠
一, 『海槎錄』, 앞의 책, Ⅰ-339쪽. 〈倭人禮單志〉 其書日 朝鮮國使臣來朝云云 余初
失於照管 因修日記而覺之)에서 확인할 수 있다.
163. 방기철, 『학봉 김성일의 일본관』, 건국대학교 대학원 사학과 석사학위논문, 1999,
3쪽.

적 교류를 살펴볼 수 있다. 사행의 여정에 따라 시를 배치하였기 때문에 1권에 수록된 시는 노정에 따른 心懷를 드러내는 시가 많으며, 개인적인 정감을 읊은 시가 주를 이루고 있다. 이런 이유로 '誰仗王靈綏遠俗 누가 王靈에 의지하여 먼 나라를 회유할까'[164]라는 소명의식과 '此道從來不可離 道에서 떠날 수 없다'[165]는 의지를 드러내는 시가 나타난다. '建除體', '玉聯環體', '一字至十字格' 등 다양한 詩體를 활용한 시도 기록되었다.

2권에는 40首의 시가 수록되어 있는데, 김성일이 일본을 사행하면서 경험한 사건을 시적 소재로 삼아 '禮義'와 '體貌'에 대한 인식을 드러내었다. 그는 일본의 '중화주의'에 대응하는 조선의 문화적 우월성과 주체의지를 강조하였고, 정사 황윤길 등과의 논쟁도 기록하였다.

3권과 4권에는 書簡을 수록[166]하고 있는데, 이 書簡에는 通信三使의 외교적 입장이 잘 드러나고 있다. 김성일은 '禮義'와 '體貌'를 중시하여 正使 黃允吉, 書狀官 許筬 등이 제기한 실리적인 대응과 충돌하였는데, 이는 문제해결에 대한 방법론상의 차이에 기인한다. 통신사 내부의 인식차이는 갈등으로 표출되었고, 갈등을 해결하려는 노력이 書簡을 통해 드러났다. 그러나 설득은 타협의 형태가 아니라 통렬한 論駁의 형태로 나타났고, 서로 자신의 주장을 관철시키고자 하였다.[167] 이러한 주장을 펴는 가운데 '소명의식'과 '禮學思想'은 부각되었다. 이처럼 문제를 적극적으로 해결하려는 태도를 보인다는 점에서 김성일은 엄격한 外交家라 할 수 있다.

---

164. 金誠一, 『海槎錄』, 앞의 책, Ⅰ-192쪽. 〈次五山題對馬島韻〉
165. 金誠一, 『海槎錄』, 앞의 책, Ⅰ-208쪽. 〈偶書〉

166. 3권에 수록된 書簡文을 내용별로 분류해보면 關白을 접견할 때의 拜禮문제(與許書狀論禮書), 대마도에 도착했을 때 宣慰使가 오지 않았던 것에 대한 문제(答上使書), 對馬島主 宗義智가 宴會중인 國分寺로 가마를 타고 들어온 문제(答許書狀官書), 왜인이 가져온 쌀을 사신이 직접 접수한 문제(與許書狀書), 關白이 觀光을 요청한 데 대한 문제(與許書狀論觀光書), 傳命을 빨리 전달하기 위해서 뇌물을 쓰려고 하는 문제(擬贈上副官都船主書, 答客難說上使書) 등이다. 4권에서는 일본 宣慰使 玄蘇, 對馬島主와 주고받은 書簡文을 수록하고 있다. 이 書簡文의 관심은 國書에서의 來朝文句와 '大內와 小二殿의 멸망'에 있다. 大內와 小二殿의 멸망에 관한 의문을 다섯 가지로 세분하여 제시(金誠一, 『海槎錄』, 앞의 책, Ⅰ-330~332쪽. 〈擬重答上副官對馬島主書〉)하고 답변을 요구하였다. 그리고 三使간의 이견으로 論爭이 되었던 문제를 說·辨·志의 형식으로 제시하고 있다. 국서를 전달하지 못한 상태에서 對馬島主가 樂工을 요청하자 이를 거부하였다. 이 문제에 대한 자신의 견해를 說의 형식으로 밝히고 있다. 양측의 주장을 대변하는 존재로 '客'과 '나'를 제시하였다. 이러한 대비를 통하여 國書를 전하기 전에 樂工을 빌려주는 것은 '體貌'를 깎는 일이 된다고 하였다. 이는 시집가지 않은 妻子가 '노래 파는 일'에 비유할 수 있다고 하면서 '不可'하다고 한 주장과 궤를 같이한다. 예복을 입는 문제와 국서를 堺濱으로 물러나온 뒤에 받은 문제를 入都出都辨에서 밝혔다. '책망하는 이'와 '나'를 대립시켜서 대일 외교에 있어서 '禮와 義'를 지켜야 한다고 주장하였다. 그리고 堺濱에서 왜인인 준 예물에 적혀있는 '來朝'라는 글자의 의미를 倭人禮單志에서 밝혔다. 事大外交에서 사용하는 '來朝'라는 용어가 일본인에 의해 사용되었다는 사실은 일본인들이 조선을 '朝貢國'으로 인식하고 있음을 말해준다. 양국의 관계를 수평적인 관계가 아니라 수직적인 관계로 인식하고 있다는 사실을 발견하고 이를 논박하고 있다. 이러한 논박을 통하여 조선의 주체의식을 강조하고 있다.

167. 〈答客難說上使書〉에서 金誠一은 자신과 대립되는 인물로 客을 설정하고 있다. 가공의 인물을 등장시켜 그의 주장이 잘못되었음을 논박하고 있다. 이를 통하여 뇌물을 주자는 상사의 주장이 잘못되었음을 간접적으로 반박하고 있다.

2) 기록에 나타난 인식세계

(1) 일본의 중화의식과 대응양상

조선의 대일사행은 1443년(世宗 25) 이후 1590(宣祖 20)년까지 중지 상태에 있었다. 1460년(世祖 6)에 진행된 사행은 조난으로 중지되었고, 1475년(成宗 6)에는 일본에 내란이 일어났다는 소식을 듣고 편성 자체를 중지하였다. 이런 상황이 지속된 것은 조선건국 이후 주요한 외교적 관심사인 '倭寇問題'가 解決되어 대일외교의 필요성과 의미가 감소되었기 때문이다. 왜구문제를 해결하는 방법으로 三浦를 개항한 이후 倭寇는 점차 通交者로 대체되었고, 通交者 問題가 대일외교의 중요한 사안으로 등장하였다. 이로부터 '해로'의 위험을 이유로 對日使行은 중지되었다. 사행이 147년 만에 재개되었는데, 그 동안에 양국에서는 많은 변화가 일어났다.

조선에서는 실용적인 가치를 중시하는 '新進士大夫'에서 '禮義'와 '名分'을 중시하는 '性理學者'로 외교의 담당층이 변화되었다. 일본에서는 통일이후 '天皇'을 중심으로 하는 '日本中華意識'이 대두하여 조선에 조공사절을 요구하자는 주장이 나왔다. 그러나 조선과 통교하던 대마도주는 이 주장이 실현불가능하다는 사실을 알고 있었기 때문에 '國王交替'를 명분으로 통신사 파견을 요청하였다. 일본에 대한 정보가 부족한 조선에서는 자세한 내막을 알지 못한 상황에서 통신사를 파견하였다. 그러므로 통신사는 일본에서의 정보 수집을 주목적으로 하였다. 16세기의 정치적 갈등이 통신사의 사행에서도 재현되어 '禮義'와 '體貌'를 중시하는 김성일과 '恩惠와 信義[168]'에 의한 외교적 寬容'을 중시하는 황윤길과 허성 사이에 갈등이 일어났다.

禮單을 보냈는데, 그 글에, "조선국 사신이 來朝하였다."는 문구가 있었다. (중략) 상사가 말하기를, "오랑캐의 말을 어찌 족히 따질 것이 있겠습니까?"하였고, 서장관은 말하기를, "나는 처음부터 벌써 알았지마는 무지한 것들이 함부로 한 짓이라 그만두었습니다."하였다. 이에 내가 화를 벌컥 내면서 말하기를, "오랑캐는 비록 무지하다 하더라도 사신도 또한 무지하단 말입니까? 옛사람은 받고 주는 데에 털끝만큼도 무심히 하지 않고 의리대로 할 뿐이었는데, 우리가 사신이 되어 나라를 욕되게 한 음식을 받는다면 의리가 어디에 있겠습니까.[169]

일본인이 건네준 예단에 '來朝'라는 문구가 있었다. '來朝'는 지방의 신하가 임금에게 와서 뵙는다는 의미로 조선이 중국 朝廷에 들어감을 의미한다. 그런데 일본인이 통신사에게 보내는 예단에서 이런 문구가 발견되었다. 이것은 일본이 조선을 '羈縻'의 대상으로, 통신사를 '朝貢使節'로 인식하고 있음을 의미한다. '來朝'에 대하여 세 통신사는 각기 다른 반응을 보이고 있다. 상사 황윤길은 오랑캐의 말이기 때문에 따질 것이 없다는 입장이고, 서장관 허성은 무지한 일본인들이 모르고 한 일이기 때문에 따지지 말아야 한다는 입장이다. 대국의 입장에서 관용적으로 이해하거나, 일본인의 무지함에서 비롯한 일이니 무시하자는 두 사신은 "먼 나라 사람을 대접하는 데

---

168. 金誠一, 『海槎錄』, 앞의 책, Ⅰ-285쪽. 〈許書狀官答〉
169. 金誠一, 『海槎錄』, 앞의 책, Ⅰ-339~340쪽. 〈倭人禮單志〉"西海道某州某倭等送禮單 其書曰 朝鮮國使臣來朝云云 (중략) 上使曰 夷狄之言 何足較乎 書狀曰 吾則初已覺之 而無知妄作也 且置之耳 余奮然曰 上使書狀曰 業已受之 至於分饋夷狄雖無知 使臣亦無知乎 古人於取與之際 一毫不放過 惟其義而已 吾輩爲使臣 而受辱國之食 則其義安在哉"

는 마땅히 널리 포용하여야 할 것"[170]이라는 주장을 하고 있다. 반면에 김성일은 조선과 일본의 관계는 대등한 관계이기 때문에 '義理'에 따라서 주고받아야 한다고 주장하였다.

일본의 無禮에 대한 '寬容'과 '義理'의 차이에서 갈등이 일어났지만, 이것이 일본에 대한 '屈從'과 '志操'를 의미하는 것은 아니다. 그보다는 성리학적인 名分과 전통적인 외교자세의 차이를 드러낸 것이라 할 수 있다. 김성일은 명분을 중시하여 '義理'를 강조하였고, 황윤길과 허성은 전통적인 '寬容'의 외교자세를 고수하였다. 이렇게 보면 이들의 갈등은 대일외교에 있어서의 성리학과 전통주의의 대결[171]이라고 할 수도 있다.

통신사 내부의 갈등은 김성일이 주장을 꺾음으로써 해소되었지만, 이는 임시방편에 불과했다. 동짓달 11일 肥前州의 源久成 등이 바친 禮單에서도 '來朝'라는 표현이 계속 사용되었기 때문이다. 일본에서는 조선사절을 '朝貢使節'로 인식하는 경향이 확산되어 있었고, 이러한 인식이 지속적으로 표출된 것이다.

일본을 중화로 생각하는 '日本中華意識'이 확대되어 조선에 보내는 국서에 '入朝'를 표기하기에 이른다. 지방에서 바치는 禮單에 적혀있는 '來朝'의 문구와 國書에 표기된 '入朝'의 문구는 성격을 달리한다. 國書에 기록된 '入朝'는 조선과 일본의 질서를 공식화하기 때문이다. 이런 문구의 사용에 대하여 김성일은 적극적으로 해명과 수정을 요

---

170. 金誠一, 『海槎錄』, 앞의 책, I-342쪽. 〈倭人禮單志〉
171. 전통적인 관용의 외교는 임진왜란 이후에도 지속되어 나타난다. 1711년 일본에서 서식변경을 요청하였다. 이에 대해 조정에서 논의한 끝에 "옛적에 蠻夷를 待接하는 길은 비록 업신여기는 글이라도 오히려 간혹 힘써 따르기도 하는 것"이라는 주장이 우세하여 일본의 書契를 수용하였다.

구하였다. 반면에 허성은 글 가운데에 비록 거만스럽고 공손하지 못한 말이 있더라도 돌아가 復命한 뒤에 조정에서 처치할 일이지 사신의 알바가 아니라는 주장을 하였다. 그는 사신의 역할이 "피차의 명을 전달할 뿐이요, 글의 내용은 간여할 바가 아니"[172]라고 보았기 때문이다.

허성의 주장에 대하여 김성일은 "入朝라는 두 글자를 고치지 아니하면 우리 조정이 왜놈의 속국이 되어 일국의 衣冠이 모두 그들의 陪臣이 될 것이니 통분하지 아니합니까?"[173]라고 반론을 제기하였다. 日本의 中華意識을 반대하고 조선의 주체성을 강조한 것이다. 김성일은 사신의 임무가 단순히 국서를 교환하는 데 있지 않고, "원수를 풀고 분쟁을 해결하여 임금을 높이고 백성을 보호하는 것"[174]이라고 생각하였다. 이러한 생각에서 대일사행에 있어 수동적이고 소극적인 사신의 역할을 거부하고, 적극적인 외교자세를 강조한 것이다. 이때의 판단 기준은 성리학적 외교관이었고, 言行에 있어서 '자신의 영욕과 적의 향배'가 달려 있다고 생각하였다.

김성일이 제기한 문제는 양국간의 외교적 갈등으로 확대될 수 있는 심각한 사안이었지만, 조선과 일본을 중개하는 대마도에서는 '入朝'의 기록을 수정하지 못하였다. '入朝'의 수정은 양국에 대한 대마도의 허위를 드러내는 일이었다. 그러므로 수정과 변경을 요구받은 宣慰使 玄蘇는 변명으로 일관하였고, 수정이나 일본의 정치상황을 이해시키려는 노력은 하지 않았다. 결국 소득을 얻지 못하고 통신사들은 한발 물러나야만 했다. 이는 조선의 대일외교가 지니는 한

---

172. 金誠一, 『海槎錄』, 앞의 책, Ⅰ-318쪽. 〈重答玄蘇書〉
173. 金誠一, 『海槎錄』, 앞의 책, Ⅰ-315쪽. 〈與上使松堂書〉
174. 金誠一, 『海槎錄』, 앞의 책, Ⅰ-292쪽. 〈與許書狀書〉

계를 보여준 것이라 할 수 있다. 조선은 대마도를 통해 일본과 교섭하는 간접외교를 선택하였고, 이러한 간접 외교는 1636년까지 지속되었다.

대마도를 통한 간접외교로는 일본에 대한 정확한 정보를 얻을 수 없었고, 그들을 정확하게 인식하기도 어려웠다. 이런 이유로 김성일의 성리학적 외교의식은 통신사 내부와 조선의 경제적 지배에 있는 대마도주 사이에 한정되어 나타났다. 김성일은 빈번하게 갈등을 일으켜 배척당하고 있다는 사실을 알고 있었다. 이런 사실을 알고 입을 다물고, 혀를 깨물면서까지 분수를 지키려 하였다고 고백하였다.[175] 그러나 그는 끝까지 '體貌'를 포기하지 않았다.

(2) '예의'와 '체모'의 중시

사림파가 권력층으로 등장한 이후 대일외교에 있어서 일본인을 판단하는 기준은 공자가 설파한 '禮義'였고, 禮의 優劣에 따라 상하관계를 규정하였다. 김성일은 성리학자로서 '禮'의 가치를 중시하고 이것을 준거로 삼아 일본을 인식하였다. 이러한 인식은 상사 황윤길, 서장관 허성이 지니는 전통적 외교관과 대립하는 것이었다. 이들의 갈등은 왕명 전달이 늦어지면서 표면화되었고, 김성일은 이때의 심정을 詩로 읊었다.

彼哉蠻俗荒	저 오랑캐들 습성이 거칠고
信義元自忽	신의쯤은 원래부터 소홀히 알며
隣交視若無	이웃 나라 사귀는 도 안중에 없어

---

175. 金誠一, 『海槎錄』, 앞의 책, I-291쪽. 〈與許書狀書〉

星槎敢侮蔑	배 타고 온 사신을 업신여기네
舍置空山中	텅 빈 산중에다 버려 두고서
無意通我謁	접견한단 소식 전할 뜻이 없네
不知禮爲重	예의가 더 중한 것을 알지 못하고
反欲誇宮闕	도리어 궁궐을 자랑하고자 하네
方營厦渠渠	바야흐로 굉장한 집을 짓고 있으니
工役豈易訖[176]	공사가 어찌 쉽게 끝날 것인가

통신사가 倭京에 도착한 7월부터 9월 3일까지 왕명을 전달하지 못하였다. 關白이 동쪽 지방으로 원정을 가서 돌아오지 않았기 때문이다. 豊臣秀吉이 돌아온 이후에도 왕명전달은 계속 미루어졌다. 접견할 殿宇가 아직 완성되지 않았다는 이유 때문이다. 일본에서는 웅장한 궁궐을 지어 대외에 과시하고자 하였고, 이런 이유에서 궁궐이 완공된 이후 통신사를 접견하고자 하였다.

그러나 김성일은 접견이 늦어지면서 심한 모욕감을 느끼고 있었고, 이러한 심정이 '宮闕', '禮'와 '信義'의 대비를 통하여 드러나고 있다. '宮闕'은 물질이요, '禮'와 '信義'는 정신이다. 성리학자에게 있어서 물질은 커다란 의미가 없다. 그러므로 '궁궐'이 완성되지 않았다는 이유로 '왕명전달'을 늦추는 일본인을 이해하지 못하였고, 공사가 언제 끝날 것인가? 하며 답답해하고 걱정하였다.[177] 이러한 상황에서 대마도주가 악공을 요청한 일은 당돌하고, 용납하기 어려운 일이었다. 島主는 비록 일본인이지만 조선에 의지하여 생활하므로 '藩臣'과 다르지 않다고 생각하고 있었기 때문이다. 그의 반대에도 불구하고

---

176. 金誠一, 『海槎錄』, 앞의 책, Ⅰ-254쪽. 〈有感〉
177. 金誠一, 『海槎錄』, 앞의 책, Ⅰ-255쪽. 〈有感〉

두 사신은 악공을 빌려주었고, 이때의 痛忿한 심정을 詩로 표현한 것이다.

　詩에서 일본인은 거칠고 신의 없으며, 예의의 중함을 알지 못한다고 하였다. 이때 일본인을 비판하는 기준은 '禮'이다. 예의를 알지 못하기 때문에 일본인의 심보는 이리 같고, 목소리는 올빼미며, 독을 품은 전갈이라고 하여 가까이 하기 어려운 존재로 보았다.[178] 왕명전달이 늦어지면서 사신들 사이에 뇌물을 써서라도 빨리 전달하고 돌아가자는 議論이 일어났다.

男兒行事必以正	남자가 하는 일은 반드시 정직해야 하거늘
苟免偸生非所期	구차하게 살길 구하는 것 목적한 바 아니네
請君莫謂爲禮物	그대는 예물이라 말하지 마소
禮物之行亦有時	예물 주는 것도 때가 있나니
手捧芝函尙未傳	손에 받든 국서 아직 전하지도 못했는데
先行私饋胡爲哉[179]	먼저 선물을 준다는 게 될 말인가

　국서를 전달하지 못하고 京都에 머무는 동안 일본인들이 자신을 '朝貢使節'로 인식하고 있다는 사실을 알았을 것이다. 그러므로 그들은 京都를 위험한 지역으로 인식하고, 빨리 벗어나고자 하였다. 이런 이유로 뇌물을 주어서라도 빨리 국서를 전달하려는 생각을 하였다. 그러나 김성일은 남아는 정직해야 하며, 구차스럽게 살기를 도모하지 않아야 한다는 굳은 의지를 드러내었다. 이러한 의지는 몸이

---

178. 金誠一, 『해사록』, 앞의 책, I-200쪽, 〈次五山二十八宿體〉
179. 金誠一, 『해사록』, 앞의 책, I-258쪽. 〈有感〉

욕되면 나라가 욕 된다[180]는 마음가짐에서 비롯하였다. 이러한 마음
가짐은 禮義에 바탕을 두고 있다.

噫吁嘻禮義	아 예의란 것은
非從天降非地出	하늘서 내려오는 것도 아니며 땅에서 솟아나는 것도 아니라
只在人心酬酢中	단지 사람의 마음 수작하는 가운데에 있네
人之爲人亦以此二者	사람이 사람됨도 역시 이 예의 때문이니
造次何可違天衷[181]	잠시인들 어찌 하늘이 준 본심을 어기랴

　詩에는 '사람을 사람 되게 하는 것'을 禮義로 인식한 성리학적 가
치관이 나타난다. 김성일은 禮義를 함부로 버릴 수 없다고 생각하였
고, 이는 뇌물을 주지 않겠다는 의지로 나타났다. 왕명을 전한 뒤에
주면 '예물'이 되지만, 그 전에 주면 '뇌물'이 된다고 생각으로 예물과
뇌물을 구분하였다. 이러한 생각은 예의를 중시하는 태도이며, 송희
경이 회례사로 파견되어 일본의 풍습을 이용하여 외교관계를 회복
할 수 있었던 사례와는 상반되는 모습이다.

　김성일에게 있어서 '禮義'와 '體貌'는 사신으로서 지녀야하는 가장
중요한 인식이었다.

禮義何嘗有夷夏	예의가 어찌 오랑캐와 중국이 다르리오
存能爲夏去爲夷	보존하면 중국 되고 버리면 오랑캐 되는 것을
莫將生死渝吾節	생사 때문에 나의 절개 변치 말지어다

---

180. 金誠一, 『해사록』, 앞의 책, Ⅰ-258쪽. 〈有感〉
181. 金誠一, 『해사록』, 앞의 책, Ⅰ-258쪽. 〈有感〉

此道從來不可離[182]   이 도는 앞으로도 떠날 수 없느니라

‘禮義’는 중국과 오랑캐를 구분하는 기준이다. 그것의 보존 여부에 따라 ‘中華’와 ‘蠻夷’가 결정된다고 보았다. 이러한 가치판단은 生死보다 절개를 중시하게 하였고, 그는 예의를 절대 저버릴 수 없다고 주장하였다. 그의 성리학적 가치기준에 따라 대상을 판단하고 결정하였다. 이런 이유로 그는 “나의 지키는 바가 두 글자요, 사신에게 중요한 것도 이 두 글자 같은 것이 없다”[183]고 하였고, 이러한 태도는 信念으로 나타났다.

(3) 일본의 정치 체제에 대한 인식

조선에서는 일본에 대한 두 가지 생각을 지니고 있었다. 하나는 대마도가 조선의 藩臣이라는 생각이고, 다른 하나는 일본막부의 장군이 정치 지도자라는 생각이다. 1419년(세종 1) 이종무의 대마도정벌이후 조선은 대마도를 경상도의 일부에 편입시켰다. 이 이후 조선에서는 대마도를 속국으로 인식하고 있었고, 김성일은 이를 다음과 같이 표현하였다.

대대로 국가의 은혜를 받아 우리의 동쪽 울타리가 되고 있으니, 의리로 말하면 임금과 신하요, 땅덩어리로 말하면 부용입니다. 우리 조정에 생명을 의논하여 생활하여 가는데 만약 관시를 거절하여 조공하는 것을 허락하지 않는다면 이것은 어린이의 목을 조르며 젖줄

---

182. 金誠一, 『海槎錄』, 앞의 책, I-208쪽, 〈偶書〉
183. 金誠一, 『海槎錄』, 앞의 책, I-〈與許書狀書〉

을 떼는 것과 같은 것입니다.[184]

대마도는 자급자족이 안 되는 작은 섬으로 조선에 경제적 의존도가 심하다. 이로 인해서 조선과 대마도는 임금과 신하의 관계에 있으며, 조선에 있어서 대마도는 '東藩'이라고 하였다. 그런데 豊臣秀吉이 일본을 통일한 후에는 정치적으로 그의 지배 하에 들어갔다. 이로 인해서 대마도는 조선과 일본 양국의 지배 하에 놓이게 되었다.

이런 처지에 있는 대마도주가 통신사가 앉아있는 國分寺 연회장으로 가마를 타고 들어가면서 김성일과 갈등하게 되었다. 김성일에게 있어서 대마도주는 일개 藩臣이었고, 그의 행동은 중앙에서 파견된 사신을 모욕한 일로 여겼다. 이 일은 몸과 나라는 사실 두 가지로 볼 수 없는 것이니, 몸이 가벼워지면 나라도 가벼워진다는 생각에서 기인했다. 사신으로서 가볍게 처신하면 나라를 욕되게 한다는 생각에서 이 사건을 그냥 덮어둘 수 없었고 대마도주와 갈등을 일으켰다. 이 일은 대마도주가 결례를 인정하고 가마꾼을 목 베어 사죄함으로써 끝이 났다. 그럼에도 불구하고 김성일은 "이제야 국체가 조금 높아졌고 나라의 욕도 또한 조금 씻었다."[185]고 하였다. 그만큼 國體의 중함을 강조한 것이다.

이때의 심정을 시로 읊으니,

---

184. 金誠一, 『海槎錄』, 앞의 책, Ⅰ-280쪽. 〈許書狀官答〉 "世受國恩 作我東藩 以義則君臣也 以土則附庸也 寄命大朝 以資生理 若絶其關市 不許其朝貢 則是無異搤嬰吭而絶之乳也"
185. 金誠一, 『海槎錄』, 앞의 책, Ⅰ-285쪽. 〈許書狀官答〉

余實賤丈夫　　　　　나는 실로 못난 장부이지만
疾惡如私讐　　　　　악한 것은 원수처럼 미워했다네
自念杖漢節　　　　　스스로 생각하니 사신이 되어 와서
見辱么麽酋　　　　　보잘것없는 왜 추장에게 욕을 보았구나
茲豈關一身　　　　　이것이 어찌 일신에만 관계되랴
國辱難比侔[186]　　　나라의 욕됨이 견줄 데가 없도다

위의 시는 김성일이 國分寺에 가마타고 들어온 대마도주를 비난하며 지은 것이다. 김성일에게 사신으로서 욕을 당하는 것은 개인적인 모욕이 아니라 국가의 체모와 관련되는 중요한 사건이었다. 이러한 생각은 "옛 사람이 오랑캐를 대우하는데 있어 반드시 은혜와 신의로 회유하여 안정시켜야 한다고 하였을 뿐이었지 (중략) 가장 엄격하게 하고 조심하여 한 것은 체모보다 더한 것이 없다"[187]로 구체화되었다. 그는 '은혜와 신의'보다 '체모'를 중시하였고, 이러한 생각이 대마도주의 無禮에 대한 비난으로 나타났다.

대마도는 조선에 대해 藩臣으로서 대대로 토공을 바치고 북궐에 머리를 조아려온 오랑캐이다. 이러한 생각을 지니고 있었기 때문에 김성일은 이 사건을 용납할 수 없었고,[188] 중국과 주변국과의 관계를 조선과 대마도주에게 적용시켜 이는 '춘추의 의리'와도 다르다고 하였다.

그는 일본의 통신사 파견요청이 "두 나라의 안전과 위태의 기틀이

---

186. 金誠一, 『海槎錄』, 앞의 책, I-250쪽. 〈對馬島記事〉
187. 金誠一, 『海槎錄』, 앞의 책, I-285쪽. 〈許書狀官答〉
188. 이우성, 풍신수길정권과 학봉의 『해사록』, 『학봉의 학문과 구국활동』, 학봉김성일 선생 순국 사백주년 기념사업회, 1993, 250쪽.

라기보다 예의의 나라를 사모하고 자기나라에 자랑하려는 것에 불과하다"[189]고 생각하였다. 이렇게 일본에 대한 입장을 정리하면서 정치제도가 조선과 다르다는 사실을 인식했다.

關白之居最傑卓	관백이 사는 집이 가장 우뚝하여
彷彿十二樓五城	오성이나 십이루와 참으로 흡사하네
層臺複閣立中天	층층 누대 겹친 전각 중천에 서 있는데
水精簾箔圍千楹	수정으로 만든 주렴 천 칸을 둘렀어라
豪酋甲第摠金屋	왜인들이 사는 집은 모두 금빛 지붕인데
董家郿塢令人驚	동가의 미오같아 사람을 놀라게 하네
尊卑失序等威亡	높고 낮음 차례 잃어 등급 구분이 없으니
紛紛僭擬誰能評	분분하게 참람함을 누가 능히 평론할까
可憐孱王作弁髦	가련하다 약한 임금은 변모가 되어 있어
謾擁虛器兼虛名[190]	부질없이 헛 자리에 헛 이름만 가졌구나

김성일은 일본을 사행하면서 天皇과 關白이 있고, 그들의 위치가 바뀌어 있다는 사실을 알았다.

관백은 화려한 집에서 살고 있다. 백 칸의 집도 지을 수 없는 조선과 달리 關白인 豊臣秀吉은 천 칸의 집에서 살고 있다. '수정으로 만든 주렴'이 둘러있는 화려함 속에서 그가 인식하는 것은 물질적 화려함이 아니라 그 이면에 감추어진 진실이다. 임금이 있지만 차례를 잃고, 부질없이 헛 자리에 헛된 이름만을 지니고 있다고 비판한다. 김성일은 일본의 임금이 가련하고 약하다고 하였다. 그 가련함은 동정

189. 金誠一, 『海槎錄』, 앞의 책, Ⅰ-287쪽, 〈許書狀官答〉
190. 金誠一, 『海槎錄』, 앞의 책, Ⅰ-236쪽. 〈八月二十八日登舟山觀倭國都〉

이나 연민의 정이 아니다. 헛 이름만 지닌 倭王을 부각시킴으로써 그 자리를 빼앗은 關白을 간접적으로 비난하고 있다. 天皇과 關白의 이중적인 정치구조를 지니면서도, 차례를 잃고 있는 일본의 정치제도는 조선에서 받아들이기 힘든 사안이다. 그러므로 이런 현상에 대하여 긍정적 인식이 나올 수 없다. 김성일은 이처럼 뒤바뀐 현상을 '紛紛借擬'하다고 비판하였다.

(4) 표면적 풍요와 이면적 쇠락

김성일은 일본을 사행하면서 물질적 풍요를 목격하였다. 그러나 그곳에 시선을 멈추기 보다는 그 이면에 감추어진 모습을 발견하려고 하였다.

連街亘衢是佛宇	거리마다 보이는 건 사찰이 연해 있어
處處金碧騰光晶	곳곳마다 금과 옥이 광채를 뿜어대네
蒼松鬱鬱竹森森	솔과 대나무 푸르게 우거진 곳에
隱天鍾磬聲鏗鍧	하늘 울리는 쇠북 소리 맑기도 하네
民居櫛比戶萬千	백성이 사는 집은 만천 호 즐비하고
列肆寶貝羅金簏	가게에는 보배들이 황금 상자에 담겨 있네
漫漫板屋樸厚地	끝없는 판잣집들은 땅을 메우고
四達闤闠縱復橫	사방으로 뻗은 길은 가로 세로 통해 있네
原田膴膴黃雲滿	들판은 기름져서 익은 곡식 가득하고
西風八月當秋成	서풍 부는 팔월이라 추수철이 가까웠네
夷歌四起樂豐登	오랑캐 노래 사방에서 풍년을 즐기고
地饒民稠吳與荊[191]	땅 기름지고 백성 많기는 오 땅 같고 형 땅 같네

〈중 략〉

孤兒寡婦半都中	도성 안에 고아와 과부들이 반이나 되니
邿屢日夕啼喤喤	백성들이 아침 저녁으로 시끄러이 울어대네
從來不戢必自焚	군사란 불 같아서 그치지 않으면 자신도 타나니
莫言域內無爭衡	일본 안에 겨룰 자가 없다고 말하지 말라
題詩我欲警蠻酋	시 지어 오랑캐 왕 경계시켜 주고 싶다만
蚩蚩誰能知余情	어리석은 그들이 뉘라서 내 마음 알랴
日暮歸來古寺空	해 저물어 돌아오니 옛 절은 비어 있고
滿庭梧竹生秋聲[192]	뜰 가득한 오동과 대나무에 가을 소리 나는구나

김성일은 주산에 올라서 일본의 서울을 바라보았다. 그의 눈에 비치는 광경은 물질적으로 풍요로운 곳이다. '處處金碧'의 사찰에서는 맑은 쇠북소리가 들리고, '列肆寶貝'한 백성들이 살고 있다. 그들의 터전에는 '판자집'과 '뻗은 길'이 있고, 들판에는 '익은 곡식'이 가득하다. 물질적 풍요와 평화로운 모습이 제시되고 있다. 조선에서 일본에 관심을 끊은 지 백여 년 만에 김성일은 일본에서 송희경이 보았던 풍경과 상반되는 모습을 발견하고 있다. 그러나 일본의 풍요와 화려함이 김성일에게 '아이들의 장난'으로만 비친다.

經世家로서 임무를 수행하다가 겪는 고민을 시로 읊던 김성일[193]이지만 '蠻邦欠稽古'하기에 일본의 풍요는 의미 없는 존재가 된다. 일본

---

191. 金誠一, 『海槎錄』, 앞의 책, Ⅰ-236쪽. 〈八月二十八日登舟山觀倭國都〉
192. 金誠一, 『海槎錄』, 앞의 책, Ⅰ-236쪽. 〈八月二十八日登舟山觀倭國都〉
193. 조동일, 『한국문학통사』2권, 지식산업사, 1994, 416쪽.

의 물질적 풍요를 조선에 이루겠다는 의지는 보이지 않고 단지 바라
보는 대상에 머물 뿐이다. 그에게 관심의 대상은 '體貌'에 있다. 일본
의 정확한 모습을 발견하려고 하기보다는 성리학적 입장에서 대상
을 인식하였기 때문에 정확한 판단을 내리기는 어려웠다. 벼슬하는
사람의 마땅한 도리가 백성의 고난을 알아 해결하는 데 있다고 다
짐하는 태도[194]는 일본에서는 전혀 나타나고 있지 않다.

김성일이 倭京에서 바라보는 광경은 전쟁의 참혹함이다. 도성의 화
려함 이면에는 시끄럽게 울어대는 고아와 과부, 비어있는 절이 있다.
일본을 사행하면서 조선과 교류하던 지방 세력이 멸망하였음을 알
았다. 잦은 전쟁으로 얻은 풍요로움으로 살고 있는 권력층을 보았다.
그 이면에 숨겨진 전쟁의 슬픔을 목격하였다. 이러한 전쟁은 불과 같
은 것이어서 그치지 않으면 자신까지도 결국은 태우고야 만다[195]는
警句를 제시하고 있다. 일본의 외면적 화려함에 감추어진 이면적 모
습을 제시하여 일본을 부정적으로 인식하고 있다. 이런 인식을 북
돋아 주는 것이 오동나무와 대나무가 내는 '秋聲'이다.

(5) 문학적·문화적 의식

'이리, 올빼미, 전갈'등으로 일본인을 인식하는 김성일에게 있어
서 일본인이 문화와 문학을 이해한다는 사실이 놀라울 것이다. 그
러나 1590년(선조 23) 통신사가 일본 사행을 떠나는 날 선조는 "왜
국의 중들이 제법 문자를 알고, 유구(琉球)의 사신들도 항상 왕래
를 한다고 하니, 너희들이 만약 그들과 서로 만나서 글을 주고받는

---

194. 조동일, 앞의 책, 416쪽.
195. 『춘추좌전』, 隱公 4년 조.

일이 있을 경우에 글씨도 서투름을 보여서는 안 될 것이다."[196]라고 하였다.

외교에 있어서 시를 통한 교류는 보편적인 현상이었다. 특히나 일본과 같이 蠻夷로 생각하는 국가로의 사행에서 문화적 우월여부는 중요한 문제였다. 이런 이유로 선조는 사행을 떠나는 통신사에게 이를 특별히 지시하였다. '글씨에 있어서도 서투름을 보여서는 안 된다.'는 지시는 寫字官 李海龍을 합류하게 하였다. 이해룡은 대마도에 이르러 선위사로 통신사를 안내하던 玄蘇가 절에 걸 현판의 글씨를 써 주기를 요청하자마자 써 주었고, 현소는 이 글씨를 보배로 삼아서 돌에 새기어 길이 전하겠다고 하였다. 조선의 선진 문화를 일본으로 전하는 문화전파가 이 시기에 나타나고 있음을 알 수 있다.

김성일은 寫字官 李海龍의 글씨를 구하기 위해 몰려드는 일본인들을 다음과 같이 기록하고 있다.

> 倭京에 들어오자 글씨를 구하는 자가 구름처럼 모여들어 숙소의 문 앞이 시장과 같았다. 일행들도 또한 귀찮게 여겨 문을 닫아 거절하면 나무를 휘어잡고 담에 올라서 서로 뒤지지 않으려고 다투었는데, 이와 같이 하기를 두어 달이 되도록 그치지 않았다. 이해룡이 이번 길에 써 준 것이 무릇 몇 장이 되는지 모를 정도였다.[197]

---

196. 金誠一, 『海槎錄』, 앞의 책, Ⅰ-238쪽, 〈贈寫字官李海龍〉 序文.

197. 金誠一, 『海槎錄』, 앞의 책, Ⅰ-238쪽, 〈贈寫字官李海龍〉 序文. "入倭都 求者雲集 館門如市 一行亦苦之 或閉關以拒之 則攀樹登墻 猶恐或後 如是者積數月不止 海龍 今行 所書者未知凡幾紙也"

　　일본인들의 문화에 대한 욕구는 숙소 앞을 시장과 같이 만들었고, 그 일은 두어 달이 되도록 그치지 않았다. 통신사가 경도에 머무는 동안 일본의 문화습득에 대한 욕구를 충족시키기 위하여 많은 노력을 기울였다. 김성일도 일본인들이 글씨를 구하기 위하여 일본인들이 담을 넘어오는 광경을 목격하고 다음과 같이 읊었다.

蠻人雖鄙野	왜인들이 비루한 건 사실이지만
亦知墨妙珍	그들 역시 명필 글씨 보배로 아네
奔波乞其書	앞 다투어 달려와서 그대 글씨 구하여
重之萬金緡	만금보다 중히 여기네
蒲葵題已遍	부채에다 써 준 글씨 이미 많은데
扁額照城闉	편액 글씨 성문 위서 빛을 내도다
夷都紙價高	오랑캐 땅 서울에선 종이 값이 오르고
名字雷衆脣	이름은 여러 사람들 입에 진동하였네
見者必加額	보는 자는 반드시 다 절을 하고
兩手謝諄諄	두 손 모아 감사하다 말을 하누나
（중략）	
無曰是小技	글씨를 작은 재주라 하지 말거라
亦可動蠻隣	또한 이웃 오랑캐를 감동케 했느니
我詩不直錢	나의 시는 한 푼어치 값도 없으니
揄揚竟無因	칭찬하려 하여도 할 수가 없네
秋窓和蟲吟	가을 창 벌레 소리에 화답하여
聊以記時辰[198]	애오라지 날짜만을 기록하노라

---

198. 金誠一,『海槎錄』, 앞의 책, I-240쪽,〈贈寫字官李海龍〉

문화적 욕구가 강한 일본인을 보고서도 '비루하다'는 전제를 제시하였다. 김성일이 일본인을 비루하다고 보는 이유는 '예의'를 알지 못하기 때문이다. 그럼에도 글씨를 보배같이 여기고, 이를 구하기 위하여 모여드는 사람들이 많음을 사실적으로 표현하고 있다. 사자관 이해룡의 글씨는 부채, 편액을 채울 뿐만 아니라 종이 값을 올려놓고 있다고 하였다. 일본에서도 문화에 대한 욕구가 강하다는 상황 인식은 일본인들의 문화적 관심이 중국과도 같다는 인식으로 나타나고 있다.

예의가 없기 때문에 '蠻夷'로 멸시하던 그가 일본인들이 글씨를 구하기 위해 모여드는 모습을 보고 놀라움을 드러내고 있다. 그에게 있어서 글씨는 작은 일이지만 오랑캐를 감동시킨다고 하였다. 김성일은 '과거를 위한 학문'이 '爲己之學'보다 못하다고 생각하고 있었고, 이러한 생각에서 퇴계 이황을 찾아가 성리학을 배웠다. 실용적인 의미보다 심성을 중시하는 그에게 글 쓰는 일은 작은 일에 지나지 않는다. 그러나 일본에서의 오랑캐를 감동하게 하는 것을 보고 문화의 외교적 기능을 인정하였다.

외교에 있어서 '禮義'와 '體貌'도 중요하지만, 일반 민중을 대함에 있어서 문화가 필요하다는 생각을 밝히고 있다. 그러나 일본인들과 실질적으로 교류하는 인물은 寫字官 李海龍만 제시되고 있다. 일본의 대다수 민중들은 학문적 소양을 갖추지 못하였으므로 시를 전혀 이해하지 못하고 있다. 그렇기 때문에 자신은 날짜만 기록하고 있다고 하였다. 오랫동안 국서를 전달하지 못하여 귀국을 미루고 있는 김성일에게 가을벌레 소리가 들린다. 이때 '蟲吟'은 귀국에 대한 간절함을 담은 소리이며, 쓸쓸함과 향수를 부각시키는 소리이다.

문화적 소양을 드러내는 대표적인 방법은 '한시수창'이다. 그런데

한시를 수창할 수 있는 일본문인이 거의 없는 상황에서 승려들만이
김성일에게 시를 요청하였다.

> ① 居僧千指迎　　　많은 스님 나와서 영접하는데
> 貿貿難與儔　　　물정을 몰라 더불어 놀기 어렵네
> 嘿嘿眄庭柯　　　묵묵히 뜰 앞 나무 쳐다보면서
> 妙意心自求[199]　妙한 뜻을 마음으로 스스로 찾네
> ② 蠻僧竟乞詩　　　왜승이 시 지어 주길 요청하며
> 衣袂被爭搆[200]　앞 다투어 몰려와서 옷깃을 찢네

일본에서는 글을 아는 사람들이 일부 승려에 한정되어 있었고, 그
들만이 시를 이해했다. ①의 시에서 대덕사에의 암자를 찾아갔지만
그곳에 있는 많은 승려들과 더불어 놀기 어렵다고 한다. 성리학자와
승려의 사이에 교류를 할 수 있는 방법은 한문학이다. 그러나 그들
은 그것을 모르기에 짝하여 놀지 못하고 心法만 찾다가 돌아왔다고
한다. 자신과 교류할 수 있는 승려들이 없음을 말하고 있다. 이를
통해 당시 일본의 한문학수준을 가늠해 볼 수 있다. 그런데 ②의 시
에서는 왜승들이 앞 다투어 몰려들어 시를 지어달라고 재촉하고 있
다. 앞의 싯구와 상반되는 뒷 구에서도 이런 상황에서 좋은 시가 나
올 수 없다고 말하며 학사들의 표절을 기롱한 송나라 고사를 인용
하고 있다.

이처럼 임진왜란을 앞둔 급박한 시대에도 일본과의 외교에 있어

---

199. 金誠一, 『海槎錄』, 앞의 책, I-214쪽. 〈八月二日與書狀遊大德寺大仙院正受院興臨
院金毛閣記所見〉
200. 金誠一, 『海槎錄』, 앞의 책, I-247쪽. 〈有感〉

서 문화적 교류가 병행하고 있다. 이때는 문화적 교류라기보다는 우월한 문화를 바탕으로 시혜적인 입장에 서서 그들에게 문화를 전달하고 있다.

소결

『일본행록』에는 227수의 한시를 기록하고 있는데, 송희경은 사실적이고 객관적인 시각에서 일본을 관찰하고 기록하였을 뿐만 아니라 일본인에 대해 긍정적으로 인식하고 있다. 이 「일본행록」을 읽은 송순은 '記事가 상세하고, 詠物이 묘하다'고 평가를 내리고 있다. 이러한 평가는 일본의 현장을 자세하고, 사실적으로 보여주고 있다는 점을 높이 산 것이다. 송희경의 『일본행록』은 사실적 기록일 뿐 아니라 대마도정벌 직후의 對日使行을 기록하였다는 점에서 당시의 조·일 관계를 이해하는 중요한 자료라 할 수 있다. 그리고 일본의 정치, 사회, 문화, 풍습 등 폭넓은 견문을 한시로 승화시켰다는 점에서 문학적 가치도 지닌다.

김성일의 『해사록』은 임진왜란 발생이전에 조선 지식인이 지니고 있던 대일인식을 잘 보여준다. 1590년(宣祖 20)은 사행을 폐한지 147년이 지난 시기이다. 그 동안에 조선과 일본은 정치적 격변을 경험하였고, 이에 따라 상대에 대한 인식도 이전과는 달라졌다.

조선에서는 성리학적 가치관에 입각하여 그들을 인식하려 하였고, 전국을 통일한 일본에서는 '자국중화의식'을 내세우려고 하였다. 양국의 이러한 인식 차이는 외교에 있어서 많은 갈등을 내포하고 있었다. 갈등은 외교에 있어서 '禮義'와 '體貌'를 지키려는 김성일과 對馬島主, 전통적 외교의식을 지닌 通信使 사이에서 일어났다. 이때 김성

일은 자신의 의지를 굽히지 않으려는 기개와 주체의식을 드러내었
고, 이러한 의식이 「해사록」에서 구체적으로 형상화되었다.

Ⅳ. 교린체제의 모색과 피로인쇄환의 외교적 대응양상

조선시대 통신사문학 연구

교린체제의 모색과
피로인쇄환의 외교적 대응양상

1) 구성과 서술상의 특징

임진왜란 이후 일본으로 잡혀간 조선인들을 生還시키기 위하여 파견한 사절단을 '회답겸쇄환사'라고 한다. 이들은 일본 關白에게 조선국왕의 국서를 전달하는 한편, 일본 각지에 사로잡혀있는 朝鮮 被虜人을 생환하려고 노력했다. 사행을 마치고 귀국해서는 일본에서의 체험을 사실적으로 기록한 使行錄을 남겼다. 이 시기의 使行錄으로 경섬의 『해사록』[201], 이경직의 『부상록』[202], 오윤겸의 『동사상일록』[203], 강홍중의 『동사록』[204] 등 4편이 『해행총재』에 수록되어 있다.

---

201. 慶暹의 『海槎錄』은 통신부사 경섬이 정사 여우길, 종사관 정호관 등과 함께 1607년(선조 40) 1월 12일부터 7월 17일까지 212일 동안 일본을 왕환하면서 보고 듣고 느낀 일을 기록한 일기체 사행문학이다. 상하 2권 1책으로 구성되어 있으며, 상권은 1월 12일 사명을 받고 예궐하여 하직하던 일부터 5월 29일 강호에 머무른 일을 기록하였고, 하권에는 6월 1일 국서를 전하는 의식을 논하는 일부터 7월 17일 귀국하여 복명하던 일까지 수록하고 있다. 일기의 말미에는 504명의 원역과 생환 거리, 사행노정 및 기간 등을 열거한 뒤에 '왜국의 제도와 법령, 풍속을 뽑아서 다음에 대강 적는다.'라고 하여 제목 없이 견문을 서술하고 있다.

이 시기 使行錄이 앞 시대의 使行錄과 구별되는 서술상의 특징은 경험한 사실을 효과적으로 기록하기 위하여 日記體와 見聞錄을 중점적으로 사용하고 있다는 점이다. 漢詩도 몇 수 기록되었으나 기록자의 개인적 서정을 표현하지는 못하였다. 한시가 지닌 본래의 서정적 기능을 상실한 채 전별하는 인물들의 심정을 단순히 기록하고 있을 뿐이다.

회답겸쇄환사의 사행록은 이전의 사행록과 달리 산문중심으로 변화하였다. 그 이유를 몇 가지 생각해 볼 수 있다. 첫째, 임진왜란으로 인해 조선과 일본의 관계는 정치적·경제적·외교적으로 불안정한 시기였다. 이러한 상황에서는 조선과 일본 사이에 散在한 갈등의 요소들을 효과적으로 표현할 필요성이 있었다. 이러한 이유에서 韻文

202. 李景稷의 『扶桑錄』은 回答兼刷還使가 일본으로 출발하기 3일전부터 부산항으로 귀환할 때까지 140일간의 체험을 기록한 일기체 사행문학이다. 한시는 일본으로 잡혀온 조선인 포로가 '國下忠臣'이라는 이름으로 군관을 통해 사신에게 전달한 七言絶句 1수와 일본의 승려 종방이 사신에게 수창을 바라면서 바친 七言律詩 1수가 있다. 두 수의 시는 작가의 개인적 정서와 관계없이 인용되어 있다.

203. 吳允謙의 『東槎上日錄』은 1617년(光海 9) 7월 4일부터 10월 18일까지의 일본 사행에 대한 체험을 기록한 일기체 사행문학이다. 별항을 설정하지 않고 자작시 24수를 수록하고 있어 回答兼刷還使의 시중에서 가장 많다. 이 중에서 일본인과 창화한 시는 일본승려 종방의 시에 차운한 3편이 있고, 조선에서 지은 시는 7首로 七言絶句 5首와 五言律詩 2首가 있다. 나머지 24首는 일본에서 지은 시이다. 五言絶句 2首, 五言律詩 4首, 七言絶句 14首, 七言律詩 4首이다. 七言絶句가 19首로 가장 많고 五言絶句는 2首로 가장 적다.

204. 姜弘重의 『東槎錄』은 1624년(仁祖 2)년 8월 20일부터 1625년(仁祖 3) 3월 26일까지 일본에서의 체험을 기록한 일기체 사행문학이다. 天啓 甲子年 日本 回答使 行中座目을 적은 다음에 일기를 기록하고 있다. 일기에는 사행 중에 일본 승려 玄方이 朴堤上이 묻힌 冷泉津에 대한 所懷를 읊은 七言絶句 1首가 게재되어 있다. 책의 말미에는 詩만을 따로 모은 『東槎錄』別章이 있는데, 여기에 수록된 시도 작가의 작품이 아니라 李睟光, 張維, 李敏求, 李植, 金尙憲 등이 지어준 歡送詩이다.

보다 散文이 중요해졌고, 使行錄이 한시형식에서 일기체 형식으로 변화되었다.

둘째, 일본에 대한 적대감이 해소되지 않은 상황에서 심리적 적국인 일본으로 파견된 사신은 남다른 소명의식을 지니고 있었다. 이러한 소명의식이 개인적 所懷나 日人과의 唱和를 드러낼 수 없는 상황으로 만들었다. 그러므로 漢詩中心의 使行文學이 형성되지 못하였다.

셋째, 임진왜란에 대한 반성으로 일본의 실상을 바로알고 정확하게 기록하려는 의도가 나타났다. 일본에 대해 보다 자세히 기록하기 위하여 한시보다는 산문이 사용되었다. 이렇게 기록된 사행록은 후대의 사행을 위한 준비하는 과정에 중요한 기초자료역할을 하였다.

회답겸쇄환사가 기록한 일기체 사행문학의 특징을 살펴보면 다음과 같다. 첫째, 일기는 하루 중에 일어났던 일을 取捨選擇하여 기록하였다. 귀국 후에 재정리한 기록일지라도 사건이 일어난 당일을 기점으로 기록하였다. 강홍중은 1월 26일 날짜에 "이날부터 신기가 매우 편치 못하여 밤새도록 고통 하였다."고 기록하였다. '이날부터' 라는 표현으로 보아 나중에 다시 정리한 것으로 보인다. 그러면서도 12월 24일 回程日에 '關白書契'와 '執政書契'를 수록하고 있다. 이경직은 柳川調興과 주고받은 편지[205]와 宗方이 보낸 小帖[206] 등에 기록한 詩와 글을 받은 날짜에 수록하고 있다. 이는 使行日記가 공적인 기록으로 날짜에 선후를 두어 일본에서의 경과를 보다 정확하고 체계적으로 전달하기 위해서이다.

---

205. 李景稷, 『扶桑錄』, 앞의 책, Ⅲ-30쪽, 32쪽.
206. 李景稷, 『扶桑錄』, 앞의 책, Ⅲ-39쪽.

둘째, 일기체 사행문학에는 날짜, 날씨, 사행지역과 지명, 출발지에서 도착지까지의 거리 등을 자세히 기록하고 있다. 그러나 동일한 使行의 記錄이지만 내용에 있어서 차이를 보이고 있다. 이는 문헌을 통하여 정확하게 기록하기 보다는 현지인의 말을 듣고 기록하였기 때문이다.

셋째, 임진왜란으로 많은 자료가 消失되었기 때문에 정확한 기록에 많은 어려움을 겪었다. 기록의 대부분은 직접적인 경험에 의존하였고, 사실과 다른 부분을 수정 보완함에 있어서도 전문적인 자료정리가 되지 못하였다. 경섬은 임진왜란 이후 처음으로 일본을 사행했기 때문에 일본에 대한 典故를 찾을 수 없어서 節目을 직접 작성하기까지 하였다.

경섬은 『해사록』에서 임진왜란 이후 처음으로 '왜국의 제도와 법령, 風俗'을 종합하여 견문록을 기록하였다. 이러한 見聞錄은 신숙주의 『해동제국기』에서 시작되었다. 신숙주는 성종의 명으로 자신의 대일사행체험과 다양한 자료를 바탕으로 국외정세에 대한 견문을 기록하였고, 이 기록은 임진왜란 이전의 대일외교에 있어서 기본적인 자료가 되었다. 이 시기에 이르러 재작성의 필요성이 제기되었지만 일정한 형식도 정확한 위치도 갖지 못하였다. 경섬의 『해사록』과 이경직의 『부상록』에서는 명칭구분도 없이 마지막에 기록되었고, 강홍중의 『동사록』에서는 『聞見總錄』의 명칭으로 부산에 도착한 노정과 서울로 귀환하는 노정의 사이에 기록되었다.

강홍중은 "혹 지도를 상고하고 혹 소문을 주워 모으고, 혹은 직접 목격한 것으로 이 기록을 쓰는데 尙古日記 중에 闕誤된 곳이 많으므로 보충하고 고쳐서 더욱 상세하게 하였다. 그러나 이것 역시 대략에 지나지 않는다."고 하였다. 그도 다양한 참고를 하려고 하였지만 정보를 수집하기 어려웠다. 이런 이유로 노력을 기울여 작성한 내용도 대략적인 것에 불과하다고 하였다. 이렇게 만들어진 견문록은 이후 일기에서 분리되어 독자적인 위치와 형태를 잡아가게 되었다.

임진왜란 이전의 견문록인『해동제국기』는 왕명에 의해 다양한 자료를 바탕으로 대일외교의 자료로써 완성되었지만, 임진왜란 이후의 견문록은 자료가 미비한 상태에서 필요성에 의해 기록되어 점차 보충자료를 첨가하면서 완성시켜 나갔다. 이러한 차이에도 불구하고 견문록은 기록자의 견문을 전문적이고 광범위하게 기록하여 일본의 실상을 직설적으로 전달하려는 보고의지의 산물이라 할 수 있다.

2) 기록에 나타난 인식세계

(1) 쇄환사의 갈등과 고뇌

조선에서 '회답겸쇄환사'를 파견한 주된 목적은 정치적 변혁과 전쟁의 상처를 치유하기 위한 피로인쇄환에 있었고, 사신들은 임진왜란 때 잡혀온 조선인 포로들을 쇄환하는 일에 노력[207]을 기울였다. 이를 위하여 일본 接伴使와 외교적 타협을 벌이는 동시에 피로인들을 설득해야만 했다.

사신은 일본 접반사를 만나는 자리에서 두 나라가 새로 화친을 맺으려고 하는 이때 사로잡힌 남녀들을 모두 돌려주지 않으면 귀국이 '전대의 잘못을 고쳤다'할지라도 그 누가 그것을 알아 줄 것인가?[208] 만약 이 일이 착실하게 되지 못한다면 이는 한갓 외모만 위한

---

207. 姜弘重,『東槎錄』, 앞의 책, Ⅲ-180쪽.

것이오. 성신이 아니[209]라고 설득하였다. 이러한 표현이 일본 측을 설득하기보다 일본에 사람이 매우 많으니 조선사람 5~6千人이 무슨 관계가 있는가[210]라는 반발로 나타나기도 하였다.

3차례에 걸쳐 파견된 사신들이 모두 '피로인 쇄환'을 말하고 있지만 그들은 일본의 현실을 직시하지 못하였다. 성리학적 가치관에 입각하여 일본을 바라보았기 때문에, "재물을 쓰고 싶어 한 것이 아니요, 다만 우리나라 사세가 이렇다는 것을 말한 것 뿐"이라는 조흥의 말을 이해하지 못하고 있다. 그 말에 "이미 수호한다면 여기에 포로되어 있는 사람을 의당 낱낱이 쇄환해야 하는 것인데 만일 반드시 재물을 쓴 다음에야 쇄환한다면 신의로 서로 사귄다는 것이 어디 있겠는가? 이는 사신으로서 생각지도 않은 것이다."[211]라고 하였다.

정치체제에 있어서 조선은 중앙집권의 권력구조를 지니고 있는 반면에 일본은 지방분권의 권력구조였다. 막부의 정치력이 지방에까지 미치고 있었지만 각 지방의 收稅權은 영주에게 있었다. 경제에 있어서도 조선은 성리학적 가치관에 입각하여 경제적 가치를 천시한 반면에 일본은 상공업이 발달하고 있는 상황이었기 때문에 경제적 가치를 중시하였다. 조선과 일본의 권력구조와 경제구조가 다르다는 사실을 회답겸쇄환사가 인식하지 못하고 있었기 때문에 '사신으로서 생각지도 않은 일'이라 하였다. 결국 일본에 대한 이해부족으로 柳川調興이 요구한 재물에 대해서 '信義'만 강조하였기에 더 이상 '쇄환'에서 실익을 얻기 어려워졌다.

---

208. 慶暹, 『海槎錄』, 앞의 책, II-238쪽.
209. 吳允謙, 『東槎上日錄』, 앞의 책, II-372쪽.
210. 李景稷, 『扶桑錄』, 앞의 책, III-92쪽.
211. 李景稷, 『扶桑錄』, 앞의 책, III-28쪽.

江戸에 이르러서는 關白 등에게 쇄환을 요구하였다. 그러나 정치가들의 입장은 "시집이나 장가간 자도 어린 아이를 둔 자도 있습니다. 그들이 귀국할 생각이 없으면 각각 생각대로 해주고, 고향으로 돌아갈 뜻이 있는 자는 속히 돌아갈 준비를 해주"는 것이었다.[212] 이러한 생각은 쇄환을 강제하는 것이 아니었기 때문에 쇄환사 입장에서는 불만족스러웠고, 이에 사신들이 적극적으로 찾아다니면서 쇄환하려고 하였다. 使行路가 수로였기 때문에 직접적으로 쇄환할 수 있는 지역이 넓지 않았음에도 불구하고, 그 지역의 일본인을 중심으로 집단적인 반발이 나타났다.

① 군관 등이 와서 말하기를 "왜국에 포로 된 우리나라 남녀가 뱃사람과 더불어 정회를 호소하려 하는데, 대마도 사람들이 꾸짖어 금하며 휘둘러 물리쳐서 마음대로 출입할 수 없게 하였습니다."하니 통분함을 견딜 수 없었다.[213]

② 왜인들의 풍속이 사환하는 사람을 가장 요긴하게 여기므로 조선의 포로는 태반이 왜인의 노복이 되어 있는데 왜 주인들이 매양 공갈하기를 "조선 사람으로서 쇄환된 자는 혹은 죽이고 혹은 절도에 보내며, 또 사신이 각자 불러 모았다가 바다를 건너가서는 그 다소에 따라 바로 제 종으로 만들어 사환으로 부려먹는다."하므로 저 사정을 모르는 이들이 천만 가지로 의심이 생겨 그 고국을 그리는 정을 끊게 되니 왜인들의 교묘하고 간사함이 너무도 憤恨스럽다.[214]

---

212. 慶暹, 『海槎錄』, 앞의 책, II-311쪽.
213. 李景稷, 『扶桑錄』, 앞의 책, III-50쪽. "軍官等來言 我國被擄男婦 欲與舟人 訴其情懷 而對馬島人呵禁揮却 使不得任意出入云 不勝痛憤"

③ 관인들이 우리 일행이 나온다는 말을 듣고 모조리 옮겨다 숨
겨서 찾아내지 못하게 하였다. 그런데 지방관이 거짓 찾아내는
체하고 끝내 실제의 수가 없었음은 가는 곳마다 다 마찬가지
였지만, 이 관이 더욱 심하니, 통분하다.[215]

위의 내용은 회답겸쇄환사가 피로인을 쇄환하는 과정에서 겪은 일
들을 분류한 것이다. ①은 사신의 호송과 안내를 맡은 대마도인들은
피로인을 쇄환사와 만나지 못하게 막는 내용이고, ②는 일본인 주인
들이 조선인 노복들과 쇄환사가 만날 수 없도록 위협하고 방해하는
내용이다. 심지어는 쇄환을 위해 찾아다니는 수행원을 피해서 ③처
럼 일본인과 관인들이 피로인들을 숨겨 찾지 못하도록 방해하기도
하였다. 이러한 일본인들의 행동에 대하여 회답겸쇄환사는 왜인들이
교묘하고 간사하다고 통분하였다.

일본의 이러한 행동으로 말미암아 순조롭게 진행된 1차 쇄환 때
1,418명이었지만, 2차 321명,[216] 3차 146명으로 피로인 수가 절대적으
로 감소하고 있다. 일본은 조선과 수교를 위해서 1차 쇄환에는 적극
적일 수밖에 없었다. 이로 인해서 막부는 정치적 목적을 달성하였지
만 지방의 영주들은 쇄환으로 돌아간 조선인들로 인해서 막대한 손
해를 입었다고 생각하였을 것이다. 이러한 피해를 2차, 3차에서는 당

---

214. 李景稷, 『扶桑錄』, 앞의 책, III-69쪽. "倭人之俗 最緊使喚之人 朝鮮被擄 太半爲人奴
僕 主倭每喝 以朝鮮人刷還者 或殺 或送諸絶島 且於使臣各自召募 渡海之後 則隨其
多小 便作己奴使喚云云 彼不知事情者 萬端生疑 以絶其向國戀土之情 倭人之巧詐
甚可憤惋也"
215. 慶暹, 『海槎錄』, 앞의 책, II-323쪽. "關人等聞一行出來之奇 盡數移匿 使不得刷出
蓋地官之佯爲刷出 終無實數者 到處皆然 而此關尤甚 痛惋痛惋"
216. 吳允謙, 『東槎上日錄』, 앞의 책, II-380쪽.

하지 않기 위해서 갖은 방법으로 쇄환을 방해한 것으로 생각된다. 회답겸쇄환사가 지닌 일본 인식의 한계로 말미암아 피로인쇄환은 한계에 부딪쳤고 쇄환의 의미는 점차 약화되었다.

쇄환사들은 그들이 발견하는 포로들이 대부분 고국으로 돌아갈 것이라고 믿고 있었다. 그러므로 수행원들에게 諭文을 주어 포로들을 불러 모으고 일행이 도착하기를 기다리도록 하였다. 그러나 2차, 3차 쇄환이 진행될수록 점차 소집에 응하는 자는 줄어들었다.[217] 이러한 상황에서 몸값을 주어 쇄환에 응하게 하였다.

> 함평에 거주하는 양반 최홍렬의 아내 춘이가 두 아들을 데리고 왔다. 돌아갈 마음이 지정에서 나왔으나 다만 그 아들 순이가 일본 여자를 얻어 아들을 낳고 또 부채가 60냥이나 있는데, 아직 갚지 못하여 형편이 같이 돌아갈 수 없으므로 모자가 서로 붙들고 통곡하니 들으매 측은한 마음을 금할 수 없었다. 세 사신이 상의한 끝에 일공의 나머지 쌀 33석을 순이에게 出給하여 부채를 갚게 하니 그 사람이 감격하여 明日 그 어머니를 뒤좇아 가기로 약속하였다.[218]

위의 내용은 양반 최홍렬의 아들 순이가 부채가 있어서 돌아갈 수 없는 상황이었기 때문에 세 사신이 측은한 마음에 쌀 33석을 주어 부채를 갚고 쇄환하였다는 기록이다. 일본으로 잡혀온 사람들 중에는 경제적 사정으로 돌아갈 수 없는 경우가 있었다. 이런 경우 사

---

217. 慶暹, 『海槎錄』, 앞의 책, II-315쪽.
218. 姜弘重, 『東槎錄』, 앞의 책, III-244쪽. "咸平兩班崔弘烈妻春伊 挈其兩子而來 思歸之意出於至情 而但其子順伊 生子於日本妻 負債多至六十兩 時未還報 勢難同去 母子相持痛哭 聞來不勝矜惻 三使相議 以日供餘米三十三石出給 使之償債 其人不勝感泣 約以明日追去其母云"

신이 도움을 주기도 하였다. 그러나 돌아가겠다는 약속을 하고나서도 배를 타지 않고 도망간 사람들도 생겨났다. 이들의 결정은 귀국 후 조선에서의 삶과 일본에서의 삶을 심각하게 고려한 뒤에 나온 것이다. 그럼에도 불구하고 사신은 그들의 처지를 이해하지 못하고, 그들이 본심을 상실하여 배회하고 반칙하며 정해진 뜻이 없다고 비난하였다. 그들에 대한 처지를 이해하지 않고, 사신의 입장에서 그들을 판단하고 비난하였다. 이러한 인식이 일기의 문면에 그대로 노출되어 있다.

강홍중은 임금을 인견하는 자리에서 "쇄환한 사람을 감언이설로서 이리저리 달래어 겨우 돌아왔다"[219]는 사실을 밝히고, 쇄환의 어려움을 아뢰었다.

사신들의 쇄환노력에 대해 피로인의 반응은 다양한 형태로 나타나고 있다. 첫째, 조선으로 귀국하기 위해 적극적으로 행동하는 인물이다. 둘째, 어쩔 수 없이 일본에 잔류하려는 인물이다. 셋째, 귀환을 거부하고 잔류하는 인물이다. 넷째, 돌아가고 싶어하지만 끝내 돌아가지 않는 인물이다. 이들이 이러한 반응을 보인 것은 임진왜란이 일어난 지 오랜 시간이 지났다는 시간적 경과, 일본에 새로운 가정을 형성하였다는 상황적 변화, 조선보다 나은 일본의 정치적 질서와 경제적 여건이 작용하였기 때문이다. 이들의 상황을 구체적으로 살펴보면 다음과 같다.

첫째, 적극적으로 귀국하려는 인물들은 20년이 지났지만 귀국하려는 희망을 버리지 않았다. 그들은 사신이 일본에 도착했다는 소

---

219. 姜弘重,『東槎錄』, 앞의 책, Ⅲ-301쪽.

식을 듣고 양식을 싸가지고 찾아오기도 하였다.[220] 이들의 대부분은 조선에 생활의 터전을 갖고 있거나, 양반계급으로서 귀환한 뒤에도 여유로운 삶을 누릴 수 있다는 희망이 있는 이들이다. 쇄환사도 "조금 식견이 있는 사족 및 여기에 있으면서 고생하는 사람"만이 귀국하려 했음[221]을 말하고 있다.

> 오시에 작은 배를 타고 점포를 지나는데 어떤 남자 하나가 포구의 갈대밭 속에서 달려 나와 부르짖기를 "나는 조선 사람이오. 돌아가는 배에 태워 주시오"하므로 배를 멈추어 태워 주었다. 그는 곧 전라도 사람이다. 그 주인 왜가 놓아 보내려 하지 않으므로 도망쳐와 여기 숨어서 행차를 기다렸다 하니 그 정상이 가련하다.[222]

위의 내용은 일본인의 방해를 무릅쓰고 탈출에 성공한 사람이 쇄환사와 만나는 장면이다. 이런 인물에 대하여 '가련하다'는 판단을 내리고 있다. 어떤 이는 숨어서 행차를 기다렸다가 합류하기도 하였다. 사신을 직접 만날 수 없게 되자 편지를 던져 구원받으려 하기도 하였다.[223] 이처럼 일본인을 피해 탈출하는 행위는 죽음을 각오한 일이었다. 그만큼 적극적 행동이었고, 이는 귀국에 대한 간절함이 실행으로 옮겨진 경우이다. 그러나 시간이 흐를수록 '눈물'을 보이면서 고국을 그리워하는 피로인들은 감소하였다. 이러한 배경에는 피로인

---

220. 慶暹, 『海槎錄』, 앞의 책, II-269쪽.
221. 李景稷, 『扶桑錄』, 앞의 책, III-114쪽.
222. 慶暹, 『海槎錄』, 앞의 책, II-320쪽. "有一男子自浦邊蘆叢中走出叫呼曰 我朝鮮人也 願上歸舟 停舟上之 則全羅道人也 其主倭不肯放還 故逃來隱此 以待行次云 其情可憐"
223. 李景稷, 『扶桑錄』, 앞의 책, III-44쪽.

쇄환을 방해하는 일본인도 있지만, 피로인 스스로의 상황과 아울러 조선으로 귀국한 피로인이 편안하게 정착하지 못했다는 조선의 현실이 일본에 알려진 이유도 있었다.

둘째, 어쩔 수 없이 일본에 잔류하려는 인물들이다. 임진왜란으로 잡혀온 지 십 수 년이 지나는 동안 일본에서 살아야 했고, 그동안에 일본에 가족을 만든 경우가 많았다. 시집가고, 장가들어 자식을 낳아 살림한 지 오래된 이들에게 조선은 타향이나 다름없었다.

① 사로 잡혀온 두 여인이 스스로 양반의 딸이라 하며 군관들을 찾아와 고향소식을 묻고자 하는데 사로잡혀 온 지가 이미 오래이므로 우리나라 말을 모두 잊어 말을 통하지 못하고 다만 부모의 존몰을 물은 다음 눈물만 줄줄 흘릴 뿐이었다. 귀국의 여부를 물으니 어린 아이를 가리킬 뿐이었다 한다. 이는 아들이 있으므로 돌아가기 어렵다는 것이다.[225)]

② 김제 사람 하나가 와서 뵙기에 거주하던 곳과 성명, 부모, 형제의 유무를 물으니, 모두 모르고, 조선말도 또한 알아듣지 못했다. 10세 때에 포로 되었다 하는데, 그 어리석고 용렬함이 이와 같았다. 올 때에 나와서 기다리도록 약속했으나 이와 같은 사람은 하나의 왜인일 뿐이었다.[225)]

224. 姜弘重,『東槎錄』, 앞의 책, Ⅲ-216~7쪽. "有被擄二女人自稱兩班之女 來見軍官輩 欲問鄕國消息 而被擄已久 盡忘我國語音 不能通話 只問父母存歿 泣涕漣漣 問其欲歸與否 則指小兒而已云 蓋以有子故難之也"

225. 李景稷,『扶桑錄』, 앞의 책, Ⅲ-43쪽. "有一金堤人來謁 問其居住姓名父母兄弟有無 則皆不知 朝鮮言語亦不能解聽 十歲被擄云 而其愚劣如此 約以來時出待 而如此者 特一倭人也"

위의 내용은 쇄환사를 만나기 위해 찾아온 두 여인이 조선말을 잊어버렸다는 비극적인 상황을 제시하고 있다. 일본인에 동화하여 살아가는 동안에 고향에 대한 기억은 사라지고, 새로운 가족들이 생겨났다. 이들에게 기존의 삶의 터전을 버리고 조국으로 돌아가자고 권유하기는 힘든 상황이었다. 이들에게 조국은 이미 타향으로 존재하기 때문이다. 그러므로 어쩔 수 없이 이들은 잔류를 결정하였다.

너무 어린 나이에 잡혀온 이들도 잔류를 결정해야만 했다. 10살 이전에 잡혀와 조선에서의 기억보다 일본에서의 삶이 익숙한 이들에게 돌아갈 조국은 없었다. 이경직은 쇄환을 대하는 피로인의 반응이 연령별로 차이를 있다고 하였다. 그가 살펴본 10세 이전에 잡혀온 사람들은 일본에 완전히 동화되었다고 하였다. 그들은 자신이 조선 사람이라는 사실을 아는 까닭에 사신이 왔다는 소식을 듣고 찾아 온 것일 뿐, 고국을 그리워하는 마음은 전혀 없다고까지 하였다.

셋째, 일본에 머문 시간이 오래되면서 자신의 어머니가 생존해 있다는 소식을 듣고서도 돌아갈 뜻이 없는 인물들이 나타났다. 이들에 대하여 회답겸쇄환사는 오랑캐의 풍속에 물들어 그 본심을 잃어버렸다고 비난[226]하였다. 그렇지만 조선으로 돌아갈 수 없는 사람들이 너무 많았다. 조선에서 유랑민으로 살아야 하는 이들에게 조선은 돌아갈 수 없는 지역이었다.

조선과 달리 일본은 물자가 풍부하고 살기에 편안하므로 빈손으로 수년 사이에 재산을 가질 수 있었다.[227] 조선과 일본의 이러한 경제적 차이는 조선으로 돌아가기를 포기하게 만들었다. 그들에게 "사

---

226. 姜弘重, 『東槎錄』, 앞의 책, Ⅲ-244쪽.
227. 姜弘重, 『東槎錄』, 앞의 책, 「見聞總錄」

람의 정이란 고국을 그리워하는 것"[228]이라는 막연한 생각이나, "은혜를 받은 것이 너의 부모와 어느 쪽이 더한가? (중략) 새는 옛 둥우리로 돌아오고 말이나 소도 제 집을 아는데 하물며 사람으로서 금수만 같지 못하여서야 되겠는가?"[229]라는 명분론은 의미가 없었다. 이들의 행동에 대해서 이경직은 미련하게 움직이지 않아 죽이고 싶었으나 어찌할 수가 없었다는 부정적 인식을 드러내고 있다. 쇄환사는 일본에 처자가 있거나 생계가 조금이라도 넉넉하여 이미 뿌리를 박은 사람은 돌아갈 뜻이 전연 없었다고 하였다.[230]

넷째, 돌아가고 싶기는 하나 결정하지 못한 사람도 있었다. 이들은 모두 품팔잇군으로 고생하는 사람들이다.

> 나이 15세 이후에 포로 된 자는 본국 향토를 조금 알고, 언어도 조금 알아 돌아가고 싶어 하는 마음이 있는 듯하였으나 매양 본국의 살기가 어떠한가를 물으며 양쪽에 다리를 걸쳐 거취를 정하지 못하므로 정녕하게 말해주고 되풀이해서 간곡하게 타일러도 의혹이 풀리는 자는 적었다.[231]

위의 내용은 15살 이후에 포로가 된 사람이 갈등하고 있는 장면이다. 그들은 조선에서의 삶을 이미 경험하고 있었기 때문에 갈등하고 있다. 고향에 대한 그리움과 현실의 삶에 대한 갈등 속에서 그들은

---

228. 李景稷, 『扶桑錄』, 앞의 책, Ⅲ-25쪽.
229. 李景稷, 『扶桑錄』, 앞의 책, Ⅲ-114쪽.
230. 李景稷, 『扶桑錄』, 앞의 책, Ⅲ-114쪽.
231. 李景稷, 『扶桑錄』, 앞의 책, Ⅲ-69쪽. "年過十五以後而被擄者 稍知本國鄕土 稍解言語 似有欲歸之心 而每問本國苦樂如何 投足左右 未定去就 丁寧開說 反覆懇諭 解惑者亦少"

선택해야 했다. 그러나 귀환을 원하는 이들은 적었다. 돌아갈 이유가 없었거니와 고국으로 돌아가서도 환영받지 못한다는 사실을 알고 있었기 때문이다. 회답겸쇄환사들은 이런 상황을 이해하지 못하고, '고약하다', '통분스럽다'는 말로 비난할 뿐이다.

이경직은 양반인 유석준의 딸도 "부모 형제가 모두 나를 찾지 않는데, 내가 비록 나가더라도 다시 누구에게 의지하겠는가?"[232]하고 도로 들어갔다고 비난하였다. 사신들은 귀환하지 않는 이들을 비난하였지만, 사실상 조선에서는 귀환하는 이들을 맞을 실질적인 준비가 거의 이루어지지 않은 상태였다. 부산에 도착한 이들을 마중하러 나오는 관료도 없었고, 조선에서 살아갈 미래도 불확실했다.[233] 이런 점에서 볼 때 조선 조정에서는 회답겸쇄환사의 사행을 통해서 민심을 안정시키려고만 하였지, 귀환하는 이들에 대해서는 무관심했음을 알 수 있다.

> 부산에서 발행할 때에 쇄환인 등이 서로 이끌고 따라오면 말 앞에서 통곡하였다. 아마 배 안에서는 주방에서 공궤하였는데 부산에 와서는 의뢰할 곳도 없고 고향으로 가고자 해도 또 길을 알지 못하여서이리라. 이 때문에 울부짖으며 따라오니 정경이 지극히 가련하였다. 행중의 나머지 양식을 털어내어 각기 5일간 양식을 주어 보내고 그 살던 고을에 관문을 써서 각기 그 사람에게 부쳤다.[234]

---

232. 李景稷, 『扶桑錄』, 앞의 책, III-102쪽.
233. 姜弘重, 『東槎錄』, 앞의 책, III-295쪽.
234. 姜弘重, 『東槎錄』, 앞의 책, III-295쪽. "自釜山發行時刷還人等 相率追來 慟哭於馬前 蓋船中則自行廚供饋 而及到釜山 無所依賴 欲尋故鄉 又不知路 以此號泣追來 情事極可憐也 除出行中用餘 各給五日粮而送之 各其所居處 并作關文 各付其人"

위의 내용은 쇄환사를 따라온 사람들이 의지할 곳이 없어 통곡하는 장면이다. 쇄환사를 따라 귀국한 이들은 부산에 잠시 머물다가 얼마간의 양식을 받아 고향으로 돌아갔다. 그렇지만 그들은 고향에서도 환영받지 못하는 존재이다. 이러한 사실을 일본에 있는 사람들도 알고 "조선이 사로 잡혀 온 사람을 비록 쇄환하기는 하나 대우를 너무 박하게 한다 하는데, 사로 잡혀 온 것이 본디 제 뜻이 아닌데, 이미 쇄환했으면 어째서 이같이 박대하오."[235]하였고, 이러한 사실은 일본에 이미 널리 퍼져 있었다.[236]

이러한 까닭에 쇄환사로 사행한 강홍중은 임금을 引見한 자리에서 "현재 일본에 있는 사람들이 만약 이들이 본토에 돌아와서 낭패한 정상을 듣는다면 이 뒤에는 쇄환하려 하더라도 반드시 용이하지 않을 것"[237]이라는 사정을 밝히고 개선책을 구했다. 그는 "만약 서울로 데려와 요포를 넉넉히 주고, 별대로 삼아 훈련도감포수를 가르치면 좋을 듯 하옵니다"[238]라는 대안을 제시하였지만, 이는 제대로 실행되지 못하였다.

쇄환이 진행되면서 귀국을 거부하는 피로인들의 처지를 이해하는 모습이 나타나기도 하였다. 강홍중은 사세에 구애되어 비록 뜻대로 몸을 빼어 돌아가지는 못하지만 고향을 그리는 정은 사람마다 일반인 것이니 불쌍하다[239]고 하였다. 일본으로 잡혀온 지 오래되어 조선에 있는 가족들의 생사를 알 수 없고, 일본에 가족이 있다는 피로인

---

235. 姜弘重, 『東槎錄』, 앞의 책, Ⅲ-212쪽.
236. 姜弘重, 『東槎錄』, 앞의 책, Ⅲ-216쪽.
237. 姜弘重, 『東槎錄』, 앞의 책, Ⅲ-301쪽.
238. 姜弘重, 『東槎錄』, 앞의 책, Ⅲ-301쪽.
239. 姜弘重, 『東槎錄』, 앞의 책, Ⅲ-190쪽.

들의 처지를 이해한 것이다.

(2) 일본의 정치·외교에 대한 반응

조선과 일본은 회답겸쇄환사에 대하여 상반되는 생각을 지니고 있었다. 조선에서는 사신을 파견한 목적이 일본의 병기를 탐지하고 형세를 살피기 위한 것[240]이라고 하였고, 일본에서는 조선의 사신이 "의심이 많아 모든 경한 일이나 중한 일, 큰일이나 작은 일에 있어 논의가 분분하고 때로는 이미 결정하였던 것도 도로 그만두는 사례가 있다"[241]며 믿지 못하고 있었다. 이런 상황에서도 쇄환을 위한 조선의 목적과 정치적인 안정을 이루려는 막부의 목적은 달성되었다.

회답겸쇄환사가 江戶에 도착하자 關白은 전명하는 일을 전에 없던 희귀한 예로 삼고자 청명하고 마른 날을 기다려 기구를 벌여놓고 훌륭한 구경거리로 만들어 일국의 성대한 일로 뽐내려 하였다.[242] 조선에서 온 사신을 내외에 자랑하여 정치를 안정시키는 목적에 이용하려는 것이다. 조선에서 회답겸쇄환사가 파견되던 무렵의 일본 막부는 정치적으로 곤란한 상황에 놓여 있었다. 이러한 사실은 사신이 일본에 도착하여 "금번에 만약 사신이 오지 않았다면 반드시 전쟁을 일으켰을 것"이라는 소문을 들었다[243]는 기록을 통해서 이해할 수 있다.

15세기 초에 일본은 중국에 책봉을 받고 조선과 사신왕래 하였다. 그러나 豊臣秀吉이 정권을 잡은 이후 일본에서는 日本中華主義가 나

---

240. 慶暹, 『海槎錄』, 앞의 책, II-277쪽.
241. 慶暹, 『海槎錄』, 앞의 책, II-255쪽.
242. 慶暹, 『海槎錄』, 앞의 책, II-299쪽.
243. 姜弘重, 『東槎錄』, 앞의 책, III-230쪽.

타났고, 중국과의 외교관계를 유지하려고 하지 않았다. 임진왜란의 강화를 위하여 조선에서 통신사가 파견되었을 때도 명나라 사신이 동행하였고, 양국의 입장을 중개하였으나 실패하였다. 이런 상황에서 회답겸쇄환사로 파견된 경섬은 중국과의 중개를 부탁하는 일본인의 요구를 받았다. 일본이 명중심의 국제질서 속에 편입하기를 부탁한 것이다. 그러나 "우리나라가 어찌 감히 이 말을 천조에 꺼내어 스스로 죄를 부르겠습니까?"[244]라고 말하며, 이를 거부하였다. 일본과의 화해가 이루어지지 않은 상황에서 명과 일본을 중개할 명분이 없었기 때문이다. 이러한 거절로 인하여 일본과 중국의 관계는 회복되지 못하였고, 일본은 유구를 점령한 이후 중국과의 관계회복을 포기하고 이전의 쇄국정책을 계속 추진하였다.

사신이 江戶에 도착하여 국서를 주고받는 과정에서 "우리나라가 대명을 섬기지 않았으니 그 연호를 쓸 수 없고, 만약 일본 연호를 쓴다면 사신이 반드시 온편치 못한 뜻이 있을 것이니 둘 다 쓰지 않는 것만 못하다."[245]하여 '龍集'이라는 용어를 사용한 배경에 대해서 들었다. 이 자리에서 일본에서는 국왕이라는 호칭을 사용하지 않는다는 말을 듣고, 대마도에서 보내온 국서가 위조되었다는 사실을 재삼 확인하였다.[246]

조선이 명 중심의 국제질서 속에서 일본과 교린관계를 유지하는 한편, 대마도에 대해서는 사대관계를 유지하려고 하였다. 조선이 일본과 대마도에 대하여 이중적인 외교정책을 시행한 것은 남방에 있어서 외교적 안정을 확보하려는 의도에서다. 이러한 의도는 회답겸

---

244. 慶暹, 『海槎錄』, 앞의 책, II-317쪽.

245. 慶暹, 『海槎錄』, 앞의 책, II-303쪽.

246. 慶暹, 『海槎錄』, 앞의 책, II-302쪽.

쇄환사로 파견된 吳允謙과 강홍중의 말에서 확인할 수 있다. 吳允謙은 "조정에서 대마도를 깊이 돌보아 주는 것과 청이 있으면 반드시 들어주는 성의를 감념하게 하여 지성으로 사대하며 시종 한 마음을 가져 영원히 번병이 되어야 할 것"[247]이라고 하였다.

대마도를 '羈縻'외교의 대상으로 독점적 통교의 지위를 인정하고 있으므로 '藩屛'이 되어야 할 것이라는 인식의 기저에는 대마도의 백성들이 오로지 조선의 은혜에 힘입어 생계를 유지하고 있다는 생각에서 비롯하였다. 임진왜란으로 조선과 일본이 적대적 관계가 되었음에도 대마도에 대한 인식이 변하지 않은 것이다. 대마도주도 "본도는 조선의 후한 은택을 입어 몸은 비록 일본에서 출생하였으나 목숨은 실로 조선에서 살려주었으니 결코 은혜를 배반하고 공격할 수 없"[248]다고 하였는데, 이는 당시 경제 의존도가 높은 대마도의 운명을 조선에서 결정할 수 있었기 때문이다.

조선 사신과 대마도주의 동일한 인식에도 불구하고, "그들의 말을 다 믿을 수는 없다."[249]는 불신감을 보이고 있다. 이는 조선에 대하여 잘 알고 있던 대마도가 임진왜란 때 선봉이 되어 조선을 침략하였기 때문이다. 이후 대마도에 대한 '藩屛'의식과 더불어 '불신감'이 공존하면서 조선후기까지 지속되어 나타난다.

강홍중은 일본을 사행하면서 海禁政策으로 세계인식이 제한된 조선과는 달리 일본이 세계 여러 나라와 교역을 통하여 발전하고 있다는 사실을 알았다. 이러한 사실은 玄方이 일본과 국교를 맺고 통상을 하는 나라들이 琉球, 暹羅, 安南, 交趾, 南蠻, 呂宋 등 여

---

247. 吳允謙, 『東槎上日錄』, 앞의 책, Ⅱ-348쪽.
248. 姜弘重, 『東槎錄』, 앞의 책, Ⅲ-271쪽.
249. 姜弘重, 『東槎錄』, 앞의 책, Ⅲ-272쪽.

러 나라이며, 이곳에서 저곳까지 모두 바닷길을 경유하여 교역하는데 수개월이 걸려야만 도착한다는 소식을 알려주었기 때문이다. 이들 나라의 商船이 薩摩州의 籠島와 肥前의 長崎에 정박하여 무역을 하는 데 일정하지 않아서 여러 해를 머무는 자도 있다고 하였다. 이러한 소식과 함께 일본과 외교적으로 단절하고 있는 중국에서도 몰래 왕래하는 자가 많고, 마도 사람들도 중국의 浙江 등지를 왕래하고 있다는 소식도 들었다.[250] 일본은 많은 나라들과 교역하면서 세계가 동아시아에서 생각하던 크기보다 훨씬 넓다는 사실을 알았을 것이다. 이런 소식을 접하면서도 조선은 海禁정책을 고수하여 대외무역을 확대하지 않았고 세계에 대한 인식을 확대시키지 못하였다.

(3) 일본의 풍습 및 문화에 대한 인식

조선과 일본은 가까이 위치한 나라이면서도, 바다로 인해 왕래가 쉽지 않은 나라이다. 이로 인해 양국은 발전 방향이 달랐고, 문화에 있어서 많은 이질성을 내포하고 있다. 특히 조선은 성리학을 중심으로 하는 문치주의 국가로 武를 천시하는데 비해서, 일본은 불교국가인 동시에 상무주의 국가이다. 그들에게 있어서 삶과 죽음은 중요한 문제가 아니었다. 이런 이유로 삶을 가볍게 여기고, 죽음을 즐겨하는 풍습이 생겨났다.

---

250. 姜弘重, 『東槎錄』, 앞의 책, III-232~3쪽.

마침 관소에서 바라다 보이는 곳에서 이 각전 놀이를 벌였으므로 그 칼을 휘둘러 마구 피가 흘러 언덕을 물들이는 형상을 목격했는데, 참으로 놀랄만하였다. (중략) 국속을 금지할 것이 없다는 뜻으로 대답하였다. 대개 일본의 국속은 사람 잘 죽이는 것을 담용으로 삼는다. (중략) 그 삶을 가벼이 여기고 죽기를 즐겨하는 풍속이 이와 같다.[251]

위의 내용은 일본의 풍습인 '각전놀이'를 보고 기록한 일기의 일부이다. 경섬은 전쟁과 같은 '각전 놀이'를 보고 이를 객관적인 입장에서 사실적으로 기록하고 있다. 칼을 휘둘러 피가 흐르는 급박한 상황을 보고 '참으로 놀랍다'라는 인식을 드러내었다. 자신의 이러한 놀라움에도 불구하고, 일본인들은 '國俗'이라 하여 금지할 뜻이 없다고 하였다. 이러한 반응을 통해서 생사를 두려워하지 않는 그들의 자세도 알았고, 담담해 하는 일본인의 태도에서 그들이 어떠한 존재인가에 대해서도 인식하였다. 이러한 인식은 일본 사회에 지속되어 온 尙武의식을 느끼는 계기가 되는 동시에 '사람 잘 죽이는 것을 담용으로 삼는다.'라는 비판적 시각도 개입하게 하였다. 전쟁을 '각전 놀이'라는 풍속으로 이해하는 그들의 태도를 기록함으로써 독자들에게 일본에 대한 정확한 정보를 전달하려고 하였다.

상무를 중시하는 일본의 일면적인 모습만이 아니라 글을 아는 중을 長老라 하여 존경하고 중히 여기고 있다는 사실을 기록하였다. 일본의 國俗이 사람을 죽이는 膽勇만 숭상하는 것이 아니라 학문도

---

251. 慶暹, 『海槎錄』, 앞의 책, II-299쪽. "適於館所相望之地 設此角戰之事 目見其揮劍 亂斫流血塗原之狀 誠極可駭 (중략) 答以國俗不必禁之之意 大槪日本國俗 以能殺 爲膽勇 (중략) 其輕生樂死之風如是"

중시한다는 사실도 알려주고 있다. 글을 아는 장로는 언제나 도주보다도 윗자리에 앉는[252]다는 사실은 일본인을 단순히 부정적으로 평가하는 것을 경계하도록 하였다. 이러한 양면성을 기록하여 일본에서도 그들 나름대로 윗사람을 공경하는 예절이 있다[253]는 사실을 알려줌으로써 일본을 객관적으로 판단하도록 하였다.

사신들은 일본의 문화를 견문하면서 사실적으로 기록하려고 하였다. 그러므로 일본의 춤이 자못 절주에 맞지만 소리가 짧고 급해 화창한 맛이 조금도 없다[254]거나 원숭이 놀이가 기괴하여 다 적을 수 없다[255]는 부정적인 평가와 더불어 축국놀이에 대해 모두 법도가 있다[256]는 긍정적인 평가가 공존할 수 있었다.

승려와 속인이 뒤섞여 남녀가 분별이 없고, 말은 금수의 소리와 비슷하다[257]고 비판적으로 일본을 인식하고 있는 강홍중도 일본의 춤을 보고 매우 기괴하지만 흥미가 있다고 하였다.

> 나이 젊은 광대로 하여금 풍악을 울리고 재주를 부리게 하며 또 무동을 시켜 떼를 나누어 들어오게 하였다. 모두 아롱진 비단 옷을 입고 얼굴에 가상을 썼는데 손으로는 금부채를 휘둘러 절조에 맞추어 노래하니 보기에 매우 기괴하였다. 그러나 그 맑은 소리와 가는 허리로 절조에 맞추어 뜰에서 너울거리니 그 아릿다운 태도가 또한 하나의 흥미를 돋을 만 하였다.[258]

---

252. 慶暹, 『海槎錄』, 앞의 책, II-258쪽.
253. 慶暹, 『海槎錄』, 앞의 책, II-273쪽.
254. 慶暹, 『海槎錄』, 앞의 책, II-258쪽.
255. 慶暹, 『海槎錄』, 앞의 책, II-275쪽.
256. 慶暹, 『海槎錄』, 앞의 책, II-275쪽.
257. 姜弘重, 『東槎錄』, 앞의 책, III-182쪽.

위의 내용은 일본의 문화를 보고 기록한 일기의 한 부분이다. 양국의 외교적 접촉이 있는 자리에는 문화적 교류가 일어나기 마련이다. 임시사행인 회답겸쇄환사의 경우에도, 이들을 접대하는 자리에서 연회가 베풀어지고 일본의 문화가 소개되었다. 일본의 문화는 광대의 음악과 춤으로 소개되었는데, 강홍중은 일본의 문화에 대하여 '매우 기괴하다'와 '흥미를 돋울 만하다'는 양면적 평가를 내리고 있다.

조선과 다른 문화를 접하고 평가하지만 이러한 문화는 조선으로 전해지지는 못하였다. 이는 일본의 문화에 긍정적인 요소가 있을지라도 적대적 감정이 강하게 남아있는 조선에서 이를 받아들이지 않았기 때문이다. 더구나 회답겸쇄환사가 접한 문화는 일본 상층부의 문화가 아니라 하층부의 문화이다. 이러한 이유로 일본에서의 문화적 경험은 일회적으로 끝나고 말았다. 조선은 일본보다 문화적으로 우월하다고 생각하고 있었고, 이러한 인식은 일본의 문화적 체험을 개인의 독특한 경험으로 만들고 말았다.

상류층의 문화교류는 한시 수창으로 나타났다. 한시의 수창이 조선의 사신과 일본 승려 玄方의 사이에서 일어났다. 연회자리를 파할 때에 玄方이 먼저 율시 한 수를 써서 화답하기를 청하였는데, 이것을 거절하기 어려워 상사 이하 각기 차운하여 주었기 때문이다.[259] 한시는 외교관계에 있어서 필수적인 요소로, 사신과 접반사 사이에서는 오랫동안 활발하게 酬唱되었다.

---

258. 姜弘重, 『東槎錄』, 앞의 책, Ⅲ-181쪽. "令年少戱子 奏樂呈才 又令舞童分隊而入 皆着斑爛錦衣 面着假像 手揮金扇 以節歌呼 所見殊甚奇怪 而淸聲細腰之童 蹌蹌於庭 節奏中規 體態婉燕 亦足以助一歡也"

259. 姜弘重, 『東槎錄』, 앞의 책, Ⅲ-181쪽.

강홍중이 일본의 호걸스런 중으로 자처하는 江月과 만났을 때 조선의 문화적 우월성을 재확인할 수 있었다. 그의 文辭는 연속되지 않는 곳이 많았고, 이러한 사실을 바탕으로 문학적 수준을 짐작하여 일본의 文體에 대한 부정적 평가가 가능하였다.[260] 이처럼 사신과 일본의 지식인들 사이에 문화·문학의 교류가 있었지만 임진왜란 직후이기 때문에 이러한 일은 쉽지도, 빈번한 일도 아니었을 것이라고 생각된다.[261]

회답겸쇄환사는 일본을 사행하면서 엄정한 법질서를 인식하였다. 행차가 지나가는 곳에는 빗자루를 가지고 길을 쓰는 자가 있었다. 그들은 길가에 열 지어 앉아서 말똥 한 덩이도 남지 않게 깨끗이 하

---

260. 姜弘重,『東槎錄』, 앞의 책, Ⅲ-252쪽.

261. 回答兼刷還使가 파견되는 시기에는 한시를 수창한 작품들이 많이 기록되지 않았다. 그 이유는 임진왜란으로 인한 충격이 진정되지 않은 상태였기 때문이다. 임진왜란을 직접 경험한 조선 지식인이 외교를 수행함에 있어서 한시로 감정을 표출하기는 어려웠을 것이라 생각한다. 비록 한시 수창이 외교적 관례임에도 불구하고 임진왜란과 가까워질수록 사회적 분위기는 '敵愾心'이 팽배하여 쉽게 할 수 없도록 하였다. 이러한 사실은 1607년(宣祖 40) 慶暹의 『海槎錄』에는 일본에서 수창한 기록이 전혀 없지만 1617년(光海 9) 종사관으로 파견된 李景稷의 『扶桑錄』에는 "아름다운 시나 지으시며 답답한 심회를 해소하시는 것이 좋을 듯합니다."라는 일본 승려 종방의 요구를 기록하고 있다. 이에 대하여 李景稷은 "바다를 건너온 이래로 글 짓는 손이 병이 많아 시상이 아득하므로 말을 꾸며 운율에 맞도록 하기란 과연 할 수 없었노라. 이는 어찌 조금이라도 마땅찮게 여기는 뜻이 있어서랴!"(李景稷,『扶桑錄』, 앞의 책, Ⅲ-39쪽.)고 답하고 수창을 거부하고 있다. 외교사절간의 한시 창화가 당연한 일로 여겨짐에도 불구하고, 李景稷은 '병'을 이유로 창화할 수 없다고 말하면서, "객지에서 병에 시달리고 있으니 앞날에 어찌 서로 창수하는 날이 없겠는가 행여 의심하지 말라"는 대답을 하여 후일을 기약한다. 그런데 吳允謙의 『東槎上日錄』에는 종방과 수창한 시가 실려 있다. 1624년(仁祖 2) 부사로 파견된 姜弘重은 『동사록』에서 "일본 승려 玄方이 시를 지어 보내면서 화답을 요구했을 때, 거절하기 어려워 상사 이하 각기 차운하여 시를 지어 보냈다."는 사실을 기록하고 있다. 이렇게 볼 때 임진왜란에서 멀어질수록, 사신 파견이 거듭될수록 심리적 압박에서 어느 정도 자유로워졌고, 한시 수창이 가능해진 것으로 보인다.

였다. 구경하는 아이들까지도 줄을 지어 부복하고 종일토록 아무 말도 없었다. 사신은 일본에서 청결한 길거리와 엄숙한 민중들의 태도를 보았다. 이러한 광경을 보고 일본에는 법령이 엄중하다고 하였다.

일본사회의 엄격한 법질서는 조선과 상반되는 모습이다. 조선에서 파견된 사신 일행의 하인들은 뜰 가운데 열 지어 앉아있으면서 아무리 조용히 하도록 명령을 내려도 떠드는 소리가 그치지 않았다. 조선과 일본의 상반되는 태도를 인식하면서 '부끄러운 일'[262]이라는 自省이 일어났다. '蠻夷'라고 생각하는 일본을 직접 보았을 때, 사신들은 조선의 현실과 대비되는 모습에서 반성을 할 수 밖에 없었다.

이러한 태도는 조선에서 보낸 물건이 50일도 못되어 6천리 해외까지 유실되지 않고 전달되었다는 사실에서 "왜인도 또한 성실하고 믿음이 있다."[263]는 긍정적 인식으로 전환되어 나타나고 있다. 일본을 직접 견문하면서 사신의 인식에 전환이 나타나고 있다. 이처럼 일본에 대해 객관적인 시각을 견지하고 견문을 기록하려는 강홍중의 경우 일본과 대비되는 조선의 현실에 대한 자성과 일본에 대한 긍정적 인식이 나타나고 있다.

강홍중과는 달리 이경직은 일본을 객관적으로 관찰하지 않고, 선입견을 지니고 일본을 관찰하였다.

> 마음속에 한 생각은 매양 원수인 적이라는 데에 있으므로 비록 禮貌가 懃懇하고 접대가 정성스러워도 족히 위로되지 않았고, 그들의 추한 모습을 보거나 올빼미 같은 소리를 들으면 마음속이 깜짝

---

262. 姜弘重, 『東槎錄』, 앞의 책, Ⅲ-181쪽.
263. 姜弘重, 『東槎錄』, 앞의 책, Ⅲ-248쪽.

깜짝해서 뱀이 앞에 지나가는 것 같으니, 이번 걸음이 고통스럽기만
하였다.[264]

위의 내용은 일본과 일본인에 대한 자신의 견해를 밝힌 부분이다.
임진왜란을 직접 체험한 사람에게 일본은 자신의 '원수'일 수밖에 없
다. 이러한 '적개심'을 지닌 상태로 일본을 사행하기 때문에 "禮貌가
懃懇하고 접대가 정성스러워"도 위로될 수 없고, '추한 모습'과 '올빼
미 같은 소리'만이 들릴 뿐이다. 결국 그에게 있어서 일본사행은 고
통의 길에 불과하였다.

선입견을 지닌 상태에서 일본을 객관적이고 사실적으로 기록할
수 없다. 그러므로 대일외교의 대상인 관백에 대해서 "원수인 적에
게 절하게 될 줄은 당초부터 몰랐던 것은 아니나, 여기에 와서 무릎
을 꿇고 나니 마음과 쓸개가 찢어지는 듯"[265]하다고 자신의 괴로운
심정을 밝히고 있다. 일본에 대한 적대적 감정은 일본의 풍속을 기
록하면서도 나타난다.

① 忠奧의 아내가 이들을 차마 죽였으니, 비록 제 남편을 위하여
  죽은 것 같으나 그 잔인하고 악독한 성질은 너무도 가증스럽
  다.[266]

② 접대하는 예가 공경하고 삼감이 극진하였으나 만이의 풍속은
  본디 예를 알지 못하므로 의복 제도와 진퇴하고 승강하는 절

---

264. 李景稷, 『扶桑錄』, 앞의 책, III-30쪽. "中心一念 每在讎敵 雖禮貌之勤 接遇之誠 未
    足以爲慰 見其醜貌 聽其鴉音 心中愕怡 如蛇虺過前 苦哉此行"
265. 李景稷, 『扶桑錄』, 앞의 책, III-79쪽.
266. 李景稷, 『扶桑錄』, 앞의 책, III-47쪽. "忠奧之妻 忍此殺之 雖似爲夫而死 其殘忍惡
    毒之性 甚可惡也"

차가 꼴이 되지 않았으며, 다만 눈을 똑바로 뜨고 서로 보는 것은 허리에 찬 칼 하나뿐이었다. 秀忠의 옆에 모시는 사람이 하나도 없었는데 嚴敬하기 위한 것이 아니고 실은 猜疑에서 나온 것이니 만이의 풍속이란 고약하다 하겠다.[267]

위의 내용은 '忠奧의 아내'와 '일본의 풍속'에 대해 기록한 일기의 일부분이다. 사신은 남편을 위하여 죽은 '忠奧의 아내'에 대하여 '가증스럽다'고 하였다. 이러한 표현은 '잔인하고 악독한 성질'에서 나오는 것이라 하여 일본에 대한 선입견을 드러내고 있다. 강홍중은 忠奧의 아내가 잔인하고 혹독함은 왜인의 습성이지만 남편을 위하여 죽었으니 '烈女'라고 하였지만[268], 그는 일본인이라는 이유로 '가증스럽다'는 판단을 내렸다.

이경직은 일본인이 '접대하는 예가 공경하고 삼감이 극진하다'는 생각을 드러내면서도 이를 올바르게 보지 않았다. 이렇게 볼 수밖에 없는 이유는 개인적 감정이 담겨있기 때문이다. 그 자신도 객관적인 입장에 있지 않음을 고백하고 있다. 이러한 시각으로 인해서 동일한 사건에 대하여 '禮義'와 '猜疑에서 나온 고약한 蠻夷의 풍속'이라는 상반된 인식이 나타날 수 있었다.

그에게 있어서는 실리적인 생각조차 인정할 수 없었다. 일본에서 사신에게 주는 은을 가져다가 국가에 바쳐 궁궐도감의 비용과 詔使를 맞이할 때의 비용으로 하고 싶다는 부사를 비난하고, "국가에서

---

267. 李景稷, 『扶桑錄』, 앞의 책, III-77쪽. "接待之禮 極其敬謹 而蠻夷之俗 本不知禮 衣服之制 進退陞降之節 不成模樣 只瞪瞪相視者 腰間一劍而已 秀忠之傍 無一侍人 非爲嚴敬 實出於猜疑 蠻俗可惡也"
268. 姜弘重, 『東槎錄』, 앞의 책, III-194쪽.

왜인을 羈靡하는 계책은 실로 부득이한 데에서 나온 것이나 한 하늘 아래서 같이 살 수 없는 원수를 비록 백번 죽더라도 잊을 수 없다."[269]는 견해를 밝혔다. 외교에 있어서 주고받는 것이 예가 아니면 감히 망령되게 한 가지 물건도 취하지 못하는 것[270]이라는 명분을 중시하였다. 그러나 체면을 중시하여 잘못된 문제에 있어서도 "은화에 관계된 것이어서 말하면 입이 더러워지므로 그냥 두고 묻지 않는"[271] 태도를 보이고 있다.

명분만으로는 외교를 진행할 수 없음을 알고 있으면서도 이 생각을 버릴 수 없었던 것이 임진왜란을 직접 경험한 이들의 심정이었다. 그러나 조선에서 파견된 사신은 '쇄환'이라는 목적을 위해 파견된 외교사절로 실리적인 선택을 하지 않으면 안 되었다. 이처럼 '명분'과 '실리'의 중간에서 갈등하는 심리상태[272]를 '사행문학'에서 잘 드러내고 있다.

(4) 일본 문물에 대한 견문과 그 가치에 대한 인정

회답겸쇄환사가 파견되던 당시에 일본은 상업자본으로 대표되는 화폐의 힘으로 번영을 누리고 있었고, 조선은 임진왜란의 참화로 인해 국토가 황폐해지고, 수많은 유랑민들이 생겨났다. 이런 상태에서

---

269. 李景稷, 『扶桑錄』, 앞의 책, Ⅲ-94쪽.
270. 李景稷, 『扶桑錄』, 앞의 책, Ⅲ-94쪽.
271. 李景稷, 『扶桑錄』, 앞의 책, Ⅲ-122쪽.
272. 일본에 도착한 사신들은 일본의 풍습과 제도 등을 발견하고 조선과 다른 모습에 대해서 놀라움을 표현하고 있다. 그러면서도 그들이 목격한 현장을 표현함에 있어서는 상반된 자세를 보여준다. 결국 이 시기에는 일본에서의 견문을 사실적으로 기록하는 태도와 적개심으로 인하여 무시하고 배척하려는 태도가 공존하고 있음을 알 수 있다.

일본을 방문한 사신은 일본의 발전된 문명을 보고 감탄과 놀라움을 금할 수 없다. 이러한 심정을 사행록에 기록하여 소개하고 있다.

> ① 시전과 사람과 물산이 견줄 데 없을 만큼 웅장하고 번성하였다. 간간이 왜장이 집이 용마루가 맞닿고 담장이 연해져 있는데 금 기와와 회칠한 堞이 원근에 비치었다.[273]
>
> ② 거리가 사방으로 통하고 시전이 가로 세로 있는데 재화가 산더미처럼 쌓이고 인물이 구름같이 모였었다. 구경하는 남녀가 어깨가 맞닿고 발이 포개져 서로 짓밟는데 몇 천 몇 만 몇 억이 되는지 알 수 없었다.[274]
>
> ③ 집 뒤의 강교 밑에 물수레를 설치하고 나무를 파서 수도를 만들었는데 높이가 5-6길 가량이며, 물을 끌어올려 바로 부엌으로 대준다.[275]

위의 내용은 경섬이 일본을 사행하면서 발전된 문물을 보고 기록한 일기의 일부분이다. 사행이 이루어지는 노정은 일본의 대도시가 밀집된 지역이다. 도시를 지나면서 관찰하게 되는 풍경은 평범하지 않았다. 바닷가에 선박이 가득하고, 시장에는 재화가 가득하고, 건물은 끝없이 이어져있다. 사람들이 구름같이 모여들어 번성하고 있다. 이러한 일본의 모습은 사신에게 많은 부담을 주었을 것이고, 이들이

---

273. 慶暹, 『海槎錄』, 앞의 책, II-295쪽. "市廛人物 雄盛無比 間有將倭之家 接屋連墻 金甍粉堞 照曜遠近"
274. 慶暹, 『海槎錄』, 앞의 책, II-272쪽. "迤行閭閻間十有餘里 街衢四通 市廛縱橫 貨財 山積 人物雲委 觀光男女 摩肩躡足 互相踐踏 不知其幾千萬億"
275. 慶暹, 『海槎錄』, 앞의 책, II-272쪽. "舍後江橋下 設水車刳木作水道 高可五六丈 激 水引之 直注廚舍 大坂代官 亦來支供"

바라보는 풍요와 사신을 접대하는 물품[276)]의 화려함 앞에서 조선의 미약한 현실을 감내했을 것으로 생각된다.

자신들을 보기 위하여 길을 가득 메운 구경꾼의 모습을 발견하며 일본의 활기를 느꼈을 것이다. 그들이 지나가는 도로는 모두 깨끗하게 청소되어 티끌 한 점 없었고, 물수레와 수도를 만들어 생활하는 모습은 일본의 번영을 잘 말해준다. 이러한 일본의 번영을 객관적인 위치에서 사실적으로 기록하지만, 원인을 발견하려는 시도는 나타나지 않는다. 문물을 바라보고 지나가면서 그들이 번성하는 까닭을 알지 못하겠다는 의아함[277)]만 드러내는 한계를 보이고 있다.

강홍중은 德川家康이 거창한 공사를 벌이는 장면을 목격하고, 물력의 풍부한 것과 공사의 거창한 것을 알 수 있다[278)]고 감탄하고 있다. 이러한 감탄은 조선의 나약한 현실을 간접적으로 말해주는 것이다. 임진왜란을 겪으면서 조선은 막대한 인적·물적 피해를 감수해야만 했다. 이러한 현실을 자각하고 있었기 때문에 국방과 관련되는 대상에 관심을 집중하게 하였다. 그는 사행 중에 성 밑에 垓字를 파고 물을 대어 선박을 통행하게 하는 모습을 보았다. 이러한 모습을 발견하고 방비의 치밀함을 알 수 있다고 감탄하고, 이런 까닭에 예로부터 외적이 감히 빼앗지 못했을 것인가라는 부러움을 드러내고 있다.[279)]

일본의 문물을 지켜보면서 부러움을 가지는 동시에 문물을 도입하려는 시도도 보이고 있다. 경섬은 崔義吉, 金九疇, 韓應龍 등에게

---

276. 慶暹, 『海槎錄』, 앞의 책, II-267쪽.
277. 李景稷, 『扶桑錄』, 앞의 책, III-62쪽.
278. 姜弘重, 『東槎錄』, 앞의 책, III-261쪽.
279. 姜弘重, 『東槎錄』, 앞의 책, III-237쪽.

포수 3인을 거느리고 界濱村에 가서 조총을 사가지고 대판에서 머물러 기다리도록 하였다.[280] 조선은 임진왜란을 겪으면서 조총의 위력을 실감하였고, 군사력을 정비할 필요성이 제기되었다. 이러한 이유로 조총을 구입할 필요성이 있었고, 선조는 비변사의 반대에도 불구하고 수입을 적극 추진하였다. 당시 일본은 무기 수출을 금지하고 있었지만 조선과의 수교를 논의하는 시기이기 때문에 德川家康은 "싸움을 당하면 싸울 것이지 어찌 병기 없는 나라와 그 승부를 겨뤄서야 되겠느냐? 하물며 이웃나라가 사고자 한다면 어떻게 금지하겠는가?"하여 허용하고 있다.[281]

그러나 일본에서의 무기도입에 관한 기록은 1차 회답겸쇄환사의 기록에 한정되어 나타나고 그 이후의 使行錄에는 보이지 않는다. 이러한 내용에서 사신은 일본의 번영된 문물을 발견하고 기록하였지만 이를 정책적으로 활용하지 못하고 있음을 알 수 있다.

소결

임진왜란으로 단절된 조선과 일본의 국교 수립을 위한 노력이 회답겸쇄환사의 파견으로 나타났다. 이들은 일본의 침략과 그로 인한 피해를 직접 경험하였기 때문에 '적대적' 감정을 지니고 있었고, 일본의 정세를 파악하여 보고하려는 '보고의지'를 지니고 있었다.

이 시기의 사행록으로 경섬의 『해사록』, 이경직의 『부상록』, 오윤겸의 『동사상일록』, 강홍중의 『동사록』 등이 전하고 있다. 이들 사행록은 일본에 대한 정보를 효율적으로 기록하기 위하여 日記에 見聞錄

---

280. 慶暹, 『海槎錄』, 앞의 책, Ⅱ-316쪽.
281. 慶暹, 『海槎錄』, 앞의 책, Ⅱ-319쪽.

을 수록하였고, 한시는 기록하지 않았다. 기록하더라도 문화교류의 측면이 아니라 단순한 작품소개에 머물고 있다.

회답겸쇄환사는 '적개심'을 지닌 상태에서 일본의 山川·風物·風俗 등을 접하였지만, 사행을 진행하면서 당대의 현실을 인식하고, 피로인들의 삶을 이해하는 과정에서 인간들에 대한 이해가 깊어졌다. 여기에서 自省의 모습도 읽을 수 있다.

이렇게 볼 때, 이 시기의 사행록은 개인적 흥미보다는 일본에서의 체험과 정보를 기록하고자 하는 의도가 강하였음을 알 수 있다. 이로 인해서 기록자의 자유로움에 기반을 둔 문학적 성과를 얻기는 어려웠지만 일본을 이해하는 새로운 시각을 제공하였다는 점에서 의미가 있다고 할 수 있다.

V. 문화교류의 재개와
대일인식의 변화

조선시대 통신사문학 연구

1. 『海槎錄』(金世濂)과 소명의식의 표출

1) 구성과 서술상의 특징

1636년(仁祖 14) 일본에 파견된 통신사는 일본사행의 견문을 기록하였는데, 일기체로 『丙子日本日記』(任絖), 『해사록』(김세렴), 『동사록』(黃床) 3편이 있고, 한시체로 『槎上錄』(김세렴)이 있다.

여행의 체험을 가장 효율적으로 기록할 수 있는 일기형식이 임진왜란을 전후로 하여 주된 형식으로 자리잡았다. 1636년(仁祖 14) 일본으로 파견된 통신사도 이러한 使行錄 표현형식을 수용하여, 날짜별로 견문한 일, 지형, 역사, 만난 인물들과 대화내용, 각처의 支供, 상사의 告示, 예물 등을 기록[282]하였다. 일기 끝부분에는 일행이 지나간 지명과 거리를 적었다. 노정은 기록자에 따라 달리 기록하였는데, 『丙子日本日記』와 『동사록』에는 10월 6일 부산을 출발하여 2월 25일 부산에 도착하는 여정만 기록하였고, 『해사록』에는 일본에서의 견문만 아니라 국내에서의 행적까지 기록하였다. 이 속에는 조선

---

282. 편지, 서계, 공문서의 내용이 일기에 포함되어 있다. 이처럼 공문서를 일기에 포함시키고 있다는 것은 아직 일기가 독립적인 기능을 하지 못하고 있음을 의미하며, 이는 報告的 機能을 강화시키는 역할을 한다.

에서의 행적뿐만 아니라 당시의 사회상이 기록되어 있다.[283]

사행록은 일기형식으로 기록할지라도 단순히 개인적 체험을 기록하는데 머물지 않는다. 이런 사실은 나라의 주권을 맡은 자가 몰라서는 안 되기 때문에 사행록을 기록한다는 김세렴의 말에서도 확인할 수 있다. 나라의 주권을 맡은 자는 주변국가의 정세를 파악하고 정책을 결정해야만 한다. 자료를 대외정책에 활용[284]하기 위해서는 정확하고, 자세한 내용을 기록해야 한다. 정확하게 기록한 사행록은 정치가뿐만 아니라 후대의 사행을 준비하는 사람에게 길잡이가 된다. 이처럼 일본을 사행하고, 판단하는 기준이 되기 위해서는 객관적 '報告'여야 했다.

일기체 사행록의 서술상의 특징을 살펴보면 다음과 같다. 첫째, 자신의 체험을 토대로 기존의 사실을 확인하고 오류를 수정하였다. 김세렴은 일본을 사행하면서 "조금만 풍랑이 있으면 뱃길의 어려움이 해양을 건너기보다 심하니, 黃秋浦의 일기에 기록된 것이 참으로 헛말이 아니다."[285]라고 하여 자신의 바다체험을 바탕으로 黃愼의 기록을 확인하고 있다. 일본의 내륙을 사행하면서 隼州集에서 일본을 '人'

---

283. 8월 11일 대궐을 출발하여 9월 6일 부산에 도착하는 경로와 10월 6일까지 부산에서 만난 인물과 대화내용, 2월 25일 부산에 도착한 이후 3월 9일 복명할 때까지의 경로와 행적 등을 기록하고 있다. 조선에서의 행적으로 당시의 사회적 분위기와 통신사의 노정을 알 수 있다. 통신사가 수로로 이동하게 된 이유는 왕세자가 능에 참배하려고 인부와 말을 징발했기 때문이다. 이로 인해 각 고을의 폐해가 人馬가 모자라는 어려움보다 심하다고 하였다.

284. 使行錄의 내용을 대외정책에 활용한 예는 崔鳴吉이 올린 上疏 중에서 "이 일은 이미 사신의 일기 속에 기록되어 있으니, 역관이 지어낸 말이 아닌 듯싶습니다." (『인조실록』, 14년 7월 23일.)는 내용으로 확인할 수 있다. 사행의 체험을 기록한 일기가 단순한 개인적 기록물이 아니라 爲政者들이 읽고 대외정책에 활용하는 자료임을 알 수 있다.

285. 金世濂, 『海槎錄』, 앞의 책, IV-60쪽.

자 모양과 같다고 한 부분과 利瑪竇[286]가 일본의 陸奧地方이 規尺처럼 굽었다고 한 부분은 맞고, 자신이 참고하던 지도는 잘못되었다는 사실을 밝혔다.[287] 이러한 사실 확인은 일본에 대한 정확한 기록욕구에서 비롯되었다.

사행을 위한 계획과 준비가 몇 개월 동안에 걸쳐 이루어졌고, 이 과정에서 이전의 사행록과 관련 서적들을 활용하였다. 회답겸쇄환사가 자료의 부족으로 정확한 기록에 어려움을 겪었지만, 이 시기에 이르면 다양한 자료를 준비할 수 있었기 때문에 이러한 오류들을 바로잡을 수 있었다.

둘째, 사행의 체험을 바탕으로 방책을 구하였다. 임진왜란 이후 일본의 재침의혹은 17세기 말까지 끊임없이 제기되었다. 이런 이유로 일본의 재침에 대한 방비책이 논의되었고, 현장을 직접 경험하는 통신사는 자신의 대책을 사행록에 기록하여 전하였다. 김세렴은 "오늘날 왜를 논하는 자가 한갓 육전만 알고 바다에서 역습할 것은 생각하지 않는데, 만일 육지에 내리게 되면 막기 어렵다. (중략) 통제사는 바다에서 싸우고 병마사는 기슭에서 싸워 뭍에 오르지 못하게 하는 것이 아마 좀 가할 것이다."[288]라고 나름대로 일본에 대한 방책을 제시하고 있다. 육전만으로는 승리할 수 없다는 생각은 일본인들의 행동을 직접 관찰한 결과 도출한 것이고, 해전을 해야 한다는 생각은 조선과 일본의 전선을 자세하게 관찰한 결과이다.

이런 생각은 종사관 黃㦴와 일치한다. 黃㦴는 조선과 일본의 배를

---

286. 原名은 Matteo Ricci(1552~1610), 중국식 이름이 利瑪竇이다. 號는 時憲, 別號는 서방에서 온 賢士라는 의미의 西泰이고, Matteo는 세례명이다.
287. 金世濂,『海槎錄』, 앞의 책, Ⅳ-68쪽.
288. 金世濂,『海槎錄』, 앞의 책, Ⅳ-61~2쪽.

비교하여 "사신의 배를 끄는 왜선은 모두 그 나라의 戈艦인데, 그 배의 만듦새를 보면 경쾌하고 정묘하나 튼튼하기는 우리 배만 못하여 맞닿으면 받아 부술 만하다."[289]고 구체적으로 기록하였다. 조선의 군함이 일본의 군함보다 튼튼하기 때문에 맞붙으면 승리할 수 있다는 자신감을 보이고 있다. 이는 현장을 직접 경험한 산물이라 할 수 있다.

이렇게 보면 통신사와 사행록은 단순한 외교사절과 개인적인 경험의 기록이라기보다는 통신사가 일본을 직접 체험하고 기록함으로써 일본을 정확히 알고 대처할 수 있는 방책을 구하려는 의도가 있었음을 알 수 있다.

셋째, 정치적으로 민감한 사안에 대해서는 협의를 거쳐서 기록하였다. 黃床의 『동사록』 내용과 김세렴의 『해사록』 내용을 비교해 보면 상당부분 일치하고 있다. 특히 '日光山 遊覽'에 관한 부분에 있어서는 기록된 3편의 사행록이 일치하거나 비슷한 모습을 보이고 있다. '日光山 遊覽'은 통신사 파견이전에 결정된 부분이 아니라 통신사가 江戶에 도착한 이후 갑작스럽게 결정되었다. 국내에서 미리 논의되지 않은 사항이었기 때문에 귀국 후 문책을 당할 수도 있는 문제였다. 민감한 사안이었기 때문에 앞날을 예상하고 日光山에 대한 감상을 기록함에 있어서 서로 의논한 듯이 "어리석고 무식한 짓"이라고 비난하고 있다.[290] 이러한 일치와 열람은 통신사의 일기가 개인적인 일기가 아니라 공적인 일기이기 때문에 가능하였다.

일본에 대한 정보를 충실하게 전달하기 위해서 見聞雜錄(김세렴),

---

289. 黃床, 『東槎錄』, 앞의 책, IV-347쪽.
290. 정희선, 조선통신사 닛코(일광) 유람의 문화관광학적 고찰, 『문화관광연구』, 한국문화관광학회, 2002, 88쪽.

聞見總錄(黃床) 등 별도의 見聞錄[291]을 기록하고 있다. 이는 임진왜란 이후 대부분의 사행록에 공통적[292]으로 나타난다.

한시체 사행록은 임진왜란 이전의 사행록에 주로 사용되었다. 그러나 임진왜란 직후에는 사신의 개인적 감정을 사행록에 기록하기 어려운 상황이었기 때문에 한시가 단순히 정보전달의 기능을 하였다. 그렇지만 임진왜란의 피해를 수습한 지 수십 년이 경과하였기 때문에 김세렴은 통신사행을 하면서 한시를 지을 수 있었다. 『槎上錄』에는 한양을 출발할 때 지은 시부터 召長老와 이별할 때까지 지은 시를 모아두었고, 뒤에 조경의 〈附龍洲詩〉를 첨부하였다. 모두 120題 246首(조경의 1題 1首 포함)인데 律詩와 古詩가 많으며, 謠體로 표현된 〈格軍謠〉 1首도 수록되어 있다. 絶句詩가 적은 이유는 일본을 사행하면서 歷覽한 내용을 읊으면서 시들이 길어졌기 때문으로 보인다. 친하게 지내던 澤堂 李植에게 시평[293]을 받아 기록하고, 조경의 시를 수록한 것으로 보아 『槎上錄』은 사행이 있은 여러 해 뒤에 만들어 진 것으로 보인다.

『槎上錄』뒷부분에는 전체적인 평[294]이 실려 있는데, 공통적으로 한시의 외교적 기능을 강조하고 있다.[295] 비록 언어가 다른 나라일지라

---

291. 金世濂의 見聞雜錄에는 柳川調興에 의해 폭로된 국서개작사건의 始末과 장군가문의 來歷, 地形과 行政區分, 名山, 産物, 民俗, 禮節, 祭法, 風俗, 法, 學文, 信仰, 節日, 音樂, 衣冠, 官制, 收稅, 軍士와 武士, 旅程, 使行人名 등 다방면에 걸쳐서 상세하게 기록하였다. 반면에 종사관 黃床의 聞見摠錄은 見聞雜錄보다 분량 면에서 3분의 1에 불과하지만, 내용에 있어서는 차이가 거의 없다. 통신사 파견의 원인인 國書改作事件의 始末을 기록함에 있어서도 見聞雜錄이 聞見摠錄보다 자세하다.

292. 見聞錄은 '報告'를 위한 독자적인 기능을 하면서 일기를 보완하고 있다. 일기는 하루라는 시간적 제약으로 인해 특별한 사항을 중점적으로 기록하지 못한다는 단점이 있다. 이러한 단점을 보완하는 방법으로 見聞錄을 일기에 첨부하였고, 일본에 관한 정보를 집중적으로 서술하고 있다.

도 동아시아는 동일한 한문문화권이었기 때문에 사신으로서 능력
을 과시하기 위해서는 한시가 필요하였고 김세렴은 이를 잘 사용하
였다고 말한 것이다.

293. 澤堂은 작품 전체를 비평한 것이 아니라 관심 있는 부분(詩·句節)에만 비평을 하
였다. 시평은 翩翩有青蓮逸氣. 又不失選體古格.(入沙進浦作), 書生壯語. 只合律家
楷範.(次從事韻), 詞理俱到.(鰐浦阻風), 鴈行鮑謝, 深得詩人之趣. 一篇之中, 三致意
焉.(郎可古, 望東萊別邑作), 敍事逼唐.(馬島十絶), 果如是則倭奴不足懼也.(次從事韻),
奇句亦可尙.(召長老次韻), 何減龍標.(客懷十絶), 氣自昌大.(一岐島), 質而不俚, 透得
謠體.(格軍謠), 兩作並古雅渾厚.(島主來謁乞詩), 逼似康樂.(室津), 詞古理足, 出之不
滯.(大坂詩), 不減潘陸.(今次), 何等氣槪.(富士山), 篇篇太白佳境.(松原), 諸篇皆逼盛
唐, 擬議處更好.(彌陀寺守僧呈松雲弔安德天皇詩, 次韻)으로 표현하였다. 詩集에 대
해서는 무릇 歷覽과 酬應한 바를 대개 시로써 펼쳐 내었는데, 古詩는 選體에 逼
近하고, 律絶은 唐詩를 본받아서 한 권을 완성하여 구슬이 울리는 듯 맑고, 깨끗
하고, 수 천리에 있는 산천과 풍속이 눈앞에 있는 것 같다(金世濂, 『槎上錄』, 앞
의 책, IV-332쪽. 「題東溟槎上錄後」)고 하였다.
294. 「題東溟槎上錄後」(李植), 「題東溟槎上錄」(申翊聖), 「題東溟槎上錄」(金蓍國), 「敬題
槎上錄後」(權伩), 「東溟槎上詩集序」(無名)
295. 李植은 「題東溟槎上錄後」에서 "시의 도는 사신가는 일과 서로 통한다."고 하였고,
사신을 교환할 적에는 시를 매개로 서로 깨우치고 권면한다고 하였다. 申翊聖은
「題東溟槎上錄」에서 金世濂이 "해외 만이의 나라에 사신 가서 그 산천, 민물, 풍
속, 제도로써 한결같이 시에다 풀어 물대주고 훈 덥게 하여 주었다."고 평가하고
있다. 金蓍國은 "주옥이 금소반에 어울려진 느낌이 있다."고 높이 평가하면서 近體
詩 한 수를 지어 三歎을 표현하고 있다. 기록자를 알 수 없는 「東溟槎上詩集序」에
서 "풍아(風雅)의 정(正)이 저절로 흥기할 만한 것은 없다"고 할지라도 기록한 것
이 모두 史인 동시에 참다운 시라고 평가하고 있다.

2) 기록에 나타난 인식세계

(1) 통신사 파견의 정당화와 의미

1636년(仁祖 14) 통신사가 험난한 바다를 통과하여 일본을 다녀오
던 시기는 기존의 동아시아 국제질서가 무너지고, 청나라 중심의 새
로운 질서가 태동하던 시기이다. 이 영향으로 조선은 임진왜란의 상
처가 채 아물기도 전에 '仁祖反正'과 '丁卯胡亂'의 내우외환을 겪었다.
이러한 시기에 일본을 사행하는 통신사에게 '소명의식'은 관념이 아
니라 현실이었다. 그들은 '柳川一件'으로 곤란을 겪는 대마도주를 구
원해 주고, 외교관계를 새로 정립하여 남변을 안정[296]시키고자 하는
목적을 지니고 있었다.

김세렴은 '柳川一件'으로 국서가 조작되었다는 사실이 밝혀졌지만
조선과 일본의 외교관계가 정당하다고 말하고 있다.

> 우리나라가 왜국에 대하여 만세토록 하늘을 함께하지 못할 원수
> 이나, 이제는 여러 적이 이미 다하였고, 가강이 조선을 침범한 것으
> 로 수길의 죄안을 만들어 이미 그 종족을 멸망하였으니, 우리의 통
> 호가 도리를 잃은 것은 아니다.[297]

> ① 萬代不共天　　　만 대라도 함께 살지 못할 원수라
>
> 　所讐惟秀吉[298]　　그 원수는 오직 저 수길이로세.

---

296. 『邊例集要』하, 권 18, 신사병자 숭정 9년 3월에 "且我國形勢 有異於前 以權時之策
信使許送"의 기록이 있어 당시의 상황을 짐작하게 한다.

297. 金世濂, 『海槎錄』, 앞의 책, IV-81쪽. "我國之於倭 萬世不共天之讎 今則諸賊已盡
家康以犯朝鮮爲秀吉罪案 旣覆其宗 則我之通好非失道也"

②桓桓大將軍　　　군세고 또 굳센 대장군은

　威武方無外　　　위엄과 무력이 두루 미치어

　一擧蕩妖昏　　　단번에 요혼을 깨끗이 씻어내고

　再擧殄狡獝[299]　두 번째는 교회들을 씨 없이 베어 버렸네.

③皇天實假手　　　하늘이 실로 손을 빌리게 되니

　神明若先殛　　　신명이 남 먼저 죽인 거로세

　豈獨一邦慶　　　어찌 홀로 한 나라의 경사만이랴

　爲我去蟊賊[300]　우리 위해 해독을 제거하였네.

대마도에서 일어난 '柳川一件'으로 일본에서 보내온 국서가 가짜라는 사실이 드러났다. 국서는 조선이 일본과 수교하기 위한 전제조건으로 제시한 조건의 일부였다. 그런데 국서가 가짜로 밝혀졌기 때문에 조선과 일본의 '通好'는 거짓이라는 의문이 제기될 수 있었고, 이러한 의문을 해명한 뒤에야 새로운 외교관계를 수립할 수 있었다.

이런 이유에서 김세렴은 ①에서 조선의 원수를 '豊臣秀吉 종족'으로 한정지었고, ②에서 '妖昏'과 '狡獝'를 제거한 장군의 위엄과 무력을 제시하고 있다. '妖昏'과 '狡獝'은 豊臣秀吉을 의미한다. 임진왜란으로 조선과 일본이 불구대천의 원수가 되었다라고 말하면서도 조선을 침범한 적이 일본전체가 아니라 '豊臣秀吉의 종족'이라고 하였다. 원수의 존재를 일부에 한정함으로써 그들을 멸망시킨 '德川家康'을 긍정적으로 평가하고, 조선과 일본의 '通好'를 정당화

---

298. 金世濂, 『槎上錄』, 앞의 책, Ⅳ-268쪽. 〈大坂詩 2〉의 8韻.
299. 金世濂, 『槎上錄』, 앞의 책, Ⅳ-269쪽. 〈大坂詩 4〉의 2,3韻.
300. 金世濂, 『槎上錄』, 앞의 책, Ⅳ-270쪽. 〈大坂詩 6〉의 4,5韻.

하고 있다.

그런데 ③에서 그들을 죽인 주체는 '皇天'이며, '神明'이라고 하였다. 德川幕府이 정권을 장악하기 위해 행한 일이지만, 이는 장군 혼자만의 힘이 아니라 '皇天'이 장군의 손을 빌려 이룬 것이라고 하였다. 조선에서는 현실상 이루기 힘든 일을 절대자인 '皇天'의 힘을 빌려 이루었다고 보았다. '皇天'을 매개로 원수를 갚았기 때문에 이 일은 장군의 경사만이 아니라 조선에 있어서도 경사스러운 일이다. 이러한 생각은 통신사 파견에 정당성을 부여하였다.

이 시기의 통신사행은 단순히 조선과 일본의 교린관계를 확인하려는 의도가 아니었다. '淸'을 건국한 여진족에 대항하기 위한 방책의 일환으로 진행되었다. 그러므로 통신사 파견의 정당성을 재삼 확인한 이유는 당시의 시대적 불안감에 연유한다. 이러한 불안감이 '自强'과 '平和'에 대한 갈망으로 나타났다.

김세렴은 통신사 파견의 계기가 되었던 '柳川一件'의 내막을 밝히면서 "군사를 일으키지 않으면, 우리나라가 업신여김을 받는 욕을 씻을 수 없다."[301]는 柳川調興의 말을 인용하고 있다. 임진왜란으로 폐허가 된 조선을 재침해야 한다는 주장은 조선에 상당히 불리한 내용이었다. 이러한 상황인식은 「東溟海槎日錄序」에서 "일본의 군사력이 우리를 엿보고 그 칼날을 시험해 보고자 했던 시국"[302]으로 나타난다. 김세렴은 이러한 상황을 인식하고 있었기 때문에 '自强'과 '平和'에 대한 갈망을 표현하였다.

---

301. 金世濂, 『海槎錄』, 앞의 책, IV-155쪽. 「聞見雜錄」
302. 金世濂, 『海槎錄』, 앞의 책, IV-190쪽. 「東溟海槎日錄序」

來遠本在德	먼 데 사람 오게 함은 본시 덕에 있는 거니
仁固不可衆	仁 앞에는 뭇사람도 소용 없다오
謀國貴自强	나라를 꾀하자면 自强이 제일이라
巧作能無弄	공교하게 만드는 일 어찌 농간 없을쏜가.
虺毒不忘噬	독한 뱀은 무는 것 잊지 않으니
鵩音終一哅	올빼민 끝내 한 번 울고 만다오.
懷柔倘得宜	회유 정책 행여나 적의함을 얻는다면
鞭笞亦可控	채찍질 매질로도 어거할 수 있다느니
深憂正爲此	깊은 근심 정히 이를 위함이거늘
同行何發哄[303]	동행들은 어찌하여 웃음을 웃나.

이 시는 30韻의 五言古詩에서 25~30韻을 인용한 것으로 김세렴의 근심이 잘 드러나 있다. 명·청 교체기에 중립외교정책을 시행하던 光海君이 밀려나고, 새로 등극한 仁祖는 친명정책을 시행하였다. 그 결과 힘이 없는 조선은 '정묘호란'의 참화를 당하였다. 통신사가 파견되던 1636년(仁祖 14)에는 강성한 淸이 조선에 '事大'를 요구하고 있는 상황이었다. 이러한 시기에 일본의 재침위협이 제기되었고, 통신사는 일본에 와야만 했다. 통신부사 김세렴은 외환에 직면하고 있는 조선의 위태로움을 잘 알고 있었고, 이에 '自强'을 강조하였다.

외교에 있어서 '懷柔'와 '鞭笞'는 중요한 수단이지만 사용할 수 없다. 그보다 '虺毒'같은 일본이 언제 '巧作'하여 농간을 부릴지 근심해야만 했다. '深憂'는 동행한 이들의 '發哄'과 대비가 되며 심화된다. 김세렴은 '自强'의 필요성을 강조하면서 한편으로는 '平和'를 갈망하

---

303. 金世濂, 『槎上錄』, 앞의 책, IV-257쪽. 〈赤間關次從事韻〉의 25~30韻.

고 있다.

兇鋒相渾合	흉한 칼날 서로 섞여 맞아 어울리니
戰血日縱橫	전쟁의 피는 여기저기 멎을 날 없어
自古稱難靖	조용하기 어려운 데라 일러 왔는데
于今覺稍平	요즘에는 차츰차츰 평온하다고 하네.
天心惡殺戮	하늘은 살육을 싫어하나니
嗟爾愼佳兵[304]	너희들은 부디부디 전쟁 삼가라.

인용한 부분은 岡崎의 4~6韻이다. 1~3韻에서는 강기의 험난한 지형을 읊었고, 4韻에서 수많은 전쟁이 일어났던 전국시대를 제시하고 5韻에서 막부정권에 의해 전국이 통일된 현실을 제시하였다. 김세렴은 마지막 韻에서 '평화'에 대한 갈망을 드러내고 있다. 임진왜란의 참화를 경험한 조선인으로서 평화의 소중함을 알고 이를 '天心惡殺戮 하늘은 살육을 싫어하나니'라고 하였다. '天心'을 통하여 자신의 소망과 의지를 드러내고 있다.

'淸'의 위협이 증대되고 있는 상황을 극복하기 위해 파견된 통신사는 일본이 明중심의 동아시아 국제질서에서 벗어나려는 태도를 인정하고 긍정적으로 수용한다. 이러한 외교정책은 지극히 현실적이고 실리적인 정책으로 인조가 명분론에 지나치게 얽매여 있지는 않았다는 사실을 알 수 있다. 이는 보국안민의 실질이 조선과 일본간의 우호 유지에 있음을 인식한 결과[305]이다.

---

304. 金世濂, 『槎上錄』, 앞의 책, IV-283쪽. 〈岡崎〉의 4~6韻.
305. 김정일, 1636年 通信使와 조선의 對馬島 인식, 『숙명한국사론』1집, 숙명여자대학교, 1993, 78쪽.

외부환경의 변화에 대처하기 위한 방안의 일환으로 진행되었을지라도 통신사가 일본 외교정책의 변화를 인정하고 그들의 서계를 받아오면서 조·일 양국의 관계는 새로운 전환을 맞이한다. 양국의 우호적인 외교관계가 형성되어 남변의 근심을 해소할 수 있었다.

(2) 일본정치제도 인식과 대마도문제

조선후기 통신사가 파견되기 이전에 대일 사행은 지속되어 왔고, 사신들에 의해 사행록이 기록되었다. 이 기록은 대일외교의 정책적 자료로 대일사행의 전례로 활용되었고, 이를 통해서 일본 정치제도의 이중성을 알고 있었다. 그런데 조선에서는 일본을 대표하는 정치 지배자로 關白의 존재를 인정하고 天皇은 배제하였다. 天皇은 關白이 해마다 대신들을 거느리고 한번 찾아가는 존재일 뿐, 평상시에는 정치와 외교에 관여하지 못한다는 사실을 알고 있었기 때문이다.

그런데 김세렴은 "지금 국명을 집행하는 자를 우리 조정에서 대등한 體貌로 대우한 것은 당초에 그 글을 살피지 못한 데에서 나온 것"[306]이라고 하였다. 일본에서 조선으로 국서를 보내고, 국명을 집행하는 자는 '關白'이지만, 그는 일본 天皇의 신하이다. 그렇기 때문에 임금과 대등하게 대우하는 것은 처음부터 잘못되었다는 주장이다. 이 표현은 현재의 '關白'을 부정하기 위해 한 말이 아니라 임진왜란 직후에 대마도를 통해 전달된 일본의 국서가 위작이라는 사실을 강조하기 위해 한 말이다.

---

306. 金世濂, 『海槎錄』, 앞의 책, IV-75쪽. 이와 동일한 기록이 黃㦿의 『東槎錄』에는 11월 18일에 기록되어 있다. 『海槎錄』과 『東槎錄』에는 동일한 내용이 많은데, 이는 使行錄을 참고하여 기록하였기 때문이다.

그러므로 조선에서 통신사를 파견하여 막부와 외교관계를 재수립한다는 것은 이전의 잘못을 시정하는 동시에 '關白'의 정치적 정당성을 부여하는 일이 된다.

共享太平樂	태평의 낙을 함께 누릴 양으로
大君務誠信	대군이 성신을 힘쓰는 구려
令聞隨風遠	어진 소문 바람 따라 멀리 퍼지고
聲烈與年峻[307]	공적은 연세와 함께 높아만 가네.

통신사가 파견되기 이전에 幕府에서는 '大君'號와 '日本年號'의 사용, '以酊菴 輪番制'의 시행에 대하여 외교 서식으로 조선에 알렸다. 이런 사실을 알고 있는 김세렴은 詩에서 '日本國王'이나 '關白'이라는 호칭 대신에 '大君'을 사용하였다. '大君'의 권위를 인정하고 조선과 誠信으로 외교함으로써 '太平'을 누릴 수 있다고 하였다. 여기에는 평화를 갈망하는 화자의 염원이 담겨져 있다.

일본에서 만사를 주관하는 關白과 달리 天皇은 무의미한 존재였다. "天皇但恭默 천황이란 다만 말없이 앉아있는 것"[308], "天皇擁虛器 천황은 빈 자리만 끼고 있으니"[309], "太阿倒已久 태아가 거꾸로 된 적 이미 오래라, 萬事皆關白온갖 일은 관백에게 모두 달렸네."[310]라는 표현은 이를 잘 말해준다. 이러한 인식에 바탕을 두고 조선의 대일외교는 天皇을 배제한 상태로 지속되었다. 이러한 인식은 조선 초기

---

307. 金世濂, 『槎上錄』, 앞의 책, IV-272쪽. 〈大坂詩 8〉의 2,3韻.
308. 金世濂, 『槎上錄』, 앞의 책, IV-285~6쪽. 〈金絶河〉의 10韻.
309. 金世濂, 『槎上錄』, 앞의 책, IV-277~8쪽. 〈倭京次權學官韻〉의 8韻.
310. 金世濂, 『槎上錄』, 앞의 책, IV-277~8쪽. 〈倭京次權學官韻〉의 10韻.

回禮使로 사행한 송희경에게서도 발견된다. 그는 『일본행록』에서 막부의 장군을 일본국왕으로 인식했고, 그와 양국의 외교문제를 교섭하였다. 이러한 인식은 개항까지 지속되는데, 이는 일본의 최고 권력자를 막부의 장군으로 인식한 결과이다.

조선에서는 막부와의 직접적인 외교관계를 형성하기 보다는 대마도를 중개자로 하는 간접외교를 지향하였다. 이는 조선이 취하는 해금정책과 '바다'라는 물리적 공간이 지닌 제약성 때문이다. 임진왜란으로 인한 양국간의 갈등관계를 해소하는 역할을 담당한 대마도는 조선과 일본의 중간에 위치하여 경제적으로는 조선에 의지하고, 정치적으로는 일본의 영향 하에 있었다. 그런데 대마도가 조율하는 양국의 외교적 체제가 서로 다름으로 인해서 대마도는 중간에서 국서를 개작해서 보냈다. 이런 국서개작은 양국의 외교에 있어서 커다란 문제를 유발하였고, 통신사 부사 김세렴은 이를 비난하였다.

> 신사를 보내는 것이 저들의 요구에서 나온 것이 아니고 스스로 우리가 먼저 보냈으며, 와서 옛 우호를 바란다고 답하기까지 하였으니, 어찌 부끄럽지 않으랴! 이는 다 대마도에서 농간당한 것이다.[311]

조선이 사절단을 먼저 파견하여 옛 우호를 바란다고 답하게 함으로써 조선은 외교적 상처를 입었고, 부끄러운 외교적 상황을 맞이하게 되었다고 하였다. '柳川一件'으로 국서와 왕릉을 도굴한 두 범인을 인도받음으로써 시작된 조선과 일본의 외교관계가 허위로 변하였고,

---

311. 金世濂, 『海槎錄』, 앞의 책, IV-81쪽. "信使之行 不出於彼 而自我先送 至以來要舊好
爲答 豈不愧哉 此皆爲馬島所賣"

전쟁 피해국인 조선이 먼저 화해를 청하게 된 결과가 되었다.

이러한 원인이 대마도에 있기 때문에 "노함으로써 위협하고, 병단으로 공갈"하는 그들을 믿지 못할 존재로 인식하고 있다. 그러므로 "교활하여 교제하기 어려운 자는 대마도 사람"[312]이라고 비난하고 있다.

이 시기까지 조선과 일본의 외교는 대마도의 중개로 이루어져 왔기 때문에 그들을 믿을 수밖에 없었고, 그들에게 의존할 수밖에 없었다. 그러나 이제 그들은 믿을 수 없는 존재가 되었고, "부산에 오는 정관의 말을 모두 좇는다면, 그르치지 않는 일이 드물 것"[313]이니 경계하라는 말을 하고 있다. 교류함에 있어서 조선에서는 그들의 청을 대부분 수용하는 입장이었지만, 이제부터는 따를 수 없는 말은 비록 그들이 노할지라도 허락하지 않아야 한다[314]고 하였다. 이는 대마도를 조선의 일부로 인정하지 않아야 한다는 입장을 밝힌 것이다.

이 시기에 들어와 조선 지식인이 대마도를 바라보는 인식은 두 가지로 나타나고 있다. 하나는 종사관 黃㦿가 보이는 "馬島本外藩 대마도는 본래 우리 바깥 울이라, 釜山接隣壤 부산과는 이웃처럼 대어있도다."[315]라는 인식이다. 대마도를 '外藩'로 인식하는 '對馬東藩意識'[316]은 당시 조선의 지식인들 대부분이 지니는 생각이었다. 다른 하나는 김세렴이 보이는 인식으로 "옛적에는 우리나라의 지방이었는데, 어느 때 일본 땅으로 들어갔는지 모른다."고 하여 대마도를 일본의 일부[317]라고 보는 것이다. 김세렴은 대마도 정벌이후 경상도

---

312. 金世濂, 『海槎錄』, 앞의 책, IV-72쪽.
313. 金世濂, 『海槎錄』, 앞의 책, IV-72쪽.
314. 金世濂, 『海槎錄』, 앞의 책, IV-72쪽.
315. 金世濂, 『槎上錄』, 앞의 책, IV-204쪽. 〈附從事次韻〉

의 屬州로 편입[318]되었다는 사실은 과거가 되었다는 입장이다. 이러한 인식에서 對馬島인의 습속과 행동에 대하여 비판적인 시각을 드러내었다.

習俗上首功　　　　습속은 수공을 숭상만 하고
居民雜水怪　　　　주민들은 물귀신과 섞여 산다네
終當九世復　　　　종당에는 구세 원수 갚아야 할 텐데
適得二家解　　　　때마침 두 나라가 화해를 했네
敵情尙未測　　　　적의 속셈 아직도 측량 못하니

---

316. 對馬東藩意識은 대마도를 조선의 藩으로 인식하는 것으로 使行錄에서 쉽게 발견할 수 있다. 이러한 인식을 지닌 대표적인 인물로 金誠一과 申維翰을 例示할 수 있다. 1590(宣祖 23)년 임진왜란 직전 통신부사로 일본을 다녀온 金誠一은 "대마도는 우리나라와 어떤 관계인가? 대대로 우리조정의 은혜를 받아 조선의 동쪽 울타리를 이루고 있으니, 의리로 말한다면 군신지간이요, 땅으로 말하면 조선에 부속된 작은 섬이다."(金誠一,『海槎錄』, 앞의 책, I-280쪽. 〈許書狀官答〉)라고 하였다. 조선의 경제적 지원과 관직을 받기 때문에 '東藩'이라고 보았다. 이는 대마도를 조선에 부속된 작은 섬으로 인식하는 입장이다. 이런 인식을 지니고 있었기 때문에 비록 그곳에 일본인이 살지만 조선의 섬이요, 신하의 나라라고 하였다. 肅宗 때의 통신사행의 일원으로 파견되었던 申維翰도 對馬島主를 대하는 禮를 두고 雨森芳洲와 대립하였다. 그때 申維翰은 "이 섬은 조선의 한 고을과 같은 것에 지나지 않는다. 태수가 印章을 받았고 조정의 祿을 먹으며 큰일이나 작은 일을 명령받으니 우리나라에 대하여 藩臣의 의리가 있다. 禮曹參議와 東萊府使와 더불어 대등하게 문서를 교환하니 즉 등급이 같은 것이다."(申維翰,『海遊錄』, 앞의 책, I-408쪽.)라는 주장을 하였다. 대마도가 비록 일본인이 사는 곳이라고 할지라도 對馬島主가 印章을 받고 조선의 명령을 받는 이상 조선의 지방관에 지나지 않는다고 본 것이다. 이런 이유로 金誠一과 申維翰은 對馬島主와 갈등을 빚었고, 對馬島主를 굴복시킴으로써 갈등을 해소하였다.
317. 金世濂,『海槎錄』, 앞의 책, IV-50쪽.
318. 대마도 정벌이후 대마도주 宗貞盛은 "조선의 주군의 예에 의하여 洲名을 정하고 印信을 하사해 준다면 신하의 도리를 지키고 명령에 따를 것이다"(『세종실록』, 2년 정월 己卯.)라고 하였다. 이에 태종은 예조판서 허조의 명하여 대마도에 그 사실을 알린 이후 대마도주는 경상감사의 휘하에 들어갔고 조정에 올리는 보고도 경상감사를 거쳐서 하게 되었다.

馬島一何獪	대마도는 한결같이 교활만 하군
甘言挾虛喝	감언에다 헛 공갈을 끼고 들면서
陰謀左右賣[319]	이쪽 저쪽에 음모를 팔아 먹어.

김세렴은 대마도인들에 대하여 '首功'을 숭상하고, '水怪'와 섞여 산다고 비난하고 있지만, 이러한 비난은 양국의 풍속차이에서 비롯한 것이 아니다. 對馬島가 '九世怨讐'가 된 일본과의 외교를 중개하기 때문에 그들도 '믿지 못하는 존재'로 생각하고 있는 것이다. 김세렴은 대마도인들이 '교활'하고, '감언에다 헛 공갈'을 하며 '음모를 팔아먹는다'고 하였다. 이런 표현은 당시의 불안한 조·일간의 외교관계를 알려주는 말이다. 그렇지만 김세렴은 이런 상황에서도 외교는 지속되어야 한다고 말한다.

聖朝且苦兵	聖朝는 더구나 병란에 지쳐
深憂唯海上	깊은 근심은 오직 해상에 있네
可使折華定	折華로 안정시킬 수가 있는데
忍見邦威喪[320]	나라 위신 상실됨을 차마 볼 것인가.

김세렴이 통신사로 사행하던 시기는 명의 책봉체제로 유지되던 동아시아 국제질서가 붕괴되어가는 상황이었다. '聖朝'인 명나라가 '淸'과의 전쟁에 지쳐있고, 조선의 '深憂'은 오직 '海上'에 있다고 하였다. '海上'국가인 일본의 위협을 제기하고 있다. 양쪽의 압력에 직면한 조선에서는 일본과의 화해를 결정하였다. 이 화해는 '折華'할 때 가능

---

319. 金世濂, 『槎上錄』, 앞의 책, IV-207~8쪽. 〈次權學官韻呈上使〉의 2~5韻.
320. 金世濂, 『槎上錄』, 앞의 책, IV-201쪽. 〈次權學官韻〉의 5~6韻.

하고, 나라 위신의 상실을 각오해야 한다.

당시의 일본은 명의 책봉체제에서 벗어나려고 하였다. 국서에서 '日本國王'이라는 호칭을 버리고 '大君'으로 호칭을 변경하며, 중국연호대신에 일본연호를 사용하려고 하였다. 이것을 허용하게 되면 조선과 일본은 서로 다른 외교체제에 속하게 된다. '折華'는 조선이 일본의 이러한 태도를 인정한다는 것을 의미한다. 통신사를 파견하여 이를 인정한 이후 朝·日외교는 안정적으로 진행되었다. 김세렴은 통신사의 임무를 수행하면서 근심을 없애고 "重見國勢尊 나라 위세 높아짐을 다시 볼 게고", "再蘇斯民瘵 병든 이 백성을 소생시키리."[321] 라는 굳은 결의를 보이고 있다. 이런 결의는 대마도에 대한 충고로 나타난다.

乃先罔不虔	네 조상은 정성으로 일을 다하여
自昔著忠敬	옛적부터 忠敬을 나타냈잖나
往事須可戒	지난 일을 모름지기 경계로 삼고
曩轍愼勿幸[322]	전철일랑 아예 가까이 마소

조선의 대일외교 체제는 일본과 직접 외교를 맺지 않고, 대마도를 중개자로 하여 간접 외교를 진행하는 방식이다. 이는 임진왜란 이전에 형성되었다. 이러한 이유로 조선의 대일외교에 있어서 대마도는 중요한 위치를 차지하였다. '柳川一件'으로 대마도주가 곤란한 처지에 놓여있을 때에 조선에서 통신사를 파견한 명분은 대마도주를 구

---

321. 金世濂, 『槎上錄』, 앞의 책, IV-208쪽. 〈次權學官韻呈上使〉의 10韻.
322. 金世濂, 『槎上錄』, 앞의 책, IV-224쪽. 〈對馬島作〉의 14~5韻

원하여 남변을 안정시키는 것이었다. 그러므로 김세렴은 대마도주를 비난만 하고 있을 수는 없다고 생각하고, 지난 일을 경계로 삼으라는 말을 남기고 돌아왔다.

(3) 일본의 성리학에 대한 평가

조선은 불교국가인 고려의 폐단을 극복해 나가는 과정에 세워진 국가이다. 불교의 문제점을 인식한 지식인들은 중국에서 받아들인 주자학을 정신적 이념으로 삼고, '排佛'을 국시로 내걸었다. 이렇게 세워진 조선에서 성리학은 사회의 이념적 토대였고, 세계를 인식하는 기준이었다. 그들은 조선을 문화적 선진국으로 인식하고 있었고, 이러한 인식은 "懷音自是來文德 문덕을 우러러 스스로 와야 할 텐데, 勤遠何曾枉使華 먼 사람 회유하자고 사신이 간단 말인가."[323)로 나타났다. 김세렴은 일본 사신이 文德이 높은 조선으로 와야 하는데, 그들을 회유하기 위하여 통신사가 일본으로 가야한다는 사실을 안타까워하고 있다. 대일외교를 수행해 나가는 통신사는 외교관인 동시에 성리학자이다. 그들은 일본이 임진왜란을 계기로 성리학을 받아들여 변화해 모습을 지켜보았고, 그들에게 많은 영향을 주었다.

김세렴은 일본을 사행하면서 많은 학자들을 만났고, 그들과 理氣性情을 논하였다. 그가 만난 많은 학자들 중에서 일본 제일의 학자는 林道春[324)이었다. 그는 김세렴을 찾아와서 필담으로 經史의 어려운 부분을 질문하기도 하고, 理氣의 앞섬과 뒤짐, 四端, 七情의 나뉨[325)에 대하

---

323. 金世濂, 『槎上錄』, 앞의 책, IV-196쪽. 〈路中〉의 頷聯.
324. 林道春(林羅山 : 1583~1657)은 막부의 儒官으로 주자학을 육성하는데 노력한 인물로, 그가 育成한 제자들은 여러 藩에 등용되어 儒官으로 활약하였다.
325. 金世濂, 『海槎錄』, 앞의 책, IV-99쪽.

여 여러 차례 辯論을 하기도 하였다. 이러는 논의를 벌이면서 林道春의 "文辭가 燦然하여 볼만하다."고 하였다. 성리학을 토론할 수 있는 일본인은 그에게 더 이상 야만인이 아니었다.

임진왜란으로 잡혀간 성리학자의 도움으로 발전하기 시작한 일본의 신유학이 17세기 중엽에는 통신사와 경전을 변론하는 정도까지 발전한 것이다. 이러한 발전은 통신사의 일본에 대한 인식을 변화시키기에 충분하였다. 그러므로 김세렴은 귀국 후 인조를 引見하는 자리에서 "연로 및 강호에서는 와서 묻는 자가 많았는데, 다 理氣·性情 등의 말을 물으니 야만인이라고 얕볼 수 없습니다."[326]고 하였다.

통신사행은 일본과 일본인에 대한 새로운 인식의 계기가 되었지만, 일본을 바라보는 거리는 좀처럼 좁혀지지 않았다. 이는 성리학을 수용하는 기반이 전혀 달랐기 때문이다. 조선에서는 불교를 배척하고 성리학을 수용한 반면에 일본 지식인들은 불교적 기반위에 성리학을 수용하였다. 이러한 차이로 인해서 林道春의 질문에 대하여 대답을 회피하거나, "특이한 것을 물으리라 했는데, 매와 개치기를 묻소?"[327]라는 비난이 나타났다. 일본은 불교를 사상적 기반으로 여러 학문을 수용하였고, 그중에서 실용적인 가치를 더욱 중시하여 기술을 발전시켰다. 林道春은 성리학자이면서도 일본인이었기 때문에 성

---

326. 金世濂, 『海槎錄』, 앞의 책, Ⅳ-151쪽. 공자도 논어에서 "오랑캐라 할지라도 도가 있다면 문명국"이라고 하였다. 이는 문명과 미개의 절대적 구분 기준이 개개인의 자기 수양에 달려 있는 것이지 생활공간에 달려 있는 것이 아니라는 말이다.

327. 金世濂, 『海槎錄』, 앞의 책, Ⅳ-100쪽. 이학의 공부를 논하는데 그 설이 흔히 頓悟의 뜻이매, 내가 답하기를, "그것은 佛家에서 갈려 나온 것으로서, 공자의 학도가 말하지 않는 것이기에, 내가 배우지 못하였소."하였더니 道春이 글을 얻고서는 머리를 조아리며 말하기를, "우리나라의 학문은 다 禪에서 나온 까닭에 이런 병이 있습니다."하였다.

리학에 관련한 질문뿐만 아니라 불교와 실용적인 분야의 질문이 가
능[328]하였지만, 통신사는 성리학적 기반위에서 세상을 인식하였기
때문에 '불교'사상은 대답을 회피하고 '매를 기르는 방법'에 대해서는
비판한 것이다.

통신사가 성리학의 입장에서 일본문사들을 인식하였다는 생각은
1643년(仁祖 21) 통신사 조경이 林道春에게 보낸 서신에서도 발견할
수 있다.

> 원컨대, 족하는 수사(修辭)와 기교(技巧)의 시술(詩術)에 빠지지
> 말고 이정(二程)의 도(道)를 우러러 깊이 연구하여 일역(日域)의 선비
> 들로 하여금 존경받고 모범할 바가 있게 한다면 얼마나 좋은 일이겠
> 습니까![329]

조경은 林道春의 편지에 대한 답장에서 詩에 빠지지 말고, 성리학
을 깊이 연구하여 모범이 되기를 충고하고 있다. 그에게 있어서 시는
餘技이며, 유희의 의미일 뿐이다. 詩의 가치를 성리학의 道보다 가볍
게 보았고, 詩가 지니는 문학적 가치보다는 시에서 性情을 발견할 것
을 강조하였다. 김세렴도 자신과 더불어 성리학을 辯論하는 일본의
문사에 대하여 野蠻人이라고 무시할 수만은 없다는 평가를 내리게
되었다.

---

328. 정장식, 1636년 통신사의 일본인식, 『일본문화학보』, 한국일본문화학회, 1999,
544쪽.
329. 趙絅, 『東槎錄』, 앞의 책, V-13쪽. "願足下無淫於捭闔縱橫之術 鑽仰兩程 使日域蛾
子 有所矜式 幸甚"

(4) 일본과의 문화교류에 대한 인식

사행은 조선의 한정된 공간을 벗어나 외국을 경험할 기회를 제공해준다. 해외를 견문함으로서 그들은 체험공간을 확대할 수 있다. 이런 기회를 얻기 위해서는 외교관으로서의 문화적 소양을 필요로 한다. 일본 사행에서는 통신사 삼사의 한문학 소양뿐만 아니라 일반 통신사행원의 능력도 필요로 한다. 그러므로 조선에서는 외교를 담당하는 三使와, '馬上才', '寫字官', '畵員' 등 일본인과 교류할 수 있는 4~500명 규모의 사절단을 파견하였다. 문화를 교류할 수 있는 인물의 동행은 1636년(仁祖 14)의 통신사파견에 관한 使行講定節目으로 결정[330]되었고, 후기로 갈수록 詩文에 능한 자의 파견이 중시되었다.

통신사와 일본 상류층간의 외교는 한문학을 중심으로 이루어졌으며, 1636년(仁祖 14)에 통신사와 교류할 수 있는 일본인은 적었다. 임진왜란 이후 조선의 영향을 받은 성리학자들이 등장하고 있지만 이들은 수적으로 극히 적었다. 점차 일본 지식인이 수적으로 증가하면서 이들과 수창할 수 있는 인물이 요구되었다.[331] 조선에서는 삼국시대에 유입된 유교 경전의 이해가 난숙기에 접어들었고, 사대부들은

---

330. 남자악공·말치는 사람·여러 가지 기예나 기능이 있는 자·글씨 잘 쓰는 사람·이름난 명의·마재에 능한 사람 등을 데리고 올 것이라는 항목이 첨부됨으로써 조선과 일본의 상류층뿐만 아니라 하층민간의 교류가 일어났다.
331. 일본인과 수창할 수 있는 문사가 사행에 참여했는데 그들의 명칭은 學官, 吏文學官, 讀祝官, 製述官으로 변화되었다. 吏文學官은 日光山 致祭에서 축문을 낭독한다는 의미에서 讀祝官으로 변경되었다. 이들은 '책을 많이 읽고 언어가 唱和하는 사람'으로 詩文에 능한 사람이다. 日光山致祭가 폐지되면서 讀祝官은 다시 製述官으로 명칭이 바뀌게 된다. 이들은 대부분 서자출신으로 문장에 탁월한 재능을 가진 인물 중에서 선발하였다.

성리학의 환경 속에서 어려서부터 한문학을 접하고 시문을 배웠고, 관직으로 나갔다. 이처럼 서로 다른 문화적 차이는 통신사와 일본 지식인의 능력에 있어 현격한 차이를 보여주었고, 통신사는 우월한 입장에서 한시를 수창하고 한문학을 일본에 전달할 수 있었다.

일본을 사행하고 돌아온 정사 任絖은 인조와 引見하는 자리에서 일본인의 글이 문리를 이루지 못했고, 시는 더욱 좋지 않았다고 보고하였다.[332] 그는 일본의 성리학적 변화를 인식하지 못하였고, 조선은 일본보다 문화적 우위에서 교화해야 한다는 생각을 드러내었다.[333]

대마도주가 통신사에게 시를 청하면서 "만약 한 수의 시를 얻어서 강호의 여러 장수들에게 뽐내게 된다면, 영광이 백배나 되겠"[334]다고 말한 것에서 그가 한시를 구하는 행위만으로도 자랑거리로 여기고 있음을 알 수 있다. 이런 까닭에 통신사가 일본의 문사와 한시를 수창하는 일보다 일방적으로 贈詩하는 경우가 많았다. 이러한 문화 전달도 통신사와 일본의 고위 관료들 사이에서만 일어났고, 1만~2만 석의 녹을 받는 자와 벼슬이 낮은 자는 감히 시를 청하지도, 가까이 올 엄두도 내지 못할 정도였다.[335]

김세렴은 물론 많은 통신사들이 일본에서 일어나는 이런 현상을 이상하게 여기고, 그 이유를 몇 사람에게 질문하여 확인하였다. 일본에서는 조선을 문화선진국으로, 통신사는 그들의 욕구를 충족

---

332. 金世濂, 『海槎錄』, 앞의 책, IV-151쪽.
333. 정도상, 동명 김세렴의 「사상록」고찰 - 택당 이식의 비평을 중심으로, 『한문학논집』 제20집, 槿域漢文學會, 2002, 183쪽.
334. 金世濂, 『海槎錄』, 앞의 책, IV-63~4쪽.
335. 金世濂, 『海槎錄』, 앞의 책, IV-115쪽.

시킬 수 있는 유일한 통로로 인식하고 있었다. 이러한 이유로 대마
도주와 以酊菴 승려들이 일본 大官과 통신사의 중개자로 개입하고
있다. 그들의 요구는 내륙으로 들어가면서 심해져서 "가는 곳마다
권축이 쌓여 거의 응접해내기 어려웠다."[336]고 불평을 토로할 정도
였다.

碧海逈連空	푸른 바다 아스라이 하늘을 이었고
長門近越中	장문은 월중과 가깝다오.
片雲隨去颿	조각구름 떠가는 돛을 따르고
細雨濕孤篷	가랑비는 외론 배에 젖어드누나.
布德綸音暢	덕화를 선포하니 윤음이 창달되고
觀風藻思雄	풍속을 관찰하니 詩想이 웅건하네.
異方爭快覩	이역 사람 다투어 날 보려드니
文彩愧秋翁[337]	문채는 저 추옹에게 부끄럽다오.

이 시는 통신사행을 마치고 귀국하면서 지은 시이다. 일본사행을
마치고 귀국하는 그들은 '片雲隨去颿 조각구름 떠가는 돛을 따르
고', '細雨濕孤篷 가랑비는 외론 배에 젖어드는' 한가함을 느낀다.[338]
이러한 모습은 일본인들의 '爭快覩'와 대비된다. 통신사를 보려고 모
여드는 일본인들의 목적은 '文彩'에 있다. 문화적 동경심으로 모여드

---

336. 金世濂, 『海槎錄』, 앞의 책, IV-71쪽. 통신사는 대마도주를 구원하고자 파견되었
    다는 목적의식 때문에 거절이 쉽지 않았을 것이다. 반면에 도주와 두 승려는 일
    본 각지의 요구를 받아들여 무리하게 부탁하였고, 金世濂은 그들의 모습을 "이마
    를 땅에 대고 절하면 간절히 빌기까지 하였다."고 표현하여 문화적 우월감도 드
    러내고 있다.
337. 金世濂, 『槎上錄』, 앞의 책, IV-316쪽. 〈藍島〉

는 일본인에 대하여 자신은 '愧秋翁'이라고 말한다. 부끄럽다고 말하는 그이지만 내심으로는 문화적 자부심이 있었다. 일본에서 한문학이 점차 자리를 잡아가면서 이러한 경향은 더욱 심해졌고, 18세기에 이르면 고위 관료뿐만 아니라 서민들까지 통신사를 찾아오는 경우가 많아졌다. 이들 중에는 시를 얻어 갈 뿐만 아니라 통신사와 수창하려는 시도도 빈번하게 나타났다. [338)

상층부의 문화교류가 유학을 중심으로 이루어 졌다면, 하층부의 문화교류는 寫字官, 畵員, 馬上才, 樂工 등의 통신사행원을 중심으로 이루어졌다. '통신사'가 파견되기 시작한 1636년(仁祖 14) 이후 조선의 문화를 대변할 수 있는 사행원이 일본사행에 참여하기 시작했다. 이들이 大坂에 도착한 이후 詩文書畵를 청하는 왜관들이 몰려들어 學官, 寫字官, 畵員 등이 응수하기에 겨를이 없었고, 괴로움을 견디지 못한 이는 울려고 하는 이까지 생겨났다. '馬上才'는 尙武를 중시하는 일본에서 관심의 대상이었고 서민들까지 몰려들어 조선의 문화를 즐겼다.[339) 군관들의 활쏘기와 馬上才의 재주를 보기 위하여 대마도 사람들이 가득하였고, 도주의 母親과 장관의 家屬들까지도 장막을 치고 머리와 낯을 가리며 관람하였다. 이러한 광경을 통하여 일본 민중에 대한 조선의 문화는 소개되었으며, 이들은 양국 문화교류의 상징이 되었다. 이렇게 볼 때 1636년(仁祖 14) 조선 후기 최초의 통신사는 문화교류를 동반했고, 이러한 교류는 한문학과 마상재의

---

338. 목적을 달성하면 마음의 여유가 생긴다. 이 여유가 멀리 떨어져 있는 가족들을 그리워하는 마음으로 나타나기도 한다. 金世濂의 시에서는 이런 '그리움'이 많이 표현되지 않지만, 1655년(孝宗 6) 통신사로 일본을 사행한 南龍翼의 시에는 '鄕愁'와 '그리움'이 주된 소재로 등장한다. 金世濂과 南龍翼의 詩에 이러한 차이가 나타나는 이유는 그들이 살았던 시대가 많은 영향을 주었기 때문이다.

339. 任絖, 『丙子日本日記』, 앞의 책, Ⅲ-324쪽.

성격에 따라 상층부만이 아니라 일본 하층민에게까지 확대되었음을
알 수 있다.

(5) 외교의례상의 갈등과 대립

통신사는 일본으로 파견된 정식 외교사절이다. 그들은 일본사행
을 거치면서 갈등하고 고뇌하였다. 1636년(仁祖 14) 통신사는 대마도
주의 요청에 응하여 일본의 정세를 탐지한다는 목적이외에 피로인쇄
환과 유황교역의 책임을 맡고 있었다. 쇄환은 임진왜란이 끝난 직후
부터 지속되었다. 그러나 임진왜란이 일어난 지 이미 40여년이 지난
상황이었기 때문에 洪喜男의 요청을 받은 周防守는 "세월이 이미 오
래되어 살아남아 있는 이가 몇 없으며, 장년이었던 자는 이미 늙고,
어렸던 자는 이미 장년이 되어 각기 아들딸이 있으니 돌아가기를 바
라는 사람이 없을는지 모르겠다."[340]고 쇄환을 비관적으로 보았다.

통신사는 倭京에서 조선 피로인을 발견[341]하였지만 쇄환하겠다는
적극적인 의지는 드러나지 않는다. 구경꾼 속에서 발견되는 피로인
은 일본에서 많은 조선인들이 살아간다는 사실만을 전해줄 뿐이다.
조선은 건국직후부터 피로인을 쇄환하려는 노력을 지속적으로 해

---

340. 金世濂,『海槎錄』, 앞의 책, IV-77쪽.
341. 金世濂은 "구경꾼이 가득 메웠는데, 손을 모아 축하하는 자도 있었다."(金世濂,
　　　『海槎錄』, 앞의 책, IV-74쪽), 黃床는 "구경꾼이 좌우에 나뉘어 벌여 섰는데, 감히
　　　떠들지 못하며, 손을 모아 비는 사람도 있었다."(黃床,『東槎錄』, 앞의 책, IV-360
　　　쪽)고 하여 구체적으로 被虜人임을 밝히지 않았지만, 任絖은 "남녀를 막론하고 왕
　　　왕 손을 모아 축원하는 자가 있는가 하면, 몸을 굽혀 경례를 하는 자도 있었으며
　　　혹은 자꾸 눈물을 닦으며 번거로이 절을 하는 자도 있었는데 그들은 다 우리나
　　　라에서 잡혀온 사람들이었다."(任絖,『丙子日本日記』, 앞의 책, IV-339쪽)라고 하여
　　　그들의 존재를 명확히 하였다. 쇄환에 대한 관심이 구경꾼에 섞여 있는 조선인의
　　　모습을 발견하도록 하였다.

왔다. 임진왜란 이전에는 왜구들의 약탈로 잡혀간 조선인을, 임진왜란 이후에는 왜란으로 잡혀간 피로인을 쇄환하려는 노력이 있었다는 차이가 있을 뿐 이러한 시도는 지속적으로 전개되었다. 그만큼 조선시대는 외환의 근심이 많았고 이 결과 백성들은 많은 고통을 당하고 살았다. 임진왜란 이후 수십 년 동안 쇄환을 위해 노력한 결과 많은 사람들이 돌아왔지만, 그보다 훨씬 많은 사람들이 일본에 남아 있었다.

통신사가 쇄환을 목적으로 만난 피로인도 조선에 노모가 생존해 있다는 소식을 들었지만, 일본에 가정을 두었다는 이유로 귀국을 거부하였다. 이 사실을 두고 통신사는 저마다 "천리가 끊어진 것이어서 사람을 매우 놀랍게 한다."[342], "본마음을 잃고 고향을 그리워하는 생각이 아주 없으니, 몹시 미웠다."[343]라고 비판하고 있다. 충효를 중시하는 조선인에게 있어서 현지에 있는 자신의 가족을 위해 어머니를 돌보지 않겠다는 생각은 충격적인 일이다. 인간의 심성을 중시하는 통신사가 '본마음을 잃어 버렸다'고 말한 것은 일본의 환경이 인간의 본성을 버리게 하였다는 생각에서이다. 그러나 이는 어쩌면 당연한 결과일지도 모른다.

일본에서는 조선으로 돌아가면, 군졸 아니면 종이 될 것이라는 소문이 퍼져 있었고, 1624년(仁祖 2) 통신사를 따라 조선으로 돌아온 피로인이 의지할 곳이 없어 통신사를 붙들고 통곡하는 일들이 일어났다. 이런 소식을 들은 그들은 귀국하느니 차라리 구걸해 먹을지라도 일본에 있으려고 하였다. 이일에 대하여 "아주 통탄할 일이다.",

---

342. 金世濂, 『海槎錄』, 앞의 책, IV-66쪽.
343. 黃㦿, 『東槎錄』, 앞의 책, IV-352쪽.

"몹시 미워서 곧 목을 베어 버리고 싶으나 어쩔 수 없었다."[344]라고 그들을 비난하였지만 당대의 현실에 대하여 많은 고민을 하게 만들었을 것이다. 안정된 일본 사회와는 달리 조선은 내우외환으로 황폐해지고 있었다. 조선의 이런 상황은 통신사가 일본을 사행하면서 갈등하고 고뇌하는 원인이 되었다. 통신사의 고심은 피로인 쇄환뿐만 아니라 외교서식에서도 나타나고 있다.

조선과 일본의 외교문서는 국서와 서계라는 서식으로 전달되었다. 國書는 조선국왕과 일본의 실제 통치자인 장군이나 關白 사이에 주고받은 외교문서를 말하며, 書契란 그 외의 관계에서 주고받은 외교문서를 말한다.[345] 조선과 일본의 외교문서는 정해진 격식에 의하여 작성되었지만, 통신사와 일본 사이에는 서식으로 인한 갈등이 많았다. 조선과 일본이 표면적으로는 대등한 교린관계를 지향하면서도 내심으로는 서로 자국의 우월의식을 드러내려고 했기 때문이다.

1635년 '柳川一件' 이후 일본은 서식개정을 요구하였고, 1636년(仁祖 14) 통신사를 통하여 최종 합의하여 통용되었다. 이 과정에서 '年號'의 사용이 문제가 되었지만 북방으로부터 청의 위협이 가중되고 있는 상황에서 일본까지 신경쓸 수 없었던 통신사는 일본의 서계를 받아 귀국하였다.[346] 일본의 서계에 관한 내용은 통신사가 임의로 결정할 수 없는 상황이었다. 이런 문제를 비록 통신사와 일본 관료

---

344. 金世濂, 『海槎錄』, 앞의 책, IV-87~8쪽. 黃㦿, 『東槎錄』, 앞의 책, IV-373쪽.
345. 손승철, 앞의 책, 133~4쪽.
346. 金世濂, 『海槎錄』, 앞의 책, IV-120쪽. 일본은 "우리는 바다 가운데에 따로 있는 나라로서 높이는 바는 천황이기에 천황의 연호를 쓴 것"이고, "대군 두 글자는 나라 안에서의 존칭이기 때문에 답서에 쓸 수 없다"고 한 것이다. 통신사는 日本 年號의 사용에 대하여 갈등하지만 일본의 서계를 받아들인다.

와의 갈등은 있었지만 큰 충돌 없이 해결했다는 점에서 볼 때 국내
에서 조율[347]이 있었던 것으로 보인다.

---

347. 回答兼刷還使를 파견할 때 일본에서의 질문에 대한 답변을 미리 준비하였고,
    1711년(肅宗 37) 갑작스러운 서식 변경이 있었을 때 통신사는 書契를 지참하지
    않고, 江戶에서 回程하였다. 이때 통신사가 조선에서의 회답을 미처 받지 못한 상
    태였기 때문에 書契를 지참하지 않았다. 이런 사실로 볼 때 미리 조율이 있었을
    것으로 생각할 수 있다.

2. 『扶桑錄』(南龍翼)과 개인적 정서의 표출

1) 구성과 서술상의 특징

남용익은 자신의 대일사행의 체험을 『부상록』에 기록하였다. 『부상록』은 上·下 2권과 『聞見別錄』으로 구성되어 있다. 상권에는 尤庵 宋時烈과 白軒 李景奭의 序文과 座目, 員役名數, 賫去物件, 祭海神祝을 기록하였고, 사행의 배경과 乙未年 4월 20일부터 9월 11일까지의 여정은 『扶桑日錄』에 기록하였다. 하권에는 乙未年 9월 12일 京都에 도착한 이후부터 丙申年 2월 12일까지의 여정을 『扶桑日錄』에 기록하였는데, 乙未年 11월 1일 江戶에서 回程한 이후의 여정을 『回槎錄』이라 하여 구분하였다. 이어서 일본에 보내는 공문서인 回答書契를 기록하였다. 『聞見別錄』은 일본에 대한 보고서로 倭皇代序, 關白次序, 對馬島主世系, 官制, 州界, 道里, 山川, 風俗, 兵糧, 人物 등 10가지 사건을 기록하였다. 이 기록은 일본지방의 사적을 모으고 睿覽하여 이전까지의 견문록을 보완[348]한 것이다. 이렇게 볼 때 남용익의 『부상록』상·하 2권은 분량에 따른 구분이며, 『扶桑日錄』, 『回槎錄』, 『聞見別錄』은 내용에 따른 구분임을 알 수 있다.

신숙주의 『해동제국기』과 임진왜란 이후의 다양한 '見聞錄'을 수용

하여 『聞見別錄』으로 집대성한 남용익은 日記·漢詩·見聞錄을 유기적
으로 결합하고 있다. 이 결합은 日記와 見聞錄이 연계된 형태이며,
일기의 뒷부분에 시를 수록하는 형태이다.

　일기는 매일 매일의 일정을 단순히 기록한 것이 아니라 중요한 사
건을 중심으로 취사선택한 보고적 진술[349]이다. 일기를 기록함에 있
어서 국내보다 일본에서의 행적을 중시하였고, 도착한 지역과 견문
한 일을 상세하게 기록하였다. 기록에 있어서 선행 사행록과 등록
을 참고하였으며[350], 정확하지 않은 부분에 대해서는 "보는 대로 적
은 것으로서 문적에 의거한 것이 아니니 반드시 다 사실은 아닐 듯
하다"[351]는 소견을 적었다. 도착한 지명을 기록함에 있어서도 한자와
한자차용표기를 함께 사용하고 있다. 특정한 사건에 대해서는 원인
을 분석하려고 하였고, 이를 규명함에 있어서 자신의 진솔한 생각을
드러내기도 하였다.

　『부상록』에는 204편의 詩[352]와 1편의 賦가 수록되어 있는데, 이들
한시는 絶句와 律詩에 한정되지 않고 다양한 詩體를 활용하여 문학

---

348. 이는 倭皇代序에 신숙주의 『海東記』에서 잘못되고 빠진 것을 보태고, 줄일 것은
　　줄여서 만들었다는 기록과, 風俗에 모양이 다르고 제도가 이상하여서 기록할 만
　　한 것이 한두 가지가 아니지만 현저한 것만 모아 10條目(性習, 雜制, 文字, 官室,
　　衣服, 飮食, 園林, 畜産, 器用, 節侯)으로 나누었다는 기록에서 확인할 수 있다.

349. 使行文學은 기록자의 인식을 바탕으로 현장에 대한 체험을 기록하는 것이므로
　　단순히 인물의 행동을 관찰하거나 모방한 진술이 아니라 기록자의 관점을 거쳐
　　제시된 보고적 진술(조규익, 『국문사행록의 미학』, 역락, 2004, 71쪽.)이다.

350. 南龍翼, 『扶桑錄』, 앞의 책, V-532쪽.

351. 南龍翼, 『聞見別錄』, 앞의 책, VI-56쪽.

352. 총 319首로 자신이 지은 詩가 291首이고, 日本人이 지은 27首와 포로가 지은 1首
　　가 있다. 분류하면 五言絶句 31首, 七言絶句 68首, 五言律詩 62首, 七言律詩 108首,
　　排律 1首, 六言詩 2首이다. 여기에는 "律絶則自幼至老 以此爲身役(중략) 其中古詩
　　與五言絶極難 間有得意者 不敢自信 惟七律積工最多 故課製屢次居首"(壺谷漫筆,
　　15쪽)이라는 그의 시적 경향이 반영되어 있다.

적 능력을 드러내었다. 이 점은 사행록에 한시를 수록하면서도 '문학적 가치'보다는 '소명의식'과 '性理學의 道'를 강조한 김세렴, 조경 등과 구별되는 것이다.

2) 기록에 나타난 인식세계

(1) 문화적 자긍심과 우월논쟁

조선과 일본의 문화교류가 시작된 것은 1636년(仁祖 14) 역관 洪喜男과 대마도주가 '講定節目'을 체결한 이후이다. 이후 통신사행에는 '문화교류'를 동반하였고, 이는 일본의 문화에 많은 영향을 주었다. 이러한 영향으로 1655년(孝宗 6) 9월 5일 통신사가 大坂城에 도착했을 때, 이를 보기위해 모인 "남녀들이 다리를 메우고 항구에 넘쳐서 파리나 고슴도치가 모인 것과 같아 머리와 손가락이 총총 빽빽하여 눈이 어지러울 정도"[353]였다. 일본인에게 있어서 통신사 행렬은 일생에 한번 있을까 말까한 구경거리였고, 이를 보기 위해 전국에서 사람들이 모여 들었던 것이다. 통신사가 지나가는 지역에는 축제의 장이 형성되었고, 통신사 행렬을 중심으로 조선의 선진문화가 일본으로 전파되었다.

홍역관이 나에게 그들의 시에 두 번 차운하여 그들을 군색하게 만들라고 청하므로 인하여 부사로 더불어 거듭 차운하여 그들에게 화답하기를 요청하니 두 중이 머리를 흔들며 눈을 동그랗게 뜨고

---

353. 南龍翼, 『扶桑錄』, 앞의 책, V-475쪽.

겁내는 태도가 밖에 드러났다. 중 중달은 근근이 지었고 소백은 마침내 빈종이 그대로였다. 극히 우스웠다.[354]

남용익은 대마도에 도착한 이후 以酊菴 승려인 中達, 紹柏 등과 한시를 수창하였다. 한자를 표기수단으로 하는 공동 문화권[355]에서 한시창작은 자신의 文才를 과시할 수 있는 수단인 동시에 외교적 우위를 드러내는 방법이었다. 공자도 외교에서의 한시 기능을 인정하여 "시 3백 편을 외우고도 정치를 맡겨도 통달하지 못하고, 사방에 사신 가서 능히 전대하지 못한다면, 비록 더 많이 외운다 할지라도 또한 무엇을 하랴!"[356]라고 하였다. 이처럼 중요한 외교적 수단으로 한시가 자리하였기 때문에 통신사행에 있어서 한시수창은 활발하게 행해졌다.

통신사의 문재를 자랑할 수 있는 연회에서 실무를 담당하는 홍역관은 두 승려를 군색하게 만들도록 요청하였고, 남용익은 역관의 의견를 받아들여 그들을 꺾어놓았다. 이때 화답시를 요구하는 통신사와 머리를 흔들며 겁내는 두 승려의 모습은 대비되어 조선의 문화적 우월성이 부각되고 있다. 이러한 문화적 우월의식은 일본인을 '醜胡'[357]라고 여기게 하였고, 明이 멸망한 시기에 조선을 '中華'로 인식하는 바탕이 되었다.

사행을 통한 양국의 문화교류는 조선의 문화를 전달하는 형태로

---

354. 南龍翼,『扶桑錄』, 앞의 책, V-365~6쪽. "洪譯請再次以窘之 仍與副使疊步要和 則兩僧搖頭瞪目 怯態露外 達僧則僅以成篇 柏僧則終未免曳白 極可笑也 柏僧翌日始爲追和以送"
355. 조동일,『한국문학과 세계문학』, 지식산업사, 1991, 19쪽.
356.『論語』,〈子路〉. 子曰 誦詩三百 授之以政 不達 使於四方 不能專對 雖多 亦亥以爲.
357. 南龍翼,『扶桑錄』, 앞의 책, V-484쪽.〈大坂城行〉

나타났고, 이는 다양한 분야에서 이루어졌다. 남용익도 일기도와 왜경 등에서 글씨와 그림을 청하는 일본인들 때문에 밤을 새우는 등 괴로움을 당하였다. 이러한 괴로움에도 불구하고, 기쁨을 금할 수 없다[358]는 자긍심이 드러났다. 이러한 문화적 자긍심은 中達, 紹柏 등과의 관계에 있어서 자연에 대한 우월논쟁으로 전환되었다.

①

聞昔景濂題秀句	들으니 옛적에 경렴이 훌륭한 시를 썼다는데
何時徐市沒遺蹤	어느 때에 서불의 남긴 자취가 없어졌는고
朝鮮諸嶽爭高否	조선국의 모든 산이 얼마나 높은가.
試看扶桑第一峰[359]	시험삼아 부상의 제일봉을 보아라.

②

俯視群山若蟻封	모든 산을 굽어보매 개미집과 같으니
去天盈尺斷人蹤	하늘과의 거리 한 자 정도이기에 사람 발길 끊어졌네
爭如方丈三韓外	어찌 방장의 삼한 밖에
玉立金剛萬二峰[360]	옥처럼 서 있는 금강산 일만 이천 봉을 당하리.

以酊菴 승려 中達은 대마도에서 통신사를 맞아 江戶로 인도하는 동안에 여러 차례 통신사와 한시를 수창하였다. 이 결과 그의 詩作에 있어서 한계를 드러낼 수밖에 없었다. 漢詩作에 있어서 부족함이 있었지만 그는 富士山을 지나는 길에 일본의 자연을 자랑하려고 하

---

358. 南龍翼, 『扶桑錄』, 앞의 책, V-410쪽.
359. 南龍翼, 『扶桑錄』, 앞의 책, V-524쪽. 〈疊次達僧富士韻〉의 元韻.
360. 南龍翼, 『扶桑錄』, 앞의 책, V-522쪽. 〈疊次達僧富士韻〉

였다. '扶桑 第一峰이 朝鮮의 諸嶽보다 높다'는 그의 주장은 남용익이 次韻詩를 거듭 지어 반박하면서 곤욕을 당한다.

남용익은 '富士山'이 '俯視群山'하여 많은 산들을 '蟻封'과 같이 볼품없게 만들지만, 玉같이 아름다운 '金剛山'을 대적할 수 없다고 하였다. 이는 나아가 '富士山을 듣고도 놀라지 아니하여 보아도 輕蔑[361]한다는 생각으로 나타났다. 남용익은 이 당시의 기개를 높이 평가하여 "무릇 시는 氣로써 主를 삼으니 내가 일생 동안 지은 작품을 점검해 보면 부상록이 가장 나은 것 같고, 그 중에서도 〈富士山歌〉와 〈壯遊二百韻〉 등은 氣가 衰한 뒤에는 다시 얻을 수 없었다."[362]라고 하였다. 이 말은 『부상록』에 수록한 시의 氣를 높이 평가한 것이면서, 사행시의 가치가 氣에 있음을 드러낸 것이기도 하다.

개인 간의 경쟁적인 시각에서 비롯한 우월논쟁은 조선에 대한 자긍심을 드러내는 계기가 되었고, 이는 점차 '朝鮮'에 대한 관심으로 확대되었다. 이때의 '富士山'과 '金剛山'은 더 이상 단순한 산의 의미가 아니라 '자국의 우월의식'을 드러내는 상징물이었고, 이러한 논쟁은 '明'이 사라진 이후에 나타난 양국의 '中華意識'에 기인하고 있다. 이후 18세기 중엽에 사행한 조엄은 조선의 '自然'뿐만 아니라 '事物'을 기준으로 일본을 인식하고 판단하기에 이르렀다.

---

361. 南龍翼, 『扶桑錄』, 앞의 책, V-522쪽. 〈富士山歌〉
362. 南龍翼, 『壺谷漫筆』, 3 卷, 43 章. "凡詩以氣爲主余點檢一生所作扶桑錄似最優其中富士山壯遊二百韻等作氣衰後不可得"

(2) 유가의식과 '그리움'

조선시대의 忠과 孝는 사회적 기반이며 윤리의 기준이었다. 이러한 유가의식은 사행에 있어서 '그리움'을 드러내는 중요한 요인이었다. 이러한 요인은 시대적 상황에 따라서 달리 나타났는데, 1636년 이전의 사행에서는 불안한 외교상황으로 인하여 '소명의식'이 강조되었고, '그리움'은 표면화되기 어려웠다. 그러나 외교적 갈등이 어느 정도 해소된 1655년 사행에서는 '그리움' 등의 개인적 기질이 표현될 수 있었다.

① 戀君

1654년(孝宗 5) 10월 29일 통신사를 낙점하였다가 부사를 바꾸는 일이 있어서 乙未年 4월 20일 사행이 시작되었다. 통신사행을 떠나는 신하들을 위로하기 위하여 효종이 건넨 '북경으로 가는 것과는 다르니 내가 애처롭게 여긴다.'는 말은 '三島'를 지나 '赤間關'을 지나는 해로의 험난함을 말한 것이다. 남용익에게 있어서 이 말은 '丘山' 한 군은으로, '漲海'를 가볍게 여기게 하였고, 사행의 험난함을 극복할 수 있는 원동력이 되었다.

사행을 시작하는 한강 가에서 '許國'의 '소명의식'과 軍威에 계신 부모님을 그리워하는 심정을 읊은 뒤에 출발한 남용익은 부산을 거쳐 대마도에 이르렀다.

正屬流頭節	유두절을 당했는데
仍留漆齒鄉	칠치의 나라에 머무르네
今晨瞻北闕	오늘 새벽에 북궐을 바라보니

彼美隔西方	저 미인이 멀리 서방에 있네
四拜神共往	네 번 절하매 정신이 그리로 가고
孤吟意自傷	외로이 읊조리매 마음이 절로 상하누나
秪應中夜月	응당 밤중의 달은
跨海共淸光[363]	바다 이쪽저쪽에 맑은 빛을 함께 하리

永嘉臺에서 배를 타고 음력 6월 15일 대마도에 도착하였다. 이날은 流頭節로 동쪽의 냇가에서 머리를 감으며 몸을 깨끗이 씻는다는 '東流頭沐浴'의 풍습이 있다. 화자는 이날의 풍습을 대마도의 '漆齒'하는 풍속과 대비시키고 있다. 이러한 대조를 통하여 자신의 현 위치를 자각하는 동시에, 멀리 떨어져 있는 임금을 그리워한다. 2句의 '北闕'과 '美人'은 임금을 의미하며, 자신과 임금을 이어주는 매개물은 '月'이다. 이때 '月'은 객관세계의 사물[364]로서의 '月'인 동시에 자신의 '그리움'을 전달해 주는 관념적 매개물로서의 '月'이다. '月'을 매개로 이어진 자신과 임금은 '맑은 빛'을 함께 할 수 있다. 이때 '淸光'은 '달빛'인 동시에 임금에 대한 충성의 표현이다. 그러므로 이곳은 멀리 떨어져 있는 임금에게 충성을 확인하는 자리이다.

君恩隨處可忘生	임금 은혜 간 곳마다 목숨을 바칠 만하니
脚底風波險若平	발 밑의 험한 풍파도 평지처럼 여기네
身逐片帆來萬里	몸은 한 조각 돛단배 따라 만 리에 왔는데
夢和殘月入三淸	꿈은 새벽달과 함께 삼청으로 들어가네

---

363. 南龍翼, 『扶桑錄』, 앞의 책, V-361쪽. 〈舟上行望闕禮有感〉
364. 조규익, 古典詩歌에 나타난 自然素材의 通時的 意味, 『溫知論叢』제1집, 온지학회, 1994, 37쪽.

相如持節千年事	사마상여가 사절로 간 것은 천 년의 일이요
子美登樓半夜情	두자미가 누에 오르매 반야의 정이로세
却向雲間瞻五色	문득 구름 사이로 향하여 오색을 보니
銀河遙接鳳凰城[365]	은하수가 멀리 봉황성에 닿았으리

釜山 永嘉臺에서 배를 타고 京都에 이르는 수로는 전체노정 가운데 3/5을 차지하는 거리이며, 이 길에는 험난한 풍파와 위험이 도사리고 있다. 그러나 화자는 이 길을 평지처럼 순탄하게 여긴다고 하였다. 사행의 괴로움을 군은에 보답하려는 의지로 극복한다는 의미이다.

한양에서 '萬里' 떨어진 화자는 자신의 심정을 三淸인 대궐에 전달하고자 하였고, 그 방법으로 '꿈'과 '새벽달'이라는 매개물을 사용하고 있다. 이때 '萬里'는 이들 사이의 물리적 거리인 동시에 심리적 거리이다. '夢'은 '身'과 대비되어 현실적인 제약을 극복할 수 있는 수단이며, '殘月'은 화자와 대상의 물리적 거리를 제거하고 하나의 공간에 담을 수 있는 매개물이다.

화자는 자신의 사행을 司馬相如, 杜子美와 동일화하고 있다. 司馬相如는 한나라 사람으로 西南夷에 사절로 간 인물이고, 杜子美은 '憂國衷情'을 중요하게 여긴 시인이다. 이들의 고사를 인용하여 자신의 현재와 '憂國衷情'을 드러내고 있다. 이는 마지막 구절 "銀漢遙應接鳳城"와 연결되어 자신의 심정이 '鳳凰城'에 게신 임금에게 전달되기를 희구하고 있다.

이처럼 남용익은 자신의 우국충정을 전고와 상징적 이미지를 사

---

365. 南龍翼, 『扶桑錄』, 앞의 책, V-454쪽. 〈兩斯文疊次城字韻至十五首率走和〉 6首.

용하여 드러내고 있다. 그러나 이러한 '戀君之情'은 사행이 대마도를 떠나면서 지속적으로 약화되고, 그 자리에 가족에 대한 '그리움'이 자리한다. 가족애가 비록 한 개인만의 특성은 아니지만, 사행록에 개인적 심회를 기록하기 시작하였다는 것은 조선과 일본의 외교가 안정화 되었다는 의미를 내재하고 있다.

② 思親

남용익은 가족에 대한 그리움을 '歸雲'과 '草心'으로 드러내고 있다. '歸雲'은 당나라 狄仁傑이 병주로 부임하는 길에 태항산에 올라 멀리 흰 구름을 바라보며 "우리 어버이가 저 아래에 계시겠구나."하고 슬퍼하였다는 일화에서 나온 말이고, '草心'은 당 나라 詩人 孟郊가 객지로 나가면서 어머니를 생각하면서 지은 〈游子吟〉의 "誰言寸草心, 報得三春輝"이라는 글귀에서 나온 말이다.

天末歸雲萬里飛	하늘 끝 돌아가는 구름은 만 리를 날으는데
草心何日報春暉	풀의 마음이 어느 날 봄 햇빛 보답할까
覇愁漫共寒蟲語	나그네 시름은 부질없이 차가운 귀뚜라미와 말하고
客淚遙隨細雨霏	손의 눈물은 멀리 가는 비를 따라 내리네
密密縫衣秋後弊	실밥으로 총총 기운 옷은 가을 뒤에 떨어지고
寥寥書札眼中稀	아득한 편지는 눈앞에 드무네
長途更叱王尊馭	먼 길에 다시 왕존의 말 모는 하인을 재촉하노니
忠孝元來兩不違[366]	충성과 효도가 원래 서로 다른 것이 아니네

使命을 띠고 통신사행을 하는 동안에 조선에서 입고 왔던 옷은 낡아간다. 이런 상황을 당나라 시인 孟郊의 "慈母手中線, 游子身上衣, 臨行密密縫"와 연결시키고 있다. '密密縫衣秋後弊'는 상황은 조선을 떠나온 지 이미 오래되었다는 시간의 경과만을 의미하는 것이 아니라 어머니에 대한 간절한 정을 표현한 것이다. 남용익의 사행록에는 어머니에 대한 그리움이 '老萊子', '黃香', '王孫賈', '孟郊' 등과 관련되는 典故를 통해 자주 등장하고 있다. 사행하는 상황에서 '萬里' 떨어져 있는 자신과 가족을 이어주는 실질적 매개물은 '書札'이다. 교통이 발전하지 못한 조선시대에 書札의 왕래는 드문 일이다. 더구나 조선을 떠나 일본을 사행하는 통신사가 서찰을 받아보는 일은 드물었다. 그러므로 사행하는 동안 가장 기다리는 것이 書札이며, 書札이 도착하면 너무 기뻐서 온갖 생각을 잊어버리게 한다고 하였다. 보내온 한 장의 서찰은 만금보다 귀중하지만, 오랫동안 서찰을 받지 못하는 일은 사람으로 하여금 미치게 하는 일[367]이었다. 연락을 받지 못하는 현실적 상황에서 오는 '근심'은 '간절함'으로 '客淚'로 변하였다.

이런 상황에서도 화자는 가족에 대한 '그리움'을 忠과 동일시하고 있다. 자신을 '효자보다 충신이 되겠다.'고 말한 王尊과 일치시키고, '忠孝元來兩不違'라는 생각을 드러내었다. 이것은 자신의 '시름'을 극복하겠다는 의지의 표현이다.

---

366. 南龍翼, 『扶桑錄』, 앞의 책, V-423~4쪽. 〈次翠屛雨後卽事韻〉
367. 南龍翼, 『扶桑錄』, 앞의 책, V-630쪽.

① 서울에서 온 편지를 받았는데 7월 이후에는 첫 소식이었다. 놀
랄 만큼 극도로 반가운 끝에 도리어 무슨 기별인지 겁이 났다.
피봉을 떼기가 급하여 손으로 뗄 겨를이 없이 이빨로 물어뜯었
더니, 양친 계신 곳에서 세 번의 평안하다는 편지와 서울 집의
편지가 아울러 왔다. 셋째 번의 편지는 9월에 낸 것인데 온 집
안이 평안하다 하니 기뻐서 미칠 것 같았다. 기운이 심히 피곤
하여 중 소백이 왔는데도 만나주지 못하였다.[368]

②

寒風枕席有誰溫	찬바람에 베개 자리를 누가 따뜻이 해드릴고
陟岵朝朝想倚門	아침마다 산에 올라 문에 기대었음 상상하네
今日忽聞家信到	오늘날에 문득 집 소식 온 것 들으니
此心惟向故人論	이 기쁨을 오직 친구보고나 이야기하리
將開反畏何消息	뜯어보려니 무슨 소식인가 두렵고
已見翻疑或夢魂	보고 나니 의심 바뀌어 꿈결 아닌가 하네
始信回車夫爲失	비로소 回車가 잘못됨 아님을 믿겠노라
擬投簪笏奉晨昏[369]	벼슬 버리고 부모 받들려 하네

①의 日記에는 조선에서 보낸 편지를 받아보고 기뻐하고 있는 기
록자의 모습이 사실적으로 표현되고 있다. 그는 편지를 간절히 기다
리고 있었기 때문에 "피봉을 떼기가 급하여 손으로 뗄 겨를이 없이
이빨로 물어뜯었다."는 표현을 사용할 수 있었다. 손으로 뗄 겨를조

---

368. 南龍翼, 『扶桑錄』, 앞의 책, V-576쪽. "報京中書簡亦來云 七月以後初消息也 驚倒之
極 反畏何奇也 催促坼緘 不暇手而以齒 親庭三度平書及家書並來 第三書則九月所
出 而渾家安穩 喜幸欲狂"
369. 南龍翼, 『扶桑錄』, 앞의 책, V-577쪽.

차 지니지 못하는 급박한 자신의 심리 상태를 잘 포착하여 사실적
으로 표현하였다.

②의 詩에서 편지를 받은 심정을 '뜯어보려니 두렵고, 보고나니 꿈
결 같다'고 하였다. 이 표현은 편지를 열어 보기 직전의 '그리움'과 '걱
정'이 교차하는 심리 상태를 드러낸 것이다. 1句에서 고향에 대한 상
상이 2句에서 편지를 기다리는 현실과 대조를 이루고, 3句에서 편지
를 개봉하는 순간의 심리변화는 4句에서 앞으로의 다짐으로 이어진
다. 편지를 기다리는 순간에서부터 심적 부담감을 해소해 가는 과
정을 순차적으로 표현함으로써 그의 가족에 대한 '걱정'과 '그리움'을
분명하게 드러내고 있다.

남용익은 書札을 통하여 가족에 대한 소식을 얻을 수 있다. 그
러나 이런 서찰은 시간적·공간적 제약으로 인하여 제한되고, 가족
에 대한 그리움은 꿈속에서의 만남으로 대치된다. 그러나 '꿈'을 매
개로한 만남은 일시적이었고, 허망할 뿐이다. 그러므로 매일 가족
에 대한 꿈을 꾸면서도 편지를 받아 보는 일이 "全勝夢裡歸 꿈속
에 돌아가 뵙는 것보다는 아주 낫구나."[370]라고 하였다. 타지에서
가족을 그리워하는 그의 심정을 '편지'라는 매개물을 통해 읽어볼
수 있다.

『부상록』에 수록된 많은 시가 효심과 충절을 주제로 하고 있으며,
이러한 주제를 부각시키는 소재로 '月', '草', '雲' 등의 자연물을 활용
하고 있다. 자연물을 매개로 '그리움'을 담아내는 한편, 이를 다른 사
람에게 전달하려는 욕구도 드러내었다. 사행은 외교를 목적으로 하
는 여행이기 때문에 회정은 전환점으로 작용할 수 있다. 회정을 맞

---

370. 南龍翼, 『扶桑錄』, 앞의 책, V-384쪽. 〈夜半因飛船初見親庭再度書志喜〉 1首.

이하면 사행에 대한 기대감 보다는 가족에 대한 그리움이 강하게 나타나기 때문이다. 남용익도 회정 이전에는 효와 충을 병행하면서 '겸命'을 다하겠다는 생각이 나타나지만, 회정 이후에는 가족에 대한 '그리움'이 중심을 이루고 있다. 그러나 대일사행의 경우, 사행록이 후대 사행의 길잡이가 된다는 점에서 '그리움'을 노골적으로 드러내는 일은 많지 않았다.

(3) 대마도와 역관에 대한 불신

조선은 삼면이 '바다'이지만 대륙중심의 세계관을 지니고 있었고, 명의 '해금정책'을 수용하여 대외정책의 기조로 삼고 있었다. 이런 이유로 '바다'는 경험해보지 못한 세계였으며, 두려움의 공간이었다. 세계로 통하는 출구인 '바다'를 접하고 있음에도 불구하고 제대로 활용하지 못하였고, 대일사행에 있어서도 통신사를 괴롭히는 관문으로 인식하고 있었다. 이러한 인식에서 통신사는 출발이전부터 '바다'를 지나가야 한다는 사실에 두려움을 느끼고 있었다.

그렇지만 남용익은 거대한 장애물인 동시에 난관인 '바다'에 대하여 "馬島隔一帶 대마도는 띠 하나만큼의 물 건너에 있으니 咫尺可游泳 헤엄쳐 건널만도 하네."[371]라는 자신감을 드러내었다. 여러 날을 준비하고, 해신제를 지낸 뒤에야 건너가는 '바다'를 '一帶'의 거리에 둠으로써 일본과의 근접성을 말하고 있다. 조선과 일본의 간극을 '一帶'에 둠으로써 바다가 주는 두려움을 극복하고 나갈 수 있다는 의지를 드러낸 것이다.

---

371. 南龍翼, 『扶桑錄』, 앞의 책, V-344쪽. 〈萊館書懷得長篇四十韻呈兩使兼示讀祝李文哉〉

202 | 朝鮮時代 通信使文學 硏究

　그러나 1655년(孝宗 6) 6월 9일 부산에서 배를 타고 대마도를 건너
는 도중에 풍파를 만나 키가 두 번이나 부러지는 곤경을 당하면서
'一帶'는 '馬州千里'[372)로 재인식하게 되었다. '九死層濤際 층층한 파도
속에서 아홉 번이나 죽을 뻔'[373]한 자신의 경험을 『부상록』에 사실적
으로 기록함으로써 다음 사행의 길잡이로 삼게 하였다. 현재 사행록
을 읽는 독자에게는 '바다'의 본모습을 알려주고 있다.
　축문을 지어 '바다귀신'에게 빌고 도착한 대마도는 山田이 척박하
여 토란을 심었고, 주민들은 소금을 굽고 고기를 잡는 것으로써 생
업을 유지하는 땅이다. 이러한 경제적 사정과는 달리 도주가 주최한
연회는 무척 화려하였다. 이 광경을 본 남용익은 대마도주가 궁핍한
터전에서도 불구하고 과장하기에만 힘써 사치스러운 생활을 한다[374]
고 강하게 비판하였다.

　　대개 이 땅은 이굴(利窟)이므로 중간에 서로 짜고 협잡을 할 염려
　가 있기에 굳이 물리쳐 듣지 않았더니, 이미 관백의 명령이라 칭하
　니 또한 굳이 거스르기 어려우므로 마침내 체류하게 되니, 괴로움이
　말할 수 없었다.[375]

　대마도는 지정학적으로 조선과 일본의 중간에 위치하여 양국의 외
교를 중개하고, 안내하는 역할을 맡았다. 그러므로 통신사는 이들의

---

372. 南龍翼, 『扶桑錄』, 앞의 책, V-351쪽.
373. 南龍翼, 『扶桑錄』, 앞의 책, V-352쪽. 〈夜坐船樓記事〉
374. 南龍翼, 『扶桑錄』, 앞의 책, V-647쪽.
375. 南龍翼, 『扶桑錄』, 앞의 책, V-579쪽. "蓋此地則利窟. 慮有中間符同之擧. 牢斥不從
　　矣. 旣許. 關白之令. 亦難强拂. 故終至蹲滯. 苦不可言."

의견을 무시하기 어려웠고, 억지로 머물게 되는 지역에서는 '속박' 당하는 느낌을 떨치지 못하였다. 이에 남용익은 자기들의 利慾을 위하여 조선에 통신사를 요청하고, 통신사가 국서를 받들어 오게 만들기 때문에 그들을 처치 곤란한 '사나운 고래[376]'에 비유하고 비판하였다.

대마도를 떠나 일본을 사행하는 동안에 통신사는 일본의 국정을 탐색하고 일본의 지식인들과 접촉하였다. 불안정한 국제정세에서는 이 일이 중요한 목적이었지만, 점차 국제 정세가 안정되면서 일본 지식인과의 만남은 '文化交流'의 성격이 강해졌다. 그러나 남용익은 국정탐색이나 상대편 인사들과의 접촉에 있어서 소극적인 행동을 보였다.[377] 그를 대신하여 적극적으로 일본 인사를 만나고 사행을 의논하는 이는 일본사정에 밝은 역관이었다. 역관은 중인계층으로 통신사의 실무를 담당하였지만 이들을 바라보는 남용익의 시각은 부정적이었다.

통역의 무리들은 그 기색이 오히려 삼숙(三宿)을 잊지 못하는 생각이 있는 것 같았으니 대체 무슨 마음일까? 이 무리들은 매양 이익이 많은 곳에 이르러서 머물게 되면 눈썹에 누른 기운을 띠고 떠나게 될 때에는 안색이 푸르니 그 일을 알 수 있고 그 심사가 통분하다.[378]

---

376. 南龍翼, 『扶桑錄』, 앞의 책, V-379쪽. 〈到馬州記土風兼述客懷錄七言排律五十韻要和〉

377. 정장식. 1655년 통신사행과 일본연구, 『일본학보』 44집, 한국일본학회, 2000, 613쪽.

378. 南龍翼, 『扶桑錄』, 앞의 책, V-648쪽. "舌輩氣色猶有遲遲三宿之戀. 亦獨何心哉. 此輩每到利窟. 留則眉黃. 行則面靑. 其事可知. 其情可痛."

　통신사행은 중국 사행처럼 매년 정기적으로 이루어지는 사행이 아니라 거의 10년을 단위로 이루어지는 부정기적인 사행이었다. 조선에서는 외교를 전담하는 관리가 없었고 문사가 이를 대신하였다. 그렇기 때문에 통신사로 재임명되는 경우는 없었고, 일본의 실정을 잘 알고 있는 이들은 역관뿐이었다.

　폐쇄정책을 취하는 조선에서 일본과의 무역도 역관이 담당하고 있었다. 사무역이 금지된 상태에서 역관을 중심으로 무역이 이루어지기 때문에 항상 부정에 대한 의혹이 제기되었고, 역관들은 비난의 대상이 되었다. 역관에 대한 불신감은 사행기간이 길어질수록 깊어져만 갔고, 남용익은 關白이 통신사 수행원에게 주는 은자가 맞음에도 불구하고 석연치 않다고 하였다.[379] 이런 불신에서 "답서가 없는 것으로 보아 그 편지가 전하여졌는지를 반드시 알 수도 없으니, 의성이 가지고 온 것과 수역이 이익을 나누어 먹은 것은 전과 반드시 다름이 없을 것이다."[380]고 추측하기도 하였다. 사실이 확인되지 않았음에도 불구하고 대마도주와 역관이 이윤을 추구한다고 비판하고 있다. 이러한 비판의 대상은 점차 역관에서 격군으로까지 확대[381]되어 나타났다.

　남용익이 이들 역관을 비판하는 이유는 외교를 행함에 있어서 利慾을 추구하지 않아야 한다는 '성리학적 외교관'에서 연유하고 있다. 임진왜란이 끝난 지 반세기가 지났지만 조선인은 전란의 충격에서 벗어나지 못하고 있었다. 이러한 까닭에 양국의 외교가 1607년(宣祖 40)년 '회답겸쇄환사'의 파견으로 재수립되었지만, 조선인의 내면에는

---

379. 南龍翼, 『扶桑錄』, 앞의 책, V-563쪽.
380. 南龍翼, 『扶桑錄』, 앞의 책, V-562쪽.
381. 南龍翼, 『扶桑錄』, 앞의 책, V-591쪽.

일본을 '野蠻國', '위험한 나라'라는 생각이 강하게 자리하고 있었다. 남용익도 이런 집단의식[382]에서 자유롭지 못하여 사행에 있어서 출발을 재촉하였고, 지체하는 역관과 대마도인을 비판한 것이다.

이러한 인식은 귀환하는 자신 심정을 "겨우 범의 아가리를 벗어나서 점점 부모의 나라로 향하게 되자 돌아갈 마음의 빠름이, 놀란 오리가 나는 것"[383] 보다 더 기뻤다는 표현에서 확인할 수 있다. 일본을 '범의 아가리'로, 일본을 벗어나는 자신을 '놀란 오리'로 형상화하여 그의 불안한 심리상태를 단적으로 보여준다. 이러한 표현에서 남용익은 자신의 본연적인 감정을 사실적으로 드러내는 문인임을 알 수 있다. 문인으로서 남용익의 인식은 역관과 대마도인의 삶과 상충한다. 대마도는 '척박한 자연환경'에서 생존하기 위하여 돈이 필요했고, 역관은 통신사와 달리 녹봉을 받지 않으므로 무역으로 이익을 얻어야만 했다. 이처럼 상충하는 의식과 현실의 간극사이에서 대마도주와 역관은 비난의 대상이 되었다.

(4) 외교의 안정과 소명의식

통신사는 대일외교를 담당하는 첨병으로, 일본을 사행하면서 외교적 임무를 수행하였다. 그들의 임무는 시대에 따라 달라졌지만, 기본적으로는 미사여구가 가득한 국서를 德川幕府에 전달하고, 조

---

382. 集團意識은 동일한 집단에 함께 소속해 있다는 사실에 의해 구성원이 갖는 의식이다. 프랑스 사회학자 E. 뒤르켐에 의해 제시된 집합의식과 동일한 개념으로, 개인의식과 대비시켜 外在的이며, 拘束力을 지니는 행동 또는 思考樣式이다. 집합의식은 한 사회의 통상적인 사람들이 공유하고 있는 가치·신념·감정 등 총체로서의 관념체제를 형성하고 개인의 의식이나 행동을 구속한다고 한다.(엠파스, 백과사전)
383. 南龍翼, 『扶桑錄』, 앞의 책, V-647~8쪽.

선의 문화적 위상을 과시하는 것이었다. 이러한 임무를 수행하기 위
하여 문인을 외교사절로 파견하였다.

이들은 부산을 떠난 이후 수로를 따라 일본을 사행하였는데, 수
로를 통한 노정은 날씨의 변화에 민감하여 실제로 일본을 사행하는
기간보다 '바다'만 바라보면서 한 장소에서 머무는 시간이 길었다. 6
월 15일 대마도에 도착한 통신사가 7월 20일까지 한 달이 넘도록 대
마도를 떠날 수 없었던 것도 날씨에 기인한다.

일본으로 가기 위해서 바람을 기다리는 동안에 무료해진 남용익
은 매일 두 사신과 더불어 해학으로 소일하다가 밤이 깊어서야 술자
리를 파하였다.[384] 이때 시와 술은 그들의 시름과 답답함을 해소하
는 욕구분출의 통로였다. "攻詩只可排愁悶 시를 많이 짓는 것은 다
만 시름과 답답함을 풀자는 것이요, 絶酒端宜理性情 술을 끊으매 마
음 수양하기에 마땅하구나."[385]는 이때의 심정을 잘 드러내는 표현
이다. 술자리에서 그는 '回文體', '玉連環體', '憶秦娥', '望江南', '六言詩',
'三五七言', '進退格', '騈儷文'등 다양한 문체를 활용한 詩를 지었다.
이때 지은 시들은 餘技로 지은 것이지만, 통신사들과 한시를 수창을
하면서 '소명의식'을 확고히 하였다.

'소명의식'을 지니고 일본을 사행하는 동안 남용익은 많은 갈등을
경험한다. 갈등은 양국의 첨예한 이해관계가 충돌하면서 생겨나거
나, 양국 외교사절간의 의식의 차이에서 생겨난다. 이는 특정한 시기
에 국한된 문제가 아니라 거의 모든 대일사행에 걸쳐 일어나는 문제
이다. 그러나 1636년(仁祖 14)을 기점으로 일본의 외교서식이 변경되

---

384. 南龍翼, 『扶桑錄』, 앞의 책, V-369쪽.
385. 南龍翼, 『扶桑錄』, 앞의 책, V-452쪽, 〈兩斯文疊次城字韻至十五首率率走和〉.

고, 명·청의 세력교체가 이루어지면서 한동안 통신사와 막부간의 갈등은 표면화되지 않았다.

1655년(孝宗 6) 사행한 남용익은 "男兒不破長風浪 남아가 긴 바람에 물결을 부수지 못하면, 只是塵間一老儒 다만 먼지 속의 한 썩은 선비일 뿐이리."[386]이라는 의지를 보였다. 이러한 의지는 일본을 사행을 하면서 "千秋托心期 천추 뒤에 그와 마음을 같이하니, 撫劍一長歌 칼을 어루만지며 한번 길게 노래 부른다."[387]하고, "千里壯遊憑綵鷁 천리의 장한 놀이는 채익에 의지하고, 百年豪氣撫靑蛇 백 년의 호협한 기상은 칼을 어루만지네."[388]라는 '소명의식'으로 나타났다. 그러나 사신으로서의 기상을 드러내는 '검'의 이미지는 점차 줄어들었다. 결국, 이를 대신한 것은 '가족'에 대한 그리움이다.

임진왜란 직후 조선의 대일외교에 있어서 가장 중요한 문제는 '피로인쇄환'이었다. 그러나 남용익이 大坂城에서 피로인을 만났을 때는 '同情心'이 보일 뿐, '쇄환'에의 의지는 나타나지 않는다.

나이가 지금 74세인데, 정유재란(丁酉再亂) 때 남원(南原)에서 포로 되었는데, 그 부모는 다 죽고 처와 네 누이동생이 모두 포로 되었다. 일본에 온 뒤에 아들과 손자를 낳고, 남의 종이 되어 신[履]을 팔아 생활을 한다 하고, 아직도 우리나라 말을 잊어버리지 아니하였다. 우리나라의 일에 말이 미치자, 슬퍼서 눈물을 흘리면서 고국 땅에 뼈를 묻기를 원한다 하였다. 보기에 불쌍하여 술과 과실과 양미

---

386. 南龍翼, 『扶桑錄』, 앞의 책, V-358쪽. 〈夜坐船樓正有天涯望月江上吹笛之愁秋潭送詩累牘呼燭走次〉

387. 南龍翼, 『扶桑錄』, 앞의 책, V-422쪽. 〈阻風迷雨客懷無聊偶得鄭文忠公板屋雨聲多之句分以爲韻得五字五句五篇〉

388. 南龍翼, 『扶桑錄』, 앞의 책, V-440쪽. 〈夜坐樓船賞月走次兩使示韻〉

(糧米)를 주니 감사하다고 절하고 갔다.[389]

통신사행을 하던 남용익은 정유재란때 끌려온 피로인 崔加外를 만났다. 그는 일본으로 끌려온 지 50년이 지났지만 귀국하지 못하고 일본에서 가정을 이루고 살아왔다. 그 동안 고국의 말을 잊어버리지 않았고, 조국으로 돌아가고자 하는 염원을 간직하고 있었다. 남용익을 찾아와서 조국으로 돌아가고 싶다는 의사표시를 하지만 결국 쇄환되지 못했다. 임진왜란 직후의 대일외교에 있어서 가장 중요한 사안이었던 '쇄환'이 이루어지지 않았다. 이 일을 통해서 임진왜란이 끝난 지 반세기가 지나는 동안에 피로인쇄환이 공식적으로 일단락되었음을 알 수 있다.

江戶에 도착하여 국서를 전달한 통신사는 부산에서 4960里 떨어져 있는 日光山으로 致祭를 다녀왔다. 이 행사는 日光山 유람을 강권하던 1636년(仁祖 14)을 거쳐 1643년(仁祖 21) 權現堂에서 致奠하는 예를 행하면서 고정되었고, 1655년(孝宗 6) 通信使는 大猷院에 致奠의 예를 하고, 權現堂에는 분향하였다.[390] 1655년에는 御筆을 봉안하는 행사도 병행하였다.

일본의 정치적 의도에서 행해진 日光山으로의 여행이지만 외교사에 있어서도 중요한 의미를 지닌다. 이 행사를 통해 일시적이나마 사행의 영역을 확대하여 일본을 살펴볼 수 있었고, 유교적 제례의식을 불교국가인 일본에 전달할 수 있었다. 양국의 외교관계가 원만해지

---

389. 南龍翼, 『扶桑錄』, 앞의 책, V-480쪽. "年今七十四. 而丁酉之亂. 被攎於南原. 父母皆死. 妻與四妹皆攎. 來此後生子生孫. 爲人奴賣履爲業云. 猶不忘我國言語. 語及我國事. 泫然流涕. 欲爲埋骨於我土云. 所見可憐. 給酒果粮米. 拜謝而去."
390. 『通文館志』, 交隣 下.

면서 통신사의 '소명의식'은 약화되었고, 갈등은 양국의 외교에서보다는 양국 지식인들의 인식차이에서 일어났다.

소결

17세기는 임진왜란의 영향으로 동아시아의 국제질서가 변화하던 시기였다. 이로 인해 발생한 위기의식은 일본을 문학적으로 형상화하기 어렵게 만들었다. 이러한 이유로 『해사록』에 표현된 김세렴의 관심 영역이 비록 다양했지만, 외교에 관한 내용을 가장 중요하게 기록하도록 하였다.

김세렴은 회답겸쇄환사와는 달리 사행에서의 견문을 읊은 시를 별도의 시집인 『槎上錄』에 기록하고 있다. 사행록에 통신사의 개인적 정서를 한시로 표현하고 있다는 사실은 임진왜란이 주는 심리적 영향에서 어느 정도 자유로워졌다는 것을 의미한다. 그러나 급변하는 당대의 시대적 상황 때문인지 자유로운 서정의 표현보다는 '소명의식'과 '현실'에 관심을 두고 있다. 그러면서도 당대의 통념에 얽매이지 않고 일본의 사상과 학문을 주시하여 그들의 문화적 각성을 인식하였다. 김세렴의 이러한 대일인식은 17세기 중엽 조선 지식인의 대일인식에 영향을 주었을 것으로 생각된다.

국제질서가 안정된 이후의 대일사행은 대부분 막부장군의 습직을 축하하려는 목적으로 이루어졌다. 1655년(孝宗 6)의 사행도 예외가 아니어서 德川家綱의 습직을 축하하는 목적을 지니고 있었다. 이 시기 사행의 체험을 기록한 대표적인 사행록이 남용익의 『扶桑錄』이다. 남용익은 가족에 대한 그리움 등 개인적 정서를 215題의 사행한시로 표현하였으며, 종사관의 신분으로 '견문록'을 집대성한 『聞見別

錄』을 완성하였다.

김세렴과 남용익은 통신사행이 시작되고, 국제질서가 안정을 찾아 가는 1636년과 1655년에 사행하였다. 19년을 간격으로 한 사행이지 만, 이들이 기록한 사행록에는 '소명의식'과 '그리움'이 뚜렷하게 대비 되어 나타나고 있다. 이러한 차이는 국내외적인 환경의 변화와 관련 되며, 이러한 변화는 대일사행에 임하는 의식의 차이를 가져왔다.

VI. 문화교류의 다양화와 대일인식의 심화

조선시대 통신사 문학 연구

1. 『海遊錄』(申維翰)과 대일인식의 심화

1) 구성과 서술상의 특징

신유한은 제술관으로 1719년(숙종 19) 4월 11일 한양을 출발하였다가 1720년(숙종 20) 1월 24일 돌아와 복명하였다. 이 기간 동안 대일사행의 체험을 기록한 일기가 『해유록』이다. 『해유록』은 上·中·下 3권으로 구성되어 있으며, 上卷에는 통신사가 파견되는 경위 및 제술관으로 뽑힌 심정, 1719년(숙종 45) 4월 11일부터 9월 9일까지의 일기가 기록되어 있다. 中卷에는 9월 10일부터 11월 14일까지의 일기가 기록되어 있다. 下卷에는 11월 15일부터 복명하는 1720년(숙종 46) 1월 24일까지의 일기, 見聞雜錄, 使行水陸 路程記가 기록되어 있다.

『해유록』의 특징을 살펴보면 다음과 같다. 첫째, 『해유록』은 일기체 형식으로 상부에 보고하는 逐日記事類의 전통과 이전 산문 연행록의 관습을 계승하고 있다. 일기체를 사용하면서도 매일 매일의 경험을 순차적으로 나열하는 방식이 아니라 중요한 사건을 중심으로 기록하여 생략한 날이 많았다.[391] 編年體인 日記에 記事體 형식을 도입하기도 하였다.[392] 이러한 서술방식은 일기체의 자세하지 못한 단점을 보완해주는 역할을 한다. 공식적인 사건의 나열만이 아니라 "급하기가 화살같고 빠르기가 풍우같은 일본인의 뱃사람"과 "느릿느릿하여 용감을 자랑하는 뜻이 없는 조선의 뱃사람"[393]을 비교 서술하여 조선인의 문제점을 지적하기도 하였다. 비교는 두 가지의 사실을 대응시켜 제 3의 판단을 유도[394]하는 것으로 신유한의 내면의식을 드러내는데 효과적으로 작용하고 있다. 대상을 서술함에 있어서 실증적이면서 사실적인 서술 태도를 취하기도 하였다.

둘째, 신유한은 자신의 기질을 한시로 드러내었다. 일기가 사실이나 정보 등 서사적인 내용을 진술하는 기능을 한다면, 시는 개인적 감회 등의 서정성을 표현한다. 특히 한시는 문명의식을 드러내는 수단이 되기도 했다. 신유한은 일본에서의 자신의 처지를 "六經隨藥裏 서적에다 약첩이 따랐고, 孤枕卽蓬門 외로운 베개가 곧 우리 집일세."[395]라는 詩句를 통하여 드러내고 있다. 사행에서의 외로움을 '외로운 베개'로 형상화하고, 서적과 약으로 지내는 자신의 심정을 사실적으로 드러낸 것이다.

---

391. 일기체는 사행록에서 가장 일반적으로 사용하는 표현 방법이다. 형식적 제약을 그다지 받지 않으면서 견문을 서술하거나 묘사하기에 적합한 객관적 서술방법이기 때문이다. '사행록'의 형식적인 틀은 매일 매일의 기록에 일자, 간지, 기상, 도착지, 내용, 이동거리의 기술을 포함하는 것이다. 그러나 『海遊錄』은 매일 매일의 일상적인 기록이 아니며 형식에 있어서도 일자와 간지는 기록하지만 기상, 이동거리의 표현은 일정하게 기록하지 않았다. 이는 사행의 중요한 날, 가장 중요했던 사건을 중심으로 자신의 직·간접적인 경험, 감회, 반성 등을 기록했기 때문이다.
392. 『海遊錄』에는 중요한 내용을 서술하기 위해서 기사체의 형식을 사용하고 있다. 하나의 예로 申維翰은 林鳳岡의 문도 14명의 字와 號를 기록하고 있는데, 이는 하나의 주제를 중심으로 서술하는 記事體의 형식을 결합시키고 있는 것이다.
393. 申維翰, 『海遊錄』, 앞의 책, I-429쪽.
394. 김아리, 『노가재 연행일기 연구』, 서울대석사학위논문, 1999, 27쪽.
395. 申維翰, 『海遊錄』, 앞의 책, I-428쪽.

신유한은 제술관 신분이면서도 수창한 시보다 자신의 심정을 표출하는 한시를 많이 수록하였다. 특히 다른 통신사들이 관심을 가지지 않았던 일본 하층민들의 삶에도 많은 관심을 가지고 있었다. 심지어 일본의 성풍속도를 風謠로 표현하기도 하였다. 이러한 표현이 가능한 것은 신유한이 시란 백성들의 생활에서 나오는 것이라고 생각하고 있었기 때문이다.

『해유록』에는 한시가 조선에서 大坂까지의 여정에 많이 나타나고 回程에 들어서면서부터 줄어든다. 신유한에게 있어서 일본에서의 낯설고 새로운 경험이 시를 형상화하는 요인[396]이었기 때문이다. 이렇게 볼 때 신유한은 경험과 인식의 효율적 기록을 위하여 정보 등의 서사적 내용은 일기체로 표현하고, 개인적인 서정은 한시로 표현하였음을 알 수 있다.

셋째, 효과적인 보고를 위해서 雜誌의 형식을 사용하고 있다. 조선에서는 임진·병자 양란을 거치면서 다양한 경험을 사실적으로 기록하려는 시도가 나타났다. 이것은 장기간 국외를 여행하는 사신도 예외가 아니어서 그들은 많은 기록을 남기고 있다. 그 기록은 謄錄, 逐日記事, 狀啓, 見聞別單[397]등의 공식기록과 개인적인 성향이 반영된

---

396. 한시는 모두 144首로 詩 143首와 賦 1首가 있다. 규모면에서 볼 때 上卷에 110首가 실려 있어 中卷의 6首와 下卷의 27首보다 월등히 많은 분량을 자랑한다. 외교를 목적으로 하는 수창 시는 8首에 불과하다. 이는 『海遊錄』이 국가에 보고하기 위한 공식적인 기록이 아니라 개인의 감정을 표현하고자 하는 사적 기록임을 알려준다. 시기별로는 5월에 25수, 6월에 5수, 7월에 6수, 8월에 30수, 9월에 44수, 10월에 2수, 11월에 1수, 12월에 16수, 1월에 15수가 수록되어 있다. 여기에서 申維翰의 한시 창작이 일본에 도착하는 시기와 일본의 발전된 문화를 본격적으로 체험하는 시기와 맞물려 있음을 알 수 있다.

397. 김현미, 『18세기 연행록의 전개와 특성연구』, 이화여자대학교 박사학위논문, 2003, 132쪽.

‘使行錄’등으로 구분되지만 ‘보고’를 목적으로 한다는 점에서는 공통
된다. 공사의 성격이 혼합된 사행록[398]에서 ‘보고’의 성격이 가장 잘
드러나는 부분은 문견록[399]이다.

신유한은 ‘見聞雜錄’이라는 제목 하에 일본의 官制·田制·兵制·服
制 등 여러 제도와 朱子學, 불교 및 풍속 등을 서술하고 있다. 이
처럼 雜誌[400]형태의 글로 附記되어 있는 견문록은 통신사행록의
전형적인 표현방법의 하나이다. 이는 일본의 정세를 조선에 알리
는 방편인 동시에 국외정세에 대한 견문을 넓히는 계기를 제공해
주고 있다.[401] 특히 ‘見聞雜錄’에는 쇄국 정책을 취하는 일본의 대외
창구인 長崎와 琉球의 사정을 기록하고 있으며, 더 나아가 서양에
관한 관심까지 폭넓게 수록하고 있어 조선인의 세계인식에 도움을
주고 있다.

---

398. ‘사행록’은 개인의 일상이 반영되어 있다는 점에서 사적기록이지만, 후대 사행사
  들의 지침이 된다는 점에서 公私가 혼합되어 있는 성격의 글이라고 할 수 있다.
399. ‘문견록’은 사행을 통해 의미 있는 부분만을 모아 서술한 몇 개의 단편적인 유기·
  필기의 모음이다.
400. 雜誌란 독립된 항목에 대하여 짤막하게 서술하는 짧은 글을 말하며, 임금에게
  실상과 유의할 것을 간단하게 적은 보고문 형태이다. 잡지는 기사체로 되어 있는
  데, 이 문체는 전아하고 치밀한 효과를 주는 것으로 연대의 순서에 따르지 않고
  사건마다 그 본말을 종합하여 적는 역사의 한 체를 의미한다. 하나의 표제 아래
  에 관련되는 사항이 모여 있는 것이다.
401. 한태문,『조선후기 통신사 사행문학연구』, 부산대학교 박사학위논문, 1995, 59쪽.

2) 기록에 나타난 인식세계

(1) 자연의 탈속성과 회귀

통신사는 험난한 파도를 극복하고, 일본을 가로질러 江戸까지 여행하였다. 연행사와 비슷한 시간동안 여행하지만, 사행 이전에는 경험해보지 못한 바다를 거쳐 가야 한다. 이러한 여행은 사실상 조선인에게 있어서 두려움이고 공포였다. 그러나 신유한이 인식하는 '바다'는 푸른 하늘에 닿아 천하에 아무 것도 눈을 가리는 것이 없는 공간이며, 아득하여 그 끝을 알 수 없는 공간이다.

壯遊今猶古	장한 놀음은 이제나 예나
豪吟曉至晡	호탕한 읊조림은 새벽에서 저녁까지
顧余生草野	내가 본디 초야에서 났으나
爲士樂箕都	기자의 나라에 선비임이 즐겁다
名豈龍頭大	이름이 어찌 과거에 장원이랴
官仍鷦翼孤	벼슬이 이내 뱁새 날개처럼 외롭네
魯般無棄朽	노반은 못 쓸 재목이 없고
和刖幸逢蘇	변화는 발 베었다 다행히 소생도 되었다
總被恩兼愛	이게 모두 은혜와 사랑을 입은 것이니
休論智與愚	지혜롭고 어리석음을 말하지 말자
	(중략)
一棹朝還放	한 돛대를 아침에 띄우면,
三山夕可逾	삼신산을 저녁에 넘을 수 있으리.
悠悠經絶俗	멀리멀리 딴 고장을 지나,
歷歷訪名區	차례차례 이름난 곳 찾으리.

灑落供神賞   쇄락하게 정신나는 구경하며,
飛騰協壯圖   날고 뛰어 웅장했던 뜻에 맞추리
去慚鶯出谷   떠날 제는 골짝에서 나오는 꾀꼬리가 부럽지만
歸作鳳棲梧[402]   돌아가면 오동에 깃드는 봉황이 되려네

위의 시는 두자미의 〈白帝城放船〉 42韻을 次韻하여 지은 것으로 20~24韻과 30~33韻을 인용하였다. 신유한은 21~24韻에서 자신의 과거와 현재를 노래하고, 30~33韻에서는 미래에 대한 포부를 노래하였다.

신유한은 밀양이라는 초야에서 태어났지만 조선에 태어났다는 사실이 즐겁다고 하였다. 그러나 그의 이런 즐거움은 잠시뿐이다. 과거에 급제하면 입신이 보장되는 적자출신과는 달리 서얼은 종 4품이 한계였다. 관직에서 뿐만 아니라 사회적 차별도 심하였다. 이런 까닭에 과거에 장원하였지만, 그는 '뱁새날개'처럼 작고 외로운 처지에 놓였다. 신유한은 서얼이라는 신분으로 인해 세상에 인정받지 못하고 지낸 세월을 '魯般'과 '卞和'에 비유하고 있다. 그러므로 제술관의 신분으로 일본을 사행한다는 것은 '鷄翼'처럼 보잘 것 없고, 외로운 처지에 놓인 상태에서 벗어난다는 의미이다. 그는 자신의 이러한 심정을 卞和가 소생하는 기쁨이라고 하였다.

신유한은 "일생의 운명이 너무도 헛소문 때문에 잘못되어 이름이 남의 입에 오르내리게 되고, 조물주가 기구하게 만들어 과거에 뽑힌 이래로 온갖 구비의 수치와 괴롬을 갖추 겪었다."고 자신의 과거를 한탄하기도 하였다. 이러한 과거의 절망적인 상황을 극복하고 새로

---

402. 申維翰, 『海遊錄』, 앞의 책, I-374쪽.

운 미래로 나갈 수 있다고 하였다. 그 계기가 바로 통신사로의 대일
사행이었다.

30~32韻에서 신유한은 미래에 대한 포부를 밝히고 있다. 신유한
이 '돛대'를 달고 배를 띄워 찾아가는 공간은 '名區'이다. 그곳은 한 번
도 가보지 못한 미지의 세계이다. 그곳에서 신나는 구경을 하고, 마
음에 간직하고 있는 "웅장했던 뜻"을 펼쳐볼 것이라고 하였다. 비록
그곳이 일본이라는 사실을 알고 있지만, 부정적 생각을 드러내기보
다는 '바다'를 건너 만나게 되는 새로운 세계에 대한 '기대감'과 '포부'
를 드러내고 있다. 그에게 있어 조선은 제도적·인습적 차별이 존재하
는 곳이다. 그러므로 그에게 일본은 갈수 없는 공간이 아니요, 그가
마주친 '바다'는 험난한 장애물이 아니다.

바다는 천하에 거칠 것 없는 광막한 모습을 간직한 공간이요, 현
실의 답답함에서 벗어나게 하는 통로이다. 일본으로 가면서 경험하
는 '바다'는 다양한 모습으로 나타나고 있다. 부드러운 물결이 가벼
운 바람에 일렁거리는 모습이면서 동시에 고래의 어금니와 범의 이
빨과 같아 바람, 파도와 싸우는데 물결이 때리고 뿜어내는 모습이기
도하다. 이러한 '바다'를 경험하면서 신유한은 장쾌하기가 대붕이 날
개로 푸른 하늘을 등지고 자유롭게 노니는 장쾌함을 느끼기도 하
고, "眼前寥廓八荒大 눈앞이 널리 트여 우주가 크고, 衿邊點滴三山奇
옷깃에 삼신산의 기이함이 뚝뚝"[403) 떨어지는 광막함을 느끼기도 한
다. 사방을 분간할 수 없는 어두운 바다에서는 "魚龍出沒夜雲愁 어
룡이 출몰하고 밤 구름도 시름한데, 帆外蒼茫不見洲 돛대 밖은 아
득하여 물가가 보이지 않"[404)는 막막함을 경험하기도 하였다. 다양한

---

403. 申維翰, 『海遊錄』, 앞의 책, Ⅰ-399~402쪽. 〈舟泊馬島謌〉

모습으로 다가오는 바다이지만, 그에게 있어서 바다는 절망적인 세계에서 벗어나 새로운 세계로 나가는 출발점이었다. 이러한 까닭에 조선인들이 두려움으로 바라보는 '바다'가 눈에 가리는 것이 없는 '자유공간'으로 다가오는 것이다.

'바다'를 지나가면서 신유한의 인식은 확대되었다. 조선에 있을 때는 꾀꼬리가 부러웠지만, 새로운 세상을 인식해 돌아가서는 '오동에 깃드는 봉황'으로 자리하기를 기원하였다. 좁은 조선에서 벗어나 세계의 넓음을 확인해 가면서 '봉황'과도 같은 세계관을 가지지만 현실적 제약을 벗어날 수는 없었다.

신유한이 바다를 건너 도착한 곳은 한적한 어촌마을이다.

仙區宿債海東涯	바다동쪽 신선의 땅이 전생부터 인연인데,
四面芙蓉匝翠霞	사면 연꽃 같은 봉우리가 푸른 놀에 싸였네.
忽憶乘槎銀浦夜	은하수에 떼배 타던 사람 생각나고,
還如擊棹武陵花	무릉도원 꽃 속에 노 젓는 것도 같네.
山童隔竹敲茶臼	산촌아이는 대숲 건너서 차를 찧고
浦女回舟踏殘沙	포구 계집은 배를 돌려 모래를 밟네
最是夜闌奇絶處	깊은 밤 가장 기절한 곳은
百竿燈燭傍漁家	장대에 건 백가지 등촉이 어촌 옆에 있네
朝來短策步津涯	아침에 짧은 지팡이로 바닷가 산보하니
贏得行衫冪彩霞	옷에 채색 놀이 휘감기네
滿峽蒼凉皆秀竹	푸르고 서늘한 것은 다 빼어난 대요
隔籬紅嫩或名花	울 넘어 붉게 부드러운 것도 혹 좋은 꽃이로다
魚龍出沒依晴浦	비갠 갯물에는 어룡이 출몰하고

---

404. 申維翰,『海遊錄』, 앞의 책, I-464쪽.

鸛鶴高低戲晚沙	해저믄 모래밭에는 황새와 학이 희롱하네
乘興頓忘殊俗陋	흥취가 나자 오랑캐 나라 누추한 것 잊어버리고,
自矜騎鹿到仙家[405]	사슴타고 신선의 집에 온 양 스스로 자랑하네.

위의 시는 佐浦에 머무르는 동안 지은 것으로 어촌에서의 한적한 심정을 노래하였다. 조선에서 夷狄의 땅이라고 폄하하는 일본이지만 신유한이 도착한 곳은 "山童隔竹敲茶臼 산촌아이는 대숲 건너서 차를 찧고, 浦女回舟踏殘沙 포구 계집은 배를 돌려 모래를 밟"는 한적한 어촌이다. '여행', '구경'을 하겠다는 출발당시의 포부가 통신사의 제술관이라는 현실적 신분에서 벗어나 자연의 아름다움에 빠져 들게 하였다. 조선의 관습과 제도에 억눌린 영혼이 새로운 세계를 발견하고, 거기에 몰입하여 "自矜騎鹿到仙家 사슴타고 신선의 집에 온 양 스스로 자랑"하고 있다.

신유한이 찾은 일본의 자연은 "雲開太古天 구름도 태고의 하늘을 열고, 水伏仇池穴 물은 구지 구멍에 숨어 흐르네. 靈丘貯物色 선경인지라 경치가 많아, 怪花産林末 기괴한 꽃이 숲 끝에 피"어 나는 선계의 공간[406]이다. 이곳에서는 조선에서 느끼는 신분적 제약도 느낄 수 없다. 그에게는 이상향의 세계로 존재하며 "천도복숭아를 도적질한 과거의 인연"을 회상하면서 몰입할 수 있었다. 그러기에 신유한은 이곳에서 한평생을 산다면 "바로 겨드랑에 날개가 생겨 신선이 되어 올라갈" 수 있다고 하였다.[407]

---

405. 申維翰, 『海遊錄』, 앞의 책, I-387쪽.
406. 申維翰, 『海遊錄』, 앞의 책, I-395쪽.
407. 申維翰, 『海遊錄』, 앞의 책, I-435쪽.

신유한은 일본의 자연을 긍정적으로 평가하고 현실을 벗어나 탈속적인 경지에서 노닐기를 희구한 것이다. 그러나 곧 이곳이 일본의 일부이고, 이상향의 세계가 아님을 자각한다. 그는 "所思殊未來 생각하는 신선 오지 않으니, 西洲看落日 서쪽 물가에 지는 해를 보"[408]는 아쉬움을 지니고 신선을 찾지 못한 상태에서 돌아가야 했다.

擡頭一望白雲遙	머리 들어 바라보매 흰 구름이 먼데
古松神草光紛披	늙은 솔 신선풀이 얽혀 있네.
我思仙人一放謌	나는 신선을 생각하며 한 번 노래 부르니
仙人乃在海之湄	신선은 바다의 가에 있네.
雲駢不來鶴飛高	구름수레는 오지 않고 학만 높이 나니
日暮獨立空嘆咨	저물녘에 홀로 서서 탄식만 하네.
自說偸桃漢大夫	내 스스로 말한다, 천도복숭아 훔친 東方朔으로
風塵作賦登瑤墀	시끄러운 세상에 글을 지어 임금의 뜰에 올렸네.
	(중략)
安期去時留玉舃	安期生 갈 때에 옥신을 두고 가더니
去後煙霞風碎之	간 뒤에 구름 안개 바람이 부셔버렸네
海濱築石青磊磊	해변엔 돌 쌓은 무덤 우뚝 우뚝
何不作仙埋枯[409]	왜 신선이 되지 않고 해골로 묻혔는고.

---

408. 申維翰, 『海遊錄』, 앞의 책, I-396쪽.
409. 申維翰, 『海遊錄』, 앞의 책, I-439쪽, 〈藍島望仙曲〉의 일부.

위의 시는 남도에서 지은 것으로 신선세계를 부정하고 현실을 자각하는 내용이다. 신유한은 신분 제약의 탈출구로 일본의 자연을 찾았으나 몰입할 수 없다. 신선이 가까이 있으나 만날 수 없기 때문이다. 이때 '신선'은 자신과 이상세계를 이어주는 매개이다. 그는 저물녘이 되어도 찾을 수 없는 신선을 생각하며 홀로 서서 탄식할 뿐이다. 신선을 간절히 찾고자 한 것은 그의 답답함을 풀어내고자 하는 심리적 통로를 구한 것이다. 그러나 현실에서 벗어날 수는 없음을 자각한다. 이러한 까닭에 그가 애써 찾았던 신선은 부재하며 찾아오지 않는다고 한 것이다.

통신사로 찾아온 일본은 더 이상 선계의 모습이 아니다. 이는 일본에 머물 수 없는 자신의 처지를 반영한 것이다. 자신을 '천도복숭아를 훔친 동방삭'이라고 하였지만 결국 임금의 뜰에 글을 올리고 있다. 현실의 신분에서 벗어날 수 없는 존재라는 의미이다. '안기생'도 玉身을 두고 신선이 되었지만 결국은 구름, 안개, 바람 앞에서 부서져 내렸다. 해변엔 무덤이 가득하고, 신선의 선계엔 죽어서 묻힌 사람만 있을 뿐이다. 선계가 사라진 뒤에 남은 것은 인간세상이다. 그리고 그 속에서 살아가야 할 자신을 발견하였다.

(2) 반영된 풍속의 다채로움

일본의 자연에서 선계를 발견하고자 하던 신유한은 현실로 돌아올 수밖에 없었고, 그가 일본을 사행하면서 관심을 가지고 살펴본 것은 일본의 풍속이다. 풍속에 대한 관심은 시경이후 한시의 주요한 전통으로 계승되고 있었다. 시경의 국풍이 대부분 민간가요로서 해당 지역의 풍속, 세태, 생활고 등 민간의 생활상을 반영하고 있다. 이른바 '굶주린 자는 먹는 것을 노래하고, 수고로이 일하는 자는 그 일을 노래하였다'는 말은 이것을 뒷받침해준다.[410]

조선후기에 민간풍속에 대한 관심은 더욱 확산되어 집에 있을 때나 돌아다닐 때, 서로 모이고 헤어짐을 슬퍼하거나 기뻐할 때 반드시 詩歌로서 주고받았으며, 서로 권장하여 더욱 성하였다[411]고 한다. 서얼의 신분인 까닭에 높은 관직에 나가지 못하는 신유한은 평민, 중인, 승려 등 다양한 계층의 인물들과 교류하였고, 문학은 이들을 이어주는 매개였다. 여항인들과의 교류는 민간풍속에 관심을 가질 수 있게 만들었고, 일본인의 풍속세태에 대한 문학적 형상화가 나타날 수 있었다. 여기에는 여염의 젊은 여자들이 재잘거리며 시가를 노래하고 북치는 것도 시가 될 수 있다는 신유한의 詩論도 영향을 주었다.

시란 백성들의 생활에서 나온다. 무엇보다도 내용이 중요하다.[412] 이러한 생각이 일본의 풍속에 관심을 가질 수 있게 하였고 풍요를 짓게 하였다. 신유한이 일본에서 지은 풍요는 〈賽神曲〉, 〈浪華女兒曲〉, 〈男娼詞〉 3편이다. 이들 작품들을 표현함에 있어서 사실적이고 객관적 시각을 유지하고 있다. 추상적이고, 주관적으로 표현하던 일본의 자연과는 달리 풍요에서 객관적인 시각을 유지한 것은 '관습적인 서술태도'가 작용하였기 때문이다.

사행록은 사적인 여행기록이지만, 후대의 사행에 있어서 외교지침

---

410. 김명순, 『조선후기 기속시 연구』, 경북대학교 박사학위논문, 1996, 7쪽.

411. 김명순, 앞의 논문, 20쪽.

412. "字句의 풀이에 대한 본체를 밝혀 아는 것이 필요하니 본체가 밝혀지면 성색이 구별되고 성색이 구별되면 천기가 응하게 된다" 『청천집』 권4 〈贈鄭幼觀瀾序〉 "字句之解 而只要明得本體 本體明則聲色別 聲色別卽天機應"이라고 하였으니 본체란 내용을 의미하는 것으로 시문을 읽을 때 내용을 먼저 파악해야 한다는 것이다.

서 역할을 하였다. 대일사행의 경우 비정례적인 사행이었기 때문에 사행록의 이러한 기능이 더욱 중시되었다. 이런 까닭에 정치·외교적으로 민감한 시기이거나 내용인 경우 통신사들이 협의하여 사행록을 기록하기도 하였다. 이러한 서술태도가 대일사행록을 기록함에 관습화되었고, 기록자들에게 의식 또는 무의식적으로 영향을 주었다. 이런 영향은 일본의 사회와 일본인, 산수를 기록할 경우에도 작용하였다. 기록자의 자연관이 정치·외교에 영향을 주는 경우가 적었기 때문에, 일본의 자연을 표현함에 있어서 제약을 받는 경우가 적었다. 일본의 山水를 기록하지 않은 사행록이 발견된다는 것은 이러한 사실을 뒷받침해준다. 반면에 일본사회와 일본인을 사행록에 기록할 때 기록자는 관습화된 서술태도에서 자유롭지 못하였다. 임진왜란 직후의 사행에서 기록자가 다름에도 사행록마다 동일한 내용이 발견된다는 것은 이러한 사실을 뒷받침해준다.

신유한은 풍요를 기록하면서, 〈浪華女兒曲〉의 詩序에 "내가 사신을 따라 대판에 이르러서 목도해보니 가옥·시가·남녀 의복의 찬란함은 자못 천하의 기이한 구경이었다. (중략) 그러나 풍요·습속에 이르러서는 추하여서 기록할 만한 것이 없다."[413] 그렇지만 "예를 만들어 백성을 감화시켜 금수에 이르지 않도록 하"[414]기 위해서 풍요를 짓는다고 하여 풍요를 짓는 이유를 밝히고 있다. 풍요를 짓는 이유를 굳이 '예를 통해 교화하기 위해서'라고 밝힌 이유는 일본의 풍속을 기록한 것에 대한 비난을 줄이기 위한 목적이 작용했기 때문이다. 그러므로 신유한은 禮를 강조하고, 풍요를 채집하는 군자로 하여금 이것을 응

---

413. 申維翰, 『海遊錄』, 앞의 책, Ⅰ-485쪽.
414. 申維翰, 『海遊錄』, 앞의 책, Ⅰ-486쪽.

징하게 하겠다까지 말하였다.

「賽神曲」은 백중날에 대마도 남녀들의 말을 듣고 10수의 시로 형상화한 것이다.

玄華新染齒	감은 색으로 새로 이를 물들이니
見人羞不言	사람보면 부끄러워 말못하네
獨枕郞左臂	낭군의 왼팔 베고 누워
連喚左衛門[415]	연거푸 좌위문을 부르네

위의 시는 일본여자의 黑齒하는 풍속을 노래한 것이다. 일본여자들은 시집가면 이에 검은 색으로 물을 들인다. 결혼하기 이전의 자유분방한 삶과 결혼이후의 삶이 黑齒에 의해 결정되는 것이다. 身體髮膚는 부모에게 받은 것이니 훼손하지 말아야 한다는 것이 조선 문사들의 생각이었다. 이런 조선 문사에게 黑齒하는 여인들과 그들의 풍속은 매우 낯선 모습일 것이다.

「賽神曲」 10수의 시에는 우리나라의 수놓은 가죽신을 받고 기뻐하는 모습, 성묘하고 등을 달아두는 풍습 등 일본 민간의 풍습과 생활상을 사실적으로 노래하고 있다. 다른 통신사들이 무시하고 지나갔던 일본 하층민들의 삶이 신유한에게는 중요한 詩的 소재가 되었다. 신유한은 일본을 자세히 관찰하려는 태도를 지니고 있었고, 이러한 태도에서 일본 하층민들의 삶까지도 관찰의 대상으로 수용했기 때문이다.

---

415. 申維翰, 『海遊錄』, 앞의 책, I-420쪽.

東家籬底古冢	동쪽 집 울 밑에 고총이요
西舍門前冷碑	서쪽 집 문전에 글자없는 비석이네
白骨交輪閭巷	백골이 골목에 널려 있는데
朱顔坐對軒楣[416]	젊은 청년이 앉아서 난간을 대했네

위의 시는 도포에 도착한 신유한이 조선과 다른 장례문화를 발견하고, 이를 六言絶句의 시로 표현한 것이다. 조선에서는 인가에서 떨어진 외딴 곳에 시신을 매장하는 것이 일반적인 풍습이다. 이것은 살아있는 사람과 죽은 사람이 살아가는 세계가 분리되어 있다는 인식에서 나온 매장 풍습이다. 그러나 신유한이 일본에서 발견한 무덤은 집과 인접해 있다. 살아있는 사람과 죽은 사람이 한 공간에서 공존하는 모습은 신유한에게 너무 낯설게 여겨졌을 것이다. '白骨交輪閭巷 백골이 여항에 널려 있는' 모습도 기이했을 것인데, 신유한은 '白骨'과 '朱顔'을 동일한 공간에 제시하여 삶과 죽음을 대비시키고 있다. 이런 대비를 통하여 삶과 죽음이 공존하는 일본의 풍속에 대해 직접 가치판단을 내린 것이 아니라, 제3의 위치에서 대상을 객관적이고 사실적으로 제시하였다. 이러한 표현은 이질적인 문화에 대한 문화적 상대주의를 인정한다는 의미로 이해할 수 있다. 고급문화, 저급문화로 상대방의 문화를 재단하기 보다는 일본의 풍습을 독자에게 자세히 전달한다는 의도가 강하였다.

人言冬夜永	사람들은 겨울 밤이 길다 하지만
儂道春晝舒	나는 봄 낮이 길다 하네

---

416. 申維翰, 『海遊錄』, 앞의 책, I-468쪽.

從朝向薄暮　　　아침부터 저물 녘까지
十郎歡有餘[417]　　열 낭군 즐기고도 남음이 있네

〈浪華女兒曲〉 30수에는 일본 유곽의 모습을 담고 있다. 그중에서 위의 시는 일본의 유녀가 대낮에 淫行을 하는 모습을 읊은 것이다. 성리학적 가치관으로는 상상하기 힘든 내용이다. 조선에서는 부녀자들에게 '정절'과 '절개'를 강조할 뿐만 아니라 기생에게까지 '절개'를 강조한다. 심지어는 '절개'를 지키는 여성을 '열녀'라 하여 칭송하고 이를 어릴 때부터 교육시킨다. 그러나 조선과는 달리 일본의 색주가는 '절개'에 대한 관념이 없다. 이는 불교와 유교의 사상적 기반과 민족적 기질이 다르기 때문이다. 조선과 일본의 서로 다른 윤리관으로 인하여 조선의 성리학자들은 일본인을 '蠻夷'라 비판하였다. 신유한은 이질성을 괴이하게 여기면서도 일본의 풍속을 사실적이고 객관적으로 그려내고 있다. 특히 〈男娼詞〉 10수의 시는 일본인의 남색을 소재로 한다.

娼臺春色亦無聊　　　기생 집 봄빛이 도로 세월 없으니
保野芳香便寂寥　　　보야향도 문득 쓸쓸해지네
看取千金買寶劍　　　천금으로 보검을 사서
一歡將繫姣童腰[418]　어여쁜 동자 허리에 채워주는 것을 보아라.

417. 申維翰, 『海遊錄』, 앞의 책, I-487쪽.
418. 申維翰, 『海遊錄』, 앞의 책, I-494쪽.

이 시는 대판에 도착한 신유한이 기록한 「男娼詞」의 일부이다. 이 시에서 기생과 동자를 대비시켜 일본의 풍속을 기록하고 있다. 일본의 大坂에서는 최상의 기녀를 '保野芳'이라고 하는데, 한 번 데리고 자는 데는 천금을 주어야 한다. 유녀에게 등급을 부여하고 그 등급마다 가격이 달라진다는 것이다. 그런데 남창 때문에 유녀들이 쓸쓸해진다고 하였다. 이전 통신사들이 관심을 두지 않고 지나가는 일본의 性風俗을 관찰하고 사실적으로 기록하였다. 사실상 신유한도 조선의 문사이기에 이러한 성 풍속에 충격을 받았을 것이다. 그러하기에 서문에서 "정욕 중에도 특이한 경지로서 정·위의 세상에서도 듣지 못하던 것이니, 한나라 애제가 동현에게 하던 짓을 역사에서 나무란 것이 곧 이것이던가?"[419]라는 심정을 드러내기도 하였다. 이러한 이질적인 문화 앞에서도 그는 이것 역시 그들의 本情이라고 밝히고 있다.

신유한은 일본을 사행하면서 견문하는 모든 것을 소중하게 인식하고 기록하였다. 조선에서 금기시하는 유곽풍속, 남녀가 함께 목욕하는 혼욕의 풍습 등을 기록한 「浪華女兒曲」과 남색을 소재로 삼은 「男娼詞」를 『해유록』에 기록하기 위해서 「浪華女兒曲」의 詩序를 활용하였고, 이 내용을 기록할 때에는 관습적인 서술태도를 지키고 있다.

(3) 발전된 문화의 실상

18세기 통신사는 정치·외교사절의 성격보다 문화사절의 성격이 더 강했다. 이에 삼사를 비롯한 통신사 사행원은 문재가 탁월한 인

---

419. 申維翰, 『海遊錄』, 앞의 책, I-493쪽.

물이 선정되었다. 그중에서 제술관은 문화를 선양할 직접적인 책임을 지고 있기 때문에 더욱 중시하였다. 이는 당시의 일본인들이 "문자를 즐기는 취미가 근래에 왕성하여 부러워하고, 사모하여 떼 지어 따라다니며, 학사대인이라 부르면서 시와 문을 청하노라 거리가 메이고 문이 막히"[420]는 상황이 벌어지고 있었기 때문이다. 임진왜란 이후 막부의 지원으로 발전하기 시작한 일본의 신유학이 18세기에 들어오면서 일본 사회 전체에 영향을 주었고, 이 결과 일반 민중들 사이에서도 문화적 욕구가 강해졌다. 승려들에 한정되어 있던 문화적 욕구가 일반 민중들에게 영향을 주었고 폭발적으로 증가한 것이다. 일본의 이러한 문화적 욕구를 해결해 줄 수 있는 통로로 통신사가 이용되었고 이에 따라 제술관의 역할이 중요해졌다.

신유한이 일본에 도착하였을 때, 지나가는 길목마다 사람들이 나와서 구경하였다. 그들은 3일 동안이나 흩어지지 않고 노천에서 자고 밥을 지어 먹으면서 관광하는데, 심지어 좋은 자리를 차지하려고 "한 사람이 앉을 자리의 세는 은 2전으로서 자리의 멀고 가까운 것, 좋고 나쁨에 따라" 돈을 주기도 한다.[421] 일본이 화폐 경제를 중심으로 발전하고 있다는 사실을 발견하고 기록하였지만, 이를 조선에 적용하려는 시도는 하지 않고 있다. 이는 양국의 외교에 정치적 역량을 가진 전문가가 참여하지 않고 문인이 참여하였기 때문이다.

조선에서 파견된 통신사는 매년 거의 500명에 달했다. 거기에 대마도에서도 많은 사람들이 통신사를 호위하여 회정할 때까지 동행

---

420. 申維翰, 『海遊錄』, 앞의 책, Ⅰ-367쪽.
421. 申維翰, 『海遊錄』, 앞의 책, Ⅰ-477쪽.

하였다.[422] 수많은 인원이 일본을 가로질러 이동했기 때문에 이것을 보기 위해 사람들이 모여들었고 문화가 발달하였다. 各藩에서도 유학자를 파견하여 배우게 하였고, 일본학자들 사이에는 통신사 일행과 시를 주고받는다든지 그림을 받는 것을 더없는 명예로 삼는 풍조까지 생겨났다.

신유한은 문화적 자긍심을 내재한 상태에서 일본에 갔고, 그들과 접촉하였다. 접촉한 결과 신유한은 『해유록』에 "관리나 백성이나 모두 다 글 한자도 모르고 윗사람이나 아랫사람이 서로 이익만 추구하니 참으로 갈백의 나라"[423]라고 하였다. 인적·문화적 교류에 있어서 신유한은 자신의 주관을 개입시키고 있다. 일본인을 판단할 때에 "성질이 경솔하고 급하여 일을 당하면 곧장 놀래 떠든다."[424]라고 기록하였다. 일본인은 글을 모르고 이익만을 추구하는 야만인이며, 성질도 경솔하다는 것이 신유한의 생각이었다. 이러한 생각이 〈舟伯馬島詞〉에 형상화 되었다.

天東僻遠源氏國	하늘 동쪽은 궁벽하고 먼 원씨의 나라
金鷄搏搏扶桑枝	부상 가지에 금닭이 홰를 치네.
驪頭烏喙興鯨牙	말대가리 가마귀 주둥이 고래 어금니라
怒則甘人歡可縻[425]	노하면 사람 잡아먹고 좋을 땐 화친도 하네.

---

422. 慶暹, 『海槎錄』, 앞의 책, II-260쪽. 대마도에서 통신사를 호위한 것은 오래된 관행이었다. 경섬이 부사로 사행한 1607년(宣祖 40)년에도 "도주 및 경직·현소·숙로도 동시에 발선하여, 크고 작은 배가 모두 23척"이라는 기록이 보인다.
423. 申維翰, 『海遊錄』, 앞의 책, I-403쪽.
424. 申維翰, 『海遊錄』, 앞의 책, I-385쪽.
425. 申維翰, 『海遊錄』, 앞의 책, I-399쪽 〈舟伯馬島詞〉

신유한은 대마도인을 "驪頭烏喙興鯨牙 말대가리 가마귀 주둥이 고래 어금니라"라고 하였다. 사람을 '驪', '烏' 鯨'에 빗대어 말한 것은 신유한 혼자만의 생각이 아니다. 임진왜란을 겪은 이후 조선인의 내면에 자리 잡은 집단의식이다. 통신사로 일본을 건너 왔지만 믿을 수 없는 존재라는 생각에 "노하면 사람 잡아먹고 좋을 땐 화친도 하네."라는 하였다.

이러한 생각은 일본 사람을 만나면서 "믿을 수 없는 존재"에서 "낯선 풍습을 지닌 사람"으로 변해갔다.

통신사의 숙소에는 일본 지식인들이 모여들었고, 이들과 수창하는 통신사는 "천편만수를 빨리 풍우처럼 휘둘러 鉅鹿의 제후들을 벌벌 떨게"[426]하려고 하였다. 한시를 빨리 읊어 그들보다 우월하다는 것을 보이기 위해서이다. 그러나 최창대는 신유한이 일본으로 떠나기 전에 이런 문제점을 지적해주고, 일본은 발전하고 있기 때문에 "松柏이 없으리라"고 얕보지 말라고 당부하였다. 불교를 국교로 삼았기 때문에 유학을 접할 기회가 적었고, 이에 따라 한문학의 발전도 늦었지만, 그들의 문학과 문화가 발전하고 있다는 사실을 알고 이를 주지시킨 것이다. 1171년에 사행한 임수간도 일본이 尙武주의에서 벗어나 文敎가 일어나고 있다는 사실을 보고하다.

신유한은 일본을 사행하면서 이를 직접 경험하게 된다. 일본인들이 한시를 짓고 수창하는 것에 있어서는 "밥을 먹다가 뿜을 정도여서 책상에 가득한 것이 말할 거리도 못될 정도"[427]로 미숙하지만, 시 한 구절·한마디의 비평을 구하는 일본인들이 "겹겹으로 쌓인 종이가

---

426. 申維翰, 『海遊錄』, 앞의 책, I-367쪽.
427. 申維翰, 『海遊錄』, 앞의 책, I-536쪽.

구름과 같았고 꽂힌 붓이 수풀과 같았으나 잠깐 동안에 바닥이 나서 다시 들여"올 정도로 많았다고 하였다. 이런 현상으로 말미암아 그들에게 화답할 빚이 많이 밀려서 수응하기에 바빠 아름다운 글귀가 없을 지경이라고 하였다. 일본인에게 화답을 해주면서 시인으로서의 자긍심을 잃어버릴 정도에까지 이른 것이다. 이러한 괴로움을 감수하면서까지 맡은 일에 충실하였던 신유한은 일본인의 문화적 욕구와 발전 가능성을 읽었다.

신유한이 만난 일본측 문사들은 대체로 각주 또는 번에서 유학, 시문, 문서를 관장하는 기실, 교수, 문학, 강관들이어서 그 시대 일본 한문학의 수준을 대표하는 이들이었다. 그들 중에는 문장에 있어서 경지에 오른 학자들이 있었다. 신유한은 어린 아이들의 문화적 성숙을 통하여 일본의 문화가 발전하고 있다는 사실을 실감하였다. 이러한 문화적 발전은 일본의 출판 기술이 뒷받침하고 있기 때문에 가능했다. 일본의 인쇄 속도는 신유한이 서문을 지어주고 한달도 안 되어 출판된 책을 볼 수 있을 정도로 빨랐다. 인쇄기술의 발달로 신유한은 대판의 서적 가게에서 조선의 명현 문집들이 많이 보았고, 집집마다 퇴계집을 외우는 소리를 들을 수 있었다.[428] 조선이 수백 년이 걸린 문화적 융성을 일본은 조선의 문화를 흡수하여 백여 년 만에 이루었다. 여기에는 통신사의 문화전달도 큰 몫을 차지하였다.

---

428. 申維翰, 『海遊錄』, 앞의 책, Ⅰ-10쪽.

(4) 번성한 문물의 양상

통신사는 험한 바다를 건너 대마도에 도착하였다. 도착해서 大坂
까지는 다시 海路로 이동하고, 그 이후로는 陸路를 따라서 이동했
다. 大坂에서 下船하여 가마를 타고 江戶에 이르는 지역은 일본에서
가장 번성한 지역이다. 이르는 곳마다 잘 정비된 도로와 농경지, 정
교한 성곽들이 나타났다. 도시에는 장사꾼, 娼女와 富人의 찻집도 많
아서 각 주의 관원들이 왕래하며 머물러 번화하였다.

縹紗層欄錦繡	아득한 층층 난간 비단이요
輝煌列隷珠球	찬란한 가게에 보화로세
居人自道鮫府	주민은 교인의 나라라 말하지만
過客渾疑蜃樓[429]	지나가는 나그네는 신기루인가 의심하네

신유한은 도포에서 번화한 도시를 보고 심회를 〈鞱浦寫景六言絶
句〉로 읊었다. 2번째 시에서 '層欄錦繡', '珠球' 등으로 번화한 도시를
묘사하고 있다. 야만인으로 무시하던 일본이 발전되고 있다는 사실
에 충격을 받고 '신기루'가 아닌지 의심하고 있다. 이러한 일본의 번
영은 도시뿐만 아니라 농촌에서도 확인된다.

왜인들의 말이, 토지가 상지상(上之上)이요, 백성들이 모두 농사
에 힘써 배고픈 사람이 없다는 것이다. 비록 바다 가운데 있는 외로
운 섬이나 지형이 가마(釜)를 엎어 놓은 것 같은 곳은 반드시 반 이
상을 개간하였는데, 새 나락이 무성[430]

---

429. 申維翰, 『海遊錄』, 앞의 책, I-467쪽. 〈鞱浦寫景六言絶句八〉

일기도에서는 이용 가능한 토지를 대부분 개간하여 농사를 지었다. 그렇기 때문에 일본인들은 "배고픈 사람이 없다"는 말을 하였다. 상당히 충격적인 말이다. 조선에서는 "영남에 연이어 흉년이 들고 작년이 조금 낫다고 하지만 민생이 아직 자리가 잡히지 않고, 지방에서 역질이 돌아 그렇지 않은 읍이 없"[431]기 때문이다. 흉년으로 餓死하거나 流浪乞食하는 백성들이 늘어나고 있음을 알고 있었기 때문에 申維翰은 일본인들이 대부분의 땅을 개간하고 있다는 말을 듣고 놀라움을 감추지 못한 것이다. 그 뿐만 아니라 일본에서는 바다를 통하여 조선, 중국, 유럽 등의 나라들과 교역하고 있었다.

서쪽으로는 초량에 모이고 북으로는 대판과 왜경에 통하고 동으로는 장기에 상거래하니 또한 바다 가운데의 한 도회지이다. 즉 남만의 여러 종족, 아란타·유구와 복건·소주·항주 사람들은 배로 바다 가운데서 무역하여 (중략) 이익을 많이 내는 사람은 더러 거만의 부를 이루기도 한다.[432]

일본은 조선처럼 폐쇄적인 외교정책을 실시하였다. 그러나 草梁, 大坂, 倭京, 長崎 등을 중심으로 타국과의 상업을 인정하고 있기 때문에 무역이 발전하였다. 여러 나라들과 무역이 이루어지기 때문에

---

430. 申維翰, 『海遊錄』, 앞의 책, I-427쪽. "倭言土田上上 民皆力農而無餓者 雖海中孤島 形如釜覆處 必過半開墾 新禾菀然"
431. 『備邊司謄錄』제 72책, 45년 2월 1일 乙亥.
432. 申維翰, 『海遊錄』, 앞의 책, I-403쪽. "西集草梁 北通大阪倭京 東賈長崎 亦海中一 都會也 卽南蠻諸種阿蘭陀琉球福建蘇杭州之人 舶交海中 爰有珠璣犀瑇瑁齒革椒 糖蘇木綺繡之物 輻湊縋至 馬州人往來 貿遷得所欲 轉貨而息之 歲取其贏 以被服 飲食 自島主以下 無不人人節駔會 得利多者 或致鉅萬"

부를 축적할 수 있었고, 보다 넓은 世界를 인식할 수도 있었다. 이는 16세기의 좁은 동아시아에 집착하고 있는 조선과 달랐다. 조선에서도 대일사행을 통하여 세계를 인식하기 시작하였다.

세계에 대한 인식이 사행록에 구체적으로 기록된 것은 1711년(肅宗 37) 통신사행에서이다. 통신사는 新井白石으로부터 만국전도에 나타난 서양국(대서양, 이탈리아, 네덜란드)의 상황과 마테오 리치의 교우론이 일본에 들어왔지만 천주교 금령 때문에 불태워 졌다는 말을 들었다. 이때 비로소 대서양·이탈리아·네덜란드 등 세계를 인식할 수 있었고, 유구·복건·장기의 위치도 알 수 있었다. 8년이 지난 1719년(肅宗 45)에도 申維翰은 阿蘭陀, 琉球, 중국의 福建, 蘇州, 杭州의 사람들이 무역하는 사실을 처음 알았고, 일본 남해에 서양 선박이 나타나 천주교를 전파하려다가 막부의 금지로 돌아갔다는 말을 들었다. 이전까지 申維翰은 '山海經'을 통하여 세계를 인식하고 있었지만, 일본사행을 통하여 넓은 세계를 인식하게 되었다. 그리고 일본에서는 이미 넓은 세계를 인식하고 교류하여 발전하고 있다는 사실을 알았다. 사행을 통해 통신사들은 1711년과 1719년에 동아시아를 벗어나 다른 세계에 대한 지식을 습득하였지만, 이 확장된 세계관이 조선의 정치·외교에 영향을 주지는 못하였다.

> 나라 안에는 백성이 많고 집들이 번성하며, 시전이 집결한 곳은 흔히 큰 길 옆에 있는 都邑이 있는 지방이다. 바다의 배가 정박하는 곳에서는 여행하는 자가 물건을 무역하고, 상주하는 사람들은 이익을 얻었다. 그래서 농사짓고 길쌈하지 않아도 입고 먹는 것이 사치하다.[433)

일본에서는 배가 정박한 곳이면 어디서든지 상업이 활성화되기 때문에 길쌈하지 않아도 입고 먹는 것이 사치스럽다고 하였다. 그럼에도 일본의 문물을 도입하려는 의지를 보이지 않았다. 오히려 각종 시설물이나 가옥의 치장들이 지나치게 사치스럽다고 비판적으로 생각하였다. 문화적 측면의 지나친 중시가 문물의 경시로 나타났고, 18세기 중엽이 되어서야 비로소 일본 문물의 장점을 발견하고, 이를 조선에 도입하려는 시도가 나타났다.

---

433. 申維翰, 『海遊錄』, 앞의 책, 54쪽. 「見聞雜錄」 "國中人民之衆 室廬之繁 市肆之富 多在於大路之傍 都邑之地 海舫停泊之處 行者轉貨 居者得利 不畊不織 而侈其衣食"

2. 『海槎日記』(趙曮)과 문화교류의 실질적 진전

1) 구성과 서술상의 특징

癸未通信使(1763)는 임진왜란 이후 德川幕府로 파견하는 11번째 통신사이면서 江戶까지 가는 마지막 통신사였다. 당시 사행에 참여한 통신삼사와 수행원은 일본에 많은 관심을 가지고 있었고, 일본의 문사들도 통신사와의 필담을 통해서 교류하려는 욕구를 강하게 드러내었다. 이런 까닭에 조선문사와 일본문사의 교류에 있어서 계미통신사가 중요한 의미를 갖는다. 1763년 통신사의 사행체험을 기록한 사행록으로 현재 9편[434]이 전하고 있는데, 이는 수량적으로도 다른 시기보다 많은 것이다. 이 시기를 대표하는 사행록으로 조엄의 『해사일기』가 있다. 『해사일기』는 조엄이 영조 39년(1763) 8월 3일 한양을 출발하여 이듬해인 영조 40년(1764) 7월 8일 복명할 때까지 매일매일의 행적을 기록한[435] 5권의 日記, 詩, 序文과 公文書로 구성[436]되어 있다. 日記는 일자, 간지, 기상, 도착지, 생활내용, 이동거리의 순서

---

434. 海槎日記(조엄), 癸未使行日記(오대령), 癸未隨槎錄(성대중), 日本錄槎上記(성대중), 和國志(원중거), 乘槎錄(원중거), 日東壯遊歌(김인겸), 日觀記(남옥) 등이 있다.

로 기록하였으며, 개인적인 일상사와 정사신분으로서 부딪히는 외교문제를 같이 기록하여 공사간의 사실이 혼합되어 있다. 漢詩는 270수(聯句 3수포함)가 수창록[437)에 수록되어 있는데, 앞부분에는 일본의 往還도중에 수창한 한시가 수록되어 있고, 뒷부분에는 개인적으로 차운하거나 심회를 읊은 시가 수록되어 있다. 통신사행에서 주고받은 各處書契·與彼人往復字文·狀啓·筵話·祭文·曉諭員役文·禁制條·約束條·日供·三使一行錄, 路程記, 日本信使行次諸般軍令이 부록에 수록되어 있다. 공문서들이 일기의 문면에서 벗어나 별개의 부분으로 독립되어 있지만[438), 聞見錄[439)은 기록하지 않았다.

서술상의 특징을 살펴보면 다음과 같다. 첫째, 사건의 집중화이다. 『해사일기』는 중요한 사건을 중심으로 자신의 체험, 느낌, 반성, 감상

---

435. 총 341일간의 해외체험을 기록하고 있는데 이 글은 단순히 개인적인 심회만을 기록한 것이 아니라 후일의 통신사에게 정보를 전달하여 경계로 삼고자 하는 의도에서 기록된 것이다. 이러한 의도는 "일기는 애초에 자세히 적으려 하였"다는 것과 "뒤에 이글을 보는 자 어찌 '오랑캐 땅이라도 갈 수 있다.'는 공부자의 가르침에 힘쓰지 않겠는가." 등에서 확인할 수 있다.

436. 1권에는 "公이 사행 길에 있을 때에 손수 일기 4권을 편술하여 상자에 간수해 두었었는데, 尙書公이 나 대중에게 서문을 지으라고 부탁하였다."는 성대중의 『海槎日記』序가 있고, 8월 3일 한양을 출발하여 10월 30일 대마도까지의 여정을 기록하고 있다. 2권에는 對馬島에 머물고 있는 11월 1일부터 赤間關에 머무르는 12월 30일까지의 여정을 기록하고 있다. 3권에는 赤間關에 머물고 있는 갑신년 정월 1일부터 江尻에 도착하는 2월 10일까지의 여정을 기록하고 있다. 4권에는 吉原에 도착한 2월 11일부터 大垣에 도착한 3월 30일까지의 여정을 기록하고 있다. 5권에는 彦根城에 도착한 4월 1일부터 집으로 귀가하는 7월 8일까지의 여정을 기록하고 있다.

437. 수창한 詩題는 30首(聯句 3首포함)이며, 조엄이 차운하거나 심회를 읊은 詩題는 90首이다. 그중에서 조엄(167首), 남옥(22首), 원중거(22首), 성대중(21首), 김인겸(19首), 홍선보(15首), 이해문(10首), 부사(7首), 종사관(6首), 예천군수 신경조(1首), 정대수(1首), 전 현감 이서표(1首)의 시가 수록되어 있다.

438. 이는 일기를 효과적으로 표현하기 위해 각각을 별도로 수록한 것이 아닌가 생각된다.

등을 기록했으며, 특별한 일이 없는 날에는 아주 간략하게 서술하였다. 이는 일기를 자세하게 기록하려는 처음의 의도와는 달라진 것으로, 서명응이 체임하면서 보내준 『식파록』을 열람하고 나서 생각이 바뀌었기 때문이다.

> 전후의 일기가 이와 같이 많아서 없는 말이 거의 없다. 산천·풍속·관직·법제의 큰 것은 전배들의 기록에 이미 다 말하였고, 의복·음식·기명·화훼 및 으레 거행하는 의절(儀節), 일공(日供)의 가감 등의 일은 모두 초본(草本)《사상기(槎上記)》에 실리지 않은 것이 없는데, 자세하게 다 갖추되 번거롭고 세쇄함을 혐의하지 아니하여, 자못 그 모든 광경(光景)을 그려낸 것과 같아 족히 통신사로 갈 때의 등록책(謄錄册)이 될 수 있다.[440]

『식파록』에 수록된 선행 통신사의 '日記'에는 일본의 산천·풍속·관직·법제·의복·음식·기명·화훼·儀節·日供 등이 자세하게 기록되어 있다. 그렇기 때문에 조엄은 식파록이 통신사로 사행 갈 때의 '謄錄册'이 될 수 있다고 하였다. 이러한 기록을 읽은 조엄은 자신의 일기에 번거롭고 세쇄한 것까지 기록할 필요성이 없었을 것이다. 그러므

---

439. 『海槎日記』에는 '견문록'이 수록되지 않았다. '견문록'은 일본의 정정, 법제, 병제, 경제, 문화, 인성, 민속 등에 관한 내용이 주제별로 수록되어 있는 것으로, 17세기 사행록과는 달리 18세기에 이르면 '견문록'이 어느 정도 완성되어 있었기 때문에 새로 첨부되는 내용은 거의 없이 관습적으로 결합되던 구성요소라고 할 수 있다.

440. 趙曮, 『海槎日記』, 앞의 책, VII-53쪽. "前後之日記, 若是夥然, 殆無言不有矣. 山川風俗官職法制之大者, 前輩所錄, 已盡得之矣. 衣服飮食器皿花卉, 暨夫應行儀節日供加減等事, 無不畢載於草本槎上記, 纖悉詳備, 不嫌煩瑣, 殆若畫出光景者然, 足可爲信行時謄錄册矣."

로 이전 使行錄에 기록되어 있는 내용이나, 중요하지 않다고 판단되는 내용, 매우 길어질 내용은 대강의 내용만을 기록하고, "이미 기록한 것은 아울러 다시 기록하지 않는다."고 하였다. 이러한 기록의 기준을 정하였기 때문에, 대마도에서 "집의 기교함과 기명의 선명함"을 보고나서도 "앞서 사람들이 이미 기록하였으므로" 기록하지 않는다고 한 것이다.

중복되는 내용은 생략하고 간명하게 기록하는 대신에 새로운 사실이나 중요한 사건에 대해서는 자세히 기록하였다. 중요한 사건을 집중적으로 기록하면서도 읽기를 생략하는 날은 거의 없었다. 病이 들어 일기를 쓰지 못할 때는 다른 사람을 시켜 글을 대신 쓰기도 하였다. 병으로 고생하면서도 날짜를 생략하지 않고[441] 기록한 것은 자신의 행적을 충실하게 기록하여 독자에게 전달하기 위해서이다.

둘째, 고증을 통한 사실 확인과 실증적 서술태도를 보이고 있다. 『해사일기』에는 풍부한 전거를 들고 인용하는 실증적 기술 방식을 사용하고 있다. 명칭의 유래, 연혁, 일화 등에 전거를 인용하는 경우가 많았는데[442], 사행록의 서술에 있어서 고증을 중요하게 여겼다. 이러한 사실은 고증과 실증의 중요성에 대해서 "다른 나라의 사례를 자세히 알지 못하고 한갓 일시의 전해들은 것에 의하여 문득 의심을 품는다면 또한 들은 바가 그르지 않고, 본 바가 어긋남이 있지 않음

---

441. 조엄은 중요한 일이 없는 경우에는 "12일(병인) 온 종일 비가 왔다. 부산에 머물렀다."는 9월 12일의 일기처럼 간략하게 기록하였고, 생략한 날은 거의 없었다.

442. 일본에는 우리민족과 관련되는 '일화'가 많이 남아있다. 그중에서 조엄이 관심을 갖고 『海槎日記』에 수용한 것은 일본사람들이 "동방 사람에게 예대"를 하게 만든 인물이다. 박다진은 오랑캐 지방에서 信節을 굳게 지켜 衆望을 받은 박제상, 정몽주, 신숙주와 관련되는 지역이다. 일본에서 만나는 역사적 현장마다 전거를 인용하여 "멀리 충렬을 생각하"게 한다는 소견을 밝히고 있다.

을 어찌 알겠는가?"라고 말하고 있음에서 알 수 있다. 여러 사례를 살펴보고 판단을 해야 어긋남이 없다는 생각은 그가 일시적인 감정에 빠져들지 않고, 이성적이고, 사실적으로 사물이나 사건을 판단하고 있다는 것을 의미한다. 變怪는 구례를 따라 처리하고, "문서를 가져다 상고한 뒤에 한결같이 〈기해년·무진년〉 두 사행의 수표에 따라 거행하게 하였다."는 기록은 이러한 사실을 뒷받침 해준다.

조엄의 이성적인 모습은 최천종 피살사건을 처리하는 과정에서 그대로 드러난다. 그는 일본에 대한 적대감을 그대로 드러내기보다는 먼저 외교관계를 생각하였다. 이는 감정보다는 이성적인 행동을 중시한 결과이다. 富士山과 白頭山이 "희고 꼭대기에 물이 있다"는 공통점을 비교함에 있어서도 조선중심의 인식을 보여주었지만 확실하지 않는 내용에 대해서는 "증거가 없으니 믿을 수 없다"는 생각을 드러냈다. 이러한 태도는 실증적인 입장에서 글을 쓰고 있다는 사실을 보여주는 것이다.

그가 일본과의 관계에 있어서 빈번하게 사용하는 전거는 기존의 사행사들이 기록한 '사행록'이다. 臨陣易將격으로 통신사 정사의 책무를 맡았기에 미리 많은 준비를 할 수 없었을 것이다. 그러므로 그는 자신의 행동과 판단기준을 이전의 '사행록'에서 찾았다. 그런데 그는 '사행록'을 정보를 재확인하는 참고자료로써만 아니라, 이전 '사행록'에 기록된 오류를 바로잡아 새롭게 기록하기도 하였다.[443] 오류의 수정은 잘못된 관행을 수정하는데 있는 것이 아니라 후대 사행의 기준이 되기 때문이다. 그러면서도 조엄은 자신의 "일기가 다 이루어 진 뒤에 볼만한 것이 없을까 두렵다"고 경계하면서, "애초부터 후인의 고증을 위해 쓰는 것은 아니다." 라고 하였다. 이러한 태도는 그가 얼마나 실증적 태도를 지니고 사물을 대하고 있는가를 말해주는 것이다.

셋째, 내면 의식의 표면화이다. 조엄은 '일기'에 대해 "보고 들은 것에 자신의 소견을 붙여 붓 나가는 대로 쓴 것"이라고 하였다. 일본에서의 '견문'만 아니라 그를 바탕으로 인식하게 되는 '소견'도 중요하게 다루고 있다는 의미이다. 『해사일기』에서 이러한 '소견'은 체험을 통해서 관찰되고 지각된 대상을 중심으로 드러나고 있다.

> 오늘 위태로울 때에는 파도가 공중에 치솟아 지척에 두고도 뚫고 들어오지 못하였으니, 뱃길이 위태로움을 더욱 깨닫겠다. 그러나 치목이 상함을 고칠 수 있고, 미친바람은 가는 대로 맡겨둘 수도 있거니와, 세로의 풍파에 이르러서는 흔히 졸지에 생기는 것이니, 진실로 마음가짐을 인후하게 하고 처사를 근외하게 하지 않으면 면하기 어려워서 그 험악한 바다를 건너는 것보다 갑절 더하니, 어찌 더욱 크게 두려울 만한 것이 아니겠는가?[444]

---

443. 趙曮, 『海槎日記』, 앞의 책, Ⅶ-85~6쪽. "죽리(竹裏) 남태기(南泰耆)의 《사상기(槎上記)》는 아주 상세히 갖추었으나, 일기도의 일공조(日供條)에 이르러서는 오히려 착오된 것이 있었다. 사신의 일공을 열기(列記)한 것이 50종에 가까운데, 일기도 사람이 바친 바 기해년과 무진년 두 사행 때의 일공과 역관(譯官)들이 바친 문서의 수표(手標)에 쓰인 것은 다만 40종이었다. 《사상기》 안에 이미 기해년의 등록(謄錄)을 사용하였다고 하였으나, 그 좌록(左錄)에는 종수가 기해년보다 많으니, 이는 반드시 좌록이 오서(誤書)일 것이다, 또 하관(下官)들의 찬물(饌物)에 혹 상관의 것보다 훌륭한 것이 있으니, 이 또한 오서(誤書)일 것이다." (南竹裏槎上記 極其詳備 而至於歧島日供條 則猶有所差誤者 使臣日供列書者近五十種 而歧島人所 納己亥戊辰兩行時日供 譯官捧上文書手標着套署者 則只是四十種也 槎上記中旣用 己亥謄錄云 而於其左錄 則種數過於己亥 此必是左錄之誤書也)

444. 趙曮, 『海槎日記』, 앞의 책, Ⅶ-84쪽. "今日濱危之時, 波濤翻空, 咫尺莫能衝突, 尤覺 舟行之危懍也. 雖然鴟木之傷, 可以改之, 狂逆之風, 可以任其所之, 至於世路風波, 多生忽地, 苟非宅心仁厚, 處事謹畏, 則鮮能免之, 其爲險也. 誠有倍於涉海之危也. 尤豈不大可懼哉"

조엄은 파도와 바람이 심한 일본의 內海를 항해하는 도중에 치목이 부러지는 상황을 경험한다. 치목은 배에서 가장 중요한 물건으로 배를 만들 때 가장 심혈을 기울여 만드는 부분이다. 그런데 그 부분이 부러지는 상황이 되자 배가 기우뚱거리고 "반드시 죽게 되어 스스로 다른 생각이 없"게 되었다. 바다에서 이러한 경험을 인생의 험난함과 비교하여 소견을 드러내고 있다. 이때 사용되는 서술방식은 비교이다. 비교는 두 가지의 사실을 대응시켜 제 3의 판단을 유도[445]하는 것으로 조엄의 내면적 성찰을 드러내는데 효과적으로 작용하고 있다.

조엄은 바다에서의 위태로운 상황은 치목을 고치거나 바람에 맡겨둠으로써 극복할 수 있지만, 세상 풍파는 극복하기 어렵다고 말하고 있다. 바다에서의 경험을 세상풍파라는 관념적 상황과 병치시켜 놓고, 이를 극복할 수 있는 방법으로 '仁厚'와 '謹畏'의 마음가짐을 제시하고 있다. 이것은 '마음을 인후하게 하고, 처사를 삼가 두려워해야 하는'것으로, 바다에서의 경험이 세상풍파의 극복 방안으로 구체화된 것이다. 이는 다시 통신사행하는 자신에게로 이어지면서 '인후'와 '근외'하는 마음가짐이 통신사에 있어서 중요하다는 것을 말하고 있는 것이다. 이러한 '소견'은 집단의 공동체적 정서를 환기하는 모습이 아니라, 자신의 내면적 성찰에 기인한 것이다.

---

445. 이채연, 앞의 논문, 27쪽.

2) 기록에 나타난 인식세계

통신사 정사 조엄은 일본 사행의 체험을 사실적으로 기록하고 그에 따른 소견을 밝히려는 기록태도를 지니고 있었다.[446] 그는 일본을 사행하면서 조선의 실상을 인식하였고, 이러한 인식은 『해사일기』에 잘 나타나 있다.

(1) 기록자의 소중화의식과 그 확대

조선은 주변의 여러 나라와 외교관계를 맺고 있다. 이러한 외교관계는 국제질서의 변화에 따라 달라졌지만, 외교의 중심을 이루는 두 축은 '事大'와 '交隣'이었다. 조선은 건국이후 명의 책봉을 받고 明에 '사대'하였으나, 병자호란 이후 淸에 대한 '사대'로 변하였다. 이러한 국제질서의 변화를 인정할 수 없었던 조선의 지식인들을 중심으로 '反淸崇明' 의식이 대두되었고, 이것이 '朝鮮中華意識'으로 정착되었다.

임진왜란 이후 조선에서는 일본인에 대해 적대감이 강하게 나타났으나 德川幕府와의 화해를 계기로 대등한 위치에서 '교린'관계를 유지하였다. 표면적으로는 대등한 외교적 관계임에도 조선의 지식인들 마음속에는 '중화의식'이 내면화되어 일본인을 '야만인', '오랑캐'로 인식하고 있었다.

이러한 이유로 일본과의 외교관계는 문화적 우월성을 과시하는

---

446. 趙曮은 『海槎日記』에서 "이미 기록한 말을 다 빼어버리자니 실지를 기록하는 것이 되지 못하기 때문에, 다만 그 눈으로 보고 귀로 들은 것과 그 어리석은 소견이 미치는 대로 취하여 실"(前人已錄之言 如欲盡拔 則未爲記實 故只取其目擊耳聞及愚見 所到處載之)었다고 하였다. 이 말은 『海槎日記』에 대한 기록의식을 보인 것으로, 경험은 사실적으로 기록하고 그에 따른 소견을 밝힌다는 것이다.

형태로 진행되었다. 일본에서도 비슷한 시기에 '일본중화의식'이 자리 잡게 되었다. 임진왜란 이후 명나라에 조공관계를 맺지 못함에 따라 중국의 '중화'를 부정하고 일본 독자적으로 '中華意識'을 발전시켜 나간 것이다. 이러한 의식의 변화에 따라 조선에서 온 '통신사'를 '조공을 바치려는 사신'으로 인식하게 되었다. 조선과 일본이 서로 '자국중심주의'를 내세움에 따라 외교관계에 있어서도 변화를 가져오게 되었다.

① 朝鮮中華意識

유교중심의 동아시아 질서체제 속에서 '禮義'는 '禽獸와 人間', '華夷'의 구분기준'으로 인식되었고, 개인적, 사회적, 국가적으로 매우 중요하게 다루어져 왔다. 조엄도 '禮義'를 중시하여 일본에 사행하는 통신사로서 "조금이라도 저버릴 수 없는 것은 오직 禮義와 體例에 있을 뿐"이라고 하였다. 예의를 절대 버릴 수 없다는 생각은 성리학의 전래이후 조선의 모든 지식인들 의식에 자리하고 있었다. 임진왜란 이전에 일본을 방문한 김성일도 옛 사람이 오랑캐를 대우하는데 있어 반드시 은혜와 신의로 회유하여 안정시켜야 한다고 하면서 가장 엄격하고 조심할 것 중에 禮貌보다 더한 것이 없다[447]고 하였다. 이처럼 '禮義'를 바탕으로 하는 성리학적 인식은 일본인들의 인식과는 달랐다.

사상적 차이로 인해 통신사들과 일본 관리들 사이에는 항상 갈등이 상존해 있었고, 계기가 주어지면 표면화되었다. 또한 이것은 통

---

447. 金誠一, 『海槎錄』, 앞의 책, 〈許書狀官答〉 "古人待夷狄, 必曰恩信懷綏而已 (中略) 其最嚴且謹者, 莫體貌若也."

신사가 일본문물과 제도를 비판하는 근거가 되기도 하였다. 조엄도 일본의 사상적 기반이 불교에 있음을 알고, "일본 나라는 불교만을 오로지 숭상"한다고 하였고, "불교가 풍속화된 것을 짐작할 수 있"다고 하였다. 그러면서도 성리학을 '至善'으로 인식하고 있었기 때문에 풍속·법제·의복·음식 등을 보건대 한결같이 불교에서 나왔으니, 어떻게 夷狄·禽獸가 되는 것을 면할 수 있겠는가라고 비난[448]하고 있다. 특히, 관백이 "모친의 忌祭를 지내려고 하면서도 먼저 절에서 법사를 행하는 것"을 보고 강하게 비판하였다. 유교식 기제사보다 앞서는 불교적 행사를 인정할 수 없었기 때문이다. 성리학적 입장에서 그것은 "예의"가 아니었다. 그러므로 "더욱 오랑캐 풍속"이라고 비판한 것이다.

일본을 바라보는 성리학적 시각은 불교에만 한정된 것이 아니었다. 당시 일본에는 천주교가 들어와 있었고, 천주교는 학문적 수용을 넘어 종교로서 탄압의 대상이 되고 있었다. 조엄은 일본을 사행하면서 천주교에 대한 탄압을 보았고, '禮義'의 성리학적 기반위에서 이를 인식하였다.

역관 이언진(李彦瑱)이, "일찍이 듣건대, 40~50년 전에 서역(西域) 사람 야소동문(也蘇東門)이란 자는 이마두(利瑪竇)의 무리로 일본

---

448. 조엄은 일본인에 대하여 전혀 다른 세 가지 견해를 보이고 있다. 일본인의 '언어'에 대해서는 천성이 동일하기 때문에 우리나라 사람과 다르지 않다는 입장을 보이고 있다. 일본인들의 '칼을 차는 풍습', '머리모습', '의복제도'등에 대해서는 객관적 시각에서 사실을 있는 그대로 기록하고 있다. 그러나 여인의 '黑齒'와 '祭祀'에 대해서는 비판을 가하고 있다. '黑齒'는 "음란하고 외설"한 풍속이라고 하며, '祭祀'는 "사찰에서 행하"기 때문에 무식하다고 한다. 이렇게 보았을 때, 조엄이 일본을 '야만'으로 판단하고 비판하는 중요한 이유가 '불교'에 있음을 알 수 있다.

에 와서 그의 학문을 일본 사람에게 펴려고 하니, 일본에서 탄망(誕妄)한 것이라 하여 쫓아내고 각 주에 방을 걸어 접하지 못하게 하였다 하였는데, 접때 대마도에서 그 방목(榜目)이 여태까지 달린 것을 직접 보았습니다."하므로, 내가, "저들도 탄망(誕妄)함이 많으면서 도리어 남의 탄망함을 금하니, 그 또한 스스로 반성하지 못한 것이다." 하였다. 이마두(利瑪竇)가 지은 「이함(理函)」·「기함(氣函)」 등의 책이 천하에 두루 퍼졌는데, 그의 무리가 그 학술을 해외의 모든 나라에 넓히려 하니 이적(夷狄)이 중화(中華)를 어지럽히는 조짐을 더욱 알 수 있다.[449]

조엄은 일본막부와 천주교의 대립에 대하여 양쪽 전부를 '誕妄하다'고 비판하고 있다. 천주교를 학술적인 입장에서 중화를 어지럽히는 이단으로 파악하였다. 그러면서도 천주교를 탄압하는 일본에 대해 비판적인 시각을 유지했다. 자기 자신을 반성하지도 못하면서 천주교를 '誕妄'하다고 금지하기 때문이다. 조엄은 천주교가 전파됨으로 인해서 생겨나는 가치혼란을 깊이 인식하지 못한 상태였다. 이 당시 일본인이 경험한 가치판단의 혼란을 조선은 백여 년이 지난 뒤에 경험하게 된다.

사행에 참여한 역관 이언진과 성리학자 조엄은 천주교를 학문으로 인식하면서 천주교의 확산이 中華의 혼란으로 나타날지 모른다는 우려를 보이고 있지만, 이 문제에 대해 깊이 있는 인식을 보여주

---

449. 趙曮, 『海槎日記』, 앞의 책, VII-121쪽. "譯官李彦瑱以爲曾聞四五十年前, 有西域人也蘇東門者, 以利瑪竇之徒到日本, 欲以其學售之於日本人, 謂以誕妄而逐之, 揭榜於各州, 俾不止接矣. 頃於馬島, 目見其榜目之尙懸者云. 余以爲彼人之誕妄, 固已多矣. 猶復禁人之誕妄, 其亦不自反矣. 瑪竇所著理函氣函等書, 遍滿天下, 而其徒又欲廣其術於海外諸國, 夷狄亂華之兆, 尤可見矣."

지는 못하고 있다. 이는 천주교가 아직까지 학문으로 인식되고 있으며 조선에 큰 영향을 주지 않았기 때문이다. 그보다 당시 일본에서 유행하고 있는 양명학에 관심을 두었다. 조엄은 일본유학자들이 程朱와 孟子를 비판하는 것을 보고 학술이 이단에 가깝다고 하였다.

> 양명의 술이 천하에 범람하는데 주자의 학이 다만 조선에서 행한다고 할만하다. 온갖 음이 다 박탈한 나머진데, 한 가닥 양을 붙드는 책임이 오로지 우리나라의 여러 선비들에게 있다고 하지 않겠는가.[450]

18세기에는 중국과 일본에서 양명학이 유행하고 있었는데, '양명학'은 성리학에 반기를 들고 일어난 학문[451]이다. 그렇기 때문에 조엄은 이를 학문으로 인정하지 않고, '이단에 가깝다'고 한 것이다. 양명학을 '陰'이라 규정하고, '陽'인 성리학과 대립시켜 성리학의 발전은 조선에만 있다고 한 것이다. 조엄은 성리학만이 正統이고, 華이며 다른 사상은 異端이고 夷라고 인식하고 있다. 이로 인해 현재 일본의 학술은 기나긴 밤이며, 일본의 문장은 소경에 불과하다고 보았다. 일본의 문사들도 별로 칭할 만한 학술이 없고, 다만 문자에 조금 수승한 자가 있다고 하였다. 조엄은 당시 일본의 학문을 상당히 부정적으로 인식하고 있다. 그러면서도 長崎島에 배가 통하면서 중국의

---

450. 趙曮, 『海槎日記』, 앞의 책, Ⅶ-313쪽. "陽明之術, 汎濫天下, 而朱子之學, 獨行於朝鮮, 群陰剝盡之餘, 一脈扶陽之責, 豈不專在於吾東多士耶."
451. 조영록, 조선의 소중화론 - 명청교체기 동아삼국의 천하관의 변화를 중심으로, 『역사학보』149집, 역사학회, 1996, 115~117.

문적이 많이 흘러 들어오고 있고, 문장으로 나가려는 자들이 있기 때문에 곧 오랑캐를 떨쳐버리고 중국으로 진출할 수 있다고 보았다. 조엄은 이전 통신사들이 기록한 사행록을 읽고 일본을 체험하면서 일본의 발전상을 알고 있었기 때문이다.[452]

성리학적·인식을 바탕으로 일본을 사행한 조엄은 일본 관리들이 사신과의 만남에 있어서 항상 조심하고 어려워[453]한다는 사실을 알았다. 이에 대하여 조선이 예의 바르기로 천하에 소문이 났으므로, 저들이 우리나라 사람들과 예를 행할 때에 더욱 마음을 쓰는 것이라고 생각하고, 일본인들도 항상 마음을 쓰고 조심하기 때문에 통신사로 일본에 온 자신도 스스로 예의를 손상시켜 이웃 나라에 업신여김을 당할 수 없다고 다짐하고 있다.

조선이 '중화'라는 생각은 당시의 동아시아의 국제정세와도 밀접하게 관련을 맺고 있다. 以酊菴의 중이 11월 3일 세 사신에게 보낸 시에, "漢代衣冠百世隆 한 나라의 의관은 백대 동안 훌륭해"라는 구절이 있다. 이 시와 결부지어 자신의 생각을 밝히고 있다.

> 아마 중국 사람들이 우리나라를 예악 문물(禮樂文物)이 있다고 대하였기 때문일 것이다. 돌아보건대 지금 천지에 비린내가 나서 순오(鶉烏)가 오랫동안 취했으니, 만일 예악 문물을 찾는다면 우리나라를 버려두고 어디로 가겠는가?[454]

---

452. 趙曮, 『海槎日記』, 앞의 책, Ⅶ-315쪽.
453. 趙曮, 『海槎日記』, 앞의 책, Ⅶ-71~2쪽.
454. 趙曮, 『海槎日記』, 앞의 책, Ⅶ-72쪽. "蓋以中華人待我國者, 以其有禮樂文物也. 顧今天地皆腥, 鶉鳥久醉, 如欲求禮樂文物, 捨我邦而其誰適哉."

중국에는 '中華'인 명이 멸망하고, 그 자리를 '野蠻'의 청이 대신하고 있다. 조엄은 "청인이 중국을 지배하면서 선왕의 제도가 胡로 변하"[455]였기 때문에 중국에서는 예악문물을 찾을 수 없다고 생각하였다. 일본은 아직 문명의 기운을 습득하지 못한 '野蠻'의 상태이다. 이러한 판단으로 지금 천지에 비린내가 나서 鵂鳥가 오랫동안 취했다고 말한 것이다. 천지가 더러워졌으나 우리나라에서만이 예악문물을 찾을 수 있다고 한 것이다. 그렇기 때문에 조엄은 조선중화주의 입장에서 조선의 지식인들에게 '책임의식'을 강조하였다.

② '物吾同胞' 의식

조선후기 지식인들의 외부세계에 대한 인식은 조선중화의식에 근거한다. 중화의식은 '尊周大義論'를 중심으로 조선과 명의 문화만을 동일선상에 놓고, 그 외의 다른 나라는 夷狄視하는 태도[456]이다. 이는 병자호란을 겪고 청에 대한 적대감이 고조되는 가운데 나타난 것으로 송시열 등에 의해 체계화[457]되었다. 척화론, 북벌론, 尊周大義論, 위정척사론의 사상적 흐름[458] 속에서 조선이 외부세계를 인식하

---

455. 『연암집』권 11, 열하일기 도강록편.
456. 이현종, 조선전기의 일본관계, 『동양학』 14집, 단국대학교, 1984, 530쪽.
457. 16세기 이후 주자학이 크게 발전하면서 특히 춘추대의의 명분론에 의한 대외인식에 있어서도 명분론이 강조되면서 그 성격이 변질되어 갔다. "소로서 대를 섬김은 천리이고, 치욕을 참고 원수를 섬기는 것은 사람의 욕심이다."(송자대전 권5, 봉사.9)라고 하여 명과의 관계는 천리이고, 청과의 관계는 인욕이므로 천리와 존심을 강조하고, 인욕을 억제하여 도리를 찾아야 한다고 했다. 즉 성리학에 있어서의 이성론인 천리와 인욕의 이분법을 그대로 대외관계인 대명, 대청관계에 적용하여 인성론에 있어서의 존심을 강조하는 가치관을 대외관계에 적용하였다. 이것이 송시열에 의한 소중화론의 사상적 배경이다.
458. 이태진, 조선후기 대명의리론의 변천, 주제토론 중에서, 『아시아문화』10호, 한림대학교아시아문화연구소, 1994, 18쪽.

는 방법이며, 대외관계의 실천원칙이 되었다.[459] 이것이 일본과의 관계에서도 그대로 적용되어 통신사는 우월한 태도를 지니고 있었다. 이러한 태도는 조선이 문화민족이라는 자부심에서 비롯된 것이다. 조엄의 일본인식도 조선중화의식에 바탕을 두고 있지만 일본의 변화 가능성을 중시하였다.

> 왜인들이 지껄이는 언어는 한 가지도 알아들을 수 없으나 어린 아이의 우는 소리와 남녀가 급히 웃는 소리는 우리나라 사람과 다름이 없으니, 다같이 타고난 천성(天性)에서 나오는 것으로써, 어음(語音)이 다른 방언(方言)과 상관없는 것이기 때문에 그런 것일까? 이로 미루어 보면, 윤리를 지키는 천성이야 어찌 다름이 있겠는가? 다만 교양이 마땅함을 잃어 문명과 야만의 구별이 있게 된 것이다. 만일 윤리와 강상(綱常)으로 가르치고, 예(禮)와 의(義)로 인도한다면, 풍기를 변화시키고 세속을 바꾸며 야만을 변화시켜 문명으로 선도(善導)하여 그 천성의 타고난 것을 회복시킬 수 있는 것이, 그 울음소리와 웃음소리가 한 하늘 아래에 태어나 같은 것과 무엇이 다르랴?[460]

조엄은 일본인들의 대화를 자세히 들어본 뒤에, 조선인과 일본인은 언어가 서로 다르지만 웃는 소리가 서로 비슷하다고 하였다.

---

459. 손승철, 조선후기 한일양국의 상호인식 및 정책의 사상적 특질, 『사회과학연구』 25, 강원대학교, 1987, 136쪽.
460. 趙曮, 『海槎日記』, 앞의 책, VII-57쪽. "彼人之喞啾言語 末由曉其一端 而至於小兒啼哭之聲 男女急笑之音 與我國無異 以其發於同得之天性 無關於異音之方言而然耶 以此推之 秉彝倫常之天 夫豈有異哉 只緣敎養之失宜 以致華夷之有別 苟能敎之以倫綱 導之以禮義 則亦可以移風易俗 變夷導華 以復天性之固有者 其何間於啼笑之同然於一天之下者耶"

윤리를 지키는 것에 대해서도 조선인과 일본인 사이에는 차이가 없다고 하였다. 이처럼 '言語'와 '倫理'에 있어서 차이가 없는 것은 '타고난 天性'이 동일하기 때문이라고 하였다. 이런 인식을 바탕으로 조엄은 "은혜와 신의가 사람을 감동하게 함이 과연 오랑캐 나라에서 행해질 수 있다는 것인가?" 묻고, "예의가 천하에 중히 여겨짐과 忠信이 오랑캐 지방에도 행해질 수 있음을 또한 알 수 있"다고 하였다. '은혜, 신의, 예의'가 '夷狄'의 땅인 일본에서도 행해질 수 있다고 한 것이다. 交隣하는 도리는 "의당 誠信을 주로 해야 하는 것"이라고 말한 것도 일본에서도 '誠信'을 실천할 수 있다고 믿었기 때문이다.

조엄은 '문명'과 '야만'의 구별이 생기는 것은 '교양'의 유무에 달려 있다고 하였다.[461] 그가 말하는 '교양'은 천부적으로 타고 난 것이 아니라 후천적으로 습득하는 것이다. 조선후기 지식인들은 유교에 의한 예교문화가 華夷의 구분기준이 된다고 생각하고 있었다. 그러나 조엄은 '유교에 의한 예교문화'라는 말 대신에 '교양'이라는 말을 쓰고 있다. 이때 '교양'은 '유교에 의한 예교문화'와 대치될 수 있는 말이다. 그는 '인문적 교양'으로 '예의'와 '풍속'을 변화시키고 교화시키면 '문명'을 회복하여 '華'가 될 수 있다 말하고 있다. 華와 夷를 고정되어 있는 것이 아니라 변화하는 것으로 파악한 것이다. 이는 개방적인 생각[462]이며, "가령 孔子가 바다를 건너 九夷에 살았다면 中華

---

461. 화이사상은 禮敎文化의 유무를 기준으로 華夷를 구분하고, 華의 夷에 대한 종속 지배를 강조한다. 이는 문화에 대한 우월감뿐만 아니라 예교지배체제의 정당성을 주장하는 이론적 근거이다.

462. 이것은 "聖人의 法에 中國人으로서 夷狄의 짓을 하면 이적이 되고, 이적으로서 중국의 짓을 하면 중국이 된다."(의유당전서 1집, 권 8, 拓拔魏論.)는 생각과 비슷한 것이다.

의 制度로써 夷의 문화를 고치고 域外에서 周의 道를 일으켰을 것이다."[463]라는 홍대용의 생각과도 일치하는 것이다. 일본의 문화에 대해서 "만일 윤리와 綱常으로 가르치고, 예와 의로 인도한다면"이라는 가정법을 사용하여 아직까지는 文明(華)를 이루지 못하고 있지만 이루는 것이 가능하다고 보았다.

> 대개 長崎島에 배를 통하자 중국의 문적이 많이 흘러들어왔는데 개중에 뜻이 있는 자들은 차차 문장에 나아가게 되어 무진년(1748)에 와서는 글을 주고받음이 자못 성했다 하였다. 이들이 이 뒤로 과연 문장으로 인해 도를 배워서 차차 학문의 경계에 들어간다고 한다면 비록 섬 오랑캐이긴 하지만 중국에 진출할 수 있을 것이니 오랑캐라 하여 끝끝내 버릴 수 있겠는가?[468]

조엄은 일본이 변화하고 있다고 보았다. 그런 생각은 長崎島에 중국의 문적이 많이 들어왔다는 사실과, 통신사와 글을 주고받을 인재들이 많았다는 사실에서 찾았다. 일본의 이러한 변화는 앞으로 중국에 진출할 수 있다는 사실을 말해준다. 그러므로 일본을 끝끝내 버릴 수 없다는 것이다.[465] 이러한 인식은 일본을 이적시하는 이전의

---

463. 『담헌서』 상, 내집 권 4, 의산문답.
464. 趙曮, 『海槎日記』, 앞의 책, Ⅶ-315쪽. "蓋聞長崎島通船之後 中國文籍 多有流入者 其中有志者 漸趨文翰 比戊辰酬唱頗勝云 此後此輩果能因文而學道 漸入于學問境界 則雖是島夷 可以進於中國 豈可以卉服而終棄之哉 但千年染汙之俗 非大力量大眼目 則猝難變革 恐不可以區區詩語 把作先示之兆也"
465. 이렇게 볼 때 조엄의 생각이 "하늘에서 이들을 보면 어찌 내외의 구별이 있겠는가? 때문에 각기 자기 민족과 친하며 각기 자기 나라를 지키며, 각기 자기 풍속에 편안함이니 화와 이는 하나인 것이다."(『담헌서』 상, 내집 권 4, 의산문답.)라는 홍대용의 '華夷一也'에는 미치지 못하고 있지만 변화를 인정하고 있는 것이다.

의식과는 많이 달라진 모습이다. "물오동포(物吾同胞)라는 말은 군자(君子)가 남긴 훈계이니, 인정의 느낌이야 다른 나라인들 어찌 차이가 있겠는가?"[466] 라는 '物吾同胞'가 그의 생각이었다.

'物吾同胞'는 장재의 서명에 나오는 '民吾同胞'와 같은 구절로 '사해의 백성은 모두 한 형제'라는 의미이다. 이러한 생각은 "華夷之分은 地界가 다르고, 天界 즉 종족이 다른데 연유하는 것이므로 양자는 결코 양립시킬 수 없다."[467]라는 왕부지의 화이관과 대립되는 것이다. 조엄은 華夷의 구분이 천성적으로 구분지어지는 地界와 種族에 달려있는 것이 아니라고 보았다. 인정은 '타고난 天性'에서 비롯되며, 인정에 있어서 조선인과 일본인은 구별이 없다고 보았기 때문이다. 그러나 화이의 구분이 완전히 없는 평등을 말하는 것이 아니라 천성적으로는 華夷의 구분이 없다는 의미이다. 이러한 생각으로 조엄은 통신사행에서 일본의 변화를 실감하면서, 일본의 발전된 문물을 도입하려고 시도하였다.

(2) 조선의 실상에 대한 자각

조엄이 사행하기 이전에 사행한 많은 통신사들은 일본의 풍습과 인문을 발견하고는 경멸하고, 승경과 제도에 대해서는 놀라움을 드러내었다. 그러나 조엄은 일본 인식의 기준을 조선에서 찾았고, 대상을 강조하기 보다는 조선에 대한 자각을 우선시 하였다. 일본과의 비교대상을 중국이 아니라 조선에서 구하고 있다는 사실은 그가 조선중심주의 의식을 지니고 있음을 알 수 있다. 이러한 의식은 몇 가

---

466. 趙曮, 『海槎日記』, 앞의 책, Ⅶ-77쪽.
467. 조영록, 앞의 논문, 122쪽.

지 측면에서 부각되고 있다.

첫째, 조엄은 일본의 자연에 대해 감탄을 하면서도 '조선에 대한 자각'을 더욱 강하게 드러내고 있다.[468] 일본에는 "산골 시냇물이 돌에 부딪치고 수풀을 뚫으며 흐르"는 자연이 있지만 더 이상 선계의 모습은 아니었다.

> 赤間關은 기세는 비록 웅장하나 관방(關防)에 지나지 않으니, 그 승경(勝景)과 가취(佳趣)로 말하면 어찌 감히 우리 쌍호정을 당하겠는가? 설령 참으로 아름답다 하더라도 우리 땅이 아닌데 장차 어디에 쓰겠는가? 하물며 우리 쌍호정의 모든 승경은 모두 赤間關에는 없음에랴?[469]

赤間關의 웅장한 기세를 목격한 조엄은 자신의 고향에 있는 쌍호정과 비교하고 있다. 비교는 사행문학의 기본적 서술방식이면서, 편향되지 않은 객관적·사실적 글쓰기를 위한 것이다.[470] 그런데 赤間關이 "참으로 아름답다 하더라도 우리 땅이 아닌데 장차 어디에 쓰겠는가?"는 답변에서 그의 '미적 판단'의 기준이 '쓰임'에 있음을 알 수 있다. 赤間關은 쌍호정의 아름다움을 이길 수 없다는 것이다. 조선에 대한 자각이 '쓰임'으로 구체화되고, 조선의 아름다움이 부각되고

---

468. 김태준, 동아시아 문학의 자국주의와 중화주의의 위기, 『일본학』6, 동국대학교 일본학연구소, 1987, 65~84쪽. 18세기 이후 경관이나 문화가 일본뿐만 아니라 중국보다 우월하다는 "자국주의"가 나타났다.

469. 趙曮, 『海槎日記』, 앞의 책, VII-127쪽. "惟此赤間關 氣勢雖壯 不過關防之地 若其勝景佳趣 安敢當吾雙湖亭也 設令信美 旣非吾土 將焉用哉 況吾雙湖亭 諸般勝景 皆是赤間關所無也"

470. 이채연, 앞의 논문, 27쪽.

있는 것이다. 많은 통신사가 선계로 표현하던 富士山에 대해서 조엄은 금강산 1만2천 봉우리의 기이한 경치를 어찌 이에 견주어 말할 수 있겠는가라고 하였다. 이런 생각은 "富士山 역시 그 머리가 희고 꼭대기에 또 못이 있다고 하니, 이 역시 백두산의 아손(兒孫)이 아닌지 모르겠다."[471]로 확대된다. 금강산이 富士山에 의해 새롭게 부각되고, 그에 반비례하여 富士山의 의미는 약화된 것이다.

조엄은 조선이 중화를 계승한 소중화라는 의식을 보이는 동시에 일본에 대해서 조선의 가치를 부각시키는 양면적 의식을 보이고 있다. 조엄은 선계의 존재에 대해서 "삼신산(三神山)이란 말은 본디 황당한 데 가까운데"라고 하여 부정적 견해를 보이고 있다. 그러므로 "세상에 전하기를, '부사산·열전산(熱田山)·웅야산(熊野山) 등 세 산을 봉래산(蓬萊山)·방장산(方丈山)·영주산(瀛洲山)이라.'고 한다는데 (중략) 세 산이 다 일본 땅에 있다는 것은 어떻게 믿겠는가?"[472]라고 하여 세상에 전하는 말과는 달리, 일본을 선계로 인정하지 않고 있다.

昔聞三島是仙居	예전부터 삼도에는 신선이 산다 일렀는데
今我來觀覺浪譽	오늘 내가 와서 보니 부질없는 예찬이로세
箱澤無雲龍徙海	상택에 구름없어 용은 바다로 옮기고
富山封雪鶴乘虛	부사산이 눈에 묻혀 학이 허공을 타누나.
愚哉秦帝徒求藥	어리석다 진시황이 헛되이 약을 찾고
妄矣齊人譀信書	망령되다 제 나라 사람 부질없이 비결믿네
東土自多名教樂	명교의 樂地가 동방에 유독 많으니

---

471. 趙曮, 『海槎日記』, 앞의 책, Ⅶ-183쪽.
472. 趙曮, 『海槎日記』, 앞의 책, Ⅶ-175쪽.

吾行諸子可歸歟[473]　　나와함께 여러분들 빨리 돌아가자꾸나.

'三島'는 자연이 아름다운 곳으로 유명하지만 조엄은 이곳에 신선이 산다는 말을 인정하지 않는다. 진시황과 제나라 사람들이 불사를 위하여 노력하는 모습 자체가 헛되고 부질없다고 말한다. 그는 이상적인 세계를 찾기보다는 현실에서 이상을 실현하고자 하는 인물이다. 그러므로 헛되이 노력하는 이들을 어리석다고 비판하는 것이다. 일본의 자연에서 선계의 모습을 발견하기 보다는 차라리 "두호는 (중략) 산빛이 밝고 아름다워, 은자의 고반을 찾을 만하고 마치 선인의 채약을 따르는 것 같다."라고 하여 조선의 산수[474]에서 아름다움을 발견하려고 하였다.

둘째, 조선에 대한 자각은 물산에 대한 자존의식으로 확대되어 나타났다. 그가 赤間關에 이르렀을 때 이곳의 벼룻돌이 유명하다는 말을 들었다. 그 벼룻돌을 책상위에서 발견하고는 '아주 좋은 것인지 모르겠다'는 생각을 밝혔다. 그러면서 작은 벼룻돌 하나에서 소견을 확장하여 조선의 현실을 인식하는 소재로 삼았다. 당시의 조선에서는 외국에서 들어온 물건을 좋아하는 풍조가 만연하고 있었다. 이

---

473. 趙曮,『海槎日記』, 앞의 책, Ⅶ-398쪽.〈過三島〉
474. 『海槎日記』에서 산은 조선과 일본을 대비시키는 기능을 하고 있다. 조엄이 일본을 사행하면서 견문하는 산의 아름다움이 조선의 산을 부각시키는 역할을 하고 있는 것이다. 이 시기에 와서 일본은 더 이상 선계의 모습이 아니다. 회화에 있어 진경산수화가 그려지듯이 조선의 산이 새롭게 부각되면서 선계로 형상화되고 있는 것이다. 이러한 산과 달리 '바다'는 아직도 조선에 있어서 무서운 존재로 남아있다. 통신사는 바다를 건너 일본을 왕래하지만, '바다'는 조선과 일본을 이어주는 통로이상의 역할을 하지 못한다. 삼면이 바다로 연결되는 조선에 있어서 '바다'는 경외의 대상으로 삶과 분리되어 있었다. 조엄에게 있어서도 '바다'의 경험은 자신의 내면성찰을 일깨워주는 대상은 되지만, 쉽게 접근할 수 있는 대상은 아니었다.

러한 현상에 대하여 "천하의 벼룻돌은 아마 남포에서 나는 것보다 나은 것이 없을 터인데, 다른 나라의 소산을 사람들이 문득 희귀하게 여기고"있다고 말하고, '가까운 것을 버리고 먼 것을 취'하는 현실[475]을 비판하였다. 청나라를 배척하고 소중화의식을 주장하면서도 중국에서 들어온 물건을 귀하게 여기는 풍조는 조엄에게 조선에 대한 자각을 일깨워 주었을 것이다.

셋째, 조선에 대한 자각은 현실비판으로 나타나기도 하였다. 조엄은 일본을 사행하면서 막부에 보내는 인삼에 문제가 있음을 발견하였다.

> 호조에서 온 것에는 간혹 꿀에 담근 것이 많았으니, 그는 근량이 무겁게 나가기를 위함이다. 내가 동래부에 있을 때에 앗아온 밀매상의 인삼을 보는 일이 많았으되 이와 같이 꿀에 담근 것은 있지 않았었는데, 5~6년 동안에 인심이 이익을 노리는데 더욱 교묘해져서 이런 버릇이 점차 왜관에까지 자라게 되었다.[476]

인삼은 일본에서 온갖 병을 치유하는 귀한 약재로 여겨져 왔기 때문에, 밀무역이 끊이지 않았고 공무역에 있어서도 生絲와 더불어 주요한 수출품이었다. 통신사가 일본에 갈 때는 예단으로 인삼을 준비하였고, 이는 호조에서 관할하였다. 그런데 예단으로 주는 인삼에 蜜蔘이 발견된 것이다.

---

475. 趙曮, 『海槎日記』, 앞의 책, Ⅶ-124쪽.

476. 趙曮, 『海槎日記』, 앞의 책, Ⅶ-201쪽. "地部所來人蔘 間多蜜汁浸漬者 爲其斤重也 余在萊府時 多見被執人蔘 而未有若此蜜漬者 五六年來人心益巧於射利 此習漸長於 倭館云 聞甚駭惡矣"

이 시기에 이르러 조선에서는 농업생산력이 점차 떨어지고 있었고, 인삼의 생산량도 줄어들고 있었다. 이런 사정을 알고 있던 호조에서는 인삼의 구입에 많은 노력을 기울였지만 충분하게 확보하지 못하였다. 그러므로 예단으로 전하는 물품에 密蔘이 섞이게 되었고, 조엄은 이러한 현실을 비판한 것이다. 대마도에서 조엄은 "빌어먹는 왜인이 아주 어지럽게 굴고 시끄럽게 떠들어서 빌어먹는 귀신과 같았다"라고 비판였다. 이러한 비판은 곧 "구경하는 남녀가 꽉 차 있어서 몇 10만 명이나 되는지 알 수 없는데 고요하고 떠드는 소리가 없"다는 일본에 대한 재발견으로 나아간다. 이러한 일본에 대한 인식은 "인삼과 비단같은 물건은 값진 것이라 할 수 있지만, 전부터 저들은 조금도 허술히 하는 염려가 없었다.", "이러한 일들은 우리나라의 奸民들이 미치지 못하는 것이다."라는 생각으로 변모되어 조선의 부정적 현실은 더욱 부각된다. 현실이 어려울 때 사람들은 현실을 부정하고 도피하거나, 현실의 문제점을 극복함으로써 체제를 확고히 하려는 모습으로 나가게 마련이다.

조엄은 조선의 현실을 비판하고 반성하는 가운데 대안을 모색하려는 방향으로 나갔다. 이런 인식은 통신사로 일본을 왕래한 관료들이 조선으로 돌아간 뒤에는 "마치 관청 돼지 배앓이를 보듯" 무관심하여 뒤에 올 사람을 깨우쳐 주지도 않고, 일본에서 견문한 내용을 "등록해 놓은 것 또한 상세하지 못"하다는 반성[477]으로 나타나고 있다. 한 나라를 경영하는 관리는 오랜 시간동안 여러 문제에 대해서 준비를 해야 한다. 그런데 일본을 방문한 통신사는 외교관으로서 현재뿐만 아니라 미래를 준비해야 하는데 그렇게 하지 못하

---

477. 趙曮, 『海槎日記』, 앞의 책, Ⅶ-201쪽.

고 있다는 사실을 비판하고 있는 것이다. 이러한 비판은 반성을 수
반한다. 조엄에게는 이러한 반성의 결과가 일본문물에 대한 수용으
로 나타났다.

이렇게 보았을 때, 조엄의 『해사일기』는 단순히 매일 매일의 행적
에 대한 사실적 기록뿐만이 아니라, 일본에서 체험한 사실과 소견을
다른 독자에게 보고하고, 깨우쳐 주고자 하는 목적을 지닌 기록이
며, 나아가 조선의 현실을 반성하고 새로운 대안을 제시하고자하는
목적을 지닌 기록임을 알 수 있다.

(3) 문화교류와 문물 도입의 실상

조선과 일본의 외교는 사행을 중심으로 이루어졌고, 조선 후기에
파견된 통신사행은 문화적인 우월성을 드러내려는 의도가 강하였
다. 이것은 통신사의 인원이 500여명에 달하였고, 장사·제술관·서기·
사자관·화원·마상재 등 각기 다른 분야의 인재들이 선발되어 기예가
어느 것이나 이웃 나라에지지 않게 하려고 하였다는 사실에서 알
수 있다. 일본을 사행하고 돌아와 복명한 조엄은 영조에게 일본인들
의 시는 원숙한 편이 없어서 족히 볼 만한 것이 없다고 하였다.

한시의 수창은 조선의 문화를 일본에 자랑하는 방법이었다. 그러
나 정사의 임무를 맡은 조엄은 구하는 바가 오직 나라 일을 마치는
데 있기 때문에 생각이 다른 일에 미칠 겨를이 없다는 이유로 江戸
에 도착할 때까지 일본인과의 수창을 뒤로 미루었고, 回程에서는 최
천종 피살사건으로 수창할 수 없었다. 그러므로 그와 수창한 일본
지식인은 한정된 인원이었고, 그들은 한시 수창에 있어서 미숙함을
드러내었다. 이러한 사정은 일본의 文任을 맡고 있던 林信言조차 다

를 게 없었다.

조엄의 일본에 대한 문화적 우월성은 지속적으로 나타나고 있으나 그는 일본이 문화적으로 많은 발전을 보이고 있다고 하였다. 이러한 모습은 정월 11일 도포에 도착한 조엄이 여덟 살 난 어린아이가 글 쓰는 것을 보고 "붓 놀리는 것이 무르녹아"있다고 말하는 부분에서 확인할 수 있다. 일본인들은 필적에 있어서 기묘하였지만, "우리나라 사람의 필적만 얻으면 해서이건 초서이건 우열을 막론하고 거개가 기뻐서 날뛰었다"고 기록하고 있다. 이해할 수 없는 일본인들의 행동에 대하여 조엄은 조선이 예의의 나라이기 때문이라는 나름대로의 이유를 부여하고 있다. 이처럼 조선은 문화적 우월성을 바탕으로 교류하였지만, 일방적으로 조선의 문화를 전달하는 입장은 아니었다. 일본이 다양한 분야에서 발전하였고, 통신사도 이러한 변화를 인식하고 있었기 때문이다.

통신사는 '文化交流'를 주된 목적으로 하고 있었지만, '國內外情勢의 探査'도 중요한 임무였다. 이에 일본을 세밀하게 관찰하고 기록하였다. 당시 일본은 이미 중국 및 서구 여러 나라들과의 통상을 통하여 농업·방직·조선 등 여러 부분에서 상당한 과학적 기술을 축적하고 있었다. 일본 문물의 발전상을 목격한 조엄은 이에 대한 정보를 수집하였다. '일본지도', '무기', 배의 제작 방법 등 다양한 정보를 수집하여 조정에 보고하는 한편, 백성들에게 도움을 될 만한 고구마·수차·제방·물레방아 등 실용적인 문물을 수용하고 도입하려는 의지를 보였다.

이러한 의지는 단순한 관찰이나 호기심에 불과한 것이 아니라 "인력을 허비하지 않고"(물레방아), "논에 물을 대기에 유리 하겠다."(수차), "서남해 제방에 사용한다면 힘입을 수 있을 것이다."(제방), "우리 백성에게 큰 도움이 아니겠는가.”, “제주도민이 해마다 손을 벌리는 것과 나창의 배를 띄워 곡식을 운반하는 폐단을 거의 제거할 수 있다.”(고구마)는 생각에서 나온 것으로 어려운 조선의 현실을 타개해보려는 노력의 일환이었다.

일본의 새로운 농작물과 과학기술을 도입하려는 시도는 조선의 재정 부족과 기술력의 한계로 대부분 성공을 거두지 못했지만, “외국의 법은 끝내 하나도 배우지 못하면서 그들을 왜놈이니 오랑캐니 하면서 비웃”었던 다른 통신사들과는 구별되는 모습이었다. 이처럼 통신사로서 실용적인 문물의 도입에 적극성을 보인 조엄이지만, 일본의 문화를 자세히 기록하고 조선에 전달하려는 태도는 보이지 않는다. 이는 조선이 일본보다 문화적으로 우월하다고 생각하고 있었기 때문이다.

(4) 실무 중시의 사고방식

조엄은 대외관계에 있어서 실무담당자의 중요성을 인식하고 있었다. 처음 서명응이 계미통신사의 정사로 내정되었을 때, 그는 부산 첨사 이명혁을 군관으로 데리고 가려 하였다. 그때 조엄은 부산 첨사가 “다른 나라에게 중시되는 것임을 알 수 있으므로 결코 무반이라 하여 경홀하게 여겨서는 안 된다.”고 반대하였다. “일시 대동하기 위하여 변진으로 하여금 뒷날 경시를 당하게 할 수 없”기 때문이라는 것이다. 이러한 생각은 그가 통신사로 부산에 도착한 다음 “사세를 생각해 보니, 더욱 나의 말한 바가 한 털끝만큼도 사사로운 뜻에서 나오지 않았던 것을 깨닫겠다.”고 확인하였다.[478]

---

478. 趙曮, 『海槎日記』, 앞의 책, VII-35~7쪽.

조엄은 외교에 있어서 형식보다 실질을 중요하게 여겼고, 이를 실천했던 인물이다. 이런 까닭에 조엄은 급박한 상황에서 계미통신사의 정사로 임명될 수 있었다. 그는 일본을 사행하면서 適材適所에 적합한 인물의 등용을 생각하였고[479], 이러한 생각이 실무자를 중요하게 여기는 요인이 되었다. 조선시대에 말단 실무는 대부분 중인계층[480]이 담당하였다. 그 중에서도 외교관계에 있어서 역관[481]의 임무는 막중하였다.

도주가 봉행을 시켜 수역에게 말을 전하면, 수역이 우리말로 사신에게 와서 고하고, 사신이 대답하는 것은 수역이 저들의 말로 봉행에게 말하면, 봉행이 도주에게 전한다. 그래서 주객(主客)이 스스로 말을 통하지 못하고, 그 수작하는 것이 전혀 봉행과 역관의 무리에게 달렸으니, 참으로 귀머거리나 소경이라고 할 만하다.[482]

---

479. 趙曮, 『海槎日記』, 앞의 책, Ⅶ-91쪽.

480. 조선시대에 중인 계층은 말단 행정 실무를 담당한 하급 지배 신분층으로서 기술관, 서얼, 중앙과 지방의 서리, 군교 등이 있다. 이들은 조선시대 모든 행정실무를 담당하고 있었고, 외교적 실무도 그 일부였다.

481. 역관은 조선시대 대외관계에 있어서 외교적, 문화적, 상업적 측면에서 많은 공헌을 하였다. 외교적 측면에서는 1. 외국 사신들과의 통역을 담당하였다. 2. 사행에 있어서는 전반적인 업무를 담당하면서 일행들을 통솔하였다. 문화적인 측면에서는 1. 외국의 학자들이나 서민들과 교류하여 문화교류의 첨병 역할을 하였다. 2. 외국 학자들의 서적이나 사상, 선진문물을 국내에 도입하였다. 3. 외국에서의 견문이나 자신의 사상을 한시나 기행록 등으로 기록하는 가운데 독자적인 세계를 구축하였다. 4. 실학사상이나 개화사상에 많은 기여를 하였다. 상업적 측면에서는 청, 조선, 일본 등과 중개무역을 담당하면서 상당한 부를 축적하기도 하였다.

482. 趙曮, 『海槎日記』, 앞의 책, Ⅶ-71쪽. "島主以奉行傳言首譯, 則首譯以我音來告于使臣, 使臣所答, 首譯以彼音言于奉行, 奉行傳于島主, 而主客旣不能自通言語, 其所酬酢, 全係於奉行譯舌輩, 誠可謂聾瞽也."

조엄은 외교의 실무책임자가 자신과 대마도주임에도 불구하고 실제적인 외교접촉에 있어서는 '귀머거리'와 '소경'에 불과한 처지라고 한탄하였다. 책임자들이 의사를 소통할 수 없었기 때문에 중간에 역관과 일본의 봉행이 개입하였고, 이들에 따라서 외교는 얼마든지 달라질 수 있기 때문이다. 이는 '역관'이 얼마나 중요한 역할을 담당하고 있는지 말해 주는 것이다.

역관은 단지 일본인과의 통역에 그치지 않고 사행에 일어나는 제반 사무를 총괄하고, 조선의 진의를 일본에 전달하기도 하였다. 그러기에 조엄은 대개 사대교린 때 통정하기 위해 설치한 것이나, 국가의 수용 또한 매우 긴요하다[483]고 말하였다. 계미통신사에서 가장 커다란 사건은 대마도 통사 鈴木傳藏에 의해 都訓導 최천종이 피살되는 사건이었다.

이 사건은 이전의 사행에서 없었던 일이었고 호행을 담당하던 대마도인에 의해 일어난 것이어서 조선과 일본에 커다란 충격을 주었다. 이 사건을 해결하기 위해 통신사 일행은 한 달을 大坂에 머물렀는데, 사건 해결을 수역에게 의존할 수밖에 없었다. 조엄은 두 수역인 최학령과 이명윤이 밤낮으로 게을리 하지 않고 갖가지 꾀를 써서 '사옥'을 성공시켰다고 말한다. 이러한 일로 인해 "국경을 나간 사신의 의사표현이 오로지 역관의 혀에 의지하므로 당초 역관을 설치할 때 지극히 긴요하다고 여겼는데, 변괴가 있은 지금에는 더욱 역관의 선택이 중요하다고 믿어졌다."[484]고 말하였다.

외교관계에 있어서 '역관'들의 역할이 컸던 만큼 그들의 부정함에

---

483. 趙曮, 『海槎日記』, 앞의 책, Ⅶ-96쪽.
484. 趙曮, 『海槎日記』, 앞의 책, Ⅶ-284쪽.

대한 의혹도 많았다. 對馬島와 교섭 중에 뇌물을 받기도 했기 때문이다. 역관들은 사행원들을 감독하는 동시에 대마도인들과 긴밀한 관계를 맺고 그들과 무역을 통해 부를 축적했다. 이런 까닭에 원중거는 대마도인의 횡포가 바야흐로 날로 심해지는데 역관들은 매일 대마도인의 수고가 전보다 배나 더 심하다고 항상 말하니 진실로 이상하다고 하였다. 이러한 통신사 내부의 갈등에 대하여 조엄은 모리하는 象譯이라 하고 흔히 일본 사람들과 부동한다고 의심하는 현실을 비판하고 있다. 그러면서 우리나라 사람은 스스로 일을 해내지는 못하면서 문득 남의 시비를 의논하기 좋아한다고 자신의 답답한 심정을 드러내었다. 그러면서도 역관 중에서 저들의 말에 달통한 자가 매우 드물다는 현실을 비판하였다.

조엄은 통신사행을 하면서 실무를 담당할 역관의 능력이 부족하다는 사실을 알았다. 이러한 능력부족은 선대의 업을 잇는 자가 적어지기 때문이다 이 문제의 원인은 일본이 중국·서양과 직접 교류한 이후 조선과 일본의 무역이 미약해졌다는데 있었다. 이로 인해서 조선의 공무역이 적어지고, 역관과 對馬島의 경제적 사정도 어려워졌다. 역관들의 생활이 점차 어려워지면서 글을 조금 아는 역관들의 子姪은 다른 길을 모색하였다. 사회적 변동으로 실무외교 담당자가 질적·양적으로 감소하는 현상이 발생한 것이다. 문제를 해결하기 위한 대안으로 조엄은 玄啓根·劉道弘을 校正官으로 倭語物名에 관한 책[485]을 만들도록 하였다.

---

485. 趙曮, 『海槎日記』, 앞의 책, VII-117쪽.

(5) 실리외교의 추구

조엄은 18세기의 마지막 통신사로 일본을 다녀온 대일외교 전문가였다. 그는 동래부사와 경상도 감사의 경험[489]을 통해 부산 왜관에 체류하는 왜인들의 일과 일본의 동태에 대해 누구보다 잘 알고 있었다.[487] 그러기에 통신사의 정사로 차출되었다. 실무외교를 경험한 그가 통신사 정사로서 가장 중시한 것은 誠信, 禮義, 體例였고, 일본과 交隣하는 도리는 誠信해야 하는 것이라고 하였다. 조선과 일본의 외교는 '화목'을 목적으로 한다. '화목'한 교린관계를 유지하기 위해서는 서로 '성실'해야 하며, '예의'와 '체례'를 잃지 않아야 하는 것이다.

서로간의 '신의'와 '의리'를 중시하는 이러한 태도는 조선 초기부터 지속되었던 외교관이었다. 교린의 예를 중히 여겨 사신을 보내 서로 우호를 맺으며 신의를 표하였다.[488] "교린의 도는 왕래하며 교빙하지 않아서는 안 되는 예이다."[489]는 생각은 조선 초기에 국가간의 실리를 중시하는 가운데 나온 것이다.

조엄은 일본과의 외교에 있어서 "적지 않은 재물을 소모하여 잊어버리기 어려운 원수를 먹이는 교린외교에 대하여 통분함을 참고 원

---

486. 동래부사는 실무외교를 담당하고 있는 邊臣이며, 경상도 감사는 대일교섭의 실무책임자로 이들은 專對의 책임을 지고 외교적 업무를 추진하였다. 전대의 책임이란 事勢에 따라 임의로 처리할 권한을 부여받은 것으로 조엄은 동래부사와 경상감사로서 맡은바 임무에 충실했던 인물이다. 그는 동래부사로 있을 때 왜관에서 역관의 인삼밀매를 엄벌에 처하였고,(『備邊司謄錄』제 134책, 34년 戊寅 6월 25일.) 경상감사 在職時에도 잠상처벌을 엄하게 실시했던 인물이다.(『備邊司謄錄』제 139책, 36년 庚辰 12월 1일.)
487. 三宅英利 저, 김세민·강대덕·유재춘·엄찬호 역, 『조선통신사와 일본』, 지성의 샘, 1996, 104쪽.
488. 『세종실록』, 28년 9월 9일 갑술.
489. 『성종실록』, 14년 9월 25일 을묘.

통함을 삼키는 마음으로 어찌할 수 없이 오랑캐와 화친한 최하의 방책을 쓴 것이지, 어찌 즐겨 하였겠는가?"[490] 라고 하였다. 조엄도 일본을 '잊어버리기 어려운 원수'로 인식하고 있다. 임진왜란 이후 지속되어온 일본에 대한 적개심이 이백여 년이 지난 조엄에게서 표출된 것이다. 그럼에도 '화친'을 맺는 이유는 어찌할 수 없는 상황 때문이라고 하였다.

이러한 이유에서 외교에는 "반드시 그에 합당한 도가 있으며, 이를 행하는 데에도 반드시 그에 맞는 章程과 品式이 갖춰져 있어야 한다."[491]고 하였다. 이러한 생각은 양국간의 '聘禮의 예'와 '국서에 대한 수정'문제에서 나타났다. 2월 27일 江戶에서의 빙례 때, 조선에서 보낸 예물이 큰 상위에 펼쳐져있는 모습을 보고 부끄럽고 분하다는 생각을 갖게 하였고, 이는 禮를 행함에 있어서 비판적 인식으로 나타났다.

조엄은 국서를 전달하고, 回程하기에 앞서 회답서 초본을 입수하게 되었다. 그 회답서는 격식에 문제가 있는 것으로 곧 수정을 요구하였다.

> 임금의 안후를 묻는 곳에 이르러서는 '기거 편하다 하오니 기쁘고 위로됨이 자못 깊습니다.(興居佳勝 欣慰殊深)'하고, 또 그 아래에 '이는 새로운 경사를 칭송합니다.(斯稱新慶)'하고, 또 그 아래에는 '친목을 닦는 정성입니다.(修睦之誠)'하였다. 안후를 묻는 어구는 輕忽한 듯하고, 稱慶 두 글자는 크게 망발한 것이며, 지성(之誠)의 誠자에는 치우치게 사용한 혐의가 있었으니[492]

---

490. 趙曮, 『海槎日記』, 앞의 책, Ⅶ-66쪽.
491. 『통문관지』 序.

國書는 조선의 국왕과 일본의 최고 외교권자인 大君 사이에 왕래한 문서를 말한다. 그것은 상대방의 위신을 드러내는 중요한 문서이며, 외교의 근간이 되는 것이다.[493] 그러므로 조엄은 배 위에서 생명의 위급을 만나는 어려운 순간에도 중요하게 간수하였고, 육로를 행할 때도 선두에 모시고 함부로 그것을 추월하지 못하게 하였다. 국서가 매우 소중히 다루어져 온 만큼 국서에서 발견된 잘못은 중대한 문제였다.

앞 시대에는 年號와 王號의 사용에 있어 문제가 되었으나 1763년(英祖 39)에는 국서의 格이 문제였다. 결국 '興居佳勝'은 '起居安寧'으로, '欣慰' 두 글자는 '嘉慶'으로, '稱慶'은 '敍歡'으로, '之誠'의 '誠'자는 '誼'자로 수정하였다. 조엄은 이러한 일이 일본인의 무식에서 나왔을 뿐이라고 하였지만 일본인이 통신사에게 사배례[494]를 시키고, 회답서에 격식을 맞추지 않은 것은 단순한 오류라기보다는 조선을 폄하하려는 의도가 내재되어 있는 것이다.

조선이 '중화'라는 '조선중화의식'이 지식인들 사이에 퍼져 있을 때, 일본에서도 '일본중화주의'가 지식인들 사이에 유행하고 있었다. 이러한 생각을 지닌 일본인들이 조선의 통신사행을 '來朝'라고 하고 '來朝記', '來朝圖'등을 매 사행마다 간행하기도 하였다. '조선'에서 온

---

492. 趙曮, 『海槎日記』, 앞의 책, VII-215쪽. "得見國書回答書草本, 此是太學頭林信言所撰也, 他餘雖如例, 至問上候處曰, 興居佳勝, 欣慰殊深, 又其下曰, 斯稱新慶, 又其下曰, 修睦之誠, 問候句語, 似涉輕忽, 稱慶二字大爲妄發之, 誠之誠字, 有嫌偏用, 見之不覺駭惋而寒心也."
493. 한태문, 『조선후기 통신사 사행문학연구』, 부산대학교 박사학위논문, 1995. 69쪽.
494. 三宅英利는 '사배례'가 복종을 맹서하는 조공의 양식이라고 하였지만, 조엄은 단지 "어느 때에 시작되었는지는 알 수 없지만, 진실로 한심하다"고 생각하고 있다. 조엄이 聘禮를 행할 때, 사배례에 특별한 의미를 부여하지 않고 있는 것으로 보아 이를 심각하게 인식하지 않은 것으로 보인다.

통신사가 '조공을 바치고자 온 사신'이라는 생각이 일본의 시각이었고, 이러한 생각이 '사배례'와 '국서 회답서'에 반영된 것이다. 조엄은 국왕과 일본의 '관백' 사이의 동등한 외교에 대해서 부정적으로 인식하고 있었다.

匪辟匪臣作威福　　임금도 신하도 아닌데 위엄과 복을 만드니
不知關白是何官　　관백이란 도대체 어떠한 벼슬인지 모르겠네
親傳御札心如碎　　어찰을 전할 적에 심장이 찢어지는 듯
追憶辰年淚欲瀾[495]　임진년을 추억하니 눈물이 쏟아지네

關白은 임금도 신하도 아닌 존재라고 하였다. 비록 조선과 외교를 진행하는 인물이지만, 조선의 국왕과 동일한 위치에 있지 않았다. 그러므로 그의 존재에 대해 의구심을 표현하면서 국서를 전달함에 있어 눈물이 쏟아진다고 하였다. 현재의 關白을 통하여 과거의 豊臣秀吉을 연상하고 비판적 시각을 드러낸 것이다. 조엄은 일본에서 만약 천황 제도를 회복한다면, 조선의 국왕과 일본의 천황 사이에서 상하의 관계가 문제로 발생할 우려가 있음을 알고 있었기 때문이다.

이 문제에 대하여 성호 이익도 "일본의 관백과 우리 임금이 대등한 예를 행할 경우 천황이 정권을 잡으면 그때는 어찌할 것인가"라고 회의한 바 있다. 그러므로 조엄은 이를 바로잡고, 조선이 부득이해서 교접한다면 왜황과 동등한 교제를 해야 옳다고 외교의 방향을 제시하고 있다. 이러한 생각은 그가 외교에 관한 전문가인 동시에 통신사의 실무책임자이기 때문에 가능한 것이다. 그러기에 임금

---

495. 趙曮, 『海槎日記』, 앞의 책, VII-215쪽. 〈江戶傳命〉

도 신하도 아닌 관백과 그 예의를 동등히 하는 것은 더욱 수치스럽
고 분한 일이라고 하였다.

江戶에서 임무를 마치고 조선으로 회정하는 도중에 4월 15일 대
판에 머물렀다. 여기에서 최천종이 살해당하는 사건이 일어났다. 최
천종 피살사건[496]에 대해 조엄은 인정의 놀랍고 비참함이 이루 말할
수 없다는 감정을 드러내고 있다. 일본인들에 대한 부정적인 인식이
표면화되어 "음흉하고 교활한 왜인", "오랑캐가 아무리 무식하다고
하지만 어찌 이같은 흉교가 있단 말인가!"로 나타나고 있는 것이다.

그러나 그는 통신사 정사로서 공적인 임무를 수행하고 있기에, 감
정을 그대로 표출시키기 보다는 현실적 외교를 더 고려할 수밖에 없
었다. 외교를 책임지고 있었기 때문에 그는 이로 인하여 두 나라 사
이에 틈이 생긴다면 이는 크게 옳지 못한 일이라고 하면서, 수행원들
에게 트집거리가 생길 우려마저 있으므로 조심하라고 하였다. 이것
은 그가 일본인과의 실무외교를 담당해 보았고, 일본인들을 잘 알고
있었기 때문에 가능한 행동이었다.

'對馬島'는 조선과 일본의 연결고리 역할을 하고 있었고, 조선이 정
략적으로 이용하고 있는 일본에 대한 '방패'였다. 대마도의 고리가

---

496. 최천종 피살사건은 4월 7일 鈴木傳藏이 都訓導 최천종의 목을 창으로 찌르고 도
    망갔다가 阿邊郡小浜에서 체포되어, 5월 2일 三首譯과 군관 입회하에 참죄에 처
    해진 사건이다. 이 사건을 바라보는 조선과 일본의 시각은 달랐다. 조엄은 최천종
    을 "신용하고 있던 장교로 성실하고 유능"한 사람으로 알고 있었다. 최천종은 죽
    기 직전에 "어떤 왜인과 다투었거나 원망을 맺을 꼬투리가 없는데, 왜인이 나를
    찔러 죽이려 하다니, 실로 그 까닭을 모르겠"다는 말을 하였다. 그러므로 조엄은
    범인을 처형해야 죽은 자의 영혼을 위로할 수 있다고 생각하였다. 반면에 일본에
    서는 최천종이 영목전장을 때렸기 때문에 일어난 사건이라고 생각하였다. 서로
    다른 입장의 차이 때문에 조선과 일본의 외교적 문제로 확대될 우려가 있었다.
    그러나 양국 조정에서는 이 사건을 개인적 사건으로 정리하고자 했다. 개별사건
    보다는 양국의 우호를 더 원하고 있었기 때문이다.

끊어짐은 일본과의 소원한 관계를 의미하는 동시에 새로운 외교적 방침을 수립해야 함을 의미한다. 그렇기 때문에 통신사 일행을 호행하던 대마도 태수에 대해서 "교린의 모든 일이 다 마도 태수를 좇아 이루어지느니만큼, 그와 원망을 맺고 한을 품는 것은 변방을 위한 원대한 계책이 아니"[497]라고 하였다.

조선과 '對馬島'는 정치적·경제적 관계만이 아니라, 표류자에 대한 귀환[498] 등의 문제도 결부되어 있었다. 그렇기 때문에 조선과 일본에서 대마도인에 대한 불만이 쌓여있음에도 불구하고 이를 단죄하지 못하고 있었다. 조엄도 태수와 원한을 맺는 것은 국가를 위한 일이 아니라는 인식하에 감정보다는 실리적인 측면에서 관계를 유지해 나가려고 하였다. 험난한 바다를 지나 통신사로 일본을 여행하면 조선에 대한 일본인의 인식이 예전과 같지 않음을 감지할 수 있었다. 이러한 변화를 조엄은 "모든 시중이 갈 때에 비하여 못하다", "근래 왜인의 정태는 점점 더욱 교사(巧詐)하여 일마다 말썽이 생기"고 있다고 기록하고 있다. 이 이후 조선과 일본은 서로에 대한 필요성을 잃어버리고 외교의 단절을 준비하고 있었다.

소결

신유한은 사행록을 기록함에 있어서 매일의 경험을 순차적으로 나열하는 방식이 아니라 중요한 사건을 중심으로 기록하였다. 그리면서도 별록과 일기에 일본 지식인들과의 교유과정 뿐만 아니라 일본 하층민들의 삶도 기록하였다.

---

497. 趙曮, 『海槎日記』, 앞의 책, Ⅶ-267~268쪽.
498. 趙曮, 『海槎日記』, 앞의 책, Ⅶ-306쪽.

　일본의 문화적 욕구와 발전, 하층민들의 삶에 대한 풍부한 문학적 자료를 수록하고 있는 것이 이 기록의 문학적 가치라고 한다면, 18세기 초반 봉건적 틀에 갇혀있던 조선의 지식인이 일본에서 지식인들과 교유하면서 시대와 사회상을 풍요롭게 보여준 것이 문화사적 의의라고 할 수 있다.

　18세기에 일본을 사행한 조엄은 풍부한 전거를 활용한 실증적인 서술태도를 바탕으로 자신의 체험을 『해사일기』에 기록하였다. 기록함에 있어서 공문서를 일기의 문면에서 제외하고, 견문록도 기록하지 않았다. 270수의 漢詩는 별도로 『수창록』에 기록하였다. 실증적 서술태도와 사행일기의 독립은 『해사일기』가 다른 대일사행문학과 구별되는 특징이라고 할 수 있다.

　『해사일기』가 18세기 조선과 일본의 현실을 대비시켜 줄 수 있는 기록이라면, 『수창록』은 노정에 따른 사행의 견문과 소회를 시로써 노래하여 사행에 참여한 인물들의 의식세계를 짐작하게 해준다.

　조엄은 일본의 정치, 경제, 문학과 문화 등 다양한 분야에 관심을 보였으며, 이들을 판단하는 기준을 조선에 두었다. 이 결과 조선의 당대현실에 관심을 가지게 되었고, 현실에 대한 자각과 반성의 움직임을 보였다. 이러한 태도는 실사구시에 바탕을 둔 것으로 일본을 사실적으로 관찰하는 한편, 실용적인 문물을 도입하도록 하였다.

VII. 문학사적 의의

조선시대 통신사문학 연구

　외교는 국가들 간의 관계를 확인하는 일이다. 이러한 관계 확인은 국가가 성립된 이후 지속되어온 행동양식으로 현대처럼 신속한 결정이 요구되는 시대에는 상대국에 외교관이 상주하면서 의사결정을 한다. 그러나 조선시대에는 동아시아의 거의 모든 국가들이 閉鎖정책을 취하고 있었기 때문에 외교관이 常駐할 수 없었다. 이러한 이유로 국가간의 외교는 사행을 통하여 이루어졌다. 사신은 파견되어 가는 이국을 여행하면서 자신의 견문과 체험을 기록하였다. 이러한 기록이 현재까지 사행록으로 전하고 있다.

　조선과 관계를 맺고 있는 나라는 명·청과 일본이다. 명과 청나라는 선진국으로 인식되어 매년 정기적으로 수차례 사행이 이루어졌고, 조선에서는 이 사행을 통하여 선진문물과 문화를 도입하고자 하였다. 그러나 일본으로의 사행은 당면한 현안을 해결하기 위한 목적으로 시행하였기 때문에 비정기적인 사행이었으며, 임시적인 사행이었다.

　이러한 대일사행은 임진왜란을 기점을 상반되는 모습을 보이고 있다. 조선 건국 직후의 사행은 '왜구문제'를 해결하기 위하여 파견되었기 때문에 왜구를 제외한 일본인에 대해서는 적대적 감정을 지니지 않았으며, 그들에 대한 정보를 기록할 필요성도 적었다. 그리고 이때에는 일본을 가까이 있는 인접국으로 인식하기보다는 '바다'를 경계로 분리된 나라로 생각하고 있었다. 이러한 인식으로 인해 '왜구문제'가 해결되면서 사행을 중지하는 결과가 나타났다. 이후 조선과 통교를 원하는 일본인들이 조선을 찾아왔고, 이에 따라 海東의 여러 나라에 대한 통교자 문제에 관심이 집중되었다.

이 시기의 사행록은 임진왜란 이후의 일기체 사행록과는 다른 형식을 지니고 있다. 일본에 대한 '報告'보다는 자신의 '經驗'을 중시하였기 때문에 한시로 표현하기에 충분하였고, 일본에 대한 견문록은 기록하지 않았다. 『해동제국기』도 사행의 체험을 기록한 것이 아니라, 조선의 외교적 의례를 체계화하기 위한 목적으로 기록한 것이다.

외교관계는 시대에 따라 변화한다. 15세기 조선과 일본의 정치적 세력이 새로운 세력으로 교체된 이후 대일외교가 재개되었지만, 양국은 이전의 협력관계가 아니라 갈등관계에 놓이게 되었다. '명분'과 '의리'를 중시하는 성리학적 가치관을 지닌 조선사신과 일본을 통일한 이후 '중화의식'을 지닌 일본막부 정치인이 서로 외교적 우위를 확보하려고 하였기 때문이다. 이러한 갈등 속에서 김성일은 조선의 문화적 우월성을 바탕으로 조선을 능멸하는 일본인에 대하여 비판적 시각을 드러내었다. 이러한 비판은 오랫동안 관계를 지속해온 대마도주와 전통적 외교의식을 지속하려는 통신사 정사 등과의 갈등으로 나타났다.

임진왜란을 계기로 양국의 관계는 이전과는 달라진 인식을 지니게 되었다. 임진왜란을 체험하면서 조선인은 일본이 인접한 국가라는 사실을 인식하게 되었고, 일본인에 대해 적대감을 지니게 되었다.

임진왜란 이전의 사행은 '海路'에 한정되어 있어서 일본인들을 만날 기회가 적었던 반면에, 德川幕府가 江戶에 자리하면서 '海路'만이 아니라 '陸路'를 통한 사행을 병행하였기 때문에 일본인들과의 만남이 빈번하게 이루어졌다. 이런 교류를 통하여 사신들은 일본과 일본인을 새롭게 인식하게 되었다.

임진왜란 이후 단절된 국교를 회복하기 위한 노력이 회답겸쇄환사의 파견으로 나타났다. 이들은 일본을 사행하면서 한시를 배제하고 일기와 견문록 중심의 사행록을 만들었다. 개인적 서정을 중시하는 한시는 일본에 대한 적대적 감정이 남아있었기 때문에 사행록에 표현할 수 없었다. 서적 등을 통해서 얻을 수 있는 정보는 한정되어 있었고, 이런 제한된 정보를 통하여 인식하던 일본과 일본인을 실재로 경험했을 때, 사신은 심리적인 충격을 경험하게 되었다. 이는 현실에 대한 자성의 모습으로 나타나게 되었다. 이러한 경험을 바탕으로 기록한 使行錄은 단순한 역사적 사실을 넘어서서 문학적 감동을 줄 수 있는 것이다.

임진왜란의 영향으로 명 중심의 동아시아 국제질서는 변화하기 시작하였다. 명·청교체와 일본의 서계변경에 대한 요구는 조선에 있어서 커다란 위협으로 다가왔고, 외교적 선택을 강요받았다. 仁祖는 1636년 일본으로의 사행을 결정하면서 일본의 서계변경을 수용하였다. 이는 15세기 초에 형성한 교린체제의 파기를 의미하며, 임진왜란의 경험을 되풀이하지 않겠다는 의지이기도 했다. 이러한 외교질서의 변화는 통신사에게 개성표현보다는 소명의식을 드러내도록 하였다.

임진왜란이 일어난 지 수십 년이 경과하여 조선과 일본의 감정적 대립이 어느 정도 해소될 여지가 있었기 때문에 양국 사신들 간에 한시를 수창할 수 있었다. 김세렴은 일본을 사행하면서 일본지식인이 성리학을 수용하고 있음을 발견하고, 그들을 야만인으로 평가할 수 없다는 결론을 내렸다. 사행을 통하여 일본인에 대한 인식의 전환이 일어난 것이다.

淸이 중원을 장악하면서 국제질서는 안정을 찾았다. 조선에서는 丁卯, 丙子 양난을 경험하여 청에 대한 적대감이 높아갔고, 이에 따라 일본에 대한 외교적 안정을 중시하였다. 이런 이유에서 1636년의 외교적 갈등이후 조선과 일본은 우호적인 외교관계를 지속하였다. 1655년 일본을 사행한 남용익은 일본에서의 견문과 심회를 기록함에 있어서 외교적 갈등을 드러내기 보다는 '가족에 대한 그리움' 등 개인적인 감정을 주로 표출하였다. 일본을 사행하면서 개인적으로 지니게 되는 불안감과는 달리 조선과 일본은 정치·외교적 안정을 유지하였다.

막부의 정권안정을 위한 목적에서 시도되었던 日光山致祭였지만, 통신사가 이를 시행했다는 사실은 致祭가 양국간의 안정을 상징한다고 할 수 있다. 남용익은 일본에 대한 정보 수집을 위해 기록하였던 견문록 형식을 체계화시켰을 뿐만 아니라 일기에 다양한 시체를 사용하였다. 이러한 사실은 대일 사행록이 '보고' 위주에서 개인적 성향의 '문학'으로 변모되어 간다는 사실을 보여준다고 할 수 있다.

사행록이 비록 공식적인 사행의 결과물이지만, 기록에 있어서 개인의 감정과 가치관이 투영되기 마련이다. 이런 점에서 문학적으로 접근할 수 있는 근거가 된다. 그리고 일본에 대한 조선 지식인의 인식을 전해주고 있다는 점에서 시대적 의의 또한 적지 않다.

새로운 국제질서가 형성된 17세기 이후 안정기가 지속되고 있었고, 18세기에는 이러한 안정이 확고해졌다. 그러므로 이 시기의 사행은 조선과 일본의 당면한 현안을 해결하기 위한 목적보다는 문화교류의 측면이 중시되었다. 사행록을 기록한 계층도 三使에서 委巷文人으로 확대되었고, 일본에 대한 인식도 표피적인 면에서 보다 심화되었다.

1719년 申維翰은 서얼의 신분으로 제술관이 되어 일본을 사행하였다. 개인에게 있어서 한 시대를 풍미했던 정신뿐만 아니라 신분적 질곡도 대상을 인식하고 파악하는 중요한 요인이 될 수 있다. 신유한은 서얼이라는 자신의 신분적 한계를 인식하고 있었고, 이러한 인식은 일본 지식인들과의 교유과정에서 뿐만 아니라 일본 하층민들의 삶을 문학으로 형상화하는 동력이 되었다.

일본의 문화적 욕구와 발전, 하층민들의 삶에 대한 풍부한 문학적 자료를 내장하고 있는 것이 『해유록』의 사행문학적 가치라고 한다면, 봉건적 틀에 갇혀있던 조선의 지식인으로 夷狄으로 무시하던 일본인을 만나 교유하면서 자신의 삶과 인식을 풍요롭게 하였다는 점은 문화사적 의의라 할 수 있다.

1763년 일본을 사행한 조엄은 이전의 기록들을 수집·보완하여 『해사일기』를 기록하였다. 일본에서의 견문만이 아니라 풍부한 전거를 활용하여 실증적으로 사행록을 기술하였다. 공문서들은 일기의 문면에서 제외시키는 한편 견문록도 기록하지 않았다.

그는 일본에서 벌어진 일들을 사실적으로 기록하면서 당시 일본에 대한 인식과 조선의 현실을 우리에게 전해 주고 있다. 조선의 당대현실에 대한 인식은 일본의 선진문물에 대한 도입의지로 이어지고 있으나 이는 일시적인 현상에 머물렀다. 이러한 한계에도 불구하고 조엄은 實事求是하려는 노력은 높이 평가되어야 할 것이다.

이처럼 통신사는 일본 사행의 경험을 바탕으로 저마다 사행록을 기록하였다. 우리는 그들이 기록한 사행록을 읽고, 이해함으로써 일본에 대해 보다 객관적인 인식이 가능해졌다. 이런 점에서 사행록을 읽고 통시적으로 사행록의 변화상을 살펴볼 필요가 있다.

VIII. 결 론

조선시대 통신사 문학 연구

　본 연구는 조선시대 대일사행록의 통시적 변화를 고찰하여 대일인식의 변화상과 그 문학적 형상화의 본질을 파악하고자 하는 의도에서 마련되었다.

　조선시대 대일사행록은 현재 37종정도가 전하고 있다. 현재까지 이들에 대한 논의는 임진왜란 이후의 기록을 중심으로 이루어지고 있어서 임진왜란 이전에 대한 연구는 미흡한 실정이다. 대일사행록에 대한 종합적인 연구도 몇 편 나왔지만 조선 후기의 '통신사 문학'을 중심으로 다루었기 때문에 조선시대 전·후기를 아우르는 통시적인 흐름에 대한 연구는 제대로 이루어지지 않았다고 할 수 있다.

　대일사행록은 여행하면서 실제로 보고 듣고 체험한 것을 서술한 것으로 기록문학인 동시에 보고문학이다. 허구가 아니라 작가의 체험을 바탕으로 한 사실적 기록이다. 이런 특성으로 인해서 비록 한시 형식으로 기록한 使行錄이라고 할지라도 사실적인 성격을 버리기 어렵다. 사실성이 강하기 때문에 기록자의 문학적 상상력을 기대하기도 쉽지 않다. 기록자가 경험하는 상황에 대한 이해와 이를 전달하는 과정에 경험세계를 확대시킬 수 있다. 그러나 여기에서 나아가 제한된 정보를 바탕으로 인식하고 있던 세계를 직접 경험하는 데서 오는 심리적 충격을 기록하여 전달할 수 있다. 우리는 이를 통하여 사행록이 형성된 시대의 모습과 문학으로 형상화한 기록자의 의식세계를 짐작해 볼 수 있다.

아울러 이런 기록을 통하여 일본의 풍속과 생활상, 그들을 바라보는 조선 지식인의 인식 등도 살펴볼 수 있다. 그러나 이런 기록은 단편적인 모습만을 규명할 수 있을 뿐이고, '사행록'의 문학적 의미를 확장하기 위해서는 통시적인 규명이 필요하다.

'대일사행록'을 통시적으로 살펴봄으로써 변화해 가는 국제질서의 흐름과 일본에 대한 조선지식인들의 인식을 살펴볼 수 있다. 그러므로 본 연구에서는 조선시대 대일사행록을 통시적으로 고찰하여 조선 지식인의 인식이 변화하는 과정을 살펴보는 것에 일차적인 목적을 두었다. 본론에서 논의한 바를 요약하여 결론으로 삼고자 한다.

우선 II장에서는 '사행의 노정과 성격', '사행의 시기별 유형과 성격'을 살펴보았다. 노정은 크게 국내 노정과 일본 노정, 육로와 해로로 나눌 수 있다.

조선에서 사행을 위해 준비한 길은 임진왜란 이전과 이후가 달랐다. 이러한 변화는 使行路를 알고 있던 일본이 이 길을 따라 침략해왔기 때문이다. 임진왜란 이후 이에 대한 반성으로 관도인 영남대로와는 다른 길을 사행로로 이용하였다. 이 길은 의전행사를 위해 별도로 준비한 길이며, 두려움을 지니고 사행하는 사신들을 위로하는 연회와 전별이 이루어지던 길이다.

일본노정은 막부에서 결정하였으나, 일기의 변화, 정치적·외교적 상황에 따라 약간씩 달라졌다. 선진문물을 지닌 조선의 사신은 '해로'와 '육로'를 따라 사행하면서, 일본의 지식인과 민중들을 만났고, 이 여정에서 그들의 문화적 욕구를 충족시켜 주었다.

'사행의 시기별 유형과 성격'에서는 사행을 4기로 구분하였다. 1기는 '왜구문제' 해결에 관심을 둔 건국 직후에서 임진왜란까지이다. 송희경은 '대마도정벌'을 배경으로 일본을 사행하였다. 이 시기는 임진왜란 이전이었기 때문에 일본에 대한 적대적 인식은 드러나지 않았다. 객관적인 일본인식을 바탕으로 心懷를 표현하였다. 왜구문제가 해결된 1443년(세종 25)이후에는 '일본의 내전으로 인한 혼란'과 '수로의 험난함'을 이유로 대일사행을 중지하였다. 이후 일본에서 건너오는 通交者 문제를 해결하기 위하여 『해동제국기』를 기록하도록 하였고, 이는 임진왜란 이후 '견문록'형식의 토대가 되었다.

사행이 중지된 시기에 조선과 일본의 정치세력이 변화하였다. 일본이 하나로 통일된 이후, 그들 내부에도 '일본중화의식'이 나타났다. 통신사로 파견된 김성일은 일본을 사행하면서 주체의식을 강조하였고, 유교적 문명성을 중시하는 성리학적 가치관에 입각하여 일본을 蠻夷로 인식하였다. 이러한 인식은 일본과의 갈등뿐만 아니라 통신사 내부의 갈등을 야기하는 원인이 되었다.

2기는 1592(선조25)년부터 1635(인조 13)년까지이다. 2기에는 임진왜란으로 인한 피해를 수습하기 위하여 일본으로 회답겸쇄환사가 파견되었다. 그들은 피로인을 쇄환하고, 일본과 외교관계를 수립하는 데 목적을 두었다. 그러나 그들의 노력에도 불구하고 쇄환은 별다른 성과를 거두지 못하였다. 이 시기의 사행은 임진왜란으로 인한 피해를 수습하는 과정에 이루어졌기 때문에 교린체제를 모색하기 위한 사행이라 할 수 있다. 사신은 일본에 대한 사실 확인을 위하여 일기와 견문록 중심으로 사행록을 기록하였다.

3기는 1636(인조 14)년부터 1681(숙종 7)년까지이다. 3기에는 조선에 대한 청의 '사대'요구와 일본 서계변경 요구를 배경으로 대일사행이 이루어졌고, 문화교류가 재개되었다. 국제질서가 안정을 찾아 '소명의식'에서 '가족에 대한 그리움'으로 기록자의 인식이 변모되었다.

4기는 1682(숙종 8)년부터 1811(순조 11)년까지이다. 4기에는 다양한 계층이 사행에 참여하고 그들 나름대로 使行錄을 기록하기 시작하였다. 이러한 시도는 일본에 대한 깊은 관심이 반영된 것이다. 이 시기에 이르러 사행록은 공적인 기록에서 사적인 기록으로 변화되기 시작하였고, 한글로 기록된 使行錄이 등장하였다. 관심도 일본 서민생활과 풍속으로 확대되었고 일본에서 문물을 도입하려는 시도까지 나타났다.

Ⅲ장에서는 '교린체제의 담당층 변화와 시각의 다양화'를 살펴보았다. 임진왜란 이전의 사행에 있어서 송희경과 金成一은 외교적 자세가 분명하게 구분되고 있음을 살펴보았다. 조선 건국 직후의 신진사대부들은 실리적인 측면에서 외교를 접근하고 있는 반면에 16세기 말의 성리학자는 '禮義'과 '體貌'를 중시하면서 조선의 주체적 의식을 지니고 대일외교를 하였다.

신진사대부인 송희경은 일본을 사행하고 돌아온 직후 세종의 명을 받아 견문한 내용을 시로 기록하였다. 그는 일본사회의 모습을 객관적인 시각에서 바라보고, 문화적 교류보다는 인간적 교류의 측면에 관심을 보였다. 당시 일본에서는 한문 문화가 발달하지 않았기 때문에 문화교류보다는 '술'을 매개로 그들과 인간적인 교류를 하였다. 그는 일본을 사행하면서 일본의 성풍속을 관찰하고 '기이한 일'로 여기면서도 이를 사실적으로 기록하였고, 굶주리는 백성들을 보면서 성리학자로서 불교를 비판하였지만 그들의 삶은 긍정적으로 인식하려고 하였다. 일본을 왕환하는 여정의 괴로움과 두려움을 사실적으로 드러내기도 하였다.

반면에 김성일은 퇴계 이황의 제자로 심성을 중시하는 성리학자였다. 그는 일본을 사행하면서 '예의'와 '체모'를 중시하였고, 이에 바탕을 둔 우월의식을 지니고 있었고, 이는 외교에 있어서 주체의식으로 나타났다. 그의 성리학적 의식은 전통적인 외교적 방법을 고수하는 정사 황윤길, 서장관 허성과 갈등을 빚는 원인이 되기도 하였다.

Ⅳ장에서는 '교린체제의 모색과 피로인쇄환의 외교적 대응양상'을 살펴보았다. 회답겸쇄환사는 임진왜란을 수습하기 위한 목적으로 파견되었다. 그들은 쇄환을 목적으로 일본을 사행하였지만 일본의 입장에서는 쇄환을 도울 처지가 아니었다. 이런 이유로 중개를 담당한 대마도인과 갈등하였고, 조선에서 잡혀온 피로인과도 갈등하였다. 그들은 일본을 사행하면서 일본의 정치, 외교, 풍습, 문화, 문물을 관찰하고 기록하였다. 이러한 기록은 일본에 대한 정확한 정보를 수집하려는 목적 때문이었다. 이러한 목적을 위하여 견문록을 중심으로 정보를 기록하였다.

Ⅴ장에서는 '문화교류의 재개와 대일인식의 변화'를 살펴보았다. 김세렴은 병자호란 직전의 혼란스러운 상황에서 일본을 사행하였다. 그의 목적은 '柳川一件'으로 곤란한 처지에 놓인 대마도주를 구원하고 일본과의 서계문제를 해결하는 동시에 일본과의 관계를 재정립하는 일이었다. 이 시기에는 문화를 교류할 수 있는 많은 수행원들이 사행에 참여하였고, 이들과 함께 일본을 사행하면서 일본을 인식하는 한편 조선의 불안한 현실을 자각하였다. 이 결과 김세렴은 '自强'과 '平和'를 강조하였다.

통신사가 江戶에 도착했을 때 日光山 유람을 강요받았다. 막부에서 자신의 정치력을 확보하기 위하여 통신사를 이용한 것이다. 이런 일을 겪으면서 일본에 대해 부정적인 인식을 드러내기도 하였지만, 김세렴은 사행하는 동안에 일본에 대한 긍정적인 인식을 많이 보여

주었다. 자신을 찾아와 성리학을 묻고 변론하는 일본인을 보면서 그들이 성리학을 수용하고 있음을 확인하였다. 이런 이유에서 그들을 결코 야만인이라고 무시할 수 없다는 생각을 드러내었다. '성리학'을 매개로 일본에 대한 새로운 평가가 이루어진 것이다. 이러한 평가는 조경에 의해서 재확인된다. 조경은 일본에서 성리학을 수용하고 있지만 이는 외면적인 것이요 본질은 변하지 않았다고 하였다.

남용익은 병자호란을 겪은 이후, 국제질서가 안정된 시기에 사행하였다. 그의 목적은 막부장군의 습직을 축하하는 것이었고, 평화로운 시기에 이루어진 일이기 때문에 사행하면서 소명의식을 강하게 느끼지 않았다. 그보다는 戀君之情과 가족에 대한 그리움 등 개인적 정서를 기록하였다. 동시에 견문록을 체계화하였다. 일본을 사행하면서 많은 한시를 남겼는데, 이 시의 대부분은 통신사 일행과의 수창을 위해 지은 것이지만, 일본의 以酊菴 승려와 林道春 등 일본의 지식인들과 교류도 활발하였다. 이 시기에 들어와 사행의 관심이 외교에서 점차 문화교류와 개인적 서정으로 옮아가고 있었다.

Ⅵ장에서는 '문화교류의 다양화와 대일인식의 심화'를 살펴보았다. 申維翰은 제술관으로 일본을 사행하면서 조선에서 억눌린 감정을 해소하고자 하였다. 일본의 아름다운 자연을 '仙界'로 인식하고, 그곳에 귀의하려는 태도를 보이지만 결국은 그곳이 선계가 아님을 재삼 확인한다. 그가 자연에서 벗어나 사행에서 관심을 보인 부분은 일본 민중의 삶과 생활풍속이었다. 그는 성리학에서 터부시하던 일본의 내면을 관찰하고 시로 형상화하는 동시에 많은 일본인과 교류하였다. 교류를 통하여 당시 일본의 지식인들은 한문학에 많은 관심을 가지고 있었으나 성리학의 경전을 이해하는 수준에 머물러 있었음을 확인하였다.

조엄은 동래부사와 경상도 관찰사를 지낸 경험을 바탕으로 일본을 보다 정확하게 인식하였다. 일본에 관한 경험을 바탕으로 조선의 문제점과 일본의 발전상을 확인하였다. 그는 조선중화의식을 지니고 있으면서도 일본과 조선이 동등하다는 인식을 보여주었다. 일본을 사행하면서 세계의 변화를 목격하고, 대일외교에 있어서 전문가의 필요성을 절감하지만 조선을 변화시키기에는 역부족이었다.

Ⅶ장에서는 지금까지 논의를 바탕으로 하여 문학사적 의의를 살펴보았다. 使行錄은 단순히 사실만을 기록한 것이 아니다. 기록과정에 시대의 변화가 결부되었고, 이에 따라 표현형식과 내용이 달라졌다.

본 연구는 개항이전까지의 조선시대 使行錄 중에서 한 시대를 대표할 수 있는 작품을 선정하였기 때문에 모든 작품들을 언급할 수 없었고, 작품들 사이의 유기적 연관성을 확연히 드러내지 못하였다는 한계를 지니고 있다.

80년대 이후 현재까지 오랜 시간이 지났음에도 불구하고 대일 사행문학은 단편적인 접근만을 하였다. 이러한 접근방법에서 벗어나 대일사행문학의 본모습을 발견하기 위해서는 통시적 규명이 필요하였다. 개별 작품론에서 벗어나 통시적·공시적 관계를 규명함으로써 대일 인식이 어떻게 변화되었고, 현재 어떻게 변화되어 가는가를 밝힐 수 있기 때문이다. 이렇게 함으로써 현재 일본과의 외교문제를 해결할 방안을 찾을 수 있다고 본다.

앞으로는 임진왜란 이후부터 개항이전까지로 제한적인 연구를 벗어나 임진왜란 이전과 개항이후의 대일사행문학의 모습도 규명해야 한다. 이를 통하여 한국과 일본의 대외인식을 재발견할 수 있기 때문이다.

조선시대 통신사 문학 연구

참고문헌

1. 자료

『국역 해행총재』, 민족문화추진회, 1975.

『국역 통문관지』

『논어』

『담헌서』

『비변사등록』

『연암집』

『조선왕조실록』

『증정 교린지』

2. 저서

강재언, 『譯註 申維翰海遊錄』, 동양문고, 1974.

강재언, 『朝鮮通信使がみた日本』, 明石書店, 2002.

구자균, 『한국평민문학사』, 민족문학사, 1947.

김동철, 『전근대 한일관계사』, 한국방송대학교출판부, 1999.

김의환, 『조선근대 대일관계사 연구』, 경인문화사, 1974.

김의환, 『조선통신사의 발자취』, 정음문화사, 1985.

김태준, 『朝鮮漢文學史』, 朝鮮語文學會, 1931.

박찬기, 『조선통신사와 일본 근세문학』, 보고사, 2001.

소재영·김태준, 『여행과 체험의 문학(일본편)』, 민족문화문고간행회, 1985.

소재영·김태준·조규익·김현미·김효민·김일환, 『연행노정, 그 고난과 깨달
　　　음의 길』, 박이정, 2004.
손승철, 『조선시대 한일관계사연구』, 지성의 샘, 1994.
손승철, 『근세조선의 한일관계연구』, 국학자료원, 1999.
辛基秀, 『朝鮮通信使往來 : 江戶時代260年の平和と友好』, 明石書店,
　　　2002.
이우경, 『한국의 일기문학』, 집문당, 1995.
이원식, 朝鮮通信使と日本人-江戶時代の日本と朝鮮, 학생사, 1992.
이원식, 『조선통신사』, 민음사, 1991.
이진희, 『江戶時代の朝鮮通信使』, 강담사, 1987.
이진희, 『李朝の通信使-江戶時代の日本と朝鮮』, 강담사, 1976.
이현종, 『조선전기 대일교섭사 연구』, 한국연구원, 1964.
이혜순, 『조선통신사의 문학』, 이화여자대학교 출판부, 1996.
임장혁, 『조형의 부상일기 연구』, 집문당, 2000.
장경남, 『임진왜란의 문학적 형상화』, 아세아문화사, 2000.
정기철, 『한국 기행가사의 새로운 조명』, 역락, 2001.
정　민, 『한시미학산책』, 솔, 1998.
정옥자, 『조선후기 문학사상사』, 서울대 출판부, 1990.
조규익, 『국문사행록의 미학』, 역락, 2004.
조동일, 『한국문학통사』, 지식산업사, 1994.
조동일, 『한국의 문학사와 철학사』, 지식산업사, 1998.
조동일, 『한국문학사상사시론』, 지식산업사, 1999.
조선통신사문화사업추진위원회, 『마음의 교류 조선통신사』, 2004.
최강현, 『한국기행문학연구』, 일지사, 1982.
하우봉, 『조선후기 실학자의 일본관연구』, 일지사, 1989.

3. 학위 논문

김경숙, 『18세기 전반 서얼문학연구 : 이세원, 신유한, 강백, 김도수를 중
　　　심으로』, 이화여자대학교 박사학위논문, 1999.

김명순, 『조선후기 기속시 연구』, 경북대학교 박사학위논문, 1996.

김영숙, 『신유한 한시 연구』, 영남대학교 석사학위논문, 1981.

김정일, 『1636년 통신사와 조선의 대마도인식을 중심으로』, 숙명여자대학교 석사학위논문, 1988.

김현미, 『18세기 연행록의 전개와 특성연구』, 이화여자대학교 박사학위논문, 2003.

문종선, 『15세기 回禮使 宋希璟에 關한 硏究 -日本行錄을 中心으로』, 전주대학교대학원 사학과석사학위논문, 1993.

손승철, 『조선후기 대일정책의 성격연구』, 성균관대대학원 박사학위논문, 1990.

엄경흠, 『한국 사행시 연구』, 동아대학교 박사학위논문, 1993.

이재원, 『18세기 일본 지식인의 조선인식에 관한 일고찰』, 경성대학교 사학과 석사학위논문, 1994.

이종일, 『朝鮮後期 士大夫層의 社會意識 : 燕行錄과 海行摠載를 中心으로』, 경북대학교 박사학위논문, 1993.

장순순, 『조선후기 통신사행의 제술관에 대한 일고찰』, 전북대학교 사학과 석사학위논문, 1989.

장경남, 『임진왜란 실기문학연구』, 숭실대학교 박사학위논문, 1997.

최종일, 『조선통신사의 일광산치제연구』, 강원대학교 사학과 석사학위논문, 1998.

피정희, 『구곡 최기남의 시세계연구』, 성신여자대학교 박사학위논문, 1993.

피정희, 『이언진의 생애와 시 연구』, 성신여자대학교 석사학위논문, 1984.

하우봉, 『조선후기 실학자의 일본관연구』, 서강대학교 박사학위논문, 1989.

한태문, 『조선후기 통신사 사행문학연구』, 부산대학교 박사학위논문, 1995.

4. 일반 논문

김갑기, 역관사가론, 『한국문학연구』13집, 동국대학교한국문학연구소, 1990.

김경숙, 18세기 서얼문사 신유한의 의식세계, 『우리 한문학사의 재조명』, 집문당, 1999.

김경숙, 18세기 조선통신사 제술관 및 서기의 문학세계, 『온지논총』1집, 온지학회, 1995.

김문식, 조선후기 통신사행원의 대일인식, 『대동문화연구』, 성균관대학교 대동문화연구원, 2002.

김선희, 17세기 초기-중기 林羅山의 타자상, 『한일관계사연구』제16집, 한일관계사학회, 2002.

김성진, 남옥의 생애와 일본에서의 필담창화, 『한국한문학연구』19집, 한국한문학회, 1996.

김성진, 조선후기 통신사의 기행시문에 나타난 일본관연구, 『도남학보』15집, 도남학회, 1996.

김성진, 조선후기 통신사의 일본문학 인식, 『한국문학논총』제18집, 한국문학회, 1996.

김성진, 조선전기 통신사의 부전행록에 대하여, 『문창어문논집』37, 문창어문학회, 2000.

김성진, 朝鮮前期 韓日兩國 文人의 詩文唱和에 대하여, 『한국문학논총』제28집, 한국문학회, 2001.

김성진, 조선전기 한일간 문학교류의 한 양상 - 송천유처시권 및 고림정시축과 관련해서, 『동양한문학연구』14, 동양한문학회, 2001.

김승우, 기행시문집에 나타난 우리나라 역대 문인학자들의 일본관 연구-여한시대 일본기행 시문집 〈해행총제〉를 중심으로, 『덕성어문학』7집, 덕성여대국어국문학과, 1992.

김용기, 임진왜란의 피로인 쇄환관계 신자료 해동기 고, 『대구사학』1집, 대구사학회, 1969.

김의환, 조엄이 본 18세기 후반기의 일본사회와 조일관계 -그의 『해사일기』를 중심으로, 현암 신국주선생 화갑기념 『한국학논총』, 1985.

김태준, 18세기 한일문화교류의 양상 - '강관필담'을 중심으로 -, 『논문집』18집, 숭실대학교, 1988.

김태준, 동아시아 문학의 자국주의와 중화주의의 위기 - 18세기 한일문학교류의 한 양상, 『일본학』6집, 동국대일본학연구소, 1987.

김태준, 임진란 이후의 한일교류, 『문예진흥』96집, 한국문화예술진흥원, 1984.

김태준, 18세기 燕行使의 思考와 자각 : 『熱河日記』를 중심한 여행자 문학론, 『明大論文集』11집, 명지대학교, 1978.

김태준, 18세기 실학파와 여행의 정신사-을병연행록을 둘러싼 외국 체험을 중심으로-, 『전통문화연구』1집, 명지대학교, 1983.

민덕기, 임진왜란에 납치된 조선인의 귀환과 잔류로의 길, 『한일관계사연구』제20집, 한일관계사학회, 2004.

박찬기, 18세기 초 오사카에서의 신유한과 미즈타리헤이잔, 『일본어문학』6집, 한국일본어문학회, 1990.

박찬기, 甲申年 朝鮮通信使와 實錄體小說 『朝鮮人難波の夢』, 『일본어문학』, 한국일본어문학회, 2000.

박찬기, 도진고로시의 세계와 각색의 변모유형, 『일본어문학』9집, 한국일본어문학회, 2000.

박찬기, 조선통신사와 가부키, 『국제일본문학연구집회회의록』14, 일본국문학 연구자료관, 1990.

박창기, 조선시대 통신사와 일본 적생저래문의 문학교류-1711년 사행시의 교류를 중심으로, 『일본학보』, 한국일본학회, 1991.

박태순, 계미통신사(1763)의 일본관 - 김인겸의 『일동장유가』와 박지원의 우상전을 중심으로, 『일본평론』4집 가을 겨울호, 사회과학연구소, 1991.

소재영, 『해유록』에 비친 한일관계 - 신유한의 『해유록』연구, 『숭실어문』4집, 숭실대학교 국어국문학과, 1987.

소재영, 무오연행록과 연행가의 비교연구, 『동서문화교류연구』제2집, 한국돈황학회, 1999.

소재영, 연행의 산하와 연행사의 역사의식, 『동양학』제35집, 단국대학교 동양학연구소, 2004.

손승철, 조선후기 한일양국의 상호인식 및 정책의 사상적 특질, 『사회과학연구』 25, 강원대학교, 1987.

손승철, 조선의 사대교린정책과 적례관계, 『신실학의 탐구』, 열린책들, 1993.

손승철, 조선시대 교린체제의 분석과 그 문제점, 『한일관계사연구』제1집, 한일관계사연구회, 1993.

손승철, 조선후기 탈중화적 교린체제의 독립성과 허구성, 『국사관논총』제57집, 국사편찬위원회, 1994.

손승철, 조선시대 일본천황관의 유형적 고찰, 『사학연구』50집, 한국사학회, 1995.

손승철, 조선중화주의와 일본형화이의식의 대립, 『일본연구』11집, 한국외국어대학교 외국학종합연구센터 일본연구소, 1996.

손승철, 조선통신사와 조선침략론, 『순국』67집, 순국선열유족회, 1996.

손승철, 조선·유구관계 사료에 대하여, 『성대사림』12·13집, 성균관대학교사학회, 1997.

손승철, 명·청 교섭기 대일외교문서의 연호와 간지, 『대동문화연구』32집, 성균관대학교대동문화연구원, 1997.

손승철, 조·유 교린체제의 구조와 특징, 『강원사학』13·14집, 강원대학교사학회, 1998.

손승철, 임란때의 피랍조선인들과 일본천주교회, 『누리와말씀』6집, 인천카톨릭대학교, 1999.

손승철, 조선시대 통신사연구의 회고와 전망, 『한일관계사연구』제16집, 한일관계사학회, 2002.

손승철, 송운대사(사명당)대일사행의 외교사적 의미, 『한일관계사연구』
　　　제21집, 한일관계사학회, 2004.
손승철, 일본의 중·근세 한일관계사 왜곡실상, 『국제한국학연구』제2호,
　　　명지대학교국제한국학연구소, 2004
송　민, 조선 통신사의 모국어체험, 『국문학논총』6집, 국민대 어문학연
　　　구소, 1987.
안대회, 서얼시인의 계보와 시의 사적 전개, 『문학연구와 예술집단』, 집
　　　문당, 1995.
안동준, 해상사행문학과 천비신앙, 『도남학보』, 도남학회, 1997.
이동찬, 18세기 대일 사행체험의 문화적 충경약상 -〈해사일기〉와 〈일
　　　동장유가〉를 중심으로, 『한국문학논총』제 15집, 한국문학회,
　　　1994.
이동찬, 계미 통신사행 기록의 장르선택 -〈해사일기〉와 〈일동장유가〉를
　　　중심으로, 『한국문학논총』제 18집, 한국문학회, 1996.
이상진, 이언진의 동호거실고, 『한국한문학연구』12집, 한국한문학연구
　　　회, 1989.
이성후, 『일동장유가』와 『해사일기』의 비교연구, 『논문집』제17집, 금오공
　　　과대학교, 1996.
이성후, 신묘통신사 연구, 『논문집』제16집, 금오공과대학교, 1995.
이성후, 조엄과 김인겸의 대일관 연구, 『논문집』제7집, 금오공과대학교,
　　　1986.
이성후, 청천 신유한의 대일관연구, 『논문집』제18집, 금오공과대학교,
　　　1997.
이우성, 풍신수길정권과 학봉의 『해사록』, 『학봉의 학문과 구국활동』,
　　　학봉김성일선생 순국 사백주년 기념사업회, 1993.
이원식, 조선 통신사의 유적 -일본에 남아있는 서화를 중심으로, 『여행
　　　과 체험의 문학』일본편, 민족문화문고간행회, 1985.
이원식, 조선통신사의 방일과 문화교류 I · II, 한글한자문화, 2003.

이원식, 조선통신사의 방일과 문화교류-사행록과 필담창화집을 중심으로, 『모산학보』2집, 모산학술연구소, 1991.

이원식, 통신사기록을 통해 본 대일본인식, 『국사관논총』제76집, 국사편찬위원회, 1997.

이원식, 한일선린외교와 조선통신사, 『사학연구』제 58·59합집호, 한국사학회, 1999.

이종일, 조선후기 폐쇄적 일본관의 형성과정과 그 원인, 『논문집』, 대구교대, 1990.

이준걸, 일본파견 조선통신사의 역정, 『도서관』28-2, 국립중앙도서관, 1973.

이진오, 조선시대 대일교류와 불교, 『한국문학논총』제 22집, 한국문학회, 1998.

이채연, 朝鮮前期 對日 使行文學에 나타난 日本認識, 『한국문학논총』제 18집, 한국문학회, 1996.

이태진, 조선후기 대명의리론의 변천, 『아시아문화』10호, 한림대학교아시아문화연구소, 1994.

이현종, 기유조약성립시말과 세견선수에 대하여, 『항도부산』 4, 부산시사편찬위원회, 1964.

이현종, 조선전기 대왜사절파견의 종별과 의의, 『사학연구』17, 한국사학회, 1964.

이현종, 조선전기의 일본관계, 『동양학』 14집, 단국대학교, 1984,

이혜순, 신유한의 『해유록』 연구, 『논문집』18집, 숭실대학교, 1988.

이혜순, 18세기 후반 조선통신사의 일본인식 -조엄의 해사일기와 창수록을 중심으로, 『동방고전문학연구』, 학산조종업박사화갑기념논총, 1990.

이혜순, 조선조 후기 사행역관의 문화적 역할과 문학세계, 『한국고전문학연구』6집, 한국고전문학회, 1991.

이혜순, 18세기 한일문사의 교류양상; 己亥 使行詩 韓日文士의 唱酬集을 중심으로,『대동문화연구』26집, 성균관대학교 대동문화연구원, 1991.

이혜순, 18세기 한일문사의 金剛山-富士山 우열논쟁과 그 의미,『한국한문학연구』14집, 한국한문학연구회, 1991.

이혜순, 室鳩巢의 賦三韓事蹟詩 小考; 18세기 일문사의 한국사인식,『관악어문연구』18집, 서울대학교국어국문학과, 1993.

이혜순, 18세기 한일문사의 창화시 연구-신묘사행시 대판성오십운 창화시를 중심으로,『한국한시연구』2, 한국한시학회, 1994.

이혜순, 17세기 통신사행집단의 문학과 의식세계-남용익의 〈장유〉를 중심으로,『한국한문학연구』17집, 한국한문학회, 1994.

이혜순, 여행자문학론 試攷 :비교문학적 관점에서,『비교문학』24집, 한국비교문학회, 1999.

임성철, 朝鮮通信使の路程記硏究,『외대논총』제 5집, 부산외국어대학교, 1987.

임종욱, 포은 정몽주의 시문학에 나타난 중국체험과 성리학적 세계관,『한국문학연구』12집, 동국대학교 한국문학연구소, 1998.

임형택, 계미통신사와 실학자들의 일본관,『창작과 비평』가을호, 창작과 비평사, 1994.

장덕순,『일동장유가』와 일본의 가무기,『관악어문연구』3, 서울대 국어국문학과, 1979.

장덕순, 일본기행의『일동장유가』,『현대문학』8, 현대문학, 1962.

장경남, 을병연행록과 무오연행록의 노정별 내용 비교,『인문학연구』제31집, 숭실대학교 부설 인문과학연구원 인문과학연구소, 2001.

정도상, 동명 김세렴의「사상록」고찰 - 택당 이식의 비평을 중심으로,『한문학논집』제20집, 槿域漢文學會, 2002,

정영문, 홍순학의 〈연행가〉연구,『숭실어문』제18집, 숭실어문학회, 2002.

정영문, 해사일기연구 : 조엄의 의식세계를 중심으로 ,『온지논총』제10집, 온지학회, 2004.

정장식, 근세일본の지식인に見る조선인식の원점, 『일본학보』, 한국일본학
회, 1989.

정장식, 송희경이 본 중세일본, 『일본학』제12집, 동국대학교일본학연구
소, 1993.

정장식, 임진왜란 전의 대일본인식, 『일본문화학보』, 한국일본문화학회,
1996.

정장식, 임진왜란 후의 대일본인식, 『일본문화학보』제 4집, 한국일본문
화학회, 1997.

정장식, 1636년 통신사의 일본인식, 『일본문화학보』, 한국일본문화학회,
1999.

정장식, 1655년 통신사행과 일본연구, 『일본학보』, 한국일본학회, 2000.

정장식, 계미(1643) 통신사행과 일본인식, 『일본문화학보』, 한국일본문
화학회, 2001.

정장식, 임술사행과 조일관계, 『일본학보』, 한국일본학회, 2001.

정장식, 1607년 회답겸쇄환사의 쇄환과 적정탐색, 『일본학보』, 한국일본
학회, 2002.

정장식, 1711년 통신사와 조선의 대응, 『일어일문한연구』, 한국일어일문
학회, 2002.

정장식, 1624년 명청교체기의 일본사행, 『일본학보』, 한국일본학회,
2003.

정한기, 『일동장유가』에 나타난 일본에 대한 인식연구 -『해사일기』의
비교를 중심으로, 『관악어문연구』제 25집, 서울대 국어국문학
과, 2000.

정희선, 조선통신사 닛코(日光) 유람의 문화관광학적 고찰, 『문화관광연
구』제 4권 2호, 한국문화관광학회, 2002.

조규익, 『죽천행록』의 使行文學的 성격, 『국어국문학』129호, 국어국문학
회. 2001.

조규익, 18세기 후반기 지식인의 지향성과 문화의식-『무오연행록』의 내
용과 의미-, 『숭실어문』제18집, 숭실어문학회, 2002.

조규익, 조선 후기 국문 사행록 연구(Ⅲ) - 『무오연행록』의 내용과 의미-, 『崇實語文』제18집, 崇實語文學會, 2002.

조규익, 朝鮮朝 국문 使行錄 通時的 硏究, 『語文硏究』31권1호 통권117호, 韓國語文敎育硏究會, 2003.

조영록, 조선의 소중화론 - 명청교체기 동아삼국의 천하관의 변화를 중심으로, 『역사학보』149집, 역사학회, 1996.

최강현, 사행가사의 비교고찰, 『홍익대논총』9집, 홍익대학교, 1977.

최강현, 막부일본과 유신일본의 풍물 〈일동장유가〉와 〈유일록〉을 중심하여, 『여행과 체험의 문학』일본편, 민족문화문고간행회, 1985.

최강현, 사행가사를 비교하여 살핌 - 병인연행가와 『일동장유가』를 중심하여, 『여행과 체험의 문학』중국편, 민족문화문고간행회, 1985.

최박광, 한일간 한문학 교류에 대하여, 청천 신유한을 중심으로, 『한국한문학연구』5집, 한국한문학연구회, 1981.

최박광, 靑泉 申維翰と日本, 『논문집』제 6집, 건국대학교 교육연구소, 1982.

최박광, 18세기 한일간의 한문학교류 - 청천 신유한과 신정백석, 『전통문화연구』1집, 명지대 한국전통문화연구소, 1983.

최박광, 18세기 일본한시단 - 신유한문집에서, 『일본학』2집, 동국대 일본학연구소, 1984.

최박광, 조선통신사와 일본문학-삼강, 속삼강행실도를 중심으로, 『대동문화연구』22, 성균관대 대동문화연구원, 1988.

최박광, 창화집에 나타난 한일간의 시의 교류, 『모산학보』2집, 모산학술연구소, 1991.

최박광, 한일간의 문학교류 : 申維翰과 月心性湛의 경우, 『인문과학』제29집, 성균관대학교 인문과학연구소, 1999.

하우봉, 새로 발견된 일본사행록들:〈해행총재〉의 보충과 관련하여, 『역사학보』112집, 역사학회, 1986.

하우봉, 원중거의 〈화국지〉에 대하여, 『전북사학』11·12합집, 전북대학교 사학회, 1989.

하우봉, 17세기 지식인의 일본관, 『동아연구』17집, 서강대학교동아연구소, 1989.

하우봉, 조선초기 대일사행원의 일본인식, 『국사관논총』제14집, 국사편찬위원회, 1990.

하우봉, 통신사등록의 사료적 성격, 『한국문화』12, 서울대학교한국문화연구소, 1991.

하우봉, 임진왜란 이후의 부산과 일본관계, 『도항부산』9, 부산시사편찬위원회, 1992.

하우봉, 조선전기의 대유구관계, 『국사관논총』제59집, 국사편찬위원회, 1994.

하우봉, 실학파의 대외인식, 『국사관논총』제76집, 국사편찬위원회, 1997.

하우봉, 『증정교린지』의 사료적 성격, 『민족문화』21집, 민족문화추진회, 1998.

하우봉, 조선후기 실학과 일본근세고학의 비교연구 시론: 교류사적 측면을 중심으로, 『한일관계사연구』제8집, 한일관계사학회, 1998.

하우봉, 개항기 수신사행에 관한 일연구, 『한일관계사연구』제10집, 한일관계사학회, 1999.

하우봉, 임진왜란 후 조·일간의 문물교류, 『일본학』제20집, 동국대학교 일본학연구소·利鎬일본학연구재단, 2001.

하우봉, 임난후 국교재개기 사명당 유정의 강화활동, 『국사학보』제173집, 국사학회, 2002.

하우봉, 조선전기 대외관계에 나타난 자아인식과 타자인식, 『한국사연구』123집, 한국사연구회, 2003.

하우봉, 조선후기 실학자들의 일본연구와 문헌자료정리, 『일본사상』제6호, 한국일본사상사학회, 2004.

한승희, 기해통신사의 의식개정에 대한 새로운 검토, 『한일관계사연구』
　　　제 16집, 한일관계사학회, 2002.
한태문, 위항문인의 임술사행기 연구, 〈동사록〉과 〈동사일록〉을 중심으
　　　로, 『국어국문학』30집, 부산대 국어국문학회, 1993.
한태문, 홍세태 사행문학연구, 『우암어문논집』4집, 부산외대 국문학과,
　　　1994.
한태문, 갑자 통신사행기 동사록 연구, 『인문논총』제 50집, 부산대학교,
　　　1997.
한태문, 조선후기 대일 사행문학의 실증적 연구, 부산 영가대 해신제와
　　　제문을 중심으로, 『동양한문학연구』11집, 동양한문학회, 1997.
한태문, 동사록 소재 서간에 반영된 한일문사의 교류양상연구, 『한국문
　　　학논총』제 23집, 한국문학회, 1998.
한태문, 이언진의 문학관과 통신사행에서의 세계인식, 『국어국문학』34
　　　집, 부산대 국어국문학회, 1998.
한태문, 『해행총재』소재 사행록에 반영된 일본의 통과의례와 사행원의
　　　인식, 『한국문학논총』26집, 한국문학회, 2000.
한태문, 17세기 통신사 사행문학의 전개와 문학사적 의의, 『인문논총』
　　　제 57집, 부산대학교 인문학연구소, 2001.
한태문, 통신사 사행문학 연구의 회고와 전망, 『국제어문』, 국제어문학
　　　회, 2003.
한태문, 통신사의 해로노정에 반영된 한일문화교류, 『한민족어문학』제
　　　45집, 한민족어문학회, 2004.

5. 외국논저

르네웰렉·오스틴 워렌, 이경수 역, 『문학의 이론』, 문예출판사, 1993.
제라르 즈네뜨, 권택영 옮김, 『서사담론』, 교보문고, 1992.
三宅英利 著, 김세민, 강대덕, 유재춘, 엄찬호 譯, 『조선통신사와 일본』,
　　　지성의 샘, 1996.

Obata, Michihiro, 학봉 김성일의 일본사행에 대한 사상적 고찰,『한일 관계사연구』10집, 한일관계사학회, 1999.

小幡倫裕, 鶴峰 金誠一의 日本使行에 대한 思想的 考察 : 학봉의 사상과 華夷觀의 관련을 중심으로,『韓日關係史研究』제10집, 한일관계 사학회, 1999.

Obata, Michihiro, 한국과 일본의 근대화와 통역과의 관계에 관한 고찰 : 조선 후기 通信使行에 수행한 譯官과 일본의 通詞를 중심으 로,『논문집』13집, 평택대학교, 1999.

Obata, Michihiro, 근세 일본인의 조선인식의 한 측면-우삼방주와 신정 백석을 중심으로,『논문집』, 평택대학교, 2002.

Obata, Michihiro, 申維翰『海遊錄』에 나타난 조일양국의 상호인식의 차이,『논문집』제16집, 평택대학교, 2002.

Obata, Michihiro, 신유한의『해유록海遊錄』에 나타난 일본관과 그 한 계,『韓日關係史研究』제19집, 한일관계사학회, 2003.

Ronald P. Toby, 조선통신사와 근세 일본의 서민문화 -회화, 민화, 제례 재연-,『동양학』18집, 단국대학교 동양학 연구소, 1988.

小林幸夫, 조선통신사와 민중,『日本學年報』제3집, 일본문화연구회, 1991.

轟博志,『海行總載』에 나타난 日本 通信使의 國內 使行路 :漢陽-東萊間, 『문화역사지리』제 16권 제 1호 통권22호, 한국문화역사지리학 회, 2004.

찾아보기

ㄱ

ㄴ

저자 | 정영문

숭실대학교 국어국문학과를 졸업한 뒤 동대학교 대학원에서 석·박사 학위를 받았다. 현재 숭실대학교 한국문예연구소에서 연구원으로 활동하고 있다. 저서로『조선시대 사행록의 텍스트와 콘텍스트』(학고방, 2011), 역서로『한글로 쓴 중국여행기 무오연행록』(공역, 박이정, 2002)가 있고, 편저로는『연행록연구총서』(10권)(공편, 학고방, 2006),『조선통신사 사행록 연구총서』(11권)(공편, 학고방, 2008)가 있다. 주요논문으로는「조선시대 대일사행문학연구」(2005),「통신사가 기록한 국내사행 노정에서의 전별연」(2008),「신유의 해사록에 나타난 일본체험과 인식고찰」(2009),「국내 통신사 길에 나타난 지방 공연 문화의 양상과 의미고찰」(2009),「사행록에 기록된 지방 공연 문화의 변모양상」(2010),「조선시대 지방관아에서의 공연양상 고찰」(2010),「통신사행록에 나타난 대마도」(2011) 등이 있다.

숭실대학교 한국문예연구소 학술총서 30

朝鮮時代 通信使文學 研究

초판 인쇄/ 2011년 10월 12일
초판 발행/ 2011년 10월 20일

저　　자　　정영문
사　　진　　신춘호

책임편집　　윤예미

발 행 처　　도서출판 지식과 교양
등　　록　　제2010-19호
주　　소　　132-908 서울시 도봉구 창5동 320번지 행정지원센터 B104호
전　　화　　02-900-4520 / 02-900-4521
팩　　스　　02-900-1541
전자우편　　kncbook@hanmail.net

ⓒ 정영문 2011 All rights reserved. Printed in KOREA

ISBN 978-89-94955-43-8 93810　　　　　　　정가 22,000원

저자와 협의하여 인지는 생략합니다. 잘못된 책은 바꾸어 드립니다.
이 책의 무단 전재나 복제 행위는 저작권법 제98조에 따라 처벌 받게 됩니다.

이 도서의 국립중앙도서관 출판도서목록(CIP)은 e-CIP홈페이지(http://www.nl.go.kr/ecip)에서
이용하실 수 있습니다. (CIP제어번호: CIP2011004301)